活著就要RUN

下部

余杰

潤者無疆，
一部流亡的文化史

目錄

自序

人活著不是為了拖動鎖鏈，而是為了張開雙翼

在我動身的時光，祝我一路福星罷，我的朋友！天空裡晨光輝煌，我的前途是美麗的……雖然間關險阻，我心裡也沒有懼怕。旅途盡頭，星辰降至。

——泰戈爾

我將美國視為彼岸，抵達美國十年之後，寫了《此心安處：美國十年》一書，記述了在美國開啟人生下半場、重新確認身分和願景的過程。

與此同時，中國乃至世界範圍內的移民潮愈演愈烈——敘利亞內戰和烏克蘭戰爭引發數百萬難民在國境內和國境外逃亡。中國人的逃亡，則迅速演變完成「偷渡」、「潤學」（「跑」的英文RUN，音譯為「潤」，習近平暴政下，關於如何逃出中國的討論被稱為「潤學」，「潤學」是當代中國無與倫比的顯學）和「走線」三部曲。

巴拿馬移民機關統計顯示，二〇二三年一月間通過「達連隘口」的中國移民有九百一十三人，到了九月間人數增至兩千五百八十八人，從一月至九月的累計人數則有一萬五千五百六十七人。相較之下，二〇二二年全年只有兩千零五名中國移民通過「達連隘口」，從二〇一〇年到二〇二一年之間累計則只有三百七十六人。這一增長速度極為驚人。過去，「偷渡」是祕而不宣的；如今，「潤學」和「走線」在社群媒體上堂而皇之地討論，網上很容易找到事無巨細的「攻略」和「寶典」，參與者公開接受美國之音、自由亞洲電臺等媒體訪問。《華爾街日報》在一篇報導中指出，這一現象與習近平的統治有關係，該報基於對十幾位正在「長途跋涉之中」或「近期剛剛抵達美國」的中國人的採訪分析說：「在中國各個收入階層，都有大量的人在外流，這些不顧危險經由拉丁美洲進入美國的中國移民是其中一部分。習近平上臺後，民營部門受到擠壓，被迫裁員，這促使企業家外逃。還有人擔心，隨着習近平開始第三個執政任期，政治高壓只會變得更讓人窒息。」其中，最普及的一條「走線」線路是：第一站到土耳其，再飛厄瓜多，經祕魯，沿着南美洲海岸線向北走，抵達委內瑞拉。接下來，穿越安地斯山脈，前往加勒比海，坐船或坐飛機前往巴拿馬、尼加拉瓜等。在中美洲地區繼續向北走，穿過瓜地馬拉、貝里斯等國家，最終抵達墨西哥與美國的邊界，然後輕而易舉地跨越川普尚未完成的邊境牆，就大功告成了。

我不能認同非法越境行為，但我對這些放棄安土重遷的文化傳統、孤注一擲挺進異國他鄉的中國人又心存憐憫，畢竟紐約港的自由女神像下鐫刻著詩人艾瑪．拉撒路的詩句：「那些窮苦的人，那些疲憊的人，那些蜷縮在一起渴望自由呼吸的人，那些被你們富饒的彼岸拋棄的，無家可歸、顛簸流離的人，把他們交給我，我在這金門之側，舉燈相迎。」當年，一位來自希臘的移民回憶道：「我看到了自由女神像。我對自己說：『女士，你可真美！你張開雙臂，讓所有的外國人都來到這裡。給予我機會在美國證明自己的價值，成就事業、成就自我。』那座塑像將永遠留在我心裡。」

我就想，僅僅講述我自己的故事是不夠的，更多逃離故土、追求民主、自由和安全的流亡者的故事需要被講述。於是，有了這本《活著就要RUN：流亡者讚歌》。這本書描述了多姿多彩、千奇百怪的流亡。加拿大作家梅維斯．迦蘭寫過一篇名為《多彩的流放》的小說，寫二戰期間逃亡到加拿大蒙特婁的難民的故事，「這是個無邊的奇蹟，我簡直看不夠他們，他們自己從我閱讀和嚮往的文學園地的曙光裡走出來。我把他們視為是值得期待的社會秩序的先知，這個秩序由公正、平等、藝術、人際關係、勇氣和慷慨組成。他們中的每個人——比利時人、法國人、德國天主教徒、德國社會主義者、德國猶太人、捷克人——都是一本我想從頭讀到尾的書。」文學史家勃蘭兑斯指出，流亡文學是一種表現深刻不安的文學。流亡者也是一群深刻不安的群體，他們將黑暗拋到身後，但前方能否找到光明，他們並不確認。他們能將深刻的不安轉化成源源不斷的想像力與創造力，讓自己的生命在由陌生而熟悉的土地上如深夜的星辰般閃耀嗎？或退而求其次，至少「此心安處是吾鄉」，克服鄉愁，戰勝悲苦，免於恐懼，獲得心靈的充盈、安寧、快樂與幸福？

上部「中土乃惡土」講述華語文化圈的流亡故事。

以時間而論，當代史上大規模的流亡潮有四個時間節點：一九四九年，共產黨席捲中國，「不從中共者」逃往香港、臺灣以及更遠的地方；一九七六年，毛澤東死去，文革暫告結束，中國緩緩打開國門，被關在鐵幕後將近三十年的人們，終於有了飛越瘋人院、走向自由世界的希望；一九八九年，天安門屠殺，數以千計的學生和知識分子逃離中國，已在美國和歐洲的數十萬中國留學生和訪問學者因禍得福獲得「六四綠卡」；二〇一二年，習近平上臺後中國走向全面法西斯化，人類歷史上史無前例的封控防疫讓人窒息（時間節點更早可追溯到二〇〇八年北京奧運會，「大國崛起」元年），不願做「韭菜」和「人礦」的中國各階層人士，紛紛用不同方式離開愈來愈像地獄的祖國。在這些時間節點上，更有藏人、維吾爾人、南蒙古人等諸多受到中國殖民暴政壓迫的少數族裔走上流亡路。

以地點而論，作為流亡之島的臺灣和作為流亡之城的香港，以及兩地「風水輪流轉」的「雙城記」，尤其值得關注。李登輝執政後，發動寧靜革命，臺灣告別白色恐怖、走向民主化，由流亡者的中轉站和淒風苦雨中的「亞細亞的孤兒」，鳳凰涅槃般成為美麗島福爾摩沙，成為亞洲乃至全球民主自由燈塔及良善力量，大部分第二代、第三代「外省人」實現「在地化」，成為認同臺灣的臺灣人，願意「同島一命」，用生命捍衛土地和自由。反之，一九九七年，中共接管香港後，二十多年時間，香港一步步淪為一座被惡魔攻破的「逃城」。香港再也無法接納和庇護流亡者（如一九八九年「黃雀行動」拯救被通緝的天安門民主運動參與者），香港已然自身難保：香港的監獄中塞滿數以萬計抗爭者，更多抗爭者被迫踏上漫漫流亡路。

更有數萬流亡藏人在印度北部建起一座新的聖城——達蘭薩拉。這座小城的居民全都是流亡者，其精神領袖達賴喇嘛本人也是流亡者，小城雖小，卻成為圖博民族保存其文化、宗教和民族精神的樞紐。

流亡者逃離的路線錯綜複雜，逃離的方式驚心動魄。他們看似被故國和故人唾棄，卻昂首挺胸、在風雨中擁抱自由。流亡者的是非成敗，不會轉頭即空。流亡不是結束，而是新的開始。在流亡路上，他們看過更圓的月亮和更壯闊的風景，遇到過更貼心的同伴和更美妙的故事。高行健說：「這是一段流浪，一種自我解脫。最好獲取自由的方法就是找到一條通向自由的新道路，為我的創作尋找新的主題。」哈金說：「應該接受自己的邊緣性，正是這個邊緣性使流亡作家區別於本土作家，成就自身獨特的抱負。」

下部「世界是我家」講述全球範圍內的流亡故事。

以時間而論，從古希臘到古猶太，放逐與自我放逐一直是英雄和先知的宿命，以及某些民族的宿命（猶太人）。近代，大航海和全球化時代來臨，陸上和海上交通更容易，但民族國家成形，國境上建起圍牆和鐵絲網，政府變成權力無邊的利維坦，公民出國和進入別國需要護照等旅行證件，流亡反倒變得更不易。一戰、二戰及冷戰三個重要時間節點，帶來前所未有的移民潮，有時是整個種族和整個階層被連根拔起，拜「現代性」所賜，「大屠殺」和「集中營」成為籠罩在移民（難民）頭上的烏雲與雷電。

以地點而論，我特別選擇蘇俄、納粹德國及東德、「血色大地」中東歐、南美等極權肆虐、流亡者前仆後繼的地方加以書寫。暴政肆虐的國家必然盛產流亡者。有些不幸的流亡者，經歷過多重流亡生涯：先逃離蘇俄的暴政，然後還要逃離納粹的暴政。流亡者的多產之地還有拉美、亞洲及非洲的獨裁諸國。德裔羅馬尼亞作家赫塔．米勒寫道：「這裡不是我的家／哪裡有西奧塞古／哪裡就是異鄉。」在獨裁國家，唯有獨裁者一個人活得滋潤快樂，其他人（包括其身邊的打手）都是卑賤的奴才，「如果一位獨裁者在頭腦中需要一個家鄉的話，那麼它只能是：蔑視人……為了他自己作為統治者能夠病態地自尊，獨裁者狂熱而不顧一切地蹂躪著國家和人們」。毫無疑問，對自由人而言，「哪裡有西奧塞古／哪裡就是異鄉」，亦可置換為「哪裡有暴政，哪裡就是異鄉」、「哪裡有暴君，哪裡就是異鄉」。暴政和暴君張牙舞爪的地方，就是必須逃離的「垃圾場」。

很多流亡者在移居地取得了在出生地無法想像的成功。他們不再是千夫所指的「寄生蟲」、「流氓」、「賣國賊」、「人民公敵」、「帝國主義的走狗」，而是萬眾矚目的諾貝爾獎得主、藝術大師、學術巨匠。流亡者在更加廣袤的天地中漂泊或定居，穿梭於多種迥異的語言、文化和宗教之間，用一種積極樂觀的態度經歷無法避免的流亡生涯，巴拉圭流亡作家奧古斯托．羅亞．巴斯托斯說：「我不能去抱怨……流亡生活帶給我的除了對暴力和人類價值失落的憎惡，還有對普遍人性的理解。流亡給予我一種視角，以這種視角我可以以他者的觀點來看待我的國家，並因為那裡發生的巨大不幸而活下去。」或許，唯有身在別處，才能對原來隸屬的土地、族群和文化作出最徹底的反省與批判。

對於我熱愛的別爾嘉耶夫、艾茵．蘭德、納博科夫、布羅茨基、米沃什、馬尼亞，我用最大的篇幅向他們致敬。納博科夫說：「在美國，我比任何別的國家都感到快樂。正是在美國，我擁有最好的讀者，他們的心靈與我相遇。在美國，我心智上有回家的感覺，美國是我真正意義上的第二故鄉。」布羅茨基說，「我在冰山之上眺望過大半個世界，測量地球的寬度」，而「流亡是詩人終其一生的命運」。米沃什說：「在困境中，一個作家的質量便取決於他騰空跳躍的能力，取決於跳板給他的反彈力量。」他將自己視為一個在「荒原」上尋找出口的人，即便其努力失敗、被人視為「怪胎」，此種努力「不僅是最為理所當然的，還是可敬的」。同樣也是流亡者的我，從他們那裡得到了安慰、鼓勵和愛。

很多人被厄運套牢，未能「潤」出牢籠。

一九四〇年九月二十六日，班雅明因為西班牙拒絕他入境，在法國邊境那一側的一個小旅館房間裡吞下大量嗎啡，並於次日上午去世。

年輕的歷史學者沈元是天縱奇才，在現實生活層面卻是不諳世事的書呆子，裝扮成黑人闖入非洲某國駐北京使館，導致他被捕並被槍殺。

殷海光從中共得勢的中國逃亡到臺灣，但臺灣不是「自由中國」，他的特務環伺的家是「孤島中的孤島」，他憂憤成疾，英年早逝。

此前多次放棄流亡機會的劉曉波，在癌症的最後時刻，期望攜帶妻子出國治療，卻在全世界媒體的關注下，在病床上骨瘦如柴地死去。

他們未能逃出生天，不是他們不夠努力，而是現實太殘酷。

我質疑和批判的對象，是另一種意義上「失敗的流亡者」——他們的肉體已「潤」出中國，精神卻從未離開，就如同哈金的比喻：就像天上的風箏，看上去飛得很高很高，線卻仍掌控在放風箏的人（共產黨）手中。他們沒有張開雙翼，身後依舊拖著沉重的鎖鏈。

一九八〇年代在中國洛陽紙貴的報導文學作家劉賓雁的創作和思想，自流亡之後就停止了。他被「中國的良心」這個宏大敘事壓垮——他以為中共政權在「六四」之後兩三年就會垮臺，他能載譽歸來，但中共迅速站穩腳跟並讓經濟高速發展，此一事實給他沉重打擊。實際上，沒有人能充當「中國的良心」，每個人只能是自己的良心。劉賓雁與被譽為「俄國的良心」的索忍尼辛一樣，終身都在此一「神光圈」中打轉，未能善用流亡的命運開創一段嶄新人生。同為流亡作家的蘇曉康在一篇紀念文章中指出：「對賓雁，無論歐陸古典、英美氣象，仍不過是西洋鏡，他卻只惦念江東父老。與其說中國的百姓不能沒有這顆『中國的良心』，倒不如說劉賓雁更不能沒有中國老百姓，於是放逐他，便是把他從中國的胸膛裡摘除出來。」

詩人顧城「潤」到紐西蘭激流島，他在島上幹了很多事情——從原始的採摘，採野菜、海菜吃，到種菜、養雞，算「農業」；還養過羊、兔子，賣雞蛋、賣雞肉春捲，進入「畜牧業」、「商業」；再回到藝術創作，進入本行「文藝事業」，寫作，給人畫像。他似乎可自食其力。他卻因為「女兒國」烏托邦破滅，悍然殺死妻子，再殺死自己，留下孩子孤苦伶仃在人間。在人心深處，有不忍和殘忍，也有悲哀和狂喜。如傅雷給傅聰的家書中所說，先做一個人，再做一個音樂家；詩人也當如此——先是人，再是詩人。可惜，顧城將此一秩序顛倒過來，以為詩人就有殺人的特權。哈金在詩歌〈流亡的選擇〉中寫道，即便在一座安靜美麗得快讓人窒息的島上，在自己的土地上自由地生活，「他最終選擇自殺／甚至對妻子也下了毒手／因為他覺得實在無路可走／完全被瘋狂和恐懼壓垮」。哈金提出的正確出路是，「一開始他就應該明白／選擇了流亡／就不會再有自己的土地／——他心裡將湧起／不斷出發的欲望／他的家園只能在路上」。

鄉愁是很多流亡者不能順利開始一段新人生的關鍵障礙，歌德認為鄉愁是病態，毫無用處。哈金指出：「漢文化中流亡的概念與西方不同，中國古代的流亡者無論飄落到多遠，也走不出漢文化圈。最多是蘇武牧羊北海，但那裡仍是漢文化的邊緣，是匈奴等部落繁衍的地方。如今流亡意味著去國離鄉，不得不在異國生活——學習外語，學會謀生，接受人類共有的價值，甚至生根。在中國人的基因裡，這種異化的生存狀態很難承受，所以許多海外流亡人士常談起將來能『回家吃餃子』，好像餃子只有故鄉的香。」是的，如果不能在精神上刮骨去毒、跟出生地「斷奶」，空間上的流亡仍然無法帶來精神上的自由。

詩人宋琳說過，真正的流亡，一個人就是一個種族。以此與所有勇敢的流亡者共勉，讓我們都用生命來寫流亡的故事，這個主題無窮無盡。

二〇二三年一月初稿
二〇二三年十月二稿
二〇二四年一月定稿
美國維吉尼亞州費郡綠園群櫻堂

下部

世界是我家

第一卷

祖國、故國與敵國

第一章　我要在自由、愉悅、力量和意志中展翅翱翔

多餘的人！高尚的人！移民！呼籲！不停止／向上飛升的人……不接受／絞刑架的人。

——茨維塔耶娃

在荷馬史詩中，奧德修斯回到家鄉時才發現：「天哪！我來到誰的國家？我到底可向何處去？」即便雅典娜女神告訴他，他已經回到故國，他仍然滿心疑惑地追問：「我認為我顯然並沒有到達伊塔卡，而是漂流到別的國土，你是想操弄我，才說出這些話，好把我的心靈欺騙，現在請告訴我，我是否確實來到故鄉土？」猶如一個陌生人，奧德修斯認不出自己的故鄉。

哈金分析說，奧德修斯的困惑源於兩個事實：第一，在二十年的流亡中他已經改變了，他對故

鄉的記憶也改變了。第二，他的故鄉也發生了變化，不再與他的記憶相符。這個插曲闡明了長期分離後個人和故鄉關係中的真實狀況——一個人不可能以同樣的個人回到同樣的故鄉。

我的才華就是我放逐的禍首

《奧德賽》講述的遠征英雄奧德修斯如何回歸故土的故事，而在雅典的現實生活中，放逐英雄是確保雅典民主持續的一項政治安排。

西元前五百五十年左右，雅典進行了史稱「克利斯提尼改革」的一連串政治革新。其中最富爭議的部分，是將放逐懲罰的慣例法律化為「陶片流放制度」。由此，「陶片」（ostrakon）成為「放逐」（ostracism）的詞源。根據德國學者布萊恩拼合雅典衛城西南出土的九千多塊陶片發現，各種人物都在放逐之列，特別針對掌權者。每年伊始，約六千名希臘城邦選民組成的公民大會，以陶片投票決定當年是否續行放逐，假如多數贊成，則於兩個月後公投，只要有過半數人投票贊成，認為某人的權威或權力威脅到雅典民主，即可將其逐出城邦。投票由五百餘名監票人輪任監察。流放期限為十年，被流放者在此期間不得擅自回鄉，否則將予處決。但流放者可在另一城邦舒適生活，期限屆滿即可重返雅典，甚至在政壇東山再起。克利斯提尼本人是曾遭到流放的貴族，他在流放期間並未怨天尤人，而是盡可能放眼世界，積蓄力量，捲土重來。

這種制度表面上看很「民主」，但充分暴露出「民主」不可靠，「民主」與暴政只有一線之隔，「民主」非常容易墮落成多數人暴政。這種制度提供一個絕佳的整肅異己的工具，任何人只要善於策動群眾，就能把傑出的政敵趕下舞臺。它常常成為一種逆向淘汰機制，優秀的公民和英雄通常會遭忌、遭殃。

在雅典每年固定舉行的「陶片流放」投票場，哲學家、政界名人亞里士多德遇見一名男子向他求助：「不好意思啊，我不識字，麻煩在上面幫我寫上亞里士多德的名字好嗎？」

亞里士多德有些吃驚，便問他覺得這個要被流放的人有什麼不好。男子搖頭說：「我連他長什麼樣子都不知道哩！只是有太多人稱讚他是個大人物，有正義感，我聽都聽煩了。」

亞里士多德聽完，什麼話也沒說，默默地在陶片上寫下自己的名字。那一年，他被流放。但之後不到三年，他就因為波斯入侵而被召回雅典。

歷史學家及著名將領希羅多德、擊敗波斯海軍的海軍名將西蒙等人都曾遭流放，但所幸在有生之年得以回到故鄉，或提筆書寫歷史，或重披戰袍殺敵。雅典海軍的締造者塞米斯托克利斯可就沒有那麼幸運了。在其遠見卓識的指引下，雅典人建立了擁有兩百艘新式三層槳戰艦的艦隊，成為希臘世界中規模最大的海軍。他以卓越的戰術，以少勝多，擊敗波斯帝國，贏得薩拉米斯海戰的勝利。然而，木秀於林、風必摧之，他在公民大會上遭到惡意攻擊，被指控貪汙、叛國。公民大會召他回雅典受審。他沒有回去面對由反覆無常的同胞組成的陪審團，而是經由陸路與海路逃亡，雅典官員在後面追趕。他穿過伯羅奔尼撒逃到科居拉，又向東穿過希臘北部的群山，到達馬其頓。他乘船來到波斯帝國的領土，那是他逃離雅典法律制裁、感覺安全的唯一避風港。為了逃命，他向昔日手下敗將、波斯國王尋求庇護。這位戰神在異國他鄉鬱鬱而終，去世時身為逃犯，仍被視為叛國者。他的孩子們不能將父親的遺骨帶回雅典。故土沒有為他樹立紀念碑，也沒有為其起草悼文。修昔底德，一位在塞米斯托克利斯去世幾年後出生的歷史學家，如此評價這位偉人：「是他，第一個斗膽告訴雅典人，他們的未來在海上。」一百年後，雅典重修城牆，這才想起虧欠了這位偉人，允許其後人將其骨灰從亞洲迎回。公民大會在塔洛斯海港外的一塊土地上用墓碑、聖壇及紀念柱來紀念這位英雄和流亡者。亡羊補牢，晚，還是不晚？

晚了。不久，雅典被馬其頓擊敗，失去獨立地位，海軍化為烏有，輝煌的文明劃上句號。按照降書上的規定，五分之三的公民——兩萬一千人中的一萬二千人，因為財產數額得不到規定，被當作烏合之眾和暴民，永遠驅逐出去，不光被逐出雅典，而是被逐出整個希臘，驅逐到遙遠荒蕪的色雷斯，很多人一輩子無法再親眼看到雅典。

一千多年後，美國的建國者們希望從希臘城邦民主的覆亡中汲取教訓：他們要制定一套制度，既防止產生暴君，也要防止「民主」導致多數暴政——如果你仔細閱讀美國憲法，你就會知道，美國從來不是「民主」國家，而是代議制共和國。

希臘的流放制度被羅馬所繼承，只是不再透過公民投票的「陶片流放」程序，而是由皇帝一個人說了算。自稱「奧古斯都」、將羅馬共和國改制為帝國的屋大維，要重新規範羅馬的倫理道德，就連女兒和外孫女都被其以通姦罪流放，而詩人奧維德在《愛的藝術》卻聲稱「我的繆思放縱，生活卻純潔」，遂被屋大維拿來開刀。屋大維沒有經過元老院的評議和法庭審判，就以皇帝口諭的方式將奧維德流放到帝國最邊陲之地、黑海之濱的托米麗斯。「書啊，你若要裝走我心裡的全部詩行，／信使一定會埋怨你的重量。／前路漫漫，趕緊走！而將身處天涯，／遙不可及，遠離我的故家。」奧維德在流放地生活十年，死在那裡，終身未能重返羅馬。

如果說屈原的《離騷》開闢了中國流放詩傳統，那麼奧維德的《黑海書簡》、《哀歌集》和《伊比斯》就開闢了西方流放詩傳統。奧維德在詩歌中傾吐身處蠻荒之地的痛苦：「這裡我反是野蠻人，我的話沒人能懂，／拉丁語只招來蓋塔人愚蠢的訕諷。／他們時常當面毫無顧忌地謗毀我，／或許在譏笑我的放逐與淪落。」他也在詩歌中表達對妻子的愛和思念：「即使你老了，也求神讓我重新見到你，／熱切地吻你失去光澤的髮絲。」放逐固然是懲罰和悲劇，卻也給此前一直生活在歲月靜好中的奧維德一個新的制高點來審視羅馬帝國的幽暗面。在流放期間，無論在空間上還是地位上，他都處於帝國的底層，寫詩不僅讓他如愛爾蘭詩人希尼那樣獲得「矯正與治療苦難」的力量，更讓他具備一種與政治迫害相抗衡的力量。詩歌與帝國的對峙產生了，流放詩歌不僅讓詩人自己變得不朽，也提供了對皇權和帝國意識形態的另一種闡釋。

在《變形記》中，奧維德用奇幻手法描寫代達羅斯與兒子伊卡洛斯的流放生涯以及他們擺脫流放處境的努力。代達羅斯痛恨克里特島，痛恨長久的流放生活，思念故鄉，但他被幽禁在島上，四面是海，不得歸去。他說：「雖然海陸的道路堵死，天空還有路，我何不升天而去？」他採集羽毛，用線和黃蠟將它們串連起來，做成鳥的翅膀。他告訴兒子，將翅膀安在身上，就可飛到天上，但不能飛得太低，因為翅膀沾水會變重；也不能飛得太高，太陽的灼熱會把它燒壞。於是，父子倆飛上天。伊卡洛斯愈飛愈膽大，愈飛愈高興，沒有跟隨父親的軌跡，徑直飛向更高的高空，太陽融化他的翅膀，他掉入海中淹死了。後人便用少年的名字命名這片海。奧維德自己何嘗不想如此展翅飛翔，即便最後淹死在大海之中？

奧維德的流放詩歌，成為西方文學中的一個母題。在他被放逐之後不到四十年，古羅馬白銀文學的代表人物塞內卡也被放逐到科西嘉島，相似的經歷促使他寫出明顯呼應奧維德黑海詩歌的作品。到了中世紀，詩人們也屢屢與流放的奧維德發生共鳴，莫杜因在西元八二〇年的詩中就提到「忍受了長久痛苦的奧維德」，十一世紀的鮑德利在書信體詩歌中想像與奧維德通信。在近代，米爾頓被稱為「流放詩人」，流放也是《失樂園》的核心主題之一。二十世紀的俄國詩人曼德爾施塔姆、布羅茨基等人也將自己視為奧維德流放詩歌的繼承人。

但丁：難道我在別處就不能享受日月星辰的光明嗎？

在薄伽丘看來，但丁與奧維德的一生都可概括為愛、變形與放逐——他們都承受了被放逐至死的命運。

但丁出生之時的佛羅倫斯，已發展成義大利半島最富裕的城邦之一。但丁是貴族、騎士和詩人，後來當過執政官，任期只有短短兩個月，不可能做出什麼突出的政績。他本想「成為具有批判精神的佛羅倫斯學者，或是一位憑藉自身的智慧為城邦服務的智者」，但這座深陷你死我活的派系和家族鬥爭的城市，容不下這個先知。

一三〇二年一月，但丁的政敵掌握佛羅倫斯的權力，以徇私舞弊、收受不法財物等罪名判處但丁等人罰款。被告均沒有出庭，而佛羅倫斯的刑罰制度又將缺席行為等同於默認罪行。三月，審判驟然變得心狠手辣。但丁等十五人被判處死刑——一旦他們出現在佛羅倫斯控制的地區，任何佛羅倫斯士兵都可以對他們處以火刑。

但丁將妻兒留在佛羅倫斯，獨自一人踏上流亡之路。作為一名「無辜的流放者」，他並不確定將往何處去，在托斯卡納地區四處遊蕩，今天在這裡，明天在那裡。一年後，政敵的清算升級，獲罪者的妻子及其超過十四歲的子女也被趕出佛羅倫斯。人們將流放者的房屋洗劫一空。

但丁被反對派組織派往維羅納執行一項外交使命。自從離開佛羅倫斯那天起，他就被迫中斷學術和文學工作，對於一個十餘年來幾乎全身心投入哲學和文學研究的人而言，這是一種痛苦的犧牲。無論是在托斯卡納和羅馬涅地區的城堡，還是在羅馬涅地區那些位於亞平寧山腳下的小城裡，都沒有能夠滿足其需求的圖書館，而經濟拮据的他也不具備自行購置圖書的能力。在維羅納，他發現了一座在當時的歐洲堪稱一流的圖書館，他在那裡如飢似渴地閱讀，並開始奮筆疾書。他也穿梭於威尼托地區的城鎮之間，蒐集民間語言，以完成《論俗語》一書。作為一個被判處死刑的流亡者，這意味著他無法享受佛羅倫斯公民享有的保護政策，任何人都能對他施加迫害而不遭受法律制裁。他每時每刻都面臨著死亡的威脅，每一次出行都必須經過周密的計畫，並盡可能讓自己處於友人的保護之下。

「你獨自前進，自行判斷，／維護你自己崇高的尊嚴」，但丁很快脫離內鬥嚴重的流亡者組織，「兩個陣營都想將你生吞活剝：／但青草必須遠離山羊之口」。顛沛流離的生活，讓他陷入如乞丐般境地的苦楚以及羞愧。他在《饗宴》一書中寫道，「流放之刑和貧困的生活」令自己的生活水準驟降：「我成了流浪者，幾乎是乞丐，違心地展示命運的傷疤，但這些創傷往往被不公正歸咎於受傷者。事實上，我已變成一艘沒有帆也沒有舵的木船，任憑那股乾燥且散發著痛苦的貧困氣息的風將我吹到不同的港口、入海口和海濱。」他的經濟狀況是如此惡劣，以至於他無法獲得任何借貸。他不得不讓弟弟從佛羅倫斯趕來，出面幫他向香料商人簽署一份借貸十二弗洛林金幣的擔保函。

「長久以來，我們在荒漠中度過一個個黑夜……」，但丁希望盡早回到佛羅倫斯，他在一首題為〈三位女子來到我的心邊〉的流亡詩篇中曲折地表達了這樣的願望。「三位女子」象徵著神法、自然法和人法中的三重「正義」。但丁哀嘆，在如今這個時代，「正義」以及與之有同樣血統的德性，如「愛」、「慷慨」、「節制」等，遭到世人的憎恨、蔑視和驅逐，只好被迫流浪，乞討度日。但他不願妥協，「我見過如此傑出的流亡者滿腹仇怨，不由為自己的流放境遇而感到自豪」、「我將我遭受的流放當作榮譽……與正直的人一同倒下總也值得讚揚」。

一三一五年，佛羅倫斯成立新政府，發布一道「召回令」，召集此前的被流放者回城，但必須請求寬恕、支付一筆罰金。請求寬恕期間，被流放者須身穿麻布衣服，手持蠟燭，頭戴帽子，於頭上撒灰，頸下掛刀，在城裡遊街一周。

但丁不願接受此種羞辱，高傲地拒絕了這個赦免機會。他在一封致佛羅倫斯友人的信中說：

> 這種方法不是我返國的路！難道我在別處就不能享受日月星辰的光明嗎？難道我不向佛羅倫斯市民卑躬屈膝，我就不能接觸寶貴的真理嗎？可以確定的是，我不愁沒有麵包吃！……如果你們今後發現另外一條不會辱沒但丁名譽的道路，我必然快步前行；如果不能通過那條道路回到佛羅倫斯，那我便永遠不再踏上佛羅倫斯的土地！

由於但丁不識抬舉，佛羅倫斯的掌權者再次判處但丁斬首之刑，允許任何人肆意侵犯但丁及其兒子們的財產安全和人身安全，且不必為此承擔罪責。但丁拒絕申請減刑，他聲稱：「我雖身為佛羅倫斯人，但卻不具其氣味。」他不認同作為「不幸之城」和「敗德之地」的佛羅倫斯。這位義大利文學史上的「正義之歌者」，在《神曲》中將佛羅倫斯比為「地獄」，抨擊其道德淪喪。他嘲諷說，佛羅倫斯是「魔鬼的植物」，將其種子——佛羅倫斯金幣——四處播撒，把牧人（教會）變成狼（貪婪者），以致羊群迷失。他以著作排遣其鄉愁，將一生中的恩人和仇人都寫入《神曲》中，對教宗揶揄嘲笑，更將一生單思的戀人貝特麗齊——一名被迫嫁給他人並於二十五歲去世的美女——安排到天堂的最高境界。

但丁思考和著述的重心與他流亡的遭遇密不可分：城市國家系統如何克服其結構上的分裂傾向，以財富積累為首要目標的經濟體系如何為社會確保文化和公共道德，以及建立怎樣的政治體制才能避免暴君政治和寡頭政治之間的來回動盪。他提供的答案是，創建一個如同羅馬帝國那樣的普世帝國。然而，正如他在《神曲》之〈地獄篇〉中所描繪的場景，他眼目所及之處的歐洲，各個君主國都是一片蕭條，統治者們「幾乎所有人都逃不過父庸子弱的常態」，在城市，「野獸般的暴行和嫉妒比比皆是」。直到他去世四百多年後，與他所設想的普世帝國相似的國家——如同「新羅馬」的美利堅合眾國——才在遙遠的新大陸誕生。

隨後，但丁受義大利東北部的小城拉文納的領主波倫塔的邀請，來到此地過上了一種在其他流放地從未有過的陽光而平靜的生活。領主的慷慨解囊讓但丁不再為經濟問題揪心。

一三二一年八月，但丁受拉文納領主委託，以使臣身分前往威尼斯，化解兩地之間的一場衝突。從陸路返程的途中，他在穿越波河三角洲沼澤地時染上瘧疾，隨後一病不起。九月十三日黃昏過後，他最終撒手人寰。次年，波倫塔被其堂兄弟推翻，他承諾為但丁修建的墓碑從未真正豎起。

然而，但丁在其死後一代人的時間裡，就在與佛羅倫斯統治者的對決中取勝——這座放逐他的城市，畢恭畢敬地將其奉入先賢祠。作為「中世紀的最後一位詩人和新時代的最初一位詩人」，他屬於整個歐洲。哈羅德．布魯姆在《西方正典》中指出，但丁作品的陌生性和崇高性，中世紀無人能及。《神曲》可算是又一部聖經，但丁在修辭上、心理上和精神上都十分強大，足以削弱別人的自信。神學不能支配他，而只是他的許多資源中的一種。但丁的一生在冥冥之中承受一個使命，由他渴慕景仰的前輩詩人維吉爾所留給他的文學使命：「以一首詩歌，來表達暨實現那重整政治（帝國）的希望。」唯有以先知詩人的身分，他得以對整個世界說話。唯有以詩的體裁，他得以把現世歷史帶進「地獄」或「天堂」，也把「天堂」或「地獄」變成導引現世歷史的動力。他是先知、詩人、年鑑史作者加悔罪者，他是演出者也是報導者，是朝聖者也是報導朝聖之旅的遊吟詩人。這幾個角色的加總使他成為極特殊卻優異的政治思想家，將共和主義理想寄託於普世帝國之中。但丁如果未撰《神曲》，西方政治思想的傳統將遜色不少。

但丁生於憂患，死於憂患，他將自己形容為「如屹立的尖塔一般，任風吹，塔尖也不搖半點」，他也堅信自己最終獲得命運注定的「榮光」。他說過：「我們生於此世，是上帝在考驗我們的真正的美德，看我們能否以基督般的堅忍來忍受所有的磨難。以上帝之名在此間承受痛苦，將為你贏得遠比你想像的更為高尚、更為永恆的快樂。」但丁這個名字意味著「給予」，意味著憑藉上帝賜予他巨大的智力天賦去惠及他人，他無愧於這個名字。

您在這個國家完全是水土不服

丹麥文學史家勃蘭兌斯在《十九世紀文學主流》中，有一冊專門名為《流亡文學》。法國大革命是近代史的開端，也是近代民族國家形成的轉折點，更是「流亡文學」作為一個龐大門類肇始的動力。無論是革命者還是反革命，都有可能成為流亡者，而流亡者所撰寫的，就是「流亡文學」。

勃蘭兌斯認為，近代流亡文學誕生於法國大革命前後。在中世紀，喜怒無常的暴君經常放逐他們不喜歡的大臣、貴族和文人，但流放、言論控制和新聞檢查都尚未形成一套嚴密的制度。是革命讓這一切都變得「有章可循」。勃蘭兌斯是革命的支持者和歷史進步主義者，但他天生具備極高的審美能力和文學鑑賞力，這讓他可以超越於政治立場，對那些即便是政治上「反動」的作家，亦予以充分的尊敬與肯定。他寫道：「我們彷彿看到流亡文學的作家和作品出現在一道顫動的亮光之中。這些人站在新世紀的曙光中；十九世紀的晨曦照在他們身上……他們的悲痛帶有詩意，他們的憂鬱引人同情。」

貴族出身的夏多布里昂是反對革命的保皇黨人，當波旁王朝覆滅時，他的哥哥連同妻子和岳父一起被送上斷頭臺，他流亡英國和美洲——他是最早一批描寫北美的大山大河、原野沙漠的歐洲作家。當他參加萊茵河上的流亡軍時，背包裡的書稿比內衣還多。在一次戰鬥中，一塊彈片擊中大腿使他受了傷，厚厚的《阿達拉》書稿替他擋住另一塊彈片，救了他的命。作家史古南在革命初期流亡到瑞士，並因纏綿病榻及其他各種情況，不得不在那裡停留下來。他不被允許返回法國，只能隔些時候偷偷冒險越過邊境去看望母親。他寫成了法國版的《少年維特之煩惱》——《奧勃曼》，許多自殺的人手中都拿著這本書。作家諾底葉熱愛自由，總是站在反對派一邊，不管這時誰當政：在共和國時期他篤信宗教，在帝國時期他是個自由思想家，他寫詩嘲諷拿破崙是個女士，他和出版商都被關進監獄。他出逃了，在汝拉山一帶從一個地方躲到另一個地方，在偏僻的地方居住寫作，從來沒能在一個地方待長到能完成一部在那裡開始寫的作品，「他天真得像一個孩子，淵博得像一位老人，為了嘗嘗受迫害的感覺，並為了在孤寂之中進行學習，他自尋苦痛和折磨」。

斯塔爾夫人（原名安娜・內克爾）與奧維德一樣流亡十年，寫下回憶錄《十年流亡記》。這位前首相的女兒、優雅的貴婦、才華橫溢的女作家、高雅沙龍的主人，痛恨王室的腐敗和專橫，革命爆發時同情革命，但革命的發展沒有停留在她希望的限度——建立一部英國式的憲法及一套英國式的君主立憲體制。她痛恨暴力，很快成為革命的反對者，幫助朋友們逃離法國，甚至還制定計畫幫助王室出逃。於是，一七九三年，她淪為被流放者，流亡到英國，為並不認識的王后安托瓦奈特辯護。她的沙龍聚集了當時歐洲最聰慧的頭腦和最崇高的心靈，人們說，法國之外的歐洲有三股勢力，「俄國、英國和斯塔爾夫人」。

拿破崙掌權之後，斯塔爾夫人回到巴黎。拿破崙試圖用歸還她父親在大革命期間被沒收的資產來收買她，被她斷然拒絕。拿破崙認為，任何人對他都是有所求的；斯塔爾夫人卻回應說，除了自由，她一無所求。「拿破崙皇帝對我最大的不滿，便是我一直以來對真正的自由懷著的那一顆尊崇之心。這份情感，是一份遞到我手上的傳承。當我有能力思考，思考那些接受其啟發而生的偉大思想、那些受其激勵而做的崇高壯舉的時候，我便已接受了它。」

拿破崙對英國開戰後，斯塔爾夫人隱退到巴黎郊外的一個村子。但拿破崙仍然害怕她的影響力，發出將她驅離大巴黎地區的放逐令。凡爾賽憲兵隊長來傳達該命令，此人頗有文學修養，對斯塔爾夫人的書讚不絕口，擔心驚嚇到這位可敬的女士，就穿便裝前來告知。一八一〇年，斯塔爾夫人出版《論德國》一書，此書事先已經過審查和刪改，拿破崙政府仍不放心，等十萬冊書籍印刷出來後，又下令收繳銷毀。警察部部長發來將斯塔爾夫人驅逐出法國的命令：「請勿探究我對您下此命令的原因，您在上一本書中對皇帝陛下保持緘默，實乃犯下大錯；在書中，皇帝陛下找不到一處稱讚他的地方，而您被判流亡也是幾年來您對他一直不敬的一個自然而然的結果。在我看來，您在這個國家完全是水土不服，我們也毋需自降身分，努力效仿您所欣賞的那些民族楷模。」斯塔爾夫人被迫走上流亡之路，「這個國家像對待士兵一樣對待女性」，「我像野獸似的被趕出法國國境」，被從祖國和家中硬逼出去，對她是極大的痛苦：「驛馬每前進一步就給我增添一份苦痛，當趕車人問是否車沒趕好時，我想到他們給我幹的可悲的差事，禁不住哭了起來。」她在回憶錄中寫道：「我把流亡比作死刑，這也許讓某些人感到吃驚。然而古往今來，有多少偉大的歷史人物在流亡中死去啊。和去家離國之苦相比，斷頭臺前反而有更多勇士能夠做到慷慨赴死。在所有法律條文中，終身流放被視作最嚴酷的一種刑罰。」

拿破崙擁有百萬雄兵，把整個歐洲變成他的監獄，把各國國王變成他的獄卒。即便在法國之外的旅居地，斯塔爾夫人仍不能擺脫其陰影，凡是善待她的地方官員都受到嚴厲懲罰。儘管如此，很多國王和領主仍然以國家元首的禮儀接待她。有人私下告訴她，只要她稍稍改變對拿破崙的看法和態度，就能得到返回法國的權利，但她不願以這個代價贖取自由。後來，有人對她說得更具體：「只要你說一小句或是寫一小句關於羅馬王（拿破崙的幼子）的話，歐洲所有的都城都會對你開放。」對此她只回答說：「我希望他有一個好保母。」她在流放地的沙龍幾乎成了一個對抗拿破崙的朝廷——只是這裡沒有士兵和刀槍。拿破崙不無嫉妒地表示，每一個跟斯塔爾夫人談過話的人，對他本人的評價必然大大降低。

斯塔爾夫人在父母的故鄉瑞士科佩居住，在拿破崙控制的歐洲，這是她唯一可以居住的城市。不久，日內瓦州州長奉命前來收繳《論德國》一書的手稿，她不得不離開科佩，前往奧地利。但被法國打敗的奧地利無法庇護她。她繼續逃亡，穿過波蘭，抵達俄國。然而，法俄開戰，拿破崙的軍隊深入俄國，俄國似乎無力抵抗。她只好從芬蘭去往瑞典，然後再去英國。一八一四年，拿破崙垮臺後，她回到巴黎，重建文學沙龍，並繼續對政治發揮舉足輕重的影響。她沒有報復拿破崙，還向第一次流放期間的拿破崙通告一個謀害他的陰謀。她也是女性解放的先驅，在其作品中，她向人們展現了那些被社會枷鎖束縛的無法實現自身個性的女性受害者。她為所有女性，以及她自己，訴求幸福的權利。

放逐不僅僅是一種「法國現象」，近代以來，放逐和自我放逐已經成為作家和思想家的宿命。勃蘭兌斯指出：

> 十九世紀再晚一些時候，歐洲的三個主要國家都分別流放了她們最偉大的作家：英國流放了拜倫，德國流放了海涅，法國流放了雨果，但流放並沒有使他們任何一個人失掉他的任何文藝影響。

正是這些在自己的祖國「水土不服」的偉大心靈，將在祖國已經熄滅的文明火種保存下來，並讓其燃燒成一盞照亮黑暗的歷史隧道的明燈。

你身在哪裡，哪裡就是世界中心

一個人的放逐是悲劇，一群人的放逐呢？一個民族的放逐呢？聖經中早就對猶太人的命運作出預言：「你將在萬國中成為流散者。」猶太人的歷史就是流亡的歷史，屬於個人、民族，也屬於全世界。自從亡國後，猶太人面臨波斯、羅馬、埃及、基督徒歐洲的強權文化夾擊，數度被驅趕、被屠殺，但卻始終沒有被消滅。三千年來，他們依附在各帝國之下，頑強、尷尬而窘迫地生存。與流散命運相應的，是猶太流散文學（Diaspora Literature）傳統。比起大部分民族來，他們擁有更為形而上、更為精神性的價值，以及對自身民族命運的信心和對其本質的驕傲，這種力量能讓他們在顛沛流離中存活，甚至在一九四八年強勢宣布復國，奪回應許之地。

以色列作家沙維特寫道：猶太復國主義就是屬於孤兒們的運動，一場歐洲孤兒們發起的絕望的「十字架東征」。當這些被基督教大陸拋棄的子女們逃離代孕母親的怨恨後，他們發現自己在這個世界孑然一身，不再有信仰、不再有父母、不再有家園，而他們就將這樣繼續生存。因為丟棄了一種文明，他們必須建立一種新文明。因為背離了家鄉，他們必須創造一個新家園。經過一個多世紀的奮鬥，一系列偉大的反抗在這裡創造出一個真正自由的社會，它鮮活、熱烈、迷人。這個自由的社會富於創造、富有激情和狂熱。它賦予這裡居住的人們以獨特的生活品質：溫暖、直接、開放。他們都是孤兒，他們沒有國王，也沒有父親，沒有一致的身分，也沒有連續的過去，但正因為他們在這個世上都是孤單的，他們因此聯結在一起。因為他們都是孤兒，他們就成了命運途上的手足兄弟。

「當一個東猶太人比登天還難！」所謂「東猶太人」（Ostjuden），指納粹大屠殺之前生活在東歐、波蘭、俄國尤其是烏克蘭西部及奧匈帝國境內的猶太人，屬猶太正統教派，有別於散居於西歐及其他地區的西猶太人。約瑟夫．羅特就是一名身為東猶太人的作家，他出身於奧匈帝國邊疆加尼西亞省的一個貧困猶太單親家庭，一生從未見過父親，由母親撫養長大。第一次世界大戰爆發前夕，他到維也納求學，見證帝國的崩解。戰後，擔任記者，在維也納與柏林之間生活。納粹興起後，他流亡巴黎，一九三九年，在貧病交加中客死異鄉，不過也避開了死於納粹大屠殺的更可怕的命運。

約瑟夫．羅特的小說《約伯》和《飲者傳說》及論文〈流浪的猶太人〉共同構成被德國作家、諾貝爾文學獎得主伯爾所讚譽的「罕見的東猶太人的生活紀錄」。在《約伯》中，主人公曼德爾．辛格是一位貧困的猶太鄉村教師，他拋下患有癲癇症、被其視為家門之恥的幺兒，全家一起逃離「傷心之地」俄國，投靠早已移居美國的次子。在辦理有關手續的過程中，受盡磨難和羞辱，「上帝在七天內就創造世界，但是一個猶太人想去美國竟需要幾年的時間！」然而，當證件到了，船票到了，人頭費用到了，他卻哀嘆，「並不是去我們主動自願去美國，而是去美國這件事主動找上我們，我們要『淪入』美國，無法自救了！」果然，美國並非他們的應許之地，兒子戰死、女兒發瘋，妻子也亡故，主人公面對的是舊約中約伯那樣的厄運。作者給了這個悲慘故事一個光明的尾巴：被遺棄的幺兒梅努因的病被治癒並成為傑出的音樂家，到美國來找到父親，父子倆在一個豪華旅店中重聚。

一九七八年獲得諾貝爾文學獎的作家艾薩克．辛格，出生於一個波蘭猶太拉比家庭，年輕時曾就讀於華沙一家專門培養拉比的神學院，後來又離開。納粹在德國掌權後，他確信德國很快會入侵波蘭，於一九三五年移居美國。他在一家使用意第緒語的猶太報紙當記者，一度遭遇無法寫作的痛苦。在短篇小說《科尼島的一天》中，他描寫一九三六年夏季的一天，一個從波蘭逃難到美國、整天為生計和護照發愁的年輕猶太作家，在遊樂勝地科尼島的見聞和遭遇——那就是他自己的形象，那種焦慮和苟且，竊喜和自嘲，都是他的親身體驗。小說的主人公想盡辦法發表作品，可是：「『在美國，誰還要看意第緒語作品呢？』我問我自己。雖然一家意第緒語報紙的編輯隔不多久就在星期天版面上刊登了一篇我寫的隨筆，可是他坦率地跟我說，對兩百年前的惡魔、幽靈和鬼魂，誰都沒有興趣了。我這個從波蘭跑出來的三十歲的難民，反倒成了時代錯誤。」

辛格一個人在布魯克林住了五年，孤獨而艱苦，就像《科尼島的一天》裡所寫，他與美國之間的關係，就是一顆用一套遙遠而幽暗的文學設備布置起來的腦袋，面對一個以陽光下的消費和娛樂為目標、匯聚成光怪陸離的世界的遊樂場，如此格格不入。轉機在他來到美國九年之後出現——有一個德國猶太人的妻子，甘願拋下她富有的丈夫，同辛格私奔。她用在百貨公司工作的工資來支持辛格寫作，給了他他最需要的柔情。就像納博科夫反覆強調的那樣，一位偉大作家的養成，有賴於一個更偉大的妻子的幫助。

在尋找腳下實地的過程中，辛格發現傳統的猶太人世界，正如米沃什所說，「終其一生，辛格始終圍繞著一個問題：上帝如何允許如此多的邪惡？猶太人的悲劇，代表了成千上萬受害者的約伯的呼告，這些都或隱或顯地出現在他的作品裡」。在諾獎演說中，辛格鏗鏘有力地為母語正名，揭示了猶太人為何能戰勝納粹大屠殺：

意第緒語和說它的人的行為是同一回事。人們可以在意第緒語和意第緒語精神中找到虔誠的喜悅、對生命的渴望、對彌賽亞的憧憬、耐心和對人類個性的深刻體會。在意第緒語中，有一種寧靜的幽默和對生活中每一天的感激，對每一點成功的感激，對每一次愛的感動的感激。意第緒語的心態並不傲慢。它不認為勝利是理所當然的。它不要求也不命令，而是盡可能地避開、偷偷地穿過破壞性的力量，因為它知道在某個地方，上帝的創造計畫才剛剛開始。

每一個猶太人及其家族的故事，都是一部蕩氣迴腸的史詩。九歲時，他見證他的國家的誕生；十二歲時，他目睹他的家庭的崩解──三十八歲的母親，罹患憂鬱症自殺。母親離去後，男孩改名為「奧茲」，意思是「堅強」。

奧茲在自傳體長篇小說《愛與黑暗的故事》的序言中寫道：「這不是回憶錄，也不是傳記，這只是一則傷心的故事而已……我的家人在一九三〇年代從歐洲來到以色列，我寫下這則故事，反映他們在新家園的生活情形。」這個故事，不僅是他和他的家族的故事，也是所有猶太人的故事。

奧茲的父親是立陶宛猶太人，精通十四種歐系語言；母親是西烏克蘭猶太人，也懂多種歐洲語言。他們在歐洲的童年和青年時代，富足，無憂無慮，受到良好教育，卻沒有想到歐洲突然沒有他們的容身之地，被迫遷居經書上的故土耶路撒冷，「向著高處的耶路撒冷，人們祈禱；但在低處的以色列其他地方，我們生活」。他們平常在家中使用希伯來語，父母在相罵或是講不想讓小孩聽到的話時，就使用俄語或波蘭語，摻雜德語和法語。父母只讓孩子學習祖先的語言，即希伯來語。歐洲在父母心頭是永遠無法磨滅的矛盾心結，既愛又怕，在二十世紀四〇年代，他們不想讓兒子懂得任何歐洲語言，怕兒子一旦長大成人，會受到歐洲致命的吸引力的誘惑，「如中花衣魔笛手的魔法而前往歐洲，在那裡遭到歐洲人的殺害」。這並非杞人憂天，奧茲如此平靜地記起一名年輕時的夥伴，「他去巴黎讀書，然後被殺害」。

然而，耶路撒冷能取代歐洲成為新的家園嗎？熱愛浪漫主義的波蘭文學和俄國文學的母親，從未愛上這座「充滿亞洲的黴菌的城市」，更從未將其當作用石與靈來修建的「天堂之城」或「聖城」。奧茲在小說《我的米海爾》中如此描寫耶路撒冷：「這是一個夢幻一般的城市，像是一個幻影，四面八方都是山，顯得有點荒涼，特別是入夜之後，到處鬼影幢幢，總之，這是一個令人感到憂傷的小城市，隨著季節的變化，憂傷的程度不同。」當他進入老年，女兒的年紀都已超過母親離世的年紀時，他才愕然發現自己對父母的心靈世界一無所知，以及對歐洲和以色列的複雜感情：「我們從來沒有交談過。一次也沒有。一個字也沒有。沒有談論過你們的過去，也沒有談論過你們單戀歐洲而永遠得不到回報的屈辱，沒有談論過你們對新國家的幻滅之情，沒有談論過你們的夢想和夢想如何破滅，沒有談論過你們的感情和我的感情、我對世界的感情，沒有談論過性、記憶和痛苦。」

母親離世後沒幾年，奧茲離家出走，加入基布茲農莊。隨後，他應徵入伍，參與過一九六七年的「六日戰爭」和一九七三年的「贖罪日戰爭」，戰爭的殘酷讓他意識到和平的可貴。從戰場歸來後，他發起成立「現在就和平」運動，致力推動以巴和平共處。他曾被問到以巴衝突中誰是「受害者」的問題，作出如是回應：「人總是把自己當成受害者，這是普遍的人性。猶太人是受害者，女性是受害者，黑人是受害者，第三世界國家是受害者……這個世界正在變成一場『比賽誰比誰受傷害更多』的奧林匹克運動會，每個人都在說，『我比你更受傷害』。」他認為，唯有堅強和自我反省，才能擺脫「比誰更慘」的惡性循環。

猶太人的身分認同，流亡與回歸的衝突，是福還是禍？奧茲說：「倘若這種歇斯底里的猶太紐帶非常堅固，沒有它我又怎麼能夠生活？我又怎能放棄這種對集體共振與部落紐帶的沉溺與迷戀？如果我將這毒癮戒掉，我還剩下什麼？我們豈能過著普通、和平的生活？我們當中誰能？我不能。」他用「毒癮」這個頗有冒犯意味的比喻，讓自己成了「害群之馬」。

正如奧茲所說，「若問我的風格，請想想耶路撒冷的石頭」，奧茲作品的底色，就像包圍著耶路撒冷的群山上佇立幾千年的石頭，有許多的層面和積澱，它冷冷地俯瞰著下面這座城，不提供謎底，也沒有掙扎與吶喊，歷史，在上面只留下風化的痕跡。石頭沒有自由，文字和寫作者卻能在紙上創造自由：

> 我猛然意識到，寫作的世界並非依賴米蘭或倫敦，而是始終圍繞著正在寫作的那隻手旋轉，這隻手就在你寫作的地方：你身在哪裡，哪裡就是世界中心。

《父親的失樂園》是一本可以跟《愛與黑暗的故事》參照閱讀的家族史。雅瑞珥在洛杉磯出生長大，他討厭父親約拿怪異的移民習性以及奇特的口音，進入青春期後逐漸與父親形同陌路。直到有一天自己的兒子來到人間，他才驚覺，自己竟對家族的過往和血脈毫無所知。

原來，父親約拿是庫爾德斯坦猶太人，他們是世界上最古老的猶太裔流散群體。將近兩千七百年來，他們生活在遙遠偏僻的山區村落，從未放棄祖先傳下來的語言：亞拉姆語。這種語言被稱為「天堂的官方語言」、「離上帝最近的語言」，也是耶穌使用的語言。一九三八年，約拿出生時，亞拉姆語早已奄奄一息，它只殘存在一個地方——庫爾德斯坦地區的猶太人及一部分基督教徒的唇齒之間。移居美國後，約拿不遺餘力地挽救母語的行動受到國際語言學界的高度肯定，其學術成就攀升到加州大學的頂峰。他一生中最重要的著作是一部猶太新亞拉姆語與英語對照字典，那是人類史上第一本此類字典，彷彿一座金碧輝煌的墳墓，收容一種垂死的文字。

重新發現父親的事業、重新發現父親的語言，也是重新認識自己生命的源頭。已不會聽說寫這種語言的雅瑞珥感嘆說：「每當一種語言死亡，一個文明的火炬就隨之熄滅，一個文化的聲音也跟著消失……我們應該停下腳步默禱，但也應該將故事用另一種語言流傳下去，讓故事至少能以另一種形式繼續存在。」他決定與父親一起踏上家族當年的來時路，重返那座遙遠的河中之城——扎胡。一路上，他勾勒出父親在從庫爾德斯坦山丘到洛杉磯高速公路的這趟人生旅途中跨越的重重地理障礙及語言隔閡。

一九四〇年代，外界的政治與族群紛爭打破群山屏障，讓故鄉原有的和諧一夕生變：因為以色列建國，伊拉克政府開始迫害境內的猶太人，爺爺被迫放棄故鄉事業與伊拉克國籍，舉家遷徙往以色列，所見卻非金色的富饒大地，一家人淪落在貧民區。爺爺一再投資失敗，抑鬱而終。父親發現猶太人之間的歧視——歐洲裔猶太人的身價遠高過來自阿拉伯世界的猶太人，而他的出身屬於低等中的低等。因著對以色列的失望，他前往美國念書，受到家族的唾棄，終其一生將思鄉之情昇華為事業，成為母語亞拉姆語首屈一指的專家。雅瑞珥意識到：「父親的工作並非一場聖戰，而是一種強烈的個人掙扎的外在表徵；他的目的是在調解過去與現在。我漸漸發現，在美國教授亞拉姆語是他在異鄉禮讚天主的方式。」

父與子終於有機會返回故鄉，其感受頗值得玩味：「人不免都會懷抱一些希望……那趟旅行是一種懷舊之旅，懷舊的心情會讓人想重新看到一個地方。當你看到過去的東西並沒有留下來，那可說是一種人生的寫照。你發現生命不會靜止不動，沒有什麼東西會保持原樣等你回去看。河水依然在流，看起來河流是小了點，但它依然在流。隨著水流，你的人生也在流動。這就是生命的本質。」物是人非，真個是「少小離家老大回，鄉音無改鬢毛衰」。但是，「如果一個人懂得槓桿操作的奧妙，他將能讓光陰凝結得夠長久，藉此挽救他最珍愛的一切」。

夏卡爾：我的祖國只存在於畫布之上

二十多年前，我在法國梅斯的聖艾蒂安大教堂中看到一組彩繪玻璃窗，那一刻，我似乎聽到上帝親口對我說話。那一刻，我還不知道這組作品出自一名非基督徒的猶太畫家夏卡爾之手。

長壽至九十八歲的夏卡爾，被捲入二十世紀歐洲歷史中的各種恐怖事件：世界大戰、革命、種族迫害、數百萬人被殺害、數百萬人在流亡。他將自己經歷過的悲劇提煉成直接、簡單的象徵性畫面，讓每一個人都讀懂。他的畫可以配著卡夫卡的小說一起欣賞，他們的核心隱喻都是「受難」。

夏卡爾曾說過，他的祖國只存在於畫布之上：俄國，對他關上大門（他對所有的俄國政權——舊的、蘇聯的以及流亡的——來說，都是陌生的）；法國，有著不同的信仰；巴勒斯坦，對他沒有吸引力——因為那兒的猶太人不懂得欣賞藝術；美國，給他更大的自由和更多的成功，但他從未像納博科夫一樣將美國作為一種新的文明來皈依。

「每一位畫家都有自己的故鄉」，夏卡爾的出生地維捷布斯克在不同的歷史時期歸屬於立陶宛、波蘭、俄羅斯帝國、蘇聯、白俄羅斯，這是一座猶太會堂與天主教徒犬牙交錯的小城市。夏卡爾童年的生活極為貧苦，雖然猶太人占城市人口的一半，但帝俄政府實行種族歧視政策，猶太孩童不能上公立學校，只能接受猶太會堂提供的有限的教育，「我每走一步，都覺得自己是猶太人——人們讓我感覺到這一點」。即便如此，在母愛的呵護之下，「我覺得我可以在月亮上盪鞦韆」，他稱故鄉為「母親之城」，以及「我的悲傷之城，我的快樂之城」。

這個害羞的、口吃的少年人，拿著一份朋友的旅行證件，到當時不許猶太人進入的俄國首都彼得堡追求自己的藝術之夢。許多年後，身在美國的夏卡爾發表一封題為〈致我的城市維捷布斯克〉的公開信，解釋當初離開的原因：「為什麼？多年前我為什麼要離開你？你在想，這孩子在尋找什麼，尋找這樣一種特殊的微妙，那種顏色像星星一樣從天空中降落，明亮而透明，就像我們屋頂上的雪。他從哪裡得到的？怎麼會出現在他這樣的男孩身上？我不知道為什麼他不能在我們這裡，在城市裡，在他的家鄉找到它？也許這孩子是『瘋了』，但卻是為藝術而『瘋了』。你在想，『我看到了，我已經刻在了男孩的心裡，但他還在飛，他還在努力起飛，他的腦子裡有風』……我沒有和你生活在一起，但我沒有一幅畫不與你的精神一起呼吸。」彼時，身在大洋彼岸紐約的夏卡爾，只能從報紙上尋找戰火中故鄉的零碎消息，納粹的鐵騎輾過這座城市，然後是對猶太人的屠殺。一九四四年，蘇聯軍隊奪回維捷布斯克時，這座二十多萬人口的城市只剩下一百一十八名倖存者和十五棟房屋。

夏卡爾哀嘆：「我知道我再也找不到父母的墓碑甚至墳墓了。」但他用畫重建故土。作為畫家，「他的出生地的某種獨特的芬芳，總會依附在他的作品之中」。如同塞尚的法國、梵谷的荷蘭、畢卡索的西班牙，「我希望，我也以這種形式將童年印記保留到作品之中」。夏卡爾用視覺語言來回憶「我在維捷布斯克的一幕幕，我走過一條條街道、走過一個個屋頂和煙囪的時候，覺得我是這座城市裡唯一的人，所有的女孩們都在等著我的到來，那些墳墓在古老的公墓裡傾聽我的聲音，月亮和雲彩在路上跟著我，和我一起拐過街角，走入另一條街道……」

十月革命發生時，夏卡爾從巴黎回到故鄉不久，他發現這場革命將沙俄帝國「翻了個底朝天，就像我翻畫一樣」。作為窮人及身為「賤民」的猶太人，他對革命抱有樂觀期待，在此一期間創作的作品中，人物如同旗幟一樣歡樂地飄揚。他一度出任維捷布斯克地區藝術人民委員，負責在當地創辦美術學院和博物館。但權力鬥爭讓他忍無可忍，他跑到莫斯科去，新政權的「文教沙皇」盧那察爾斯基為他找了一份不至於被餓死的工作——第三國際猶太兒童教養院的繪畫老師。從此刻起，他不再認為自己在俄國會有未來，「無論是俄羅斯帝國還是蘇聯俄國，都不需要我。他們都不理解我。對他們來說，我是個陌生人」。

一九二一年，蘇俄開始全面排猶，尤其是打擊猶太會堂。一位學者指出：「對猶太人的仇恨，是今天俄國社會中最突出的特徵之一。無論東南西北，猶太人在每一個地方都讓人討厭。」乘坐七輛汽車前來的契卡（編按：蘇俄祕密警察組織，全名為「全俄肅反委員會」）特工們洗劫了夏卡爾岳父母開的珠寶店，就連廚房裡的餐具都被搬走。他們用一把左輪手槍頂著其岳母的鼻子：「保險櫃的鑰匙，否則……」當天晚上，這群人去而復返，拆毀牆壁，掀開地板，尋找「被藏起來的珍寶」。

一九二二年，夏卡爾現身柏林，「也許，歐洲會愛上我的，同時，愛上我的俄國」。他是持合法證件離開的，他不是政治異議分子，從來不曾批評蘇俄，但蘇俄將他視為叛逃者。夏卡爾與家人在威瑪時代藝術流派百花齊放的柏林生活了兩年。一九二三年，他遷居巴黎。在此期間，他為《死魂靈》、《寓言》及《聖經》製作插圖。果戈里說過，當生活匆匆而過，他與自己筆下的人物攜手同行，看著世界在歡笑和淚水中穿梭。夏卡爾為其作品的插畫帶來悲中帶喜的神韻。果戈里曾抱怨過，先知在他的祖國毫無榮譽可言。夏卡爾帶著這種悲嘆憤憤地附和著，他在給友人的信中寫道：「你知道，我幾乎與俄國斷絕了聯繫……沒有人寫信給我，我也無人可寫。好像我不是在俄國出生的一樣。」他身在俄國的家人們亦不希望讓政府注意到他們與一位著名的叛逃者有聯繫。

無論在柏林還是巴黎，夏卡爾都與俄國知識分子流亡社群保持密切聯繫，正如同樣身為流亡者的作家納博科夫所說，這樣一個移民聚居區，「實際上是一個比我們在這個或那個周圍國家所看到的，文化更為集中，思想更為自由的世界，誰會為了進入熟悉的外部世界而離開這種內在的自由？」夏卡爾在巴黎的「自由之光」中感受到的魅力，以及他在法國鄉村的欣喜若狂相結合——那裡柔軟而溫和的光線，與俄國的如此不同。他遊歷法國，反復到鄉間旅行，並訪問法國的鄰國：「我在法國以外的旅行在藝術意義上對我是多麼有利——荷蘭或西班牙、義大利、埃及、巴勒斯坦，或者僅僅是在法國南部。在那裡，在南部，我有生以來第一次看到了那片濃郁的綠色——我在自己的國家從未見過這樣的綠色。在荷蘭，我想我發現了那熟悉而跳動的光，就像午後和黃昏之間的光。在義大利，我發現那種博物館的寧靜，陽光給它帶來生命。在西班牙，我高興地找到神祕的、儘管有時是殘酷的過去的靈感，找到它的天空和人民的歌聲。而在東方（巴勒斯坦），我意外地找到《聖經》

和我生命的一部分。」一九三一年，他受邀訪問以色列，「在那裡真正尋找的不是外在的刺激，而是來自祖先的土地的內在授權」。

很多俄國流亡者不甘寂寞，陸續回國。親共作家阿・托爾斯泰說：「你們會看到的，移民之中不會產生任何文學作品。兩三年的移民生活足以殺死任何作家。」高爾基也回去了，卻遭史達林暗害。夏卡爾的朋友們大都對蘇聯有好感，畢卡索、艾呂亞等人加入法國共產黨。曾被關進格別烏監獄的匈牙利猶太作家塞爾吉指出：「這是現代整體良知的悲劇缺失，沒有人願意看到邪惡達到如此嚴重的程度。」夏卡爾對共產主義沒有好感，但他仍認為自己是一名「俄國藝術家」。一九三七年，他給留在蘇聯的老師佩恩寫了一封信，沒想到這封信直接導致八十七歲的老人的死亡——格別烏特務殺害了這位本可安享晚年的老人。當時同國外的任何聯繫，都有可能導致被殺害，更不用說與夏卡爾這個具有如此高影響力的叛逃者之間的聯繫。這一事件終止了夏卡爾的回國之夢。

希特勒迅速在德國崛起，夏卡爾的作品被納粹查禁。夏卡爾憂心忡忡地觀察著納粹對猶太人和現代藝術的掃蕩，卻沒有想到戰爭突如其來地爆發，法國的崩潰如此迅速，或許是因為「對文明的過度信任，阻礙了對危險的認識，並對現實產生了一種基於高度選擇性的接受判斷」。

此時，美國成為唯一的避難所。從一九四〇年開始，紐約的美國知識分子和猶太作家們便透過緊急救援委員會和猶太勞工基金會等組織拯救在歐洲處於危險中的文化人，夏卡爾的名氣已足以讓他成為一個優先案例。「我生性懶於行動，不願踏上旅程」，他和妻子花了好幾個月才拿到美國的入境簽證和法國的出境簽證，趕到馬賽等候赴美的船隻。用《時代週刊》記者的話說：「在這個歷史性的瘋狂時刻，歐洲的苦痛全部被塞進了這個只有幾平方英里的、淫邪且骯髒的港口。」在德裔猶太作家安娜・西格斯的自傳體小說《中轉》中，她將馬賽稱為「歐洲的盡頭，大海的開端」。五月七日，夏卡爾終於登船離開，幾個小時之後，維琪政府的警察們開著卡車橫掃這座城市，在旅館和餐館搜捕一千五百名流亡者，這些人大都被送入苦役營，生還者寥寥無幾。夏卡爾與妻子在里斯本等一個月才登上去紐約的船，一路上無法繪畫，只能寫詩，他在〈在里斯本出發〉一詩中寫道：「我在你們之間尋找我的星星，／尋找世界的盡頭，／我希望和你一起變得強壯，／但你害怕地逃走了……在這世上／我無處可去。」他對歐洲大陸的最後一瞥是一幅悲慘景象：「在靠近船隻的港口，我發現了數百名帶著包裹和行李的猶太人。我從未經歷過這樣的慘事，作家自己和他曾描寫過的人物，要登上同一艘船。」

美東時間一九四一年六月二十一日晚九點，夏卡爾抵達紐約——與此同時，歐洲時間六月二十二日上午五點，德國入侵蘇聯。他把這一時間巧合視為充滿希望的象徵。美國為他提供了二十年來他在法國未曾奢望過的機會：觸摸不朽。在這片廣闊的天地，他無可抗拒地被吸引到舞臺設計、穹頂彩繪、壁畫及教堂玻璃窗彩繪上。

一九四六年六月四日，夏卡爾訪問戰後百廢待興的巴黎，「回到法國不為別的，而是為了一個愛的宣言。一個人重新發現法國，就像一個人重新發現自己所愛的女人一樣」。他對集中營倖存者和在法國抵抗軍中服役的猶太人發表演講說：「願我們從倔強和受挫的精神中找到安慰，從那些向我們乞討及為我們祈禱又離開的人身上找到安慰。因為我們猶太人不僅要和活著的人一起生活，也要和死去的人一起生活」。一九四八年，他重返法國，定居法國南部的蔚藍海岸，他說：「我知道我必須生活在法國，但我不想與美國隔絕。法國是一幅已經畫好的畫，而美國仍然需要描繪。也許這就是我在那裡感覺更自由的原因。而當我在美國進行創作的時候，就像是在森林裡大喊大叫。這裡沒有回聲。」此後三十多年，他常常穿梭於大西洋兩岸，他的重要作品也散播在歐洲和美國。

「只有那塊土地是我的／在我靈魂裡的那塊」、「作為一個屬於這裡的人，沒有證件，／我便進入那塊土地。／它看到了我的悲傷／和孤獨」，夏卡爾晚年曾應邀訪問蘇聯，他拒絕返回戰後重建的維捷布斯克，「在八十六歲的時候，有時回憶是不能破滅的。我已經有六十年沒有到過維捷布斯克了。如果現在我去那兒，看到的一切一定會讓我無法理解。此外，構成給我的畫的活元素之一，將被證明是不存在的，那就太悲哀了，我會無法忍受」。不過，在莫斯科，他重新在青年時代創作的作品上簽名——這些作品被有心人藏在劇院的地下室，躲過政治風暴和戰爭，他在簽名時嘆息說：「哦，那時我還年輕！當時我簡直太年輕了，這是用靈魂畫出來的！」藝術終究還是戰勝了一切暴政。看似脆弱的藝術和藝術家永遠如此。

第二章　拉丁美洲的百年孤寂

> 咱們都是外星人，地球上活著的人都是流亡者，是被放逐到地球上來的。
>
> ——拉波尼奥

瓜地馬拉作家阿斯圖里亞斯的長篇小說《總統先生》中有這樣一段話：「那些為祖國謀求利益的鬥士都在遠離我們的地方，有的流落他鄉，乞討度日，有的早在公共墓穴中化為腐臭的泥土。早晚有一天，大街小巷都會驚恐萬狀地自行封閉，空氣將汙濁不堪，蟲災接著瘟疫，瘟疫接著蟲災，然後是一場毀滅一切的大地震。這一切我都用眼睛看到了，就因為我們是一個不容於上天的民族……睜開眼睛看看吧，自由在哪裡？」他本人就因為反對軍政權而被迫流亡阿根廷八年。其實，整個拉丁美洲何嘗不是如此？

哥倫比亞作家馬奎斯曾對他們這一代拉美作家有一個評價：「我們大家在寫同一本拉丁美洲小說，我寫哥倫比亞的一章，富恩特斯寫墨西哥的一章，科塔薩爾寫阿根廷的一章，多諾索寫智利的一章，卡彭鐵爾寫古巴的一章……」多塊拼圖拼在一起，就成了多災多難的拉丁美洲。包括馬奎斯在內，幾乎所有優秀的拉丁美洲作家，為逃避國內政治的專制和暴虐，都有過流亡的經歷，有人流亡到其他拉丁美洲國家，更多人流亡到歐洲或美國，有人是「不得已的流亡者」，更多人則是「自願的流亡者」。

墨西哥作家富恩斯特指出，從殖民時期，西班牙美洲就生活在雙面現實之中，一種人文的、進步的和民主的法制現實（印第安人的法律，獨立共和國的職能機構），與另一種非人文的、倒退的、專制的現實針鋒相對。當前一種生活被後一種生活壓制乃至消滅，流亡就成了作家必須的選擇。

祕魯作家尤薩認為，流亡國外可以更好地寫作——僅僅在祕魯就能開列一份由流亡多年的人寫的著名作品的清單。其中，寫《王家述評》的加西拉索流亡三十年，寫《人類的詩篇》的巴列霍流亡十二年。這些流亡者即使遠離拉美，仍不曾忘懷這塊黑暗大陸，作品帶有深刻的民族特點。尤薩指出，拉美各國流亡者的文學，可稱為扎根本國的文學。

即便整個拉丁美洲都變成監獄，我們仍然要唱歌

卡彭鐵爾出生於瑞士洛桑，父親為熱愛文學的法國建築師，母親是來自俄國的俄語老師。他從小被父母帶到古巴哈瓦那生活，自我國族認同為古巴人。一九二七年，大學尚未畢業的他因反對古巴馬查多獨裁政權被捕下獄，在獄中完成第一部長篇小說《埃古—揚巴—奧》，出獄後流亡法國。

一九三九年，他回到古巴，執教於哈瓦那大學。他宣稱脫離「超現實主義」文學流派，宣稱回到拉丁美洲的現實之中，在那裡有「神奇的現實」。一九四五年，他再度流亡，輾轉於委內瑞拉、海地等國。一九五九年，古巴革命勝利之後，他回古巴擔任多個要職。但從其作品看來，他對革命頗有反思，亦從未真正結束流亡者心態。

卡彭鐵爾的代表作《人間王國》，以海地民族獨立運動為素材：表面上，革命創造了全新的世界；事實上，革命帶來全新的壓迫——推翻白人殖民者的黑人領袖克里斯托夫仿效拿破崙，在島國大興土木，為自己加冕，最後被另一次革命推翻，自殺身亡，屍體被投入修建城堡的灰漿之中。而人民一直生活在水深火熱中，這就是奈波爾所說的「自我殖民主義」——卡彭鐵爾為之服務的古巴共產政權不也是如此嗎？小說的主人公想遁入動物世界，卻發現動物世界的壓迫依舊：他變成一隻螞蟻，卻被迫在一些大頭螞蟻的監督下，在那永無止境的道路上搬運重物；他變成一隻鵝，卻被其他已經形成貴族集團的鵝群霸凌，不准進入他們的領地。卡彭鐵爾在晚年的重要著作《春之祭》中，描述了兩個不同時空的流亡者穿越時空在巴黎相逢的故事：一群是俄國十月革命後的流亡者，一群是古巴獨裁者馬查多專制時的流亡者。他們聯袂組團演出，一起參與西班牙內戰，甚至潛回古巴參加革命。流亡與革命的矛盾，真是剪不斷理還亂。

一九六三年十一月五日，西班牙流亡詩人塞努達在墨西哥城與世長辭。他從一九二七年開始發表詩歌，是「一九二七」一代的重要詩人。他的友人、詩人門德斯如此描述他離世時的場景：「最後幾天，彷彿冥冥之中有種力量讓他變得不像他自己了，他開始滿懷深情地回憶自己的家人，給我們看照片，他變得很熱切，很想交流。十一月四日，那天是週一，在我女兒家，我們吃完飯聊了會天，那是我們最後一次說話。……大約是第二天早上六點，他死在自己房間的洗手間門口，穿著睡衣和拖鞋，一只手拿著菸斗，另一只手拿著火柴。」如此死亡，正應了詩人生前的預言：「我為了愛情而死，為了所有的赤足。」塞努達的最後十多年在墨西哥度過，他在遙遠的拉丁美洲重建了一個「墨水寫就的西班牙」。

一九三八年二月，西班牙內戰硝煙瀰漫。英國詩人斯坦利・理查德森在塞努達毫不知情的情況下，以請他去做講座為理由，為他爭取到前往英國的簽證。塞努達以為這次離開不會超過一兩個月，在講座結束之後，他動身前往巴黎，準備取道回國。他原本希望回到故土做一個「無能為力的見證者」，「我從未想過離開（考慮到我對當時西班牙局勢的態度，離開才合情合理）；因為我覺得至少我還在我的故土一邊，我還在我的故土之上，做著我永遠的工作：詩歌」。然而，內戰越發血腥殘暴，他的幾位好朋友先後被交戰雙方殺害。站在西法邊境的車站，聽到砲聲隆隆，他不得不折返。一九五八年，他在散文詩〈戰爭與和平〉中憶及當年最後的轉身：「背後留下的是你淌著血的、廢墟裡的故土。最後的車站，國界線另一邊的車站，你在那裡與故土分離，她只剩下骷髏一具，扭曲的金屬，沒有窗，沒有牆——一具地裡挖出的骷髏，連白天最後的光都將它棄絕。面對所有人的癲狂，一個人能做什麼？沒有回眼望，對未來也沒有預感，你就這樣走進陌生的世界，祕密地離開已化陌生的故土。」他又回到英國，先後在格拉斯哥大學和劍橋大學任教，之後又到美國的大學任教。那場戰爭，幾乎毀掉了整整一代的西班牙文學菁英，用阿萊克桑德雷的話說就是：「他們都離開了，所有人，同時一起離開，走向不同的方向。」

塞努達用西班牙語寫作，始終覺得英語世界是異鄉。於是，他又移居墨西哥，因為大半個拉丁美洲都使用西班牙文，那裡是他的另一個故土、另一個更大的西班牙。他在散文詩〈語言〉中如此自問自答：「在跨過邊境線之後聽到你的母語時，這麼多年都沒有在身邊聽到過的語言，你是什麼感覺？——我感覺好像毫無中斷地繼續生活在有這種語言的外在世界，因為在我的內心世界，多年來這種語言從未停止回響。」

塞努達對西班牙的內戰和弗朗哥的獨裁統治深惡痛絕，故國「沒有一線生機」，「半個西班牙死在另外半個手裡」，「真正讓我震驚的不只是自己居然能安然無恙地逃離那場大屠殺，更是我當初竟然完全沒有意識到自己身處一場大屠殺中，哪怕它就發生在我身邊」。他終身未曾回到西班牙，因為他不願接受獨裁統治，他一直昂首面對同胞的惡意、冷漠和敵視。但他並非「恨國者」，他對故土一往情深，他在詩歌〈故土〉中寫道：「那面老牆頭的青苔／午後綻開藍色的花攀援，／夏天燕子回到老牆／總是回到舊日的巢。」可惜，他不是燕子，無法回到舊巢。他在〈西班牙哀歌〉中寫道：「你沉默著，／土地，我唯一的激情所在，你哭出／你的孤獨你的羞辱。……讓你的風吹過我額頭，／你的光籠罩我胸膛直到死亡，／我還渴望的唯一確實的榮光。」他的祖國如一名被惡霸擄掠的美人，他在〈一個西班牙人講他的土地〉中詠嘆說：「他們，那些勝利者／永遠的該隱，／奪去我所有。／留給我流亡。／……有一天，你已從／他們的謊言裡自由，／來尋找我。那時候／一個死人該說些什麼？」於是，流亡是通往自由的橋梁，他以朝聖者自詡，亦以《朝聖者》為最後一本詩集的書名——「不要掛念更容易的命運，／你腳下是從未踏過的土地，／你眼前是從未見過的風景。」

科塔薩爾生於阿根廷駐比利時大使館。很多年之後，他說：「我的出生是旅遊和外交的產物。」

童年時，他們全家回到阿根廷，「那是一段充滿勞役、感觸和悲傷的日子」。他在大學任教，因反對庇隆政權而辭職，得到一筆法國獎學金，自我放逐到巴黎。他認為，阿根廷文學跟智利、烏拉圭文學一樣，其處境是絕望的，它是一種在流亡和被迫的沉默、疏遠和死亡之間搖擺的文學。若干軍人獨裁統治下的拉美國家的文學，就像「一個人在牢房裡唱歌，包圍他的只是憎恨和不信任；在那裡，無論是批判性思想還是純粹的想像都被視為一種罪行」。在拉丁美洲，揭露現實的文字，只能把真實的思想和希望的祕密藏匿起來，閱讀它就像收到拋在大海裡的瓶中信（這也是布羅茨基喜歡使用的比喻）。他的巨著《跳房子》帶有自傳色彩：第一部分名為「在那邊」，主人公從阿根廷到巴黎尋找精神家園卻深深失望；第二部分名為「在這邊」，主人公回到阿根廷，卻看到更大的黑暗；第三部分名為「在別處」，主人公只剩下「做夢和遊蕩的自由」。

與卡彭鐵爾一樣，科塔薩爾一度支持古巴革命，稱古巴為「我的家」和「我受傷的故鄉」，但很快發現這場革命走向可恥的墮落——巴迪亞德事件被視為分水嶺。巴迪亞德是一位要求獨立創作的古巴詩人，「對某些重要權力部門，尤其是國家安全部門，無孔不入、令人恐懼的管理方式提出批判」，招致卡斯楚政權迫害。特務們偽造巴迪亞德的懺悔書並強迫他在大會上公開誦讀。這激起科塔薩爾等曾經的「古巴之友」的憤怒。他們發表公開信抗議古巴政權「史達林化」。一九七一年，「長著一雙大手卻有一張娃娃臉」的科塔薩爾，應邀到古巴訪問，因要求釋放「反動作家」巴迪亞德及其妻子而被驅逐出境。此一事件被視為拉美「文學爆炸」真正「爆炸」之時。

二〇二一年榮獲西語世界最高文學獎項「塞萬提斯獎」的克里斯蒂娜・佩里・羅西，擁有兩個祖國、兩片故土、兩種生活——她出生於烏拉圭首都蒙得維的亞，一九七二年，烏拉圭陷入軍事獨裁統治，「作為懲罰，我的書甚至提及我的名字的文字都被禁止了。我奇蹟般地逃脫了獨裁者的追殺。」她流亡至西班牙巴塞隆納。那時的西班牙處於佛朗哥獨裁統治下，一九七四年，她又前往巴黎。「我把抵抗變成了文學。自從我一出生，我就沒有放棄過反抗階級和性別的不公，爭取自由和正義。」其作品被譽為「伊比利美洲和西班牙之間的橋梁，永遠提醒著二十世紀的流亡與政治悲劇」。她在詩集《流亡經歷》中探討流亡帶來的身分丟棄和創傷，以及如何超越流亡的痛苦，尋找新的身分認同。「最好的事情是不要出生，／但如果出生了，／最後的事情是不被迫流亡。」當流亡以猝不及防的方式發生時，「我在這裡，在祖國的另一邊，／有一點痛」。媽媽郵寄來的家書，讓流亡者情何以堪：「我的女兒，如果所有的人都離開了，／留在這裡的我們該怎麼辦？」她承認，流亡首先質問的是身分問題，因為它割裂了來源、一個國家及民族的歷史：

> 流亡是我一生中最痛苦的經歷，但也是最寶貴的經歷。我可以用這種經歷來做兩件事情：把它變成仇恨、憤懣；或者把它變成成長、詩歌、文學、博愛。

克里斯蒂娜選擇後者，用數十本詩集和小說完成此一使命。多年以後，烏拉圭結束了軍政權，開始民主轉型。但她放棄返回母國：「我不願感受一種不同的鄉愁……我想讓這種鄉愁永遠不發生改變，永遠和我生活在一起。」

一九七三年，二十六歲的曼波．賈爾迪內里帶著處女作《為何禁止雜耍？》到阿根廷首都布宜諾斯艾利斯參加「拉美小說競賽」。一九七六年，還沒等到該書正式出版，軍方就發動「三．

二三」軍事政變。同年秋天的一個夜晚，藏於出版社地下室中連同《為何禁止雜耍？》在內的幾千份書稿被付之一炬。曼波「像一棵綠蘿般」流亡墨西哥。在流亡的第一個月，他寫出名為《熱月》的小說：「在一間租來的公寓裡，我一邊望著阿胡斯科火山，一邊完成了這部作品的初稿。我喝馬黛茶，抽菸，祖國正在上演的悲劇讓我滿懷憤怒和痛苦，我寫了一段又一段，內心憤懣而絕望。」從此，流亡及移民成為其作品中一詠三嘆的主題。胡安．魯爾福評論說：「曼波知道如何消解痛苦，或許是曾經的流亡經歷教會了他如何忍受痛苦甚至更多。」富恩特斯稱讚說：「曼波所有的作品，特別是有關移民的故事，都是如此人性化，如此令人動容。」曼波在短篇小說〈流亡者的夢〉中描述一個流亡者遙不可及的夢，主人公回到故土：「他曾經在遠方留下過那麼多眼淚，承受過那麼多痛苦，背井離鄉讓他失去了那麼多的力量……所以明天，必須走遍城中的每一條街道、每一處院落，才能追回往昔，給耗盡的電池充上電。為了像歸來的燕子一樣記起城中的風景，必須棲息在同樣幾棵古老風鈴樹的幾根古老枝條上。」主人公見到一直深愛卻被告知在鎮壓中失蹤的女孩，她「青春洋溢，光彩照人，像他所有的夢想和回憶一般燦爛」。就在此時，流亡者醒了。

拉美「後文學爆炸」時代重要作家莫亞，出生於薩爾瓦多，青少年時代親身經歷國內動盪的局勢及慘烈的政治殺戮。他在薩爾瓦多大學念了一年書，輟學遠走加拿大，輾轉於哥斯大黎加、瓜地馬拉、墨西哥、德國、西班牙等地，分別留下藏書和回憶。之後，他來到美國，住在愛荷華城，擔任愛荷華大學西語系創意寫作教授。他常閱讀中美洲新聞，這些新聞讓他「非常令人沮喪」，他直言不諱地指出：「對我來說它就像一個惡習。我努力不讓它侵染我的生活，但很難保持不受影響，因為那裡有你的回憶和你愛的人。」

莫亞在小說《錯亂》中講述一名流亡作家被一個教堂僱去編輯一份一千多頁的大屠殺倖存者口述證詞。在此過程中，他逐漸分不清哪些是歷史，哪些是現實，因為在這個國家「我們都知道誰是殺人犯」，「讓我們感到害怕的，是跟我們一樣的人」，「他們殺得越多，爬得越高」，「在我們的國家，犯罪是升官發財的最快捷徑」。後來，莫亞在一次中美洲文學研討會上直言不諱地指出：「我們是一場大屠殺的產物。這就是為什麼，我們平時如此熱衷於開玩笑。我們用玩笑來抵禦精神錯亂。」拉波尼奧曾經稱讚莫亞是「我們這一代作家中唯一懂得如何敘述恐懼的人」。莫亞對這一稱讚坦然受之，他引用他喜歡的思想家埃米爾·齊奧朗的一段話來解釋自己創作的動力源泉：「齊奧朗說：『對我來講，寫作就是復仇。對世界的報復，對我自己的報復。我所寫的一切，或多或少都是一場報復的產物。因此，它同時也能帶來解脫。』我傾向於相信，激勵著我自己的文學創作的，也是一種類似的感情。」

聶魯達：祖國，我走了，但我把你帶在心上

我在那些受壓迫的日子裡流浪，／度過寥廓的夜，經過各種各樣的生活，／在離別的眼淚裡，從一個地方到一個地方，／穿了一種服裝又一種服裝。／逃開警察的追蹤，／在水晶似的夜間，在繁密的星空下，／我經過許多城市、樹林、小農莊、港口，／從這一個人的門口出來，／走到別一個人的屋裡，和這一個握手，／又和別一個人、再一個人握手。

一九四八年，智利詩人聶魯達被獨裁政權撤銷參議員身分、住宅被焚燒、著作被查禁、本人成為通緝犯，被迫踏上逃亡之旅。

起初幾個月，聶魯達東躲西藏，每隔幾天就要變換住處，逃避追捕。有時，置身於鬧市，最危險的地方就是最安全的地方。隨著聖地牙哥的政治氣氛愈加嚴酷，他被轉移至港口瓦爾帕萊索，伺機渡海逃亡。他委身於港口旁邊的一處小屋，觀察流連於鞋店櫥窗的孩子或是突然造訪的客人，感慨道，「想不到近在咫尺，就在用紙板和舊報紙做的隔牆那邊，躲著一個被天知道多少賞金獵人追捕的詩人」，言語裡竟有一絲洋洋自得之意。

等待機會降臨的日子裡，聶魯達被打扮成上流客商模樣，「我要像個穿著考究的旅客，嘴裡抽著我從來也不會抽的雪茄，突然出現在甲板上。既然我已動身在即，這家人決定給我做一身合適的、既高雅又適合熱帶地區穿著的衣服，為此他們及時給我量了尺寸」，簡直是一個「假克拉克·蓋博」。可惜，計畫一再擱淺，逃亡行動只能另起爐灶，指向安地斯山麓的阿根廷邊境。

在趕往安地斯山途中，發生了驚心動魄的一幕。一位警察在路邊攔下他們的汽車，要求搭順風車。聶魯達已喬裝打扮一番，戴上眼鏡，又黏了鬍子，仍生怕露餡，不敢作聲，只得在後座裝睡，躲過一劫。事後，他的回憶倒很輕鬆，且不乏自戀：「我這個詩人的聲音，連智利的石頭都認得出來。」

抵達邊境後，一行人在一家生產鐵路枕木的工廠落腳，又上演了一段危險的插曲。工廠老板羅德里格斯突然歸來，他是魏地拉總統的故交，支持政府圍剿左派。聶魯達避無可避，只能坦然與之相見。出人意料的是，老闆不僅沒有趕他走或去告密，居然請詩人喝威士忌，說詩人的降臨讓其蓬華生輝。然後，與之就政治議題展開辯論，同時大度地擔保，會將他安全送出國境。聶魯達的感激之情溢於言表：「對我來說，羅德里格斯是個小皇帝，他曾下令在原始大森林中打開六十公里道路，為了讓一個詩人獲得自由。」拉美人浪漫熱情，尊重詩人，即便搞獨裁也處處「吞舟是漏」。

崎嶇的安地斯山路上到處是死亡的陷阱。縱使身邊有出色的騎手和嚮導，聶魯達還是在一個渡口連人帶馬浸入河水，差點被淹沒。「我的馬的鼻子和腿都出血了，但是我們仍然堅定地在我們那條廣闊、壯麗而又艱辛的路上邁進。」

在一間茅草屋旁，聶魯達看到了邊界，他在牆上寫下一行詩：「再見，我的祖國。我走了，但我把你帶在心上。」歷險故事往往有妙趣橫生的結局：在布宜諾斯艾利斯，他遇到瓜地馬拉作家阿斯圖里亞斯，借用後者的外交官護照，蒙混過關，取道烏拉圭，飛往巴黎。在那裡，老朋友畢卡索等人替他奔走，將他送往蘇聯，為逃亡之旅畫上句點。

在自傳裡，詩人似乎享受落魄歲月，「我走過田野、港口、城市、營地，我到過農民、工程師、律師、水手、醫生和礦工的家」，總有一扇門為庇護他而敞開。其傳記作者費恩斯坦用「盲鼠的一年」概括這段經歷，這是聶魯達特有的幽默。

國家不幸詩家幸，古今皆然。《詩歌總集》的寫作，是聶魯達逃亡之旅中最大的收獲。在自傳中，詩人沒太多提到寫作的心路，護送他的哈拉卻追憶起很多細節：「突然，詩人會站起來並慌忙地溜走，不作任何解釋，就好像詩句正在逃跑或者從他身上掉下來，他待在隔壁房間。很快我們聽到他那臺攜帶型打字機鍵盤的敲擊聲，那是他在急速且無情地擊鍵。」費格羅阿也認為，逃亡為聶魯達的寫作添了一筆色彩：「他從地理上、人類學上、歷史學上重新開發了美洲……在藏匿中，他唯一能做的事情就是寫詩。」

與大部分拉美作家一樣，聶魯達真心要療救祖國，但開出的卻是一個錯誤的藥方。他們大多是左派，甚至是共產黨人，將蘇聯或中國視為拉丁美洲的希望所在。史達林的古拉格被索忍尼辛揭露之後，他們大多轉向毛主義。文革的真相大白於天下後，他們再也找不到出路。他們歌頌無產階級，自己卻過著資產階級的生活。即便在逃亡路上，聶魯達也未放棄醇酒美人。旁人的眼睛是雪亮的：聶魯達參加一場餐會時，一位工人出身的女共產黨員帶著醉意詢問他：「當共產黨掌握權力後，人民過的會是像我一樣？還是跟您一樣？」這位勞動者從十一歲開始工作，穿著破舊，手上全是繭子，與餐桌上西裝筆挺、禮服豔麗的嘉賓形成鮮明對比。聶魯達回答：「會過得像我一樣。」大家都笑了，但沒有人相信他的話。

馬奎斯：所謂天才，幾乎總是自願地過流亡生活

離開哥倫比亞多年後，馬奎斯在一篇題為〈遠離卻深愛的祖國〉的講演中說：「近半個世紀以來，迫於暴力逃離哥倫比亞的的人已超過三百萬，這麼多人口，足以再建一個與波哥大密度相似、或許比麥德林面積還大的國家。」哥倫比亞人憑著膽子大、腦子靈，逃離苦難的祖國，去海外求生存。為了活命，他們身上依然能見到老祖宗當年的狡詐。在印度當托缽僧、在紐約教英文、在撒哈拉趕駱駝，是創造性的想像拯救了他們，讓他們不致餓死。

這個國家的政治環境和社會環境從不利於建設祖祖輩輩心中夢想的和平國家。那麼多哥倫比亞人死於非命，馬奎斯引用作家莫雷諾·杜蘭的話：「沒有死亡，哥倫比亞便沒有生的跡象。」兩大

政黨，二十九場內戰，三場軍事政變，狼子野心，昭然若揭。哥倫比亞社會似乎魔鬼附體，厄運纏身。

馬奎斯的家族，很多年前就在哥倫比亞各省之間遷移。因為父母養活不了他，他先是跟外公外婆一起生活——他的外公外婆，一輩子都神經緊張，無論在哪兒，都感覺像異鄉客，直到閉了眼，「他們的確是異鄉客，但混在從世界各地乘火車趕來的人群裡，倒也沒那麼顯眼……他們越過省界，前來追尋自由和在故土丟失了的生活方式，芸芸眾生，形形色色」。

「媽媽讓我陪她回老家去賣房子。」在唯一的自傳《活著為了講述》中，馬奎斯的文學生命源自回鄉的旅行：彼時他剛從大學輟學，從報社拿微薄的薪水，沒有固定住所，吃不飽飯，債臺高築，欠妓院大筆嫖資。那是一次「回歸種子之旅」，他與母親走在通往小鎮阿拉卡塔卡塵土飛揚的小路上，他從這處「詩意的源泉」中汲取養分——這個小鎮之於馬奎斯，宛如約克納帕塔法之於福克納、邊城鳳凰之於沈從文。

一九五五年，馬奎斯因連載文章揭露被政府美化的一場海難，真真假假的死亡威脅透過各種方式向他湧來。朋友們建議他出國避避風頭。報社主管不動聲色地對他說，要是沒別的打算，準備好文件，以特派員身分去日內瓦採訪四國首腦會議。會議只有四天，馬奎斯卻在歐洲流亡了整整兩年。

出國之前，馬奎斯從未意識到，自己和幾百萬迫於暴力背井離鄉的人一樣，沒有合法證件——沒有身分證件，沒投過票，為逃避兵役，他的記者證上的出生日期全是瞎編的。一位朋友送來及時雨，幫他聯繫一家旅行社的代辦，這位代辦讓他預付兩百美金，在十張空白水印紙下方簽名，保證在指定時間將他送上飛機。

果然，航班起飛前一天，代辦坐在馬奎斯面前，把證件一份份擺在桌上，依次告訴他名字，免得他弄混：有身分證、兵役證、按時納稅證和天花、黃熱病疫苗接種證。代辦向他另要一筆小費，給面黃肌瘦、用其名字接種兩次疫苗的小夥子——多年來，他每天都代替匆忙出行的客戶接種疫苗。

在巴黎，馬奎斯的寫作遇到了瓶頸，但他為了寫書不惜承受任何程度的痛苦——拖欠廉價旅館的房租，甚至連吃飯都成了問題。他蒐集空瓶子和舊報紙，在附近的店家換取幾分錢去買骨頭熬湯。他的女友懷孕卻流產了，繼而離開了他。他的朋友發現：「他的套衫袖子上有個洞，鞋底走路的時候會進水。」他爭取到一次去東歐和蘇聯旅行的機會，甚至獲准看到了列寧和史達林的乾屍——此一經歷點燃了《獨裁者的秋天》的第一絲火花。他的左派理想幻滅了，「我們失去了純真」，他漸漸相信，所有共產黨政權都被同樣退化的遺傳密碼所詛咒。在蘇聯入侵之後一年的匈牙利，他發現蘇聯扶持的領導人卡達「引進監視系統，把人民關進監獄，繼續在違背原則的情況下維持一個恐怖政府，比從前他曾經對抗過的政權還要糟糕」。

一九六一年，馬奎斯一家移居墨西哥，「我們在一個紫紅色的夜晚抵達，身上只有二十美元，沒有未來」，他們在墨西哥市只認識四個朋友。很快，他發現「墨西哥不是我的第二故鄉，它是我的另一個故鄉」。

一九六五年的一天，馬奎斯開著奧佩牌小轎車，行駛在往墨西哥城的路上，「那遙遠的、漫長的、從青年時代就開始撰寫的長篇小說，突然一下便全部展現在面前」。他立馬辭去電影公司的工作，把所有家當——五千美元——交給妻子梅賽德斯，閉關寫作《百年孤寂》。他坐在打字機前，

「這次我十八個月都沒有起身！」直到完成最後一個句子。

後來，馬奎斯移居歐洲，回到巴黎。記者普雷西亞多寫道：「在巴黎拉丁區過一段放蕩不羈的日子並非無益，因為那兒向來存在著相當的理解和寬容。而且，經歷一段口袋裡只有一個法郎的貧困樂觀的生活是很重要的，因為這樣就會對錢作出精確的估價，學會用很少的錢過快活的日子。」一九六七年，馬奎斯移居西班牙巴塞隆納，在那裡他更能如魚得水：「我們扛著朋友送給我們的一張兩公尺長的鱷魚皮到了巴塞隆納。我們幾乎就要把鱷魚皮賣掉了，因為我們需要錢。但好好想了一下，最後還是沒有賣。它跟著我們遊蕩了半個世界，彷彿我們的護身符。一切都變化得如此之快，我們住在巴塞隆納的那幾年，從無米下鍋（此前還有過在巴黎地鐵討錢的日子）變到了有錢給自己買房子。」

一九七五年，馬奎斯全家又從巴塞隆納移居墨西哥城——至少他回到拉丁美洲。一九八〇年，他回到波哥大。次年，當局指控其充當游擊隊和古巴政府的聯絡員，下令逮捕並審訊他，他被迫流亡墨西哥。一九八二年，他榮獲諾貝爾文學獎。見風使舵的拉美諸國獨裁者轉而對他示好，即便他在作品中無情地嘲諷他們。巴拿馬獨裁者托里霍斯在死前四十八小時對馬奎斯的《頭領的晚景》做出最為精闢的評價：「這是你最優秀的作品，我們都是像你說的那樣。」亞洲的獨裁者恐怕不會如此誠實。有趣的是，當哥倫比亞政府讚揚馬奎斯時，曾崇拜他的左派青年們大聲呼喊，說這位作家投靠了哥倫比亞政府和美國中央情報局。名聲成為他的牽累，「曾經有一個時候，我感到待在哪兒都不舒服，我現在要回到國內，總感到挺彆扭」。

「在魔幻的道路上，我筆下的世界從未比現實走得更遠」，馬奎斯口口聲聲說自己是愛國者，

「『愛國主義』對我們是如影隨形，哪怕我們走到最偏僻的地方，不管我在世界上哪個地方寫小說，都是寫哥倫比亞的小說」。他聲稱「作為作家，我對政權感興趣，因為它集中了人類的全部威嚴和悲慘」，有人建議他出馬競選總統，「拉丁美洲人們需要領袖人物，他們認為在作家身上找到了他們的領袖」，他斷然拒絕，沒有像尤薩那樣真的去選總統。有人想要給他立碑，他也沒有同意，「我怕要不了三四年，樹起的碑就會被斬首示眾」。

一九八五年，馬奎斯一度考慮回到祖國定居，他在波哥大買了一套公寓，搬了很多衣服和家當過去。然而，政府軍和游擊隊的戰爭愈演愈烈，游擊隊一度攻占了市中心的最高法院。在持續多年的暴力衝突中，馬奎斯的多名朋友被殺，「沒有人知道是誰殺了誰」。他經過仔細考慮，放棄了回國定居的計畫，選擇回到墨西哥市。他一生都沒有實現回國定居的願望，他對毒販發出呼籲：「不要把哥倫比亞變成一個醜惡的國家，讓他們及其子孫能夠生活。」但毒販置若罔聞——毒販從來不會聽從作家的勸告。

馬奎斯說，「所謂天才，幾乎總是自願地過流亡生活」。但是，一般的拉丁美洲人卻只能以命相搏逃離祖國：

> 不幸的是，在我們生活的這片大陸，獨裁仍未遠去，屠殺尚在眼前。今時今日，有太多被逼無奈的流亡，不同於我當年自願的選擇。

拉波尼奧：行過墳場，對視鬼魂

一九八五年，智利作家拉波尼奧和妻子洛佩斯來到西班牙東北部寂寂無名的小鎮布拉內斯，從此結束長期漂泊不定的生涯，安定下來，直到他離世那天。他的朋友說，不明白他喜歡布拉內斯的什麼，這個地方「是和其他地方一樣的小城，沒什麼特別的」。但拉波尼奧成功地融入這裡，且備受尊重，一九九九年，他被選作嘉賓在這座小城的守護神日宣讀祝詞。他去世後，很多讀者慕名來到這座並非旅遊城市的小城，其生前常常光顧的小店大多還在。當地市政圖書館還有一間拉波尼奧廳，門上掛一塊牌子，印著一句話：「我只希望被視為一個還算體面的南美作家，生活在布拉內斯，也愛著這個小城。」用其傳記作者的說法：「他在墨西哥獲取了一個神祕的樂園，他在智利構建出一個真實的地獄，而在西班牙布拉內斯，他現在居住和生活的地方，他淨化了兩者的罪惡。」

拉波尼奧在聖地牙哥出生，但他從未在聖地牙哥生活過。他的童年和青春期幾乎都活在智利「如地獄般的氛圍中，還有就是政變」。不過他很喜歡智利的美食。他的父親是一名卡車司機，兼業餘拳擊手，世代都是文盲。他的母親是小學老師，被他譽為「偉大的啟蒙者」。他的好幾個兄弟姊妹都因心臟病夭折了，他回憶說：「我的父母總是分開又復合。他們的關係在我的整個童年時期都風雨交加。」他早熟，喜愛讀書，過目不忘。多年後，他父親回憶說：「學校總是打電話給我們，因為他在課堂上反對老師的觀點。老師卻跟我們說我兒子是對的，但必須告訴他『別在大家面前這樣做，會讓老師很沒面子』。」

拉波尼奧十五歲時，他母親為醫治慢性哮喘病，全家遷居墨西哥。「十五歲的時候，我很快把自己墨西哥化了」，雖然他在國籍的意義上是智利人，但他更願意將自己視為墨西哥人。那一年剛好碰上墨西哥政府血腥鎮壓學生運動——此事讓他的政治意識提早覺醒，也形塑了他的文學觀念：「一切文學都是政治的。首先，文學是對政治的思考；其次，文學也是一個政治議題。」一九七六年，二十三歲的拉波尼奧出版第一部詩集《重新發明愛》，幾乎一本也沒賣出去。隨後，他回到智利，混跡在左翼詩人群裡。皮諾切特發動軍事政變後，他被逮捕，關押了八天，幸運地遇到一位是他中學同學的獄卒，由此逃出生天。

隨後，拉波尼奧流亡西班牙，靠洗碗、維護露營地、旅館服務和垃圾蒐集等苦工維生，並堅持寫詩，思念著遠方的祖國，卻始終默默無聞、一貧如洗。「雖然我四處旅行，但很多國家我從遠處都認不出來。我已經習慣了在一個特定的地方度過一段糟糕的時光。」他早年的名片，內容和版式都極其簡單，沒有電話號碼和電郵地址，只有一個位於某西班牙小城的住址，職業是「詩人、流浪者」。直到寫出長篇小說《荒野偵探》，才引起讀者注意，這本書描寫一名青年詩人的流浪故事，充滿「永遠年輕，永遠荒唐的悲傷」，被視為「寫給失敗一代的情書」、「墨西哥版的《在路上》」，是「作者同代人偉大的墨西哥小說，是拉丁美洲人對背井離鄉之苦的文學表現」。

「在這個世界做一名作家，就和做一名偵探一樣危險，須得行過墳場，對視鬼魂。」拉波尼奧的短篇小說集《地球上最後的夜晚》中，反覆出現的是一些漂泊不定、浪跡天涯的人。真正的詩人不能在一個地方待太久，他說他的寫作一定要像游擊隊員一樣，一定要像不明飛行物一樣，一定要像終身監禁的犯人眼睛裡游離不定的眼神一樣。「對我而言，『寫作』一詞正是『等待』一詞的絕對反義詞。不想等待，就去寫作。」這個想法跟哈金很相似——哈金正是透過寫作小說《等待》來戰勝漫長的等待過程。

小說《護身符》被視為拉波尼奧最特殊的自傳，其主人公是自稱「墨西哥詩壇之母」的奧克西里奧，從烏拉圭隻身來到墨西哥，在一位前輩作家門下當清潔工——當年軍隊占領大學逮捕學生時，她受困在哲學系女廁，手邊正好有這位作家的詩集。她一直沒有從那場創傷中恢復過來，「一切都是不能改變的，一切都是不可治療的，一切都是沒用的，包括哭泣」。

拉波尼奧的小說中經常出現流亡者的生活場景。他在《一九七八年的一個夜晚》中寫道：「有一次，B在歐洲參加了一次智利流亡者聚會。B剛從墨西哥來，大部分與會者不認識……B討厭巴塞隆納的智利僑民，儘管不可避免地他也是其中一員。是巴塞隆納智利僑民中最窮的一個，可能也是最孤獨的一個。」移民本來就是移居社會的邊緣群體，他卻是邊緣中的邊緣。

拉波尼奧承認其思想偏左，卻從來不是「左派」，他不願加入任何政黨、陣營和派別：「我不喜歡共產黨人那教士或牧師似的全體一致。我自己是我唯一認識的無政府主義者。全體一致總是讓我大為惱火，每當我看到全世界都齊聲咒罵一件事的時候，某種東西就會浮上我的皮膚表面，讓我說出拒絕。」他甚至宣稱：「我反對一切事物。反對紐約和莫斯科，反對倫敦和哈瓦那，反對巴黎和北京。我甚至為激進主義必然帶來的孤寂而心懷恐懼。」他經歷了拉丁美洲好幾個國家的革命，更經歷了革命之後的幻滅，革命並未給任何國家帶來民主和富裕。他自稱「革命的倖存者」，「從字面意義上來說，我沒有死掉。我有很多朋友都死掉了，因為革命的武裝衝突，吸毒過量，或是愛滋」。

拉波尼奧遊歷過法國和北非，世界很大，他是匆匆過客。但有了兩個孩子之後，為養家餬口，他放棄作為高傲的詩人和流浪者的生活，轉而寫小說掙稿費並定居下來。他不願讓孩子像自己一樣承受悲慘的童年，他說：「我的孩子們是我唯一的故土。也許，私底下，我內心深處的某些時刻、某些街道、某些面孔、某些場景或書籍，有一天會被我遺忘——這是一個人能為祖國做的最好的事情。」

日趨嚴重的肝病，讓拉波尼奧認知到自己時日無多，在生命的最後十年，他瘋了似的廢寢忘食地寫作。二〇〇三年七月十五日，拉波尼奧因肝臟功能損壞，未獲器官移植而在巴塞隆納去世，終年五十歲——他在等候移植肝臟的名單上，已經從第三十名移到第三名，可惜他再也沒有時間了。其鴻篇巨著《二六六六》是他留給家人和世界的遺產，該書第二部分講述一位智利教授攜帶全家到墨西哥避難的故事。在智利，「生活環境令人窒息，大家假裝平安無事的樣子。其實有事。什麼事呢？他媽的，咱們快憋死了」。但墨西哥也沒有好到哪裡去，一位墨西哥人忠告智利流亡者說：「至少不要跟墨西哥人當朋友，我們這些墨西哥人全都爛透了。」

流亡者逃離的地方，是集中營；流亡者棲居的地方，是圖書館。拉波尼奧將人類善惡兩極的對峙視為圖書館與集中營的對峙：「以這樣或那樣的方式，我們停泊在某本書中。一座圖書館，就是人類的隱喻，或是人類最好面向的隱喻；同理，一座集中營，正是人類最壞面向的隱喻。一座圖書館，就是毫無保留的慷慨。」

拉波尼奧的妹妹在其母親去世後，發現哥哥留下的一張字條，上面寫了十二條生活的建議。讀到這張字條，她才明白，哥哥為什麼在如此艱難的生活中仍然很開心：

一、愛自己，也愛他人；二、學會不斷發現事物的美好，即使痛不欲生；三、對朋友微笑，讓他在記憶裡留存你的笑；四、不要害怕孤獨，相信自己的未來，被愛的人永遠不會消失；五、用心觸碰，用心看，用心聽，用心去聞世界的變化，你要記住，你是唯一能治癒自己的醫生；六、一百個人的冷漠，不代表一千個或者一萬個人的冷漠；七、成為忠誠、有批判性的人，保持客觀，但要減少客觀帶來的偏執；八、請記住，你的身體很美麗，即使是缺少愛，你的身體也美麗依然；九、不要恨別人。同情他們，愛他們，幫助他們，親吻他們；十、毫無疑問，即使你痛不欲生，也要繼續生活，也要愛自己，看看生活能給你什麼；十一、沉默、歡笑、相信；十二、如果你孤獨終老，請在醫院或者花園裡將你所知的祕密寫下。

第三章　歷盡千辛萬苦，進入整個世界

引導我們前進——進入整個世界／無人的世界。想想你的種子吧：／你不是生來就像粗俗之輩一樣活著，／而是為了追求知識與美好。

——但丁

如聖經中所說，先知在其故鄉是不受歡迎的，於是，如同先知一樣的作家便逃離故鄉，整個世界如同一幅畫，在他們面前徐徐展開。

康拉德出生時，已經沒有祖國，在地圖上消失的祖國波蘭正飽受俄國蹂躪，直到今天，他的被劃歸烏克蘭的故土仍籠罩在戰火之中。他為躲避兵役和奴隸的命運而離開，成為一名英國秩序之下的水手及船長，更成為第一個描繪所有海洋和所有陸地的作家，如其傳記作者加薩諾夫所說，他是

「黎明的守望人」和「全球化世界裡的公民」。

喬伊斯從小島愛爾蘭遷移到歐洲大陸，在流亡路上一心一意宣洩對愛爾蘭和愛爾蘭人的不滿——這種從年輕時就開始的敵意持續一生。愛爾蘭只配被怨恨，如愛爾蘭作家羅迪・道兒所說，那是一種「被擊潰的文化」，「愛爾蘭獲得自由卻什麼也想不起，只有活在英國統治下的記憶」，喬伊斯一輩子都在書寫被他拋棄的陰鬱的都柏林，死後卻被他痛恨的祖國奉為國寶。

奈波爾的遷移，表面上看是從一個很小的島嶼（千里達）遷移到一個較大的島嶼（英國），從一個炎熱的島嶼遷移到一個寒冷的島嶼，從一個移民之國遷移到另一個移民之國，實際上是從文明的邊陲遷移到文明的中心。他從未說過第一母國（千里達）和第二母國（印度）一句好話，卻對第三母國（英國）充滿讚美和敬畏，因為在他心中唯有英國才象徵一種「我們的普世文明」。

阿多尼斯的兩個祖國——敘利亞和黎巴嫩——都陷入暴政與戰亂，他帶著詩歌流亡並堅信：「人們遇見詩歌，就像男女之間的愛情，火花何時燃起無法解釋。可以肯定的是，倘若沒有詩歌，我的人生就沒有意義。」他素以「精神上的流放者」自居，半生漂泊，只有詩歌才是他真正的流放地：「我被丟入一個自己不認識的世界……藝術幫助我更理解我所活動、生活的世界，以至看清人類。」他聲稱：「今天，我們比以往任何時候，更需要另一個共和國——寫作的共和國。」

庫切從南非到英國，再到美國，最後定居澳大利亞——在南非已取消他痛恨的種族隔離制度之後，他還是選擇離開。正如奈波爾從未將甘地當作神話，庫切也從未將曼德拉當作神話。他是對的，南非沒有成為彩虹之國，仍是一本「恥辱之書」。庫切既非南非作家，亦非歐洲作家或美國作家，甚至也不被當作澳大利亞作家，但文學讓他從容地生活在「異鄉人的國度」。

魯西迪從印度孟買移居英國倫敦，再移居美國紐約，他被稱為「後殖民主義文學教父」——其實他對左派的「後殖民主義」理論毫無興趣，甚至是這種解構主義理論的再解構者。與奈波爾一樣，他對包括祖國印度在內的第三世界並無偽善的同情，而是「哀其不幸，怒其不爭」。他的瀆神衝動，讓他成為伊斯蘭極端主義者追殺的目標，他頭上頂著最高賞金，即便身受重傷也從未喪失勇氣。

康拉德：你把遼闊的世界，織進波蘭流血的靈魂

「流亡，就是我的美學。」一八五七年，康拉德出生時，祖國波蘭已亡國，出生地克拉科夫被莫斯科高壓統治八十五年。他的父親、詩人和愛國者阿波羅給這個初生嬰孩寫了一首詩：「稚嬰吾兒，睡吧莫恐懼。／世界黑暗，聽這搖籃曲，／你沒有家，也沒有了國……／／稚嬰吾兒，要對自己說，／你無土地也無愛，／你無國家也無人民，／當你的波蘭母語躺在墳墓裡。」即便如此，阿波羅仍未喪失希望，他告訴兒子：「有十字架的地方，就有詩。」

阿波羅領導波蘭愛國運動，反抗俄國占領，「整個莫斯科大公國就是一座監獄。我們死在他們的馬蹄、刺刀和槍下。我們熟悉他們的棍棒、皮鞭和絞繩」。一八六二年，阿波羅被捕，全家被流放到冰天雪地的沃洛格達。康拉德的母親於一八六五年患肺結核死於流放地，父親在四年後也染上同樣的疾病去世。十一歲的康拉德走在父親送葬隊伍前列。雙親對波蘭獨立運動的犧牲奉獻是他人生無法磨滅的經驗。

十六歲那一年，康拉德離開地處歐洲內陸心臟地帶的故土，前往法國馬賽，成為一名水手。二十一歲那一年，因他未在俄國服完兵役，作為俄國盟友的法國不准他在法國船隻上工作，他開始

在英國商船上討生活。英國以收容政治難民為自豪：沒有限制、不需要護照與簽證。康拉德以倫敦為居所，從倫敦出發前往世界之地。在其尚未發表隻言片語之前，他以專業海員的身分（從最基層的水手一直做到船長），行程涵蓋加勒比海、東南亞、印度、澳大利亞和非洲等地，這些航海經驗成為此後寫作的素材。

一八七八年，康拉德來到倫敦時，好像進入狄更斯的小說。那時的倫敦，外來移民已蔚為大觀，各有其聚居區域。「在這片自由好客的土地上，就連我們族裡最受壓迫的人都能獲得相對較多的安寧與一定的幸福，」他用英文給一位波蘭友人寫信說：

> 當我用英文說話、寫作或思考時，「家」這個字對我來說指的總是大不列顛那友善的海濱。

一八八六年，康拉德申請歸化英國籍並獲得接受。從此，他的居處不曾距離倫敦超過一兩小時之外。他晚年如此描述自己的家，「安穩巢居在或許是肯特郡最祥和的小角落裡」，「我對這裡有情，不是出自天生血脈，而是後天培養所得」——就像陷入愛情一樣。西班牙作家哈維爾．馬里亞斯評論說，僅僅將康拉德視為航海作家是片面的，人們總認為他一直都在海上漂流，卻忘了其實康拉德人生中最後三十年的日子幾乎都在陸地上，在伏案寫作中度過。事實上，和許多出色的水手一樣，他痛恨旅行，反倒最愛躲在書房中艱辛地寫作。早年，他把「水手」視為高於「作家」的成就；晚年，他則將「作家」視為高於「水手」的成就。他在書齋中神清氣爽，指揮若定，宛如他筆下那位經驗豐富、不畏風暴的老船長：「他平靜自信，也因此而毫不自傲……麥回爾船長指揮的船，每一艘都是和諧恬靜的水上安樂窩。」

一九一四年七月，康拉德一家有機會回克拉科夫探親。一八七四年，他離開時，「就像一個人前往夢境的方式」，如今「在夢裡大多是幽魂，而醒來的時刻愈來愈近」。他剛與親友相聚，第一次世界大戰就爆發了。一家人身為英國公民，卻身在奧匈帝國領土，深陷敵後，彷彿成為其書中被命運逼到絕境的人物。這場戰爭將波蘭困在「俄國的野蠻」與「德國那表面化且令人難以忍受的文明」之間。經過長達四個月的長途跋涉，避過戰火，他們回到英國。這次回鄉之旅痛苦不堪，此後他對波蘭事務的關注卻更甚以往，他打破不介入政治的作法，在一九一七年寫了篇〈波蘭問題摘要〉給英國外交部，主張西歐有「道德義務」保衛波蘭對抗德、俄，提議成立「英法保護地」，這是「精神與物質施援的最佳方式」。戰爭讓康拉德措手不及，戰後波蘭雖得以建國，但康拉德對波蘭及世界的前景憂心忡忡：「這龐大的犧牲已經完成，而地上諸國能由此得到什麼，未來會告訴我們。我這顆心實在無法輕鬆。巨大而極其盲目的各種力量被釋放到全世界釀成大災。」後來，果然因為希特勒入侵波蘭而引發更為慘烈的第二次世界大戰。

康拉德用英文寫作、入籍英國，一度遭到激進的波蘭民族主義者的鄙夷，說他用外國人的「麵包屑」養活自己，「只有二流的作家才會羨慕英語」，而「波蘭人的靈魂只能用波蘭語表現」。他沒有回應這些指責，同樣放棄母語而以英文寫作的哈金在一篇題為〈語言的背叛〉的演講中，為康拉德正名：「孤獨地與大海搏鬥的康拉德以勇氣和毅力征服了英文字母。他去世後，波蘭人逐漸視他為一己，如同英國人一樣，正是因為他的原創精神，沒有任何一個國家可以單獨地涵括他。」兩位波蘭詩人也用詩歌向康拉德致敬：姆沃多熱涅茨在〈康拉德之歌〉中寫道：「你捻動異國語言，

／去馴服了遠方的土地和海洋，／深海中那變幻莫測的潮水。／你把遼闊的世界，織進／波蘭流血的靈魂。」傑茲維斯基在〈約瑟夫．康拉德離開波蘭〉中寫道：「當黑暗的嘴唇吞噬／你的血和破裂的土地，／你獨自離開，／把整個世界擁抱在懷，如同將空氣吸進肺部，／而回程就在那裡，一直在那遙遠的岸邊——／無限的深淵——／人類的／大海。」

被視為「康拉德的繼承人」的奈波爾在〈康拉德的黑暗我的黑暗〉一文中指出：「他知道自己的世界，並且已經反思過自己的經歷。獨處、熱情、深淵：這些是康拉德作品中始終如一的主題……對我而言，康拉德的價值在於他在六七十年前就思考了我的世界，一個我今天才認識的世界。他的成就源自誠實，而誠實是他的困難之一，即『小心翼翼地忠於我的真實感受』。」奈波爾有超越康拉德的雄心，他將抵達一個更廣闊的世界。

喬伊斯：有些人的流亡，是為了尋找一個民族賴以生存的精神糧食

一九〇四年六月一個風和日麗的周五，二十二歲的喬伊斯沿著都柏林納索街散步，忽然瞥見一個身材高䠷的紅褐色長髮姑娘，她正帶著頑皮的笑容自信地向前走著。喬伊斯走近她，問她叫什麼名字，她用清透的聲音回答：「諾拉．巴納克爾。」兩人在六月十六日第一次約會，這一天成了文學史上最漫長的一天——《尤利西斯》以這一天作為故事發生的時間。喬伊斯去世後，愛爾蘭將每年六月十六日以小說主人公的名字命名為布盧姆日，人們從世界各地來到都柏林，打扮成小說中的人物，聽講座、朗讀、重溫布盧姆遊蕩的路線。

喬伊斯與諾拉一見鍾情，不顧父親的反對，與諾拉私奔到歐陸。他們先去了奧匈帝國統治下的

普拉，又遷居的里雅斯德。喬伊斯教授英文，諾拉替人洗衣以補貼家用，洗得雙手通紅粗糙，令喬伊斯心疼不已。儘管如此，喬伊斯將此地視為「我的第二祖國」，一住就是十年。他對奧匈帝國的寬鬆統治予以正面評價：「人們把它叫做搖搖欲墜的帝國，但願這樣的帝國能多幾個才好呢。」

然而，第一次世界大戰的爆發讓他們的生活雪上加霜。一九一五年，義大利軍隊逼近的里雅斯德，奧匈帝國軍方決定棄城。喬伊斯夫婦帶著一隊兒女登上火車前往蘇黎世避難，喬伊斯將這次遷移轉化為希臘神話中迪達勒斯逃離克里特國君米諾斯暴政、追求自由的那段飛行，正如其傳記作者理查德．艾爾曼所說：「喬伊斯在自己的生活中，已經習慣將不幸與挫折視以為常，但是在他的藝術中他能超越一切，而將他唯一的虔誠信念充分表達出來，以人類的名義，用戲劇的方法將恐懼和殘忍堅決排斥。」六月，喬伊斯一家在蘇黎世租賃一套公寓，這是他們離開愛爾蘭後的第四十個地址。安靜的蘇黎世很適合寫《尤利西斯》，喬伊斯這時年近三十四歲，跟但丁在流亡途中「一座幽暗的森林裡」開始創作《神曲》時差不多。

一九一八年，喬伊斯完成劇本《流亡》。他熱愛戲劇，認為「戲劇是最高的文學形式」，《流亡》是他唯一的劇本，寫一對未婚男女帶著六歲的孩子從義大利返回都柏林。人已歸故土，精神上仍處於流亡狀態。這個劇本以作者的經歷為張本，喬伊斯從莎翁《奧賽羅》對嫉妒言未盡意之處往下力掘，《尤利西斯》的核心主題——戀慕、嫉妒、自制——在此均有具體而微的操演。《流亡》像是從史特林堡到品特間的一道橋梁——史特林堡對婚姻中的猜忌有淋漓盡致的深剖，而品特對於人際張力作出陰暗注視，均在《流亡》中歷歷在目。一九七〇年，品特將此劇重新搬上舞臺，大獲好評。

一九一九年，喬伊斯一家搬回的里雅斯德，卻需要與弟弟一家分享一棟房屋，同在一個屋簷下，摩擦衝突在所難免。一九二〇年，他們前往巴黎，本來打算短暫停留，沒想到以後在此度過了二十年光陰。他的孩子以義大利語為母語，不會法語，有朋友問他是否為孩子的處境擔心，他的回答顯然太過冷漠：「我為自己的處境擔心還來不及，沒有時間考慮他的處境。」

一九四〇年，法國淪陷，讓喬伊斯一家重演二十五年前逃往蘇黎世的旅程。這一次卻要艱難得多。喬伊斯已重病纏身，瑞士方面更收緊入境許可。居住在聖熱朗勒皮鄉下的喬伊斯，目睹德軍逼近，匆匆向里昂的瑞士領事館申請簽證，並申請准許戰爭期間在蘇黎世居住。蘇黎世的州外事警察局的經辦人員沒有把握住這個尊重天才的機會，他們不知道喬伊斯是何許人也，居然說喬伊斯是猶太人，拒絕其申請。喬伊斯找到一群不容忽視的瑞士朋友幫他說話，並表示自己不是猶太人（他的小說人物有很多是猶太人）。蘇黎世大學校長等人證實，喬伊斯的著作毫無疑問是英語世界發表過的最好作品。州當局退讓了，但提出一個不合理的五萬瑞士法郎的保證金金額，後來減少為兩萬。喬伊斯沒有這筆巨款，只好找朋友幫忙籌款。外事警察又加上一個新的條件，要求他寫出一個資產財富證明，並附帶經過法律公證的證據。喬伊斯費了九牛二虎之力才滿足這些要求，最終獲得瑞士大使館發出的簽證。接著，他又透過朋友幫忙申請離開法國的許可。他們又發現自己的英國護照已經過期，但英國是維琪政府的交戰國，維琪政府境內早已沒有英國外交人員可以幫助解決這個問題。他們找到美國的臨時代辦。那個美國人說：「可是我不能為英國護照延期啊。」喬伊斯的兒子喬治說：「您不能，誰能呢？」辦好一切手續後，他們需要先乘坐汽車去火車站，好不容易找到了汽車和司機，卻沒有汽油。他們以高得不可思議的價格買到獨一無二的一加侖汽油。就這樣，十二月十七日，喬伊斯終於回到三十六年前來到的城市，此時他已病入膏肓。

一九四一年一月九日，喬伊斯病發住院，查出是十二指腸潰瘍穿孔。手術後，他陷入昏迷，於一月十三日去世。他的妻子諾拉一直住在蘇黎世，常常帶人去探望丈夫的墓地，公墓在動物園旁邊，她對客人說：「他非常喜歡這些獅子——我願意想像他是躺在那兒聽獅子吼。」

喬伊斯自從一九一二年最後一次返回祖國和出生地後，就再也沒有回去過。他認為，愛爾蘭是一片「總是放逐她的作家和藝術家的可愛土地」，「凡有自尊心的人，絕不願留在愛爾蘭」。他的小說《都柏林人》被都柏林的出版社接受，卻因為他在書中對都柏林的描寫過於負面，導致印刷業者不願承印。他被迫做出修改，並三度給出版商寫信，為自己的觀點和寫作手法辯解：「我的作品中充滿了灰坑、荒野和動物內臟的臭味，這並不是我的錯。我真的認為你們在阻止愛爾蘭人在我磨得精光的鏡子中照見自己，這將會延緩愛爾蘭文明的進展。」喬伊斯對愛爾蘭的評價，比魯迅對中國的評價還要刻薄：「愛爾蘭的經濟及文化情況不允許個性的發展。國家的靈魂已經為世紀末的內訌及反覆無常所削弱。個人的主動性已由於教會的訓斥而處於癱瘓狀態。人身則為警察、稅局及軍隊所摧殘。凡有自尊心的人，絕不願留在愛爾蘭，都逃離那個為天神所懲罰的國家。」

優秀的愛爾蘭人似乎都厭惡愛爾蘭，詩人葉慈說過：「我們已經從愛爾蘭跑出來，大大的仇恨，小小的空間。」旅居美國的愛爾蘭小說家布萊恩．摩爾在短篇集《通過》中寫道：「對於那些在愛爾蘭海岸線之內出生並長大的作家而言，愛爾蘭是個嚴酷的文學牢籠。這片地區捕捉和控制想像力的威力，把生活在那兒的作家變成永遠的囚徒——不管他們在尋找逃脫的路上遊走多遠，都迫使他們一再地在作品中回到那個小島，那個繼續屬於他們的真實世界。」愛爾蘭作家科姆．托賓指出，戰後愛爾蘭文學中出現了摩爾的《朱迪思．赫恩的孤獨感》、約翰．麥加恩的《兵營》和艾丹．希金斯的《沒落的蘭格里什》等三部臻於完美的、描寫中年婦女受苦受難的小說，書中的男性都是滑稽的、朝天躺在暗處的角色，「在一個尚未定型、缺乏自我意識的社會裡，一個唯一真正的選擇是背井離鄉或在國內過著誠惶誠恐的流放生活的社會裡，無法在小說中創造出形象完整的男性角色，象徵了一種更普遍意義上的失敗」。愛爾蘭小說唯一可能的結局是「主人公登上輪船去英國」。

喬伊斯早年深受易卜生影響，他們都生於具有悠久文化傳統的歐洲邊緣小國，抗拒異族同化——喬伊斯將英國人視為「家裡的陌生人」。兩人都出身富有，家道中落；篤信宗教，後又叛教。易卜生曾說：「活著，就是要與巨怪較量。」喬伊斯深以為然。一九三六年，喬伊斯對人說：

> 愛爾蘭不喜歡我，正如挪威不喜歡易卜生。

雖然喬伊斯很早就離開愛爾蘭，但他的筆鋒焦點始終停留在都柏林。「我選擇以都柏林為背景，因為這座城市顯然是麻痺癱瘓的中心。我試著用四種角度：兒童、青年、成人、公眾生活，將這種麻痺呈現給冷漠的社會大眾。」他的眼睛動過十次手術，晚年只殘存少許視力，他卻在《尤利西斯》中對都柏林的一草一木、一磚一瓦皆有栩栩如生的描述。他聲稱，如果都柏林在某場大浩劫中被毀，那麼對這座城市的重建工作就應該完全按照《尤利西斯》中的紀錄來進行。《尤利西斯》是喬伊斯創作的最高峰，採用與古希臘史詩《奧德賽》平行的結構。喬伊斯感到他所生活的世界乃是荷馬世界的再現，在《尤利西斯》中賦予平庸瑣碎的現代城市生活以悲劇的深度，使之成為象徵普通人類經驗的神話或預言。理查德．艾爾曼評論說：「喬伊斯一生的生活，從表面上看似乎一直都不上正軌，好像總是在臨時湊合似的。但是它的核心意義，和他的著作一樣，是有明確方向的……不論他幹什麼，他的兩大衷心喜愛——他的家庭和他的寫作——是絕不動搖的。這兩種內心感情是永不衰滅的。第一種感情的熾熱使他的作品富有人情和人道；第二種感情的熾熱使他的生命達到尊嚴和崇高的境界。」

奈波爾：從離開的那一刻起，我擁有了可以為之努力的新生命

我感到害怕。我以前從未獨立生活過。想到要在一個陌生的城市裡過夜，還要坐船；我感到恐懼……大約在十二點五十分，V. S. 奈波爾被切斷了跟家庭的所有關係。

一九五〇年八月二日，十八歲的奈波爾從加勒比島國千里達飛往紐約，再轉去英國，留學牛津大學。「我爭取獎學金主要是為了前往一個更大的世界，讓自己有時間實現夢想，成為作家。」成為作家，「與其說是一個真實的抱負，不如說是一種形式上的自尊，一種夢想的釋放，一個崇高的想法」。多年後，他接受《巴黎評論》訪問時說：「我感到十分壓抑，那真是再痛苦不過了。我想逃離千里達島。我能逃離它真是太幸運了。毫無疑問地，我已經治癒了我的創傷。從離開的那一刻起，我擁有了可以為之努力的新生命。」

此後，他一直在路上，在路上的複雜經歷，成為他寫作的財富及負擔：「寫作者的一半要務是發現主題，而我的問題之一是生活斑駁色雜，滿是動盪和遷移：先是跟祖母住在千里達鄉下的房子

裡，那裡的宗教和社會習俗仍然接近印度村莊；到了西班牙港，黑人、街頭多種族多文化的混雜生活和我在女王學院的有序生活交織；然後是牛津大學、倫敦、BBC廣播電臺的工作間。當我嘗試開始寫作時，不知該聚焦哪一段。」

奈波爾從未喜歡過其出生地，這個出生地不由他來選擇：「千里達除了小還是小，它依賴外界，出生在這裡的人——黑人、東印度人和白人——覺得自己被判了刑，被遣送到這個技能和成就都低人一等的地方。」這個小島沒有歷史，也沒有未來，而現實是所有人都在混吃等死：「千里達太無足輕重，像大家說的那樣，它不過是世界地圖上的一個小點，我們從來都不相信它的歷史有何價值。我們所有的興趣都集中在外面的世界，越遠越好。」

千里達更不可能實現奈波爾成為作家的夢想，這裡沒有足夠多受過教育的讀者，也沒有「出版業」——奈波爾的父親早年是甘蔗園的勞工，有過當作家的夢想，奮鬥一生，卻只當一名收入難以養家餬口的記者，眼睜睜地看著夢想如一朵花般枯萎。他不願重蹈父親的覆轍：「如果我要成為一個作家，並且靠寫書生活，我就必須遷徙到那種可以靠寫作生活的社會中去。對那時的我而言，就意味著到英國去。」

英國和牛津對奈波爾並不友善，「那是一個困難的歲月……我非常孤獨……由於陌生和寂寞，我產生了精神混亂。遠離家鄉，遠離熟人。牛津，這是一個疏離的世界。顯然，一個人始終是個局外人。」到英國最初的兩年，奈波爾不斷跟父親、母親和姊姊要錢，甚至編造出只有馬鈴薯吃的謊話，不惜將親人榨乾。同時，他斷然拒絕母親讓他回家探親的要求：「我不想強迫自己適應千里達的生活方式。我想，假如我不得不在千里達度過餘生，我肯定會被憋死的。那個地方過於狹小，社會上的種種觀念全然不對，那裡的居民更是卑微狹隘，目光短淺。對我而言，那裡可供施展的空間極其有限。」他在給姊姊的信中直截了當地說：「我不想見任何來自千里達的親戚，假如你告訴他們別理我，我會很高興的。」他連最愛他的父親去世都沒有回家奔喪。旅費固然是問題，但還有比旅費更重要的原因——他對故鄉無比厭惡。

「在我命中注定要永遠離開這裡之後，一切仍像以前一樣，我的離開沒有留下任何痕跡。」一九六〇年，奈波爾重返加勒比。這趟匆匆的旅程，讓他心煩意亂，在海外度過的歲月消失了，拿不準自己生活中哪些是真實的：在千里達生活的前十八年還是之後在英國度過的歲月？他上四年級時就在教科書上寫下豪言壯語，發誓在五年內離開。六年後，他離開祖國。到英國幾年後，睡在開著電暖爐的坐臥兩用房間，他仍會被噩夢驚醒，夢見又回到酷熱難耐的千里達。他以前沒有審視過對千里達的這種恐懼，也不願去想，只是在小說中表現這種恐懼。此刻，他以外來者的眼光審視故鄉，不無刻薄地寫道：「千里達無足輕重，沒有創意，玩世不恭，這裡僅有的行業是法律和醫藥，因為不需要其他行業。這裡承認權力，但誰都沒有尊嚴……擁有各種技能的人士就得被挫掉銳氣，或者用千里達的說法，把他們『熬乾』。」

白俄羅斯作家亞歷山卓娜．亞歷塞維奇用「二手時間」形容解體後的蘇聯，奈波爾則用「三流地盤」形容千里達。一個英國人告訴他，有個成功的美國商人曾對他說：「我是二流角色，但這裡是三流地盤，我在這裡混得好好的，幹嗎要走？」在這裡，人們擁有超出寬容的寬容：對惡行視而不見，對善行也無動於衷。這是一個醜陋的世界，一個爾虞我詐的叢林。在這裡，痞子英雄不偷就得挨餓，被人抓住就會打個半死，於是他盡可能先下手為強；弱者備受凌辱，強者從不露面，遙不可及；這裡不允許任何人有尊嚴，於是每個人都得為自己爭出頭。在無賴社會，暴力和野蠻是可以接受的。將政治組織引入這樣一個喜愛腐敗和暴力，缺乏對人的尊重的無賴社會，是有危險的。

奈波爾的家族是來自印度的移民，這個族群在島上黑人與白人的對峙中地位尷尬，兩邊都不支持，卻受到兩邊的排斥。這個族群擁有從故國拷貝而來的文化：「這些移民依靠直覺生活，那種模糊的直覺生活讓他們有可能遠走他鄉，在沒有電話、收音機和電影的情況下，仍然保持著這多少是完整的文明。」但是，「對他們留在身後的那個泱泱大國，他們擁有的鮮活記憶特別少」。這個族群對千里達沒有太多好感和忠誠，卻將遙遠的印度美化，以此維持僅存的自尊。奈波爾是極少數既批判千里達又否定印度的人。二十九歲時，他從英國第一次去印度。他去的是「第二個印度」，而非「有著獨立和獨立運動中偉大名字的印度」。他心神不寧，船離孟買越近，心裡越感覺糟糕。「神話般的印度一點點破碎了，印度變成一個赤貧之地，我們幸運地離開了那裡。」他以《印度三部曲》將其文化之根砍得血肉模糊。

千里達是加勒比地區的縮影，也是拉丁美洲和印度次大陸的縮影，乃至整個「第三世界」的縮影。奈波爾筆下的非洲及信奉伊斯蘭教的東南亞、西亞等地，都是「自毀前程」的「為奴之地」。他在晚年為創作《非洲的假面具》再度訪問非洲，他夫人回憶：「我們來到烏干達時，當地人盛情邀請奈波爾寫他們的故事，因為奈波爾二十多年前在《大河灣》中寫的事情，恰恰是之後二十年這個世界發生的事情。他們認為奈波爾是個預言家。」奈波爾的預言，至今還在非洲大陸及若干「第三世界」國家上演——他曾訪問中國，但對中國一言不發。他的小說和遊記都可歸納為一個主題：殖民主義固然可惡，更可惡的是「自我殖民主義」的「無賴社會」和「三流地盤」。跟那些企圖解構西方文化和普世文明的西方左派——「後殖民主義」鼓吹者——截然相反，奈波爾是左派新潮理論的反向解構者，也是普世文明的堅定捍衛者，而現今大部分英國人乃至美國人都喪失了這種勇氣。

儘管奈波爾比英國人更像英國人，但他對現實生活中充滿偏見的英國感到格格不入，「我覺得自己是一個局外人，而且我很喜歡自己作為一個局外人」。他說：「我是從外圍、從邊緣，遷徙到一個對我來說是中心的地方；我當時所希望的，是我能在中心擁有一席之地……我的主題非常偏遠，但在二十世紀五〇年代的英國，我獲得了一點小小的空間。我有能力成為一個作家，並在這樣一份職業中成長。」毫無疑問，「偉大的作家筆下寫的是高度組織化的社會」，但奈波爾沒有生活在那樣的社會中，他生活的小島「是地球上康拉德式的黑暗場所之一」，用庫切的話來說，「他沒有幻想的才能；他只有一個在微不足道的西班牙港的童年可供利用，沒有什麼重大歷史意義的記憶（這正是千里達令他失望之處，也是千里達背後的印度令他失望之處）；他似乎沒有題材。他要等到辛苦寫作之後，才終於像普魯斯特那樣明白到他一直都是知道他的真正題材的，而他的題材就是他自己」，用奈波爾自己的話來說則是：「必須對普世文明作出描述，普世文明既能促使人去以文學為志業，也能提供關於文學志業的理念；同時它還提供了去實現這種志業的途徑；這樣的文明促使我踏上了從邊緣到中心的旅程。」

奈波爾是最近三十年來獲得諾貝爾文學獎的屈指可數的右派作家，這個獎對他來說是姍姍來遲。不過，無論有沒有這個獎，他對寫作的熱愛和堅持始終不變：「寫作是在深刻理解事物之後的一種持續鬥爭，是唯一高貴的心靈召喚。原因是它探索真理。你必須知道如何看待自己的經歷，你得理解它，然後理解這個世界。」

阿多尼斯：真理總是與啟程者同在

這個十三歲的孩子，此前的光陰都在田間地頭度過，「童年長著會飛的翅膀，同時又不會飛翔」、「我沒經歷過童年，但童心留在了我心裡」。一九四四年，敘利亞獨立那一年，有一天，他突然發現夢中的場景出現在真實生活中：敘利亞總統舒克里．庫阿特利前往他家鄉附近的塔爾圖斯城巡視。為爭取上小學的權利，他光著腳、冒著雨，大大方方地跑到總統面前背誦自己寫的詩，並要求總統幫助他上學。總統大為賞識，並當場允諾由國家資助他就讀城裡的法國學校。由此，這個孩子將夢想變成現實，走出邁向世界的第一步。

這個農民的孩子後來說：「我生來即被流放。」他入學後苦讀法文，兩年後便能閱讀法國詩人的原文作品。隨後，他進入大學攻讀哲學，給自己取了筆名「阿多尼斯」（希臘神話中的美少年）。這個筆名惹來大禍——後來，埃及蘇菲派一名地位尊貴的教長發布伊斯蘭教令要求信徒刺殺這個不知天高地厚的詩人，因為他使用異教神話的名字當筆名。此事強化了他「在教派，在社會生活，在政治和意識形態中的流亡」，而他更感覺到「自己應該創造一個屬於我的世界，應該擺脫這種流亡」。

大學畢業後，阿多尼斯當了兩年兵，退役後，他與女子師範學院一名美麗聰穎的女教師哈麗黛結婚，打破「在阿拉伯沒人願意將女兒嫁給一個詩人」的魔咒。兩人身無分文，連辦理結婚手續的印花稅，都得求助未來的岳父。對於貧窮，他有著刻骨銘心的記憶：「什麼是貧窮？／在大地上移動的墳墓。」

一九五六年，阿多尼斯隻身前往鄰國黎巴嫩謀生，剛進入黎巴嫩國境五分鐘，敘利亞便宣布全國總動員，同埃及並肩作戰，參與蘇伊士運河戰爭。他一旦回國，就要上戰場，他寧願當逃兵，隨後入籍黎巴嫩。一九七三年，阿多尼斯以優異成績獲貝魯特聖約瑟大學博士學位，其旨在重寫阿拉伯思想史的博士論文《穩定與變化》分四卷出版後，在阿拉伯文化界引起震動。他自豪地說：「這本書第一次向阿拉伯人呈現了隱藏在他們文化深處的可怕的地獄，讓他們了解自身文化中隱含的災難性因素。只有認識到這些，他們才能走出地獄；否則，他們就無法跨出遠離災難的第一步，而這也將意味著阿拉伯文明的終結。」

一九八〇年，黎巴嫩內戰爆發，阿多尼斯躲到朋友家避難。一天早上，他去廚房吃早餐，剛剛離開臥室，身後就有一顆炸彈轟然炸響。隨後，他逃亡到法國，任教於多所大學，他像古代阿拉伯詩人那樣相信：「棲身之國皆為我國。」他在〈祖國與流亡地之外的所在〉一文中寫道：「在《阿拉伯人之舌》大詞典中，『Nafyi』（『流放』或『流亡』）一詞是指把人從其國家驅逐出境。流放的對象通常是通姦者和陰陽人。」他雖不是以上兩者，但整個伊斯蘭世界沒有一個國家可以接納他，他唯有在異教的、基督教的歐洲才能安身立命，這一事實本身就是對伊斯蘭世界的巨大嘲諷。

「阿拉伯的大地是憂傷的，她的憂傷是語言額頭的皺紋。」、「被封嘴的破碎的祖國呀，／拖著癱瘓的腳步在我身邊匍匐。」、「什麼是道路？／啟程的宣言／寫在一頁叫做泥土的紙上」，如果只讀阿多尼斯的詩歌，人們會認為他是阿拉伯世界的T. S.艾略特或泰戈爾，但若讀過他慷慨激昂的批判文章，一定會認為他像是阿拉伯世界的魯迅。在他筆下，既有「我的孤獨是一座花園」的曼妙詩情，也有「我的焦慮是一束火花」的批判意識。

阿多尼斯是一位「多重批判者」，「我的一生都很坎坷，很久以來都是一場對抗」。一九九五年，他在一次會議上與以色列作家會面，被阿拉伯作家聯盟除名。二〇一一年，他在黎巴嫩報紙上發表公開信，批判敘利亞獨裁者巴沙爾・阿薩德的暴力統治，「你不可能囚禁整個民族」，並要求其下臺，隨後他的著作被政府焚燒。他對「阿拉伯之春」中的反對派陣營亦不假辭色，一針見血地指出，許多叫喊著「阿拉伯之春」的人，正在「從刀劍、權力和金錢中覓取生活之道」，「他們洗劫博物館，破壞文物」，「這不是革命」，他反對格瓦拉的道路，主張甘地的道路。惹來反抗軍對他下達追殺令，西方左派也群起而攻之。敘利亞內戰持續十多年，他無法回國探望母親，即便在母親臨終的時刻。

阿多尼斯對兩個故鄉——敘利亞和黎巴嫩——愛之深、責之切。一方面，「我的祖國和我／身披同一具枷鎖，／我如何能同祖國分開？／我如何能不愛祖國？」另一方面，他尖銳地批判說：「我來自這樣的地方：那裡的人們在吞食著被燉爛的往昔和夾生的未來。每一個城市都是一隻被屠宰的綿羊，每一個屠夫都聲稱自己是天使。只有蛀蟲在克盡厥職。」他自稱「異教徒先驅」，公開表示自己不信仰伊斯蘭教，大膽揭露阿拉伯傳統文化中的沉疴積弊：「自二〇一一年開始發生在阿拉伯國家的事件，彷彿回退到原始人、野蠻人般。一個人可以因為他人想法不同而搶劫或殺人，殺掉不屬於順尼派或不同想法的人。在在顯現出人類的仇恨。」、「伊斯蘭世界的一切都自相矛盾，隔絕，敵對，封閉。看到伊斯蘭世界正淪為恐怖、殺戮、屍體和墳墓，而被它稱為『異教徒』的世界卻恰恰相反。」他在一篇紀念古代波斯詩人拉魯丁・魯米的文章中更鞭辟入裡地指出：「當宗教是自由的，並且在一切領域確立自由時，宗教才是神聖的。」宗教如是，祖國亦如是，他聲稱：「我只有一個國度：自由。」他對祖國的定義與自由緊緊相連：

對於很多人來說，祖國是帶有一種政治含義的。對於我來說，祖國，重要的不是地理意義上的祖國，而是什麼地方能讓我感到自由。自由地表達，才是我的祖國。

當宗教和民族等宏大敘事被錯誤地闡釋並為暴政背書時，伊斯蘭世界便陷入可怕的境地。阿多尼斯反問說：「那些奴役自己人民的政府如何擺脫來自外部的奴役？那些不停地摧毀自己人民力量源泉的政府，憑什麼力量去和外敵作鬥爭？」伊拉克的薩達姆・侯賽因政權垮臺後，阿多尼斯雖然也批評美國等西方國家武力征伐，更呼籲阿拉伯世界「首先需要對造成薩達姆現象（體現為文化，權力和實踐）的歷史，政治和社會機構進行深入全面的反思」。他指出：「薩達姆・侯塞因不是因巧合或天意從天上降臨到伊拉克大地的。他來自這片土地及生活其中的百姓中，來自特定的歷史和文化背景中。他的所作所為，並非只憑一己之見或一己之力；在他周圍，有他自己的『僚屬』和唯命是從的『隊伍』。」遺憾的是，阿拉伯世界很少有人願意傾聽他的聲音。舊的薩達姆倒下，又有新的薩達姆崛起。

阿多尼斯強調，「我真正的祖國，是阿拉伯語」，「外部不是我家園，內部於我太狹窄」，「只有詩歌，知道迎娶這片天空」。由此，他找到流亡的價值：「就本質而言，移居他鄉並非流亡，相反，它是走出內心的沙漠。移居者受到內心願望的驅使，想從『集體人』的階段轉向『個體人』的階段。這是對自由和解放的渴望，是對走出被束縛的傳統、走向自由革新的渴望。總體來說，對於移居者而言，移居並非為了與他者融合，而是為了挑戰風險，拒絕專制，期待工作和進步」。他認為，每一個人都是生活在流亡地——僅僅談政治流亡地，是沒有價值的。生存意義上的流亡、詩歌意義上的流亡、人道意義上的流亡，有可能是在自己的祖國之內，在自己的語言之內，在自己的社會之內流亡。

獨裁者有槍，但阿多尼斯有詩歌，有詩歌就有自由，有詩歌就不會以流亡為苦、不會以失去祖國為苦：「對我而言，詩歌變得不僅僅是詩歌，它是海洋，大千世界的萬物萬象，主觀和客觀、內在和外在、本質和過程，都在其中匯聚碰撞。詩歌是我的自由的祖國，是我疑問和叛逆的戰場。我應該把它變成神話，以便和流亡地的神話遙相呼應。這或許可以解釋我何以鍾情於歷史。為了照亮我的流亡地，我應該照亮我發源於其中的源頭。在照亮的過程中，我感覺內部或外在的流亡地給人提供了動力，因為它讓人的能量得到高度發揮和解放，這體現在想像力、現實和創作等諸多層面，它也讓生命與動態的世界直接接觸。彷彿人只有創造流亡地，創造自己的祖國，他才算真正地活著。彷彿外在往往是源於內在的一種拯救。彷彿外國或異鄉，能夠在根基和本源、傳統和歷史之外，創造一個更高境界的祖國認同。或者說，彷彿自我也誕生於他者之中。」

庫切：我不思念南非，我只是覺得自己是局外人

「所有的自傳都在講故事，而所有創作都是一種自傳。」庫切的自傳體小說《男孩》、《青春》和《夏日》展現亞里士多德式人生的三個階段。《男孩》描述一名少年在南非的生活；《青春》講的是二十多歲、從南非跑到倫敦做計算機初級程序員的青年所感受的青春徬徨；在《夏日》裡，作家回望人生，像福爾摩斯一樣探究其不為人知的中年。每個故事都很陰鬱，正如作者所說：「寫一

些更為陰暗的事，一旦從他的筆尖流露出來，就會漫無邊際溢出紙張，就像潑翻的墨水。像潑翻的墨水，像靜靜水面掠過的影子，像穿越天空的雷電。」他對寫作並無很多作家的那種傳道的神聖感：「我不喜歡寫作，所以要強迫自己去寫，我寫作的感覺是很不舒服的，但是如果不寫就更不舒服。」

這三本書有相同的副標題——「外省人生活場景」。這體現著庫切的「外省人」情結。作為文化概念的「外省人」緣起於巴黎，巴黎之外的所有法國人都是「外省人」。在南非，首都開普敦之外的南非人，也都是「外省人」。若是將視野放在一個更大的空間，與占有政治、經濟和文化主導地位的西歐以及北美相比，整個南非亦是一處偏遠的「外省」，南非文學也是「外省文學」，庫切以此界定和標記其作品——但是，透過寫作，他擺脫了外省人的自卑。

庫切出生在南非「說英語的布爾人」家庭，但在南非「沒有布爾人會認為我是布爾人」。他父親是荷蘭裔，他們家中卻講英語，但「英語從來沒有給我棲息或歸家的感覺，英語只是碰巧我熟悉掌握的一門語言而已」。他也對南非這個國家沒有認同感，在南非，白人政府強迫他加入軍隊，黑人卻要將他趕入大海。他一直牴觸「南非作家」這一身分，拒絕出版界強加給他的「南非作家的命運」。他甚至藉小說人物之口說：「他不需要再想起南非。如果明天大西洋的海潮將席捲這個非洲南部的小國，他不會流一滴眼淚。他會是倖存的一個。」

一九六一年，南非宣布獨立，在開普敦大學獲授英文和數學學士的庫切卻移居英國，主要是為逃避兵役。儘管他的父親曾長期就職於軍隊，並駐紮過北非和義大利，他卻不能忍受去當兵，「他會割腕。唯一的出路是：逃走」。在倫敦，他一邊在一家與國防部合作的公司做計算機程序員，一邊攻讀文學碩士。然而，他未能實現自己的文學抱負，「他唯一的天賦就是痛苦，乏味卻誠實的痛苦。如果這個城市（倫敦）對於痛苦沒有任何補償，他在這裡算是做什麼呢？」

一九六五年，對英國失望的庫切繼續上路，赴美國深造，在德克薩斯大學攻讀英語和語言學博士，他大量寫作並展開對貝克特的研究（他博士論文的題目）。然後，他任教於水牛城的紐約州立大學。他很喜歡美國：「美國，由於它是世界霸主，從某種重要意義上來講，也就成了我的國家，而且也是這個星球上每個人的國家，但其附加條件是，我們這些人並不參與它的政治進程之中。」一九七二年，他申請美國永久居民身分，卻遭駁回，大概因為他曾參與反越戰運動，與四十多位教師一同占領學校行政大樓而留下過被捕紀錄。移民局的小公務員不會知道一個作家的價值，正如瑞士的外事警察當年屢屢刁難喬伊斯的簽證申請。後來，庫切入境美國時還曾遭遇海關官員不禮貌的盤查，「也許我只是他們隨隨便便從入境隊列中挑出的一個上了年紀的白種人而已，只是為了證明受到騷擾的不僅僅是那些長著一副『中東面孔』的年輕人」。

庫切回到南非，任教於開普敦大學，並先後出版小說《幽暗之地》、《內陸之心》、《等待野蠻人》、《邁克爾·K的生活和時代》、《彼得堡的大師》及評論集《雙重視角》、《論文學審查制度》、《陌生的海岸》等。

庫切是殖民主義和南非種族隔離制度的批評者。一九九三年，南非終結種族隔離制度，次年，曼德拉當選總統。全民都曾經在一種由衷的道德歡慶之中，似乎享譽國際的前囚徒曼德拉擁有點石成金的本事。南非作家戈迪默在《無人與我同在》中寫道，流亡者的歸來正在改變這個國家，「據說過去是不可逆轉的，但是這個論點現在被推翻了。在歸來的狂喜中，大家活著出現，從流亡的默默無聞中復甦，回來了；而留在家裡的人則熱烈歡迎，渴望補償他們未曾遭受過的匱乏的流亡。」

在這種狂歡節的氛圍中，庫切卻為理想和現實之間必將擴大的差距而深感憂慮。儘管他知道「在當今南非，涉及人種、種族的相關術語，就像一個布滿地雷的危險區域。表面上看上去相當中性的術語，如『移居者』、『本地人』，也會被人誤做是極大的汙辱」，但他不畏雷區，寫出長篇小說《恥》，引爆一顆更大的地雷。小說的故事發生在後種族隔離時代的南非，書中透過一起強暴案件揭示權力關係的變化。曼德拉及後曼德拉時代，黑人永遠當權，但建立新制度、新道德的承諾並未兌現，暴力和剝削以新的型態延續，實現族裔和階級「平等」的宣告，成為「製造貧窮」的由頭。庫切追問：南非的經濟崩潰、社會秩序瓦解、種族和階級矛盾深化，是誰之過？

新的當權者不願傾聽這個膚色上「政治不正確」的「老白人」的逆耳之言，執政黨非國大和姆貝基總統嚴厲指責庫切是「頑固的、留戀舊時代的種族主義者」。庫切榮獲諾貝爾文學獎之際，南非幾乎沒有什麼大張旗鼓的慶祝，也很少有人閱讀和理解其作品。對庫切的獲獎，南非總統府發了份祝賀聲明，但非國大認為，「把庫切稱作種族主義者和祝賀他獲獎之間並不矛盾」。

正如庫切一本評論集的書名《異鄉人的國度》，南非是他的母國，卻也是他的異鄉，庫切深知：

寫作是件寂寞的事情，而靠著書立說來與生養自己的社會作對，則更是件令人孤立、寂寞的差事。

庫切對那些「寫作祕訣」不屑一顧，在他看來，寫作對任何人來說都不是一項容易的工作：「寫作就是付出付出再付出，難有喘息之機。這讓我想起了莎士比亞所鍾愛的鵜鶘，它總是撕開前胸好讓自己的後代吮吸自己的鮮血。」

一九九七年，庫切離開南非，前往澳洲，與伴侶桃樂絲・德賴弗共同任教於阿德雷德大學。九年後，他入籍澳大利亞。他說：「這次遷移讓我很開心，我覺得這是我一生中最佳的選擇。」他告別南非之後的小說，如《伊麗莎白・科斯特洛》、《慢人》和《凶年紀事》，將背景選在澳洲。最晚近的《耶穌》三部曲，雖然設定在某個未具名的西班牙語國家，但主題仍然不離移民和移民生活。

庫切在一篇題為〈何為經典〉的演講中，特別討論艾略特關於維吉爾的論述，並由此追問艾略特為什麼要「成為」英國人（其實也是回答他本人為何成為澳洲人）。艾略特定居倫敦，獲取倫敦的社交身分，而倫敦身分、英國身分只是歐洲和羅馬身分下面的細目。一九四四年，艾略特成了英國人，「羅馬式樣的英國人」。他用一種歷史理論將自己武裝起來：英國和美國都是永恆大都會——羅馬——的行省。維吉爾「原本想待在特洛伊，但最終還是流亡海外……流亡的目的之大，他並不十分清楚，但或多或少有所體認」。庫切的結論是：一個試圖創造新的身分的作家，是透過為我所用地界定所謂民族或民族性，繼而運用自己所積累的一切文化權力，把自己關於民族的定義強加給知識界。他本人所走的就是艾略特之路。

有趣的是，比庫切更早獲得諾獎的南非左派猶太裔女作家戈迪默是庫切的論敵。他們不是文人相輕。戈迪默曾寫過一篇廣為人知的書評，嚴厲批評庫切的《邁克爾・K的生活和時代》，斥責庫切未能為當時南非的道德和政治需要服務。庫切提出反批評：戈迪默贊同與自己同行的黑人作家對歐洲的指責，又表示擁護強大的歐洲文學和政治傳統——戈迪默常常談及屠格涅夫代表的俄國文學，期望「用鬥爭的語言」創作。但庫切指出，屠格涅夫時代的俄國無法類比戈迪默時代的南非，前者更不能為後者提供有益的經驗。俄國的現代轉型失敗了，南非的現代轉型也失敗了，用米沃什的話來說，俄國十九世紀進步分子的錯誤在於「相信沙皇統治的覆滅意味著任意的傲慢、貪婪、對權力的渴望、狡詐、奴性，以及殘酷或漠然表示不人道的結束」，結果迎來比沙皇殘暴百倍的「群魔」一般的布爾什維克黨人。這也是戈迪默等南非左派知識分子（不管是白人還是黑人）的錯誤，南非正重蹈覆轍。

魯西迪：無根的人，才是可以自由移動的人

二〇二二年八月十二日，七十五歲的印裔英籍作家作家薩爾曼．魯西迪在紐約州發表演講時遇刺，被捅了至少十刀，包括臉部、頸部和腹部，眼睛和肝臟受損。二十四歲的凶犯馬塔爾是伊朗政府、伊斯蘭革命衛隊及「什葉派極端主義」的支持者。伊朗官媒表示此事值得慶祝，盛讚凶嫌勇敢，並說「讓我們親吻這位以利刃割裂真主敵人的英雄的手」。

二〇一二年秋，我流亡美國後不久，曾在紐約一次國際筆會會議上與魯西迪有過一面之緣。此前，他多次在聲援劉曉波的公開信上簽名，我當面向他表示感謝。他說，「每個作家的自由都息息相關」——他在伊斯蘭基本教義派追殺的陰影下生活三十多年，對自由具有超乎一般人的敏感。

魯西迪出身於印度孟買一個穆斯林家庭，他從小不信教，被視為伊斯蘭教的「逆子」。十四歲時，他到英國留學，此後開始寫作，複雜的宗教、文化背景，讓他對政治、流亡、移民等問題格外關注。一九八一年，他以第二部小說《午夜之子》獲得英語文壇最高榮譽布克獎。這部小說描寫兩名在印度獨立之夜出生的、被護士「調包」的嬰兒的故事，這種「血統錯置」的劇情安排，旨在諷

刺「血統純正論」的意識形態假象。作品觸怒了印度前總理英迪拉・甘地而被政府禁止在印度國內發行，印度民主的脆弱與缺乏寬容可見一斑。印度主流社會拒絕接受魯西迪的批評，正如他們拒絕接受奈波爾的批評——而魯西迪和奈波爾提出的問題依然存在：「印度沒有自成一體的思想生活。在獨立所解放的百萬、千萬人中間，有很大一部分人只是把目光投向印度以外的地方，以尋求最終的滿足。他們主要望向英美兩國，他們特別喜歡美國……那是一定層次的人們想生活和成家的地方——製作甜餅乾，冬天把人行道上的雪鏟掉——並讓孩子在那裡受教育。」這個說法並不誇張：在我的兒子就讀的美國排名第一的公立高中裡，他的同學中有接近一半是印度裔移民家的孩子，印度裔如今是美國最成功的少數族裔之一。

之後，魯西迪又出版小說《羞恥》，影射巴基斯坦作為現代國家的創建及失敗，並以「羞恥」這個核心概念切入，直指政治與社會的暴力根源。小說嘲諷巴國前總統齊亞・哈克以及布托家族，在巴國遭禁，作者被指控誹謗罪。這部小說是政治小說，更具形而上的寓言特質——移民能否擺脫祖國的陰影，並將他鄉當成新的家鄉？魯西迪寫道：「移民的最大優勢是什麼？是懷著希望。你在舊照片裡瞧瞧這類人的眼神吧。希望閃耀在褪色的褐斑中，絲毫不減。最大劣勢又是什麼？是空蕩的行李。我說的是看不見的皮箱，而不是那些有形的、也許是紙板的種類，裡面裝著幾件意義被抽乾的紀念品——我們脫離的豈止是土地，我們已飄離歷史、飄離記憶、飄離時間。」他更指出，懷舊與鄉愁是非理性的，是因恐懼（害怕不確定性，害怕面對更大的世界擺出的挑戰）而產生的：

> 我們知道萬有引力的力量，但不知道它的起源，為了解釋我們為什麼依戀出生地，我們假裝是

樹木來談論樹根。看看你的腳下，你不會看見根鬚穿過鞋底生長出來。有時候我想，根，是一種停滯的神話，旨在使我們不四處移動。

為了證明這個觀點，魯西迪安排小說主人公沙基返回故鄉就被處死。哈金評論說：「有關根的比喻瓦解了，清楚地說明人類不同於樹木，應該無根，有完全的移動能力。這個想法十分激進。」一九八八年，魯西迪出版了石破天驚的力作《魔鬼詩篇》，故事源於一個傳說——撒旦在伊斯蘭教聖典《古蘭經》中加入自己的詩文。小說中還穿插對伊斯蘭教和穆罕默德的不敬內容。他在書中無情地咒罵故國為「該死的印度」，讓印度的民族主義者們發狂，不過他們畢竟沒有像神權國家伊朗那樣做——一九八九年，伊朗宗教及政治領袖何梅尼宣布判處魯西迪死刑，號召教徒暗殺他，魯西迪的多名譯者和出版人遭到暗殺。此事上升為英國乃至西方世界與伊朗的一場嚴重的外交衝突，伊朗政府宣布與英國斷交。魯西迪潛藏多年，過著受警方嚴密保護的地下生活，直到一九九八年，伊朗政府宣布不會支持他的死刑判決後，他才勉強重獲自由，此時他的婚姻與家庭皆已破裂。魯西迪對批評如機關槍般四處開火，對英國也是如此——他在書中以「瘋女柴契爾」羞辱英國首相柴契爾夫人，但英國政府仍然每年耗費超過一百萬英磅來保護他的安全。為了保護一名流亡作家，英國政府的人道壯舉令人敬佩。

此後，魯西迪移居美國紐約。他先後出版《摩爾人的最後嘆息》、《她腳下之地》、《憤怒》等作品，將主題轉向西方的流行時尚與都會傳奇，及新移民的沉浮得失。他還出版評論集《想像的故土》，以「移民者的世界觀」出發，對種族主義、伊斯蘭基本教義派、宗教仇恨和迫害等提出嚴厲批評。他認為，種族主義、血統純粹主義、文化頑固主義乃是當今世界上最危險的思想，也是製造集中營和掀起戰爭的始禍和根源。

「無數虛構的總合就是小說的真理」，在一次訪談中，魯西迪將自己界定為「愛說謊的虛構者」。有評論者認為，魯西迪本身和他的作品，典型地是一種亡命寫作和文化「混雜」下的產物，他是全球移民時代永遠的過客，是世界多元文化的「私生子」，既是母國族人的叛逆者，也是西方帝國文化堡壘的入侵者和顛覆者。無論是對出生地印度，還是歸化入籍的英國，以及長期定居的美國而言，他都是一個讓人頭痛的「麻煩製造者」。他有一種「褻瀆神聖」的特殊癖好，拒絕給予專制愚昧任何同情的理解，這使他遭受宗教格殺的厄運，也反過來刺激他如同唐吉訶德那樣與龐大無比的「風車」作戰——殺手已然揮刀，他卻仍將其當作一場遊戲和玩笑。

第四章　哪裡有暴政和暴君，哪裡就是異鄉

我們曾在巴比倫的河邊坐下，一追想錫安就哭了。

——聖經

逃離暴政和暴君統治的為奴之地，是自由人最後的選擇。

南越政權覆亡後，百萬越南人逃離越共，奔向怒海，寧願被稱呼為「越南船民」，阮志天、金翠、阮越清在自由的美國和加拿大寫下個人和家族的故事；在鐵桶江山的北韓，脫北者絡繹不絕，出死入生，主體思想的發明者黃長燁、金正日的御用詩人張振成、曾是性奴隸的朴研美以及身為賤民女兒的李晛瑞，在南韓終於找到來之不易的幸福，並開口向全世界講述個人的故事；在西亞，無論是伊斯蘭基本教義派的神權統治，還是世俗化的絕對王權及各式各樣的強人統治，都容不下言論

自由、思想自由和一點點的同情心，亞美尼亞的戈爾基、伊拉克的薩拉赫和土耳其的艾麗芙·沙法克先後逃亡到美國和歐洲，繼續用繪畫、詩歌和小說來捍衛自由；在非洲，將軍與皇帝合二為一，以吃人肉為樂，庫忽瑪、阿契貝、古納逃離吃人的世界，以移民的身分蛻變為文學大師。

我已無權自稱越南人，因為我已喪失了越南人的脆弱、躊躇與恐懼

南越政權崩潰之際，百萬計南越民眾逃離「統一」的祖國。人們奮不顧身地攀上從美國駐西貢大使館樓頂起飛的直升機的那張照片震撼人心。更多人乘坐各式各樣的船隻出逃，被稱為「越南船民」。據聯合國統計，在海上沉浮的越南船民，大約有二十萬到四十萬死於海上。

在海上生死未卜的旅程中，有一名十歲的小女孩跟家人擁抱在一起，挺過驚濤駭浪。「在這艘船的內部，天堂與地獄相互交錯。天堂允諾我們逆轉人生，邁向新的未來、新的故事。地獄則將我們的恐懼攤在眼前：畏懼海盜，恐懼餓死，害怕因吃下浸滿機油的餅乾而中毒，害怕再也無法站直身體，害怕再也無法行走於陸地之上……」

若干天之後，這艘船首度接觸陸地，船上的人不知身處何方。他們像軍隊搶灘登陸一樣，紛紛跳進海中，衝向岸邊。小女孩記得有一個亞洲人向他們跑來，高舉雙臂，在空中揮舞，然後消失。他們登陸的地方是馬來西亞，他們被安置在紅十字會管理的難民營，原本只能容納兩百人的難民營一下子湧入兩千人。途中結交的五個家庭合力在難民營的邊緣處蓋了一個吊腳樓，構成四面牆壁的是粗麻米袋和尼龍米袋。

一年後，這家人被加拿大政府接收，落地到魁北克的一個小鎮。「格蘭比這座城市，像母雞溫

暖的肚子一樣，在我們抵達加拿大的第一年期間，孵化、孕育我們。這城市的居民們，一個接著一個，像輕搖搖籃一樣照料我們。」當地人送了很多舊衣服給新來者，「剛到加拿大的那幾年冬天，我們並不知道每件衣裳都有專屬季節，不能只是把自己擁有的衣服就這樣往身上套。覺得冷的時候，所有衣服我們都一視同仁，不會分辨類別，我們把一件衣服穿在另一件的外面，層層疊疊，彷彿流浪者」。在那塊陌生而寒冷的土地上，小女孩一邊拚命學習英語和法語，一邊做苦工補貼家用。二〇〇九年，處女作《*ru*》（中譯《搖籃曲》）出版後獲獎無數，改變了她的命運。

她是越南裔作家金翠。她在解釋說，ru這個法語詞彙的意思是小溪，在越南語裡是搖籃曲和晃動搖籃。移民的人生就像是在晃動的搖籃中乃至雲霄飛車上尋求平衡：書中主人公的母親原本是省長家中的大小姐，從小養尊處優，越共兵鋒所至，錢財被沒收，豪宅被徵用，行動受監控，只好乘難民船逃離祖國。跟在路上死去的船民相比，他們一家是幸運兒，但成功的故事背後，卻有深切的悲哀與憂愁——那種在一個完全陌生的地方跌跌撞撞、勉力適應的經歷，那種建了新家卻總被老家的回憶所纏繞的感覺，還有那些早早了斷自己的夢想、唯願子女成材的父母，豈止是越南裔家庭、更是大多數亞裔移民的經歷。

金翠離開越南時還小，沒有直接經歷越共的殘酷迫害，她書中所寫的是充滿節制、內斂、愛和溫暖的「人生下半場」。加拿大不是「應許之地」，卻是可實現夢想的地方。金翠寫道：「我離開一個地方的時候，從來只帶一個行李箱。我只帶書。沒有什麼是真正屬於我的……實際上，我總是喜歡搬家：它讓我有機會減輕負擔，丟掉一些隨身物品，這樣，我的記憶才有真正的選擇。」她輕車上路是有原因的——當年逃難時，有人在下船後又返回去，想尋回藏在汽油桶裡的金條，卻再也沒有回來。「或許那些金條讓他沉沒，或許它們太重了扛不動。再不然，是海浪吞噬了他……」

金翠的父母離開越南後，從來不覺得要回去看看。金翠後來卻有機會陪同老闆到越南投資，在餐廳裡服務生對她講的越南話感到困惑，說她「太胖了，不可能是越南人」。她只有四十五公斤，服務生指的不是她的體重，而是「這場把我變得粗壯、臃腫、笨重的美國夢。它使我的聲音充滿自信，使我一舉一動都堅決果斷，使我渴望的事物清晰明確，使我行動迅速，使我的目光強而有力」，但「我已無權自稱越南人」。在越南的時候，她在襯衫外面套一件白人丈夫的毛衣，「因為我發現，對我而言，這股屬於北美日常生活的、既尋常又簡單的平凡味道，就代表家」。後來，她在巴黎買到一種「不凋花」蠟菊的香水，拿破崙曾經說過，這味道讓他還沒踏上國土，就能聞到家鄉的味道。金翠也希望如此，讓這種特別的氣息帶她回到家鄉。

越南詩人阮志天沒有趕上任何一艘運送船民的船隻。一九六〇年，他從河內文學院畢業，在中學當代課老師，講歷史課時，沒有按照教科書的敘述講日本人是被共產黨打敗，而是講日本人是被美國人打敗。這讓他成了政治犯，被判三年半苦役。獲釋後，他成了一名泥水匠，很快又因創作「反革命」詩歌被抓，獲刑十二年。他在獄中創作了四百首詩歌，在安靜的夜裡，重溫每一首詩歌，用好幾天時間修改，然後歸檔，如若不滿，就將其刪除——獄中並無紙筆，所有這一切都在腦海中完成。

出獄後，阮志天偷偷將頭腦裡的幾百首詩歌寫出來。他如此小心翼翼，以至於十多年後到了美國，想要寫一首詩，第一反應就是把窗簾拉下。他不願讓這些詩歌就此湮滅，策劃了勇闖西方使館的行動：他最初的目標是法國大使館，特意選擇七月十四日巴黎市民攻占巴士底獄這天行事。但法國大使館森嚴戒備，令他無功而返。兩天後，他衝進英國大使館，掀翻桌子大喊：「我要見大使！別害怕，我是本分的人。」英國外交官趕來，他向他們講述自己的遭遇，請求他們把「重要文件」——四百首詩歌的手稿送往西方。英國外交官答應他的請求，但拒絕他在此避難。

阮志天第三次被捕，被判監禁十二年。白天，他與囚犯們一起開墾荒地；夜晚，在腦海裡漫遊。他「寫下」新作〈他們流放了我〉：「他們把我流放叢林／希望我變成樹薯的肥料／我卻成了嫻熟的獵人／帶著蛇的智慧與犀牛的勇猛重新歸來／他們把我沉入大洋／希望我長眠海底／我卻成了深潛的高手／帶著閃爍的珍珠躍出水面／他們把我按入汙泥／希望我深陷其中／我卻成了一位開礦者／帶著最珍貴的礦物回到地上。」

那三位英國外交官信守承諾，將阮志天的詩歌帶出越南。一九八四年，耶魯大學以《地獄之花》為名翻譯出版，次年獲得鹿特丹國際詩歌獎。在國際人權組織施壓下，一九九一年，阮志天獲釋，四年後獲准前往美國。他居住在加州橙縣的小西貢——一個越南移民社區。他終身未娶，他不相信越共的改革，卻希望能回到越南，終老於祖輩安息的那個村莊。他沒有等到回歸的那一天，於二〇一二年在加州一家醫院離開人世。

一九七一年生於越南的阮越清，在四歲時被父母攜帶著逃離越南，來到美國。四歲的孩子能記得什麼呢？我的兒子也是四歲時到美國的，關於此前在中國的生活，他沒有任何記憶。

阮越清記得的，是父母作為第一代移民，一年中的每一天都工作十二個小時的辛勞與匆忙，「逝去所有的他們為了把那些都賺回來，幾乎是工作到死」。長大後，他更發現，在美國的越南裔社區中，很多長輩都是痛苦的、敗北的「失語者」，他雖然只是一個「失去了母語、或是為了習得的語言而捨棄了母語的男孩」，願意用文字去填補他們生命中的那段空白。他在南加大教書，口中操著標準美語，但仍將「難民」而非「移民」定義為自己的身分。他的處女作是關於越戰及來美難民生命史的長篇大作《同情者》，小說的敘事者是一位越法混血的雙重間諜，越共和美國雙方的人性與非人之處都通過他的視角被一一捕捉（有點類似哈金的《背叛指南》）。該書摘獲二〇一六年普立茲小說獎。

「真正需要我們打動的人，常常是不讀我們作品的人。」阮越清短篇小說集《流亡者》的英文書名是 The Refugees，根據辭典定義，refugee 是因為政治、宗教，或經濟因素被迫離開自己國家的人。他們是難民，是逃亡者，是避難者，是失去選擇的人，更是絕望、無國籍、無財產的漂流人。《流亡者》由八個獨立成篇的故事構成，每篇至少有一名主人公與越戰、勞改、逃離的船隻的記憶相關，這些記憶如鬼魂一樣從墳墓中伸出手來抓住活人。這些都不是土生土長的美國人「無所事事的悲劇」，而是一種深入骨髓的傷痛與迷惘，「所有戰爭都發生兩次，第一次在戰場上，第二次在記憶裡」。他們都帶著許多精神傷害，心裡藏著許多陰影，他們生活在兩個世界——一個是充滿殺戮和動盪的故鄉，思念而無回歸之期；一個是抵達之地，美好、自由，充滿挑戰與排斥。

「在美國，坦承你的難民身分是終結話題最快的方法」，阮越清對此深有體會。他在《流亡者》的開頭引用詩人詹姆斯．芬頓的〈德意志安魂曲〉，表示糾纏人的不是記憶，是「那些你必須終其一生遺忘的過往」。他的父母不是戰爭的傷亡者，但是，「對於因戰爭而失去了國家、財富、家人、父母、女兒和內心平靜的人，還有什麼別的稱呼」？他的父親從不跟他談論過去的事情，即便他在寫作《一切未曾逝去：越南與戰爭回憶》時多次回到越南，回到父親的故鄉，卻從未去過自己出生的城鎮，因為他父親禁止他去。他父親不止一次告訴他，「你永遠不要回去！」他認為那裡有太多人會記得他，會因此迫害他的兒子。由此，阮越清想起漫畫家亞特．史畢格曼說過的話：「我對如何找到作為大屠殺倖存者的父親口中那些他成長的地方毫無頭緒，他只是告訴我們，千萬別去，因為那裡會殺猶太人。他用的是現在式，『那裡會殺猶太人，別去！』他為我們擔心。」阮越清寫道：「和史畢格曼的父親一樣，我父親一定也對那些永不消逝的沉重記憶深信不疑，那些記憶中的威脅依然保有致命的力量。雖然我在許多事情上違背了父親的意思，但在這件事上卻沒有辦法。來自父親的禁令太強，未知過往的魅影太令人不安……也許有些事永遠不會被記憶，卻也永遠不會被遺忘。也許有些事從未被言說，卻一直被聽見。也許我只會在父親走後才去造訪我的出生地。」

離開北韓跟離開其他的國家不同，離開北韓比較像離開另一個宇宙

東亞的共產國家——中國、北韓、越南以及紅色高棉時代的柬埔寨——彼此比狠，殘暴程度讓歐洲的共產黨國家自嘆不如。北韓是其中唯一建立家族三代繼位的「皇權共產制」國家。因此，「脫北者」的「脫北」之路分外曲折崎嶇、可歌可泣。

一九九七年，七十四歲的黃長燁——「主體思想」發明者、曾任勞動黨中央委員會書記局書記，在北京轉機時進入南韓駐華大使館尋求政治庇護。黃氏曾被金正日尊為老師，過著錦衣玉食的生活，但他逐漸發現慘絕人寰的大饑荒，不能忍受歷史書上記載「北朝鮮人民忍受著暴政和苦難，但是卻沒有一個知識分子站出來勇敢的批判和反抗這種暴政」。他作出「脫北」的決斷：「我這一生只有過一次冒險的經歷。那次我自己都不敢相信的冒險，是一次極危險的冒險。」

得知黃氏叛逃後，北韓派出數百名保衛部要員，企圖穿過中國警察的警戒網，進入大使館實施暗殺。中國不希望事情演變成國際醜聞，動員一千名武裝警察以及裝甲車來強化大使館周圍的警備。北韓對黃氏展開批判，稱之為「豬狗不如的東西」、「精神病人」，其妻在金正日「恩准」下自殺，長女神祕地從卡車摔下死亡，另外一子一女連同孫輩全被送到勞改營。後來，北韓還多次派遣刺客潛入南韓實施刺殺行動，南韓對其提供一級安全保護。

黃長燁寫了十七本書，揭露北韓的真相——公然世襲極權的齷齪與殘暴，反證與凸顯流亡抗爭者的良知與正氣：「與個人的生命相比，家人的生命才是更重要的。與家人的生命相比，民族的生命更重要。與民族的生命相比，人類的生命更重要。」

逃離北韓的，除了意識形態宗師，還有御用的桂冠詩人。在北韓，張振成在宣傳機器中位居高階職級，專事對人民洗腦。他的任務包括創造北韓建國神話（參與編撰《金朝實錄》），對外假裝南韓知識分子，撰寫抒情詩歌頌金正日，成為萬中選一的「欽受者」，受到領袖的親自接見——金正日說：「那首詩是別人寫的對不對？別想騙我。我會把你殺掉。」他嚇得魂飛魄散。金正日卻大聲笑出來，往其肩頭捶一下說：「你這個呆子，我這是在恭維你。」張振成發現，偉大領袖對山崩海嘯般的掌聲毫不在意，偏偏關心腳下的寵物狗，「那隻小狗比他所有最忠誠的部屬都來得有尊嚴」。

張振成原本可以從此過上錦衣玉食的生活。但一次返鄉之旅喚醒詩人的良心，驅使他偷偷寫下故鄉街上人民的痛苦，「人民聚集之處，必然即有槍聲」。二〇〇四年，他與一名友人拋棄家人朋友，踏上亡命之路。他們跳下懸崖，往冰凍的圖們江面奪命狂奔。剛跑出二十多米，他聽見北韓邊防軍的呼喊，一回頭就發現一群士兵站在那裡，舉著槍瞄準，「我看到槍管，聽到扣扳機的聲音。我頭頂又熱又痛，知道子彈會從那裡打進去……」子彈從他身邊擦過，沒有擊中他。

到中國之後，張振成和友人藉由延邊農民之助坐車逃到延吉，但北韓誣陷他們是殺人犯，派特工聯合中國警察展開地毯式搜捕。他輾轉經長春到瀋陽，在街頭用韓語試探，尋找同胞，被密告後公安上門盤查，只好帶著詩稿逃命。「在黑夜中，我非常迷惘。身在異國，我不過是天空中飛揚的一顆塵沙。」他致電一家南韓報社，聯繫上韓國駐北京大使館。當他被外交牌照的車輛運進大使館時，一位南韓外交官告訴他：「張先生，你現在在韓國的領土上，你現在自由了。」他請求對方將這句話一連說三遍，才相信自己真的自由了。

到韓國後，張振成出任「國家安全研究院」資深分析員。之前他是北韓的南韓專家，現在卻變成南韓的北韓專家。二〇〇八年，他出版詩集《我的女兒一百元》，在南韓成為暢銷書，榮獲牛津文學獎。二〇一〇年，他離開政府體制，全職從事寫作——不再是國家或暴君的詩人，而是自由的詩人，「我出生的地方，我服從的人，都不是我的祖國，我死後想埋葬在哪裡，那裡才是我的祖國，所以我才會從一個文學只允許為一個人服務的體制逃脫」。他創辦報導及分析北韓事務的網站「國際新焦點」並任總編輯，「如果北韓有的是謊言和核彈，我有的就是真相和文字」。他百感交集地指出：「北韓流亡者是活生生的見證，證明暴政與自由確實不同。他們的故事並非只是要激起人的憐憫。他們代替那些無聲無息死去的人呼求正義，代替那些埋葬於異國，以世界為其無言見證的人呼求正義。」張振成也找到了個人的幸福。北韓一直威脅要刺殺他，南韓政府派一名警察隨時保護他。這位女警與他陷入熱戀，後來成了他太太，這是他流亡生涯中又一段傳奇故事。

女性的逃亡，往往需要比男性付出更沉痛的代價。二〇〇七年三月三十一日，年僅十三歲、體重不到三十公斤的小女孩朴研美，跟媽媽在漆黑的寒夜中跌跌撞撞爬下鴨綠江的冰凍河岸。逃離北韓時，這個小女孩沒有幻想會得到自由，甚至不知道「自由」代表什麼。她只知道一家人繼續留在北韓很可能沒命。飢餓已超出可以忍受的程度，只要有一碗飯吃，要她冒生命危險，她也願意。

到中國之後，她才發現自己和母親落入人口販子手中。那名掮客對她媽媽說，他想和小女孩發生關係。媽媽挺身而出保護女兒：「讓我代替她！」但媽媽只能保護女兒這一次，隨即被以五百元人民幣販賣給人販子，人販子又用十倍價格賣給一名中國農夫做性奴隸。少女的價格是媽媽的三倍。「我永遠忘不了聽他們議價時的強烈羞恥感。短短幾個小時內，我們從人變成商品，那種感覺超越了憤怒。要不是被卡在恐懼和希望之間無所適從，否則我們無法想像為什麼我們要忍受那種羞辱。」她在人口販子掌控下度過兩年生不如死的歲月，被迫成為其情婦，參與其販賣人口生意——幫助被販賣的北韓女子翻譯和梳妝打扮。受害者與加害者的界限日漸模糊。她一步步發現了真相：「到了中國我才明白，北韓政權是如何撐過大饑荒，持續讓好幾百萬人忍受聯合國所謂的『現代大浩劫』直到今日。而監控十四億中國人民，幾乎掌控他們生活的所有面向，並在剷除西藏人和維吾爾族人有實際進展的政權，就是幫助金氏家族持續控制平壤的同一個政權。中國共產黨很久以前就取代了蘇聯，成為這場現代大浩劫的最大推手。」

再後來，朴研美與母親再一次冒著生命危險逃亡。不久，她爸爸也逃到中國，但幾個月後，他因罹癌得不到基本治療，很快過世。二〇〇九年，韓國的基督教傳教士拯救這對淪為性奴隸的母女，帶她們奔赴蒙古與中國的邊界。在某個永無止境的冬夜，她們徒步橫越冰天雪地的戈壁沙漠，跟隨著星星的指引，進入蒙古境內，再由韓國駐蒙古大使館送往韓國，由此邁向自由。

朴研美出版自傳《為了活下去》，將自己和母親的遭遇完整地寫出來，包括被販賣乃至成為人販子情夫「幫凶」的經歷，「如果我希望自己的生命有意義，這就是我唯一的選擇」。一旦決定寫出自己的祕密，她才終於真正感覺到自由，「過去就像一片沉重的天空壓在我身上，把我釘在地上動彈不得，現在我掙脫了桎梏，又能正常呼吸了」。

逃離北韓之後，朴研美在美國找到了自由。然而，她卻發現美國人過去珍視的言論自由和思想自由正在遭到極左派的嚴重破壞，因此回想起當初冒著生命危險逃離的殘暴的北韓政權，兩者的相似之處，令她不寒而慄。她原本是左派欣賞的對象——女性、新移民、少數族裔、曾經的人權受害者和性奴隸，但她卻大膽說出普通人敢怒而不敢言的「政治正確」的邪惡本質——極左派的菁英打著「覺醒」和「社會正義」之名，實際上卻是偽善、集體霸凌和威權主義，由此她開始面臨各種思想審查，甚至死亡威脅。但她毫不猶豫地以新書《趁我們還有時間》來挑戰「通往毀滅之路」，來捍衛「脆弱的自由」，正如她之所說：「我選擇把提倡和捍衛人權當作我的人生志業，特別是自由權……真誠是一種迷人且令人欽佩的特質，能使你不受黨派紛爭的左右，也讓人們重視你樹立的榜樣更勝於你表達的特定看法。」

李晛瑞的脫北之路比朴研美順暢和幸運得多。這是一個擁有七個名字的女孩：出生時，她叫做金智惠；母親改嫁時，改名為朴敏英；為了隱藏身分，她又變成蔡美蘭、張順香，蔡尹希、朴順子。李晛瑞，是她擁有的第七個、希望也是最後一個名字。

李晛瑞在自傳《擁有七個名字的女孩》中披露，她出生於與中國隔著一條鴨綠江的北韓惠山市，在這個官方宣傳的「世界上最偉大、最幸福的國家」，夜裡無燈、人卻無眠，牆上有耳、鼠輩竊語（在朴研美的自傳中有相似的情節，她母親說：「就算你以為旁邊沒人，小鳥和老鼠也聽得到你在竊竊私語。」）。離異的母親獨立拉扯孩子長大，悄悄從事走私生意，而彼岸中國的萬家燈火，點亮了少女強烈的好奇心。

一九九七年，十七歲的李晛瑞不辭而別，在一名中國走私販子的引領下，越過冰封的鴨綠江到中國。她先是投奔在瀋陽的伯父，為逃婚，又前往上海工作和生活。她被警察拘留過，被黑幫綁架過，在中國東躲西藏十一年之久（張振成只在中國逃亡三十五天，朴研美在中國生活了兩年），隱姓埋名、晝伏夜行，「厄運與危險咬著不放，稍微鬆懈立刻大難臨頭，這樣的日子，我過了四千多個……」

二〇〇八年，李晛瑞以朝鮮族中國人的身分申請到中國護照，然後飛到韓國仁川機場，成功獲得政治庇護。為拯救依然在北韓受苦的母親和弟弟，她又冒險回到中朝邊境，幫助母親和弟弟偷渡到中國。然後，一家三人乘坐各種交通工具，從中國最北端到中國最南端，再偷渡進入寮國。在寮國，母親和弟弟沒有合法證件，被警察抓捕，關進監獄。在得到一位來自澳洲的旅行者狄克的幫助後，她得以繳納給監獄長的每人七百美金的賄賂，讓母親和弟弟在被關押兩個月後獲釋。然後，他們被送入南韓大使館，在一間南韓大使館管轄的收容所等候入境南韓的審批程序。三個月後，他們終於抵達南韓，一家團圓。

然而，早已習慣奴役的脫北者，如何在一個自由世界中調適與新生？到了自由世界，絕非「王子與公主從此就過上無憂無慮的生活」。對李晛瑞來說，身為一個脫北者，「我對這個世界來說是個異鄉人，是個難民。就算試圖去融入南韓的社會，我覺得自己永遠也不會被視為一個徹頭徹尾的南韓人」。在甫獲自由那一刻，她被分配到首爾衿川區一間公寓裡，長長的時間，人影隨夕陽西移，卻不知道該做什麼。自由不僅僅是「在首爾安穩地喝上一杯咖啡，看著窗外的藍天」，當自由不再是一個概念，隨之發酵的是惶恐與不安，那是一種無以名狀的新體驗。這份惶恐與不安，有其前世今生，甚至來日方長。

後來，李晛瑞從韓國外國語大學畢業，再後來，她與在韓國延世大學讀研究生的美國人布萊恩相戀並結婚。她更應邀在包括聯合國北韓人權調查委員會等國際場合發表演講，講述自己的故事，也揭露北韓獨裁政權如何任性妄為、透過恐怖手段去統治百姓。她完成了自傳，這本自傳成為一本翻譯成多種語言的暢銷書。

南韓約有近三萬名脫北者，李晛瑞是少數被更廣闊的世界「看見」的例子。大多數生活在南韓的脫北者，必須想盡辦法隱藏過去，從口音到價值觀。李晛瑞也曾如此：「不管去到多遠的地方，我永遠也沒有辦法徹底逃離北韓的重力。就連對那些經歷常人難以想像的痛苦，才好不容易逃出了地獄的人來說也是一樣。許多難民都相當難以接受這個自由世界裡的新生活，過得也不快樂。其中，更有一小部分的人決定放棄，回去住在那塊黑暗的土地上。就連我也多次受到誘惑，想回去北韓。」然而，她戰勝了黑暗的誘惑，沒有在自由世界失重，「不再是來自北韓兩江道江邊的一個小地區的難民，而成為一個更廣大的世界裡的公民」。

等到被毀的花園重新花開草長，要走的路有多麼漫長

在亞洲東部，中國、越南、北韓等共產黨國家的暴政，產生數百萬難民；在亞洲西部，民族和宗教的敵意導致血流成河的屠殺，則是產生難民潮的另一個原因。「東亞病夫」和「西亞病夫」，面對西方的船堅砲利不堪一擊，但內部的殺戮卻比外敵的入侵更為慘烈。

一戰期間，奧斯曼土耳其帝國以及後來的土耳其共和國對亞美尼亞人等少數族裔展開種族屠殺。歷史學家羅伯·葛沃斯指出，鮮少有政治人物如希特勒一般，抱著強烈的興趣觀察戰後安納托利亞情勢的發展。希特勒公開表示，他對凱末爾的民族主義立場深表敬佩，甚至模仿其在軍事失利後仍然堅韌不拔地建立起民族優先、政治獨裁的民族國家。土耳其對亞美尼亞人採取的種族屠殺政策，在納粹的願景中占有吃重的戲分，成為接下來數年計畫與夢想實現的靈感來源和榜樣。

戈爾基是數百萬受害的亞美尼亞人中的一員。一九一五年，這個十一歲的少年跟隨母親逃離亞美尼亞。一九一九年，其母親餓死於葉里溫，這是他一生都未癒合的傷痛。一九二〇年，他抵達美國，跟此前已移民美國的父親團聚，但他與父親的關係一直磕磕碰碰——他心中怨恨父親此前拋棄他與母親、獨自離開。他最著名的自畫像〈藝術家與他的母親〉是其懷念過往的動人之作，成為新移民回憶移民經歷及塑造美國身分的經典代表。這幅作品中所表現出來的溫柔和純真，是一位畫家可以持續被外界接受的關鍵品質。

一九二二年，戈爾基進入波士頓新學校讀書，學習設計。一九二五年，他搬到紐約。這位年輕的藝術家將其名字從亞美尼亞語 Vostanik Adoian 改成 Arshile Gorky，這是為擺脫亞美尼亞難民的負

面名聲以及那場大屠殺的陰影。有時，他自稱是俄國作家馬克西姆·高爾基的親戚——其實兩人毫無關係。

在龍蛇混雜的紐約，戈爾基如魚得水。他探索畢卡索、塞尚和米羅等人的作品，還與戴維斯和庫寧等嶄露頭角的年輕藝術家建立友誼。立體派、表現主義和野獸派色彩鮮豔的作品都影響了他的創作。一九三〇年代，他成為現代藝術博物館新興藝術家群展成員之一，〈夜間〉、〈謎〉、〈鄉愁〉是其這一階段的代表作。一九四〇年代初，他受到來自歐洲的超現實主義畫家和抽象表現主義藝術家影響，包括剛剛從納粹德國逃出來的阿爾伯斯和霍夫曼等人，其藝術風格趨於成熟。一九四四年的畫作〈肝臟是雞冠〉，是其最高成就的作品，將藝術家所受的所有影響融合成一種獨特的抽象表現主義風格。一九四七年的畫作〈痛苦〉，以驚人而有力的形式反映了個人及民族的悲劇，他在回想此一階段神祕夢境主題的繪畫時，形容自己的心境為：「受傷的鳥、貧窮以及一整個星期的雨。」

一九四一年，戈爾基與比他小二十歲的艾格尼絲結婚，他們有兩個女兒。但這場婚姻最終演變成一場悲劇。一九四六年，戈爾基在康乃狄克州的工作室毀於一場大火，大部分作品化為灰燼。一個月後，他被診斷出患癌症，接受一系列手術。在與癌症抗爭期間，他發現妻子與一名藝術家同行有婚外情。他們很快離婚。但禍不單行，他遭遇一場車禍，手臂受傷，一度癱瘓。前妻將孩子帶走，他變得跟來美國時一樣一無所有。一九四八年七月二十一日，戈爾基上吊自殺，年僅四十歲。他與保羅·策蘭一樣，在創造中避免直接使用「大屠殺」這個概念，但一生都未擺脫「死亡賦格」。

半民主的土耳其本來有希望轉型為伊斯蘭世界唯一的民主國家，近二十年來卻在政治強人、「土耳其版的普丁」艾爾段帶領下陷入中東化泥沼。土耳其記者和專欄作家安捷·泰梅爾古蘭寫道，即使你們什麼都不做，也有許多事情會發生在你們身上——這就是中東人的生活模式。土耳其人逐漸困在一場騷亂的暴風雨中，動彈不得。愈來愈多土耳其中產或中上階級背井離鄉，移居西方。知名度僅次於帕慕克的新生代女作家艾麗芙．沙法克是其中之一：她在英文小說《伊斯坦堡的混蛋》書中涉及亞美尼亞種族滅絕問題，二〇〇六年七月被指控「侮辱土耳其人」（土耳其刑法第三〇一條）。如果被定罪，將面臨最高三年的監禁。雖然她被釋放，卻不得不逃離土耳其。

這位擁有政治學博士學位的作家，先後旅居英國和美國，成為曼荷蓮學院研究員、密西根大學客座教授及亞利桑那大學東方研究終身教授。她在小說探討人權問題，尤其是土耳其的人權問題。她說：「文學試圖做的是使那些被非人化的人重新人性化……那些我們從未聽到過他們聲音的人。這是我工作的一大部分。」她一直批評艾爾段的威權統治，被關押在監獄中的土耳其作家和記者的數量已超過了中國。她在訪談中指出：「在民粹主義身上，我們學會民主的必要性。從孤立主義者身上，明白我們需要全球性的團結。從部落主義者身上，我們認識到世界主義的美。」

艾麗芙．沙法克最愛的物品是一個唐吉訶德和桑丘的有些微破損的木製雕刻。她在十歲時，在馬德里得到這個雕刻，從那以後，「不管我去哪我都會帶著它——伊斯坦堡、波士頓、亞利桑那州然後倫敦」，現在這雕像就放在她客廳的小桌上。「這個是手工製作的雕像，每次我看著這些虛構人物時，在這木雕上，我就會看到了旅行、故事、藝術、工藝和想像力是超越國界的，所有的這些都在我心底深深引起共鳴。」

中國政府重判記者高瑜時，艾麗芙．沙法克發表一封給高瑜的公開聲援信：「親愛的高瑜：我們雖然沒有見過面。但是你言語中的誠實、正直和力量以及你超凡的勇氣已經越過了中國國境，觸及我心，觸及無數其他人的心，無論是在東方還是西方。我想讓你知道，世界上有許多人都知道你遭受了怎樣的不公正待遇和磨難。人們在意你經歷的一切，他們也願意團結地和你站在一起……歷史告訴我們，如果批評、創新和異議沒有存在的空間，民主不過只是空談。推動社會發展的動力不是千篇一律和為人背書，而是見解的差異以及知識上的多樣性。您勇敢而誠實地提出了許多重要問題，這是這一進程中的重要組成部分。就像水和麵包對於全世界人民來說都是神聖的一樣，文字也是神聖的。它們精緻而強大，既複雜又簡單，就像古代編織絲綢的藝術一樣。」在這封信最後，她寫道：

> 相信明天會更好，確實，明天也會變得更好。我懷著這種信念，向你致以深深的敬意和姊妹情意……你言語的回音無遠弗屆，觸及了你的枷鎖之上，牢獄牆外的無數顆心和意志，希望想到這些，你會感覺到有所安慰。這提醒我們，為言論的自由而鬥爭，很值得。

西亞（或中東）幾乎所有國家都被暴政和暴君控制。薩拉赫是流亡法國的伊拉克詩人、作家和演員，年輕時，他曾是伊拉克軍隊的一名士兵，因釋放一群被囚禁和拷打的十一、二歲的庫德族孩童，被軍隊情報機構逮捕。他被關押八個月，其中有近六個月不斷承受酷刑折磨。「幸好當時海珊還只是副總統，如果他已經是總統的話，我一定被處決了，一點商量的餘地都沒有。」

塞翁失馬，焉知非福。薩拉赫被關押時，已經快二十一歲，但幾乎不識字，也不會寫字。他與一群政治犯關押在一起，注意到有個政治犯每天晚上都自言自語說著一些詞，他覺得在黑暗中聽到的這些詞很美。有一天，他去找那個政治犯，問對方究竟在說些什麼，是先知穆罕默德的話嗎？那個政治犯說，不是的，這是詩歌。他又問：詩歌是什麼？當時他真的不知道。那個政治犯問他，既然你連詩歌是什麼都不知道，怎麼會成為政治犯？薩拉赫講述了其經歷，並說自己來自一個貧窮家庭，從未接觸過詩歌，並問：「我能不能寫詩？」對方回答，所有有感情的人都可以寫詩。這是他的文學第一課。他將監獄當成學校，有政治犯為師，進展一日千里。

出獄後，薩拉赫不敢回家，整天混跡於巴格達的咖啡館。突然有一天，一個朋友告訴他，說他必須離開伊拉克，他在一張黑名單上，有人要殺死他。他不知道去哪裡，他不會說外語，會寫一點詩，卻既沒有文憑，也沒有錢。他決定去法國——卡繆的國家。他在巴格達的咖啡館裡閱讀過卡繆的作品，如醉如痴。他相信，「如果一個人可以寫出如此優秀的作品來，他的國家一定十分美好」。一九七五年，他來到法國，四年後進入法國國家劇院當演員。後來，他學習戲劇和哲學，演過電影和戲劇，寫了好多本書。四十多年後，他相信，「我的選擇是正確的。我愛法國，愛法國的文化，如果有機會，我一定會去捍衛它們，這一點現在已經深入我的內心。法國重新給我人的尊嚴，給了我孩子，養育了我，給了我工作，讓我得以出版近四十部作品，可以說我欠了這個國家很多」。

二〇〇四年，美軍進入伊拉克，海珊政權被推翻。薩拉赫得以訪問闊別多年的故里，真個是「少小離家老大回，鄉音無改鬢毛衰」。他離開長達半生的時間，卻又似乎從未離開——他出版了《巴格達我的愛》、《巴格達—耶路撒冷》等作品，從名字就可看出，他用文字重建故土。獨裁者不讓他回家，卻無法剝奪他的情感、想像力和創造力，只要保有情感、想像力和創造力，就是一位配得上所承受的苦難的詩人。

詩人米沃什寫道：「我不幸的孩子們，等到被毀的花園重新花開草長，／要走的路有多麼漫長。」也許一輩子都在路上，甚至將屍骨埋在路上，但是，那對自由和幸福的愛，永遠不會消逝。

非洲太大了，唯有從黎明出發，才能在夜晚抵達

早在一九五九年，美國國務院就預言「民主」非洲遲早會土崩瓦解，新獨立的國家將會苦於貪腐、低效率與「政治上的口水戰」，最後民主將斷送在軍事政變上。事實證明此一預測有先見之明。非洲的政治權力以迅雷不及掩耳之勢向中階軍官集中，受過殖民政府訓練且忠於指揮官的軍隊，由此成為非洲版的「羅馬禁衛軍」，直接由軍事領袖操控。從一九六〇年代以降，經常只是「宮廷政變」規模的政變，成為不少軍事強人的上升臺階。

同時，比起他們繼承的帝國主義政府，一黨專政的國家與凱撒式的獨裁者對祕密警察的需求尤為旺盛，主要是他們始終處於叛亂與軍事政變的風險之中。祕密警察不僅對付政敵，還對付少數有獨立思考能力的知識分子。獨裁者即便有祕密警察的保護也夜不成寐。這樣的處境，以及能在這種處境中如魚得水者的行為模式，說明了何以當皇家莎士比亞劇團於一九六〇年代派人到非洲巡演的時候，最受歡迎的戲碼是《馬克白》與《查理三世》。獨立，並未讓非洲擺脫康拉德筆下「黑暗之心」的形象，非洲成為奈波爾所說的永遠也無法抵達的「彼岸」。

有「非洲伏爾泰」之美譽的庫忽瑪，一九二七年生於法屬象牙海岸，到法國求學，娶了法國女子為妻。一九六〇年，象牙海岸獨立，他回國效力。但祖國的政治現實很快讓他失望。獨攬大權的總統博瓦尼將所有具備潛在威脅的人都關進監獄。庫忽瑪受到警告，帶著妻兒流亡阿爾及利亞，在

那裡開始作家生涯。他的第一部長篇小說《獨立諸陽》帶有自傳體色彩，描寫了一名希望報效祖國的知識分子與獨裁政權的衝突，沒有一個非洲國家敢出版，後來在加拿大和法國出版。二十年之後，他出版《侮辱與反抗》，透過梳理非洲二十世紀的歷史，批判阻礙非洲走向現代化的巫術和拜物教。

庫忽瑪在長篇小說《等待野獸投票》中揭示非洲被獨裁者荼毒的噩運：主人公柯亞甲是一名獵人，通過巫術征服對手，登上獨裁者的寶座。作為「獵王」的柯亞甲成了一種固化的統治模式，成了所有非洲獨裁者的縮影。「三十年來，反抗最高領袖的謀殺事件以每年二到三次的頻率發生。每一次謀反者都宣稱獨裁者死了。那些輕率莽撞的人走到街上，顯露他們的歡樂，高聲表達他們的怨恨。結果柯亞甲重新復活、重新出現，那些表達出自己情感的人，就這樣被發現、被追蹤、被逮捕、被刑求、被暗殺。」新獨裁者重新取得古蘭經和隕石，籌辦「民主」的總統大選，籌辦由「獨立運作」的國家委員會所監督的普選。「您渴求一個新任期，確信自己將會勝利重新當選，因為您知道、您確信，即使出現意外，眾人拒絕投票給您，動物們也會走出灌木叢，自己帶著選票投給您。」

一九九九年，七十二歲高齡的庫忽瑪，以十歲頑童的話語寫下《人間的事，安拉也會出錯》，小說寫一名十歲的孤兒比拉希瑪跟隨巫師亞庫巴，一路經過部落戰爭如火如荼的賴比瑞亞和獅子山共和國，兩人不斷投靠不同陣營，加入一個個童子軍部隊。這部作品具有歐洲流浪漢小說和成長小說的風格，主人公卻不是愛麗絲，漫遊的也不是奇境，而是人間地獄。十歲的孩童，過早地結束童年，看到刀剮活人、挖出心肝、生食人肉的慘劇，看到獨裁者為阻止人們投票而將成千上萬選民的手臂砍掉。庫忽瑪用一句話概括百年來非洲的歷史：「對於非洲，一百年以前，是奴役；五十年以前，是殖民主義；二十五年以前，是冷戰；現在呢，只是騷亂。」

另一位非洲文學大師和流亡者阿契貝，出生於奈及利亞一個基督徒家庭，從小在基督教文化與非洲文化的夾縫中長大。他青年時代到倫敦留學，回到奈及利亞之後，曾任ＢＢＣ駐非洲記者及奈及利亞國家廣播電臺編導。後來，奈及利亞爆發內戰，他於一九八二年流亡美國。在《分崩離析》等「奈及利亞四部曲」中，他既反對並批判殖民主義和種族主義（他對康拉德和奈波爾等「把自己賣給西方」的作家予以嚴厲批評），但另一方面，也對非洲自身的文化和民族特性作出反思，「在那裡，螞蟻用堂皇和威嚴來統治著牠的國家，沙子永遠在跳舞」。

曼德拉在獄中讀《分崩離析》，「有這本書給我作伴，監獄的高牆土崩瓦解了」。曼德拉或許沒有讀懂這本書——《分崩離析》中沒有英雄，其主人公奧貢喀沃並非一位理想人物——他極度個人主義、易怒、凶暴、頑固、對改變一味拒絕。論及非洲的民族性時，阿契貝在《神箭》中體現出勇敢的反思精神——「他們都成功地把自己變成自己人的小暴君。這似乎是黑人的性格特質。」這種反思姿態，在其最成熟的著作《荒原蟻丘》中有完美的呈現。在談到死刑時，作家將焦點對準「那幾千個對這自身的汙穢和謀殺如此露骨大笑的人們」。此一場景類似魯迅筆下興致勃勃觀賞死刑的看客，透露出阿契貝在創作生涯後期對故國民眾的失望和無奈：「教育大眾，他搖搖頭，沒有任何的可能。」在《分崩離析》的結尾處，主人公衷心地認為，這是一個「肚滿腸肥、貪汙氾濫的政權」，「人人都懂得『東西只有放在肚子裡才安全』，並流行說著『你吃，我也吃，廢話少說』」，「一個傢伙早上偷了瞎子的拐杖，傍晚就敢在眾目睽睽下登上一個新祭壇上，跟祭司耳語」。阿契貝的結論是：「它（奈及利亞）是世界上最為混亂的民族之一。是太陽底下最腐敗、最遲鈍和最沒有效率的地方之一……這裡骯臟、麻木不仁、嘈雜、招搖、不誠實和粗野。」

二〇二一年，移民作家古納因「毫不妥協並充滿同理心地深入探索殖民主義的影響，關切著那些夾雜在文化和地緣裂隙間難民的命運」而榮獲諾貝爾文學獎。一九四八年，古納出生於尚吉巴島——在大航海時代之前，這個位於印度洋上的島嶼已是多元文化融合的國際貿易港，與其說它屬於非洲大陸，不如說它屬於大海。一九六〇年代中期，尚吉巴擺脫英國殖民統治和平解放，之後經歷了革命和種族屠殺，具有阿拉伯血統的族群成為遭屠殺的對象，古納不幸屬於這個族群。「我們的生活突然遭遇一場巨大的混亂，其是非對錯早已被伴隨著一九六四年革命巨變的種種暴行所遮蔽：監禁，處決，驅逐，無休無止，大大小小的侮辱與壓迫。」

一九六七年，十九歲的古納以難民身分抵達英國，去尋求另一種「先進文明」的庇護，並在英國定居，直到一九八四年才能回到尚吉巴探望臨終的父親。離開故土時，他帶走的是可怕的記憶：那裡盛行以國家名義實施的恐怖，普通人的生活難有迴旋餘地，稍一抱怨就要遭到檢舉和逮捕，族群衝突、軍警暴行時有耳聞，「我們的歷史是偏頗的，對於許多殘酷行徑保持沉默。我們的政治是種族化的，直接導致了緊隨革命而來的種種迫害：父親在自己的孩子面前被屠殺，女兒在自己的母親面前被侵犯」。作為逃亡者，他逃離了創傷，找到安全的生活，遠離被拋到身後的人。

古納從二十一歲開始寫作，史瓦希利語是其母語，但英語才是其文學工具。作為一位在大學任教的文學研究者，他是康拉德和奈波爾的研究專家；作為一位小說家，「難民」和「流亡」主題始終貫穿其作品——《流亡》、《天堂》、《離別的記憶》、《朝聖者之路》、《遺棄》、《最後的禮物》……從這些小說的名字就可以看出，他關注的是一個邊緣話題——「我們這個時代的現實之一，就是這麼多的陌生人在歐洲流離失所」。一個人的自問「我是誰？」，牽動整片社區的響應「我們是誰？」對此，古納說：

很多作家本身就生活在與自我原生態脫節的環境中，解決「我是誰」的問題是很有挑戰的。這也是同一個主題在不同小說中不斷重現的原因。但靠近一點去看，這並不只是表層「自我身分」的問題，很多時候，你是去對抗他人對你身分的描述，並且在對抗這個定勢觀念的過程中，形成真正的自我身分認知。

如索因卡所言，回憶是流亡者們的母題，也是一切非歐洲中心作家們共同捍衛的理想處女，唯有從黎明出發，才能在夜晚抵達。

在二〇〇一年出版的長篇《海邊》中，古納塑造了一名獨特的難民角色薩利赫·奧馬爾，他在歷盡磨難後作為難民移居英國。他被安排住在一個海邊的小鎮，他說：「眼下，我住在一個海邊小鎮，我一輩子都住在海邊……海邊的小鎮！是的，我會喜歡的，我想。」在這個看似故鄉的異國他鄉，他與自己和解，與仇敵和解，與幽暗的歷史和解。古納正是透過寫作來實現了對簡化的歷史的拒絕和對善良的能力的肯定：「寫作關心的是人類生活的方方面面，因此或遲或早，殘酷、愛與軟弱就會成為其主題。我相信寫作還必須揭示什麼是可以改變的，什麼是冷酷專橫的眼睛所看不見的，什麼讓看似無足輕重的人能夠不顧他人的鄙夷而保持自信。我認為這些同樣有書寫的必要，而且要忠實地書寫，那樣醜陋與美德才能顯露真容，人類才能衝破簡化與刻板印象，現出真身。做到了這一點，從中便生出某種美來。」

第二卷

俄羅斯：飛越死屋，掀開鐵幕

第五章 我們不是流亡者，我們是使者

我將去一個自由的世界，能夠呼吸自由的空氣。

——別爾嘉耶夫

俄羅斯學者弗·阿格諾索夫在《俄羅斯僑民文學史》中指出，俄羅斯流亡文學歷史悠久，第一位俄羅斯流亡作家大約要算是安德烈·庫爾布斯基大公，他逃離「沙皇的壓迫」，並給伊凡雷帝寫了一些抨擊性的政論書信，這場論戰是十六世紀俄國文化史中的著名事件。

一八八七年，俄國流亡者為三萬人，到一九一三年已上升到二十九萬人——這個數字的上升與沙皇統治的殘暴成正比。十月革命前夕，從俄國流亡出去的人，總數為一百七十萬，大部分為受壓迫的少數民族，以及東正教舊教的信奉者。其中，有一群特殊的人：從屠格涅夫、赫爾岑到奧加遼夫、別雷……幾乎構成俄羅斯文化的半壁江山。赫爾岑的巨著《往事與隨想》不僅是其個人回憶錄，而且堪稱俄國流亡者的編年史，書中描寫流亡在倫敦、巴黎、德國、義大利和波蘭的陷入嫉妒與紛爭的流亡者社群，而他自己亦在流亡中老去：「周圍一切都變了：泰晤士河代替了莫斯科河，我處在異鄉客地……我們通向祖國的道路已被切斷……」

十月革命爆發後，大量在白銀時代已經成名的俄羅斯知識分子，主動或被動地離開布爾什維克掌權的俄國，形成俄羅斯域外文學和文化的「第一浪潮」。他們先後以柏林、巴黎等異國城市為中心展開文化活動，或辦報刊雜誌，或辦大學和研究所，或成立文學沙龍和團體，或著書立說，形成「俄羅斯的柏林」和「俄羅斯的巴黎」，如流亡女詩人吉皮烏斯所說：「俄國現代文學（以它的主要作家為代表）已經從俄羅斯流向歐洲」。二戰爆發後，一部分俄國流亡知識分子為躲避納粹德國和蘇俄的雙重迫害，二度流亡，向大西洋彼岸遷移，其中大部分人定居於美國紐約。與此同時，由於蘇聯國內的大清洗及納粹德國的崛起、戰爭的爆發，又出現俄國域外文學的「第二浪潮」。雖然在這一波移民潮中，第一流的知識分子的比例及文化成就比上一波低，但仍然為俄國域外文學注入新的血液。到了冷戰時代，蘇聯國內持續的政治高壓，缺乏言論自由和出版自由，許多知識分子被迫將其著述送到西方發表，由此遭到蘇聯官方的批判、監禁或驅逐出境。一九七〇年代，蘇聯當局放鬆公民出境限制，一些作家趁機離開祖國。由此，形成俄羅斯域外文學的「第三浪潮」，他們當中最傑出的人士包括索忍尼辛和布羅茨基。

西伯利亞沒有活人，只有石頭和泥土

俄羅斯帝國的疆域太廣袤，以至於逃離到帝國之外的流亡者只是極少數；俄羅斯帝國的空間又太狹小，它是一間人的身體無法穿越、人的思想無法馳騁的「死屋」——在杜思妥也夫斯基筆下，占據這個帝國疆域超過三分之二的亞洲部分，尤其是西伯利亞，是一個黑暗的「死亡之屋」，無數帝國的反對者和異議者，沒有流亡的機遇，只有流放的厄運。而所有流放者，無論罪行為何，最終都將淪為一種殘酷且令人喪失人性的監獄制度的犧牲品，這種制度就是「死者之屋」制度。

從一八〇一年至一九一七年，有超過一百萬人被沙皇政府放逐到西伯利亞，這些流放者中包括來自俄國歐洲部分和被占領的波蘭地區的歷代革命者，有些人為爭取自由主義憲法而鬥爭，有些人為民族獨立而鬥爭，有些人為社會主義烏托邦而鬥爭。

第一批流放西伯利亞的貴族和知識菁英是十二月黨人和他們的妻子。這些企圖推翻沙皇統治的貴族和軍官失去一切，卻沒有失去妻子的愛。赫爾岑在一八六六年寫道：「那些被流放的苦役犯的妻子被剝奪所有公民權利，她們放棄財富和地位，在東西伯利亞嚴酷的氣候中，在警察部門的可怕壓迫下過著囚徒生活。」在詩人涅克拉索夫筆下，特魯別茨卡婭為陪伴丈夫而走過「乞丐和奴隸的國度」，她表達了自己「對絞刑吏的蔑視，對於我們正義性的確知將支撐著我們」。

十二月黨人在流放地彼得羅夫斯克扎沃德建立圖書館，將被流放時期轉化成「一段美妙的道德、智力、宗教和哲學學習時間」。作家兼外交官切列帕諾夫記錄道：「彼得羅夫斯克扎沃德可以稱得上一個擁有一百二十名學者或教授的學院或大學。」十二月黨人根據民主原則建立了一個生機勃勃的社區，帶領當地居民在農業生產和教育方面長足進步。慷慨和互相支持的美德塑造了他們之間「基於基督教公社的復興」的關係。他們將家中郵寄來的財物交出來，像聖經中所說的那樣「凡物公用」：

這確實是我們的小型「國家」。我們每年都會利用無記名投票的多數原則，選出一個統治者和一個管理者……我們有一套規則、我們自己的預算、我們自己的特別委員會、選民和代表。總而言之，以最簡單的方式假裝成一個共和國，好像在我們的不幸境遇中安慰自己。這是對我們夢想的一種拙劣效仿，它可以為關於人類思想的缺陷的研究提供材料。

被流放到西伯利亞另一批反抗者，就是在一八六三年一月起義中失敗的波蘭人及其支持者——包括歐洲各國的共和主義者們。波蘭貴族、輕騎兵中校克拉索夫被流放到涅爾琴斯克礦區，他的妻子在趕來與他匯合的途中死於斑疹傷寒。一八六八年五月二十日，他最後一次奮力爭取自由，偽裝成士兵騎馬出發，計畫前往與中國交界的地方，再從那裡去印度。他在離開前留下遺囑，結尾處是決絕的決心：「我已經決定，如果遇到不幸，我會結束自己的生命，我不會讓自己活著自首。」他被搜捕隊找到時，已是一具正在腐爛的屍體。此前，他朝自己頭部開了一槍。他身上有一張血書：「我已經動身去中國了。我的機會非常渺茫。我失去了所有用來指引方向的珍貴物品。死亡比把我活著交給敵人要好。」

與波蘭人並肩作戰的法國共和主義者安德烈也被流放到西伯利亞。他獲釋回到法國，發表《囚禁日記》，嘲笑俄國釋放他是一個巨大的錯誤：「如果一個國家擁有像在西伯利亞那樣的監獄，那麼這些監獄需要被世人遺忘；任何人都不應獲准離開。俄國應當意識到，一旦我們自由了，我們就會開口說話。」他形容俄國是一個「邪惡的國度」，一個「腐化、墮落的垃圾坑」，一般民眾「被無知蒙蔽，而且很快就會受到我當初的待遇」，他更預言沙皇制度的覆滅：「無情的沙皇，現在在你眼中只是地面上的黑點的事物，明天可能會變成可怕的颶風，把你今日的虛榮的來源全都颳走。你引以為傲的軍隊會倒戈相向，你的軍隊不會阻止革命。你和你的奉承者、宮廷藝伎都將像風中的稻草一樣消失；你的宮殿和你的寶座將與那些曾經偉大的帝國一起淪為塵土。」

沙俄帝國與清帝國一樣，在其統治末期早已淪為「泥足巨人」，它們不是被革命者推翻的，而是被內部的危機顛覆的，辛亥革命和二月革命都沒有強有力的領袖，孫文和列寧最初都是革命的局外人。正如歷史學家派普斯所說，俄國革命非屬革命，不是由下而上的群眾運動，而是從上至下發動的政變，是「少數分子奪取政權的行動」。俄國革命遠非社會演化、階級鬥爭、經濟發展或其他馬克思主義預言的歷史必然性力量之產物，而是「特定人士圖謀私利」的結果，而統治階級因為長期迫害有識之士，造成了自身的思想和行動的癱瘓狀態，成為自身的掘墓人。

抓個幾百人而且不必告知理由——先生們，請你們出去！

十月革命之後建立的布爾什維克政權，比沙皇更殘暴。一九二二年八月三十一日，《真理報》發表了一篇意味深長的社論〈初次警告〉，指出必須對文化領域的反革命分子進行更堅決的鬥爭。意味著新政權將在文化領域採用專政手段。

同年，列寧在〈論戰鬥的唯物主義〉一文中寫道，「把這類教員和學術團體的成員客客氣氣地送到資產階級『民主』國家裡去。那裡才是這類農奴主最適合的地方」。史達林、加米涅夫等人立即草擬驅逐者的名單。在莫斯科郊外養病的列寧嫌進程太慢，專門致函中央委員會，要求「把幾百個布爾什維克最凶惡的敵人毫不憐惜地驅逐出境，我們將長期淨化俄羅斯」、「抓個幾百人而且不必告知理由——先生們，請你們出去！」這個細節證明了索忍尼辛的判斷是正確的：列寧比史達林還壞。

作為史達林的政敵的托洛斯基，也不比史達林心慈手軟。他在《文學與革命》中斷然說道，在一個無產階級革命取得勝利的國家內，需要有「嚴格的書報檢查制度」，並在《真理報》發表〈專政之鞭，你在哪裡〉一文，鼓吹對反對者揮起「專政之鞭」，並斷言被驅逐者們將「完全地和永遠地變得精神空虛」。多年後，托洛斯基自己淪為被史達林驅逐的對象，甚至被史達林派出的殺手暗殺於墨西哥。當初被驅逐的作家奧索爾金諷刺說：「不知道托洛斯基自己被宣布驅逐出境時是不是也投了贊成票。」

在第一波驅逐行動中，國家政治保衛局最初擬訂的驅逐人數一共是兩百一十七名，就跟後來納粹的焚書名單一樣，這張名單十分混亂——包括不少革命的同路人和不問政治的科學家也莫名其妙地上榜。很多上了驅逐名單的人想方設法找人說情，希望從名單上刪去其名字。最終，在此輪行動中真正被驅逐的人數大約為一百六十人。

歷史上第一次有如此之多的俄國菁英階層離開俄國，莫斯科大學和彼得堡大學從校長到各學科的中流砥柱、《經濟學家》雜誌的幾乎全部成員、莫斯科藝術劇院整整一半演員都到了國外。美國學者馬克・拉耶夫所說的「偉大的俄羅斯僑民界」出現了。這個群體保存了俄羅斯的文化精粹，深切地影響了所到的每一處地方。畫家康丁斯基不見容於蘇聯官方的現實主義藝術，在德國和法國開創了抽象藝術和表現主義畫派。音樂家史特拉汶斯基在法國成為西方現代音樂的重要代表人物。作家蒲寧成為第一個獲得諾貝爾文學獎的俄國人。社會學家索羅金為美國哈佛大學創建社會學系，並當選美國社會學會主席，被譽為「美國社會學之父」。語言學家雅各布森任教於哥倫比亞大學和哈佛大學，是語言結構分析的先驅。

命運無常，禍福相依。歷史的荒謬在於，由於蘇維埃政府這一反人道的行動，俄國文化的優秀代表反倒活下來，對世界科學、技術和藝術作出巨大貢獻——十多年後，史達林牢牢掌權時，人們想走卻走不了。取消驅逐令而留下來的數十人則下場淒慘：只有作為「俄羅斯水力發動機及水利工程領域中留在國內的兩三個頂級專家之一」的庫克列夫斯基和其他兩個人繼續卓有成效的科研和教學工作，其他人都死於大清洗。蘇聯解體後，歷史學教授西古特・施米特為自己的父親當年給康德拉季耶夫說情而導致其留在俄國、後來遭到虐殺，向死者的女兒道歉。這種遲到的道歉已毫無意義。

作家薩米爾欽是被取消驅逐令的人之一。他在一九一七年革命爆發時候，正作為俄國海軍軍官在英國監督破冰船建造，他回憶說：「我在英國建造船舶，看過城堡廢墟，聽過德國齊柏林飛船投擲炸彈的重擊聲，並創作《島民》。我很遺憾沒有看到二月革命，只知道十月革命。這好像我從未談過戀愛，但是在一個早上醒來後發現自己已經結婚十年了。」他回國後支持革命，加入共產黨，但很快就與嚴酷的出版審查制度發生衝突。他在一九二一年的一篇散文中寫道：「我很害怕，真正的文學只能依靠狂人、隱士、異端、夢想家、叛亂分子和異議分子來創作而存在，而非通過政府官員。」這些觀點讓他上了最初的驅逐名單。在友人的疏通之下，他的名字被去除，他留了下來。

留下來的日子度日如年。一九二三年，薩米爾欽安排將反烏托邦小說《我們》的手稿偷運到紐約市，之後該書被翻譯成英語出版，引起轟動。他又在一九二七年將若干文稿偷送到布拉格的俄羅斯流亡者辦的期刊上發表。他與西方出版商的交易引起蘇聯政府大規模撻伐他，並被列入黑名單。一九三一年，他上書史達林主動請求出國，本來希望渺茫，卻在高爾基幫忙遊說下得以成行。他流亡巴黎，生命中最後的六年終於可以自由呼吸、自由寫作。

對於流亡作家，史達林從來不缺少厭惡和鄙視。當有人給他送去一九二二年柏林出版的白衛將軍克拉斯諾夫的多卷長篇小說《從雙頭鷹到紅旗》時，他甚至沒有用手去拿，他說：「這個渾蛋，哪裡來的時間寫這種東西？」一九三〇年，當有人告訴他說蒲寧是第一個獲得諾貝爾文學獎的俄國人時，他說：「那他現在就完全不想回來了……他在發言時講了些什麼？」蒲寧在頒獎宴會的演講中說了一句很關鍵的話：「對藝術家來說，最重要的是思想自由和信仰自由。」史達林評論說：「這位貴族作家講的是一些死亡的祕密和神的世界。」

我們現在渴望早點離開了

沒有自由的祖國不是祖國，而沒有祖國的自由，儘管差強人意，終究還是自由。當名單上的人們被逮捕、被告知驅逐出境、必須在一週或十天內處理完所有事務後出發時，他們一開始悲痛欲絕，後來漸漸平靜下來，有條不紊地處理離開前的種種事務。

哲學家斯捷蓬寫道：「被驅逐是憂傷的，但不是被流放，當然已經是幸福；在國外不用每天擔心告密、監獄和流放。我們備好紙筆，開始計算出去至少需要多少錢和我們變賣反正也帶不走的這些物品能得到多少錢。允許帶的只有：一件冬季和秋季大衣、一套西服配兩件內衣、白天穿的和晚上穿的襯衣各兩件、兩條襯褲、兩雙襪子，這就是全部了。黃金製品、寶石，除結婚戒指外，都禁止帶出去，連貼身的十字架都得從脖子上取下來。除了物品外，還允許帶一小筆外幣，如果我沒有記錯的話，是每人二十美元；但從哪兒弄得到外幣呢？那時持有外幣可是要進監獄的，有時甚至可能是死刑。」當局自相矛盾的規定，如同《第二十二條軍規》那麼荒謬。

神學家謝・布爾加科夫寫道：「這三個月裡所經歷的一切是如此荒謬絕倫又規模宏大，如噩夢一般，以至於我現在還無法描述，也無法徹底認識清楚。但這也給我內心的種種思緒最後一斧鉞並最大限度地減輕了不可避免而且仁慈的——我相信是——放逐境外的痛苦。寫下『放逐境外』這個詞對我來說是件可怕的事，就在兩年前，在全民逃亡的時候，放逐境外在我還等同於死亡。但是這些年我痛苦地生活過，同時也成熟了，現在我去的西方不是資產階級腐朽文化的國度，而是基督教文化得以保存的國度。」當他親身體驗新政權的暴虐後，放逐就成為可以接受的選項。

哲學家特魯別茨科伊寫道：「相對於留在蘇維埃俄羅斯，我更願意離開，我依稀感覺到，與祖國的離別將是長期的，如果不是永遠的話。這輩子很少有過如此清晰的感受：我們的『生命之書』巨大的一頁正在翻開。」離開前夕，他站在彼得大帝雕塑前，真切地意識到：「彼得大帝精神不能肩負與布爾什維克精神做鬥爭並戰勝它的使命：踏著笨重的馬蹄聲在瘋狂的葉甫蓋尼身後高高躍起的青銅騎士，沒有足夠的精神力量讓自己的馬對著褻瀆並毀壞他作品的列寧豎立起來。」既然在祖國什麼事業都做不了，離開就是解放：「我擔心的只是突然有事會妨礙我們走。到最後一刻，我們的離去還讓我覺得是超自然的、難以置信的。」

索羅金離開時，帶著兩個手提箱，這是其全部身家。他穿著捷克學者寄來的鞋和美國援助機構捐的西裝，口袋裡只有五十盧布。儘管當局禁止，仍有很多朋友和熟人來送他們，「作為離開的人，望著他們的臉龐，看著逐漸後退的莫斯科街道，竭力抓住離別前祖國最後的形象」。

哲學家尼．洛斯基寫道：「只允許隨身攜帶很少一點衣物被褥出境，每個人只能帶一床被單，不能帶書，特別是字典，它們被視為國家財富，應該保存在俄羅斯。」實際上，共產黨從來不在乎書籍，如果在乎的話，僅僅是將書籍當作具有顛覆性的武器——史達林和希特勒都喜歡焚書，寧可燒掉也不讓你帶走。當尼．洛斯基被選為這群人的代表，去跟當局交涉、要求更多優惠條件以便帶更多東西。當地契卡負責人，此前是一名鐵匠的年輕小夥子隨口對他說：「我們上級決定把你們流放到國外去，而我覺得應該把你們直接撂到牆角邊兒。」他說得毫不掩飾，「直接撂到牆角邊兒」就是槍斃的意思——沙皇一家就是在地下室的牆角被槍殺的。

被驅逐者作好了出發的準備，國家政治保衛局卻因為護照、簽證和交通工具等問題，將驅逐日期延誤兩個月。被驅逐者度日如年，派代表一再去詢問離開的日期——他們現在渴望早點離開。

九月十九日，第一批人率先登上從奧德薩去君士坦丁堡的輪船。四天後，索羅金等人被塞上到里加的火車，再轉往柏林。二十九日，別爾嘉耶夫等三十多人連同家屬乘坐德國船隻「哈肯市長號」從彼得堡涅瓦河畔起錨前往德國海港施特汀。十一月十六日，哲學家卡爾薩文、尼．洛斯基等十七人攜家眷乘坐「普魯士號」沿同一方向逐浪而去。十二月末，神學家謝．布爾加科夫被迫登上從謝瓦斯波爾開往君士坦丁堡的義大利輪船，是這次驅逐行動的尾聲。這批被驅逐者不全都乘船，但大部分人乘船；也不全都是哲學家，但大部分人是哲學家。所以，該事件被命名為「哲學船」事件。

列寧以為，放逐這群人，就意味著消滅了他們。但曾經也是流亡者的列寧想錯了（很多流亡的政治人物，回國掌權之後都成了暴君，如中國的鄧小平、越南的胡志明、柬埔寨的波布、伊朗的何梅尼、古巴的卡斯楚）。這些哲學船上的乘客到岸後很快重新聚集，只要有一張書桌，一份可以發表作品的雜誌，他們就能迅速重啟創作和研究。布爾加柯夫組建「俄羅斯正教神學研究所」，領導這個機構直至去世——後由申科夫斯基繼續領導學術研究計畫。梅列日科夫斯基與妻子吉皮烏斯在巴黎主持「文學與宗教哲學」沙龍多年。除上述學術機構外，還有巴黎的「俄羅斯科學研究所」、布拉格的「俄羅斯大學」等短期機構和學術雜誌《俄羅斯沉鐘》、《俄羅斯之聲》等媒體。俄國流亡知識分子的國外學術活動驚人地繁榮，法國巴黎斯拉夫研究所編撰的從一九二〇年代起的俄國流亡作品，僅目錄就已達六百餘頁。哲學家米哈伊爾．奧索爾金寫道，「在國外永遠沒有在『家』的感覺……這不是愛國主義情感，而是一種天生的水土不服……幾乎我所有的書，都是在僑居國外或在國外流放的時候寫的，但只有俄羅斯的生活提供了這些書的生命材料。」

既然不能做一棵樹，就成為一隻鳥吧

詩人用另一種方式抗議和飛翔。流亡的俄國詩人在海外創辦《未來俄羅斯》、《現代記事》、《自由俄羅斯》、《文藝復興》、《界限》等刊物，他們的創作承接白銀時代的遺緒並將其發揚光大。

女詩人吉皮烏斯從一開始就反對十月革命，她寫道：「一切都無用，心靈已朦朧；／我們效忠於蛆蟲和蚜蟲；／就連俄國真理的灰燼／大地上也尋不見蹤影。」她將革命比作「投擲冰冷石塊的、雙眼無神的紅髮少女」。她在說明自己和丈夫梅列日夫斯基的政治立場時驕傲地表示：「也許只有我們在保持流亡者裝束的潔白。」他們認為自己的祖國已然淪為「反基督的王國」。

一九二一年流亡法國巴黎的巴爾蒙特寫道，告別俄羅斯如同「告別一棵樹」，「它的樹根正擺放了一把利斧」；一九二二年之後流亡義大利和法國的格．伊萬諾夫哀嘆：「沿著痛苦行走，我在夢中見到——／我懷著對立的愛情和罪孽在流亡。／但是，我不會忘記，我曾得到復活的／許諾。返回俄羅斯——攜帶著詩歌。」伊．薩波羅娃道出流亡者普遍的境遇：「郵遞員忘掉了回家的道路，／但你還能收到來自朋友的信件，／自然是談論生活更加沉重，／自然是談論孤獨和敵意。」阿．科洛文娜在一首致茨維塔耶娃的名為〈在大海上〉的詩中寫道：「聽呀，仙鶴離開泥地，／正在遠走高飛，／——感覺著遠方的土地……死去，／死在——／折斷的翅膀上，／只要不是在泥地上。」逃離俄國，再從巴黎轉赴美國的伊．欽洛夫寫道：「詩人們很早就已經走開，並且死絕，／這些俄羅斯的巴黎人。／唯有三個人等待著毀滅之星，／凝視著布滿雪花的窗子。」詩人科爾扎文還是大學生的時候，就因為「政治上的自由思想」遭到流放，七年後才回到莫斯科。在那首紀念茨維塔耶娃的詩中，他已然預感到了被驅逐的痛楚——在與祖國分別的時刻高聲喊道：「我就要與你離別，／就像與自己，與命運離別一樣。」

瓦．貝萊列申七歲時被母親送到中國哈爾濱，二戰期間曾任蘇聯塔斯社駐上海記者，一九五〇年試圖移民美國，卻被遣送回中國，一九五二年，經由香港偷渡到巴西，他形容懷鄉病「像悲傷的星星一般升起來」，「我越來越經常，越來越長久地望著北方。／自那裡，自那個親近而被遺忘的國家，／像夢一般被遺忘，卻永難忘卻的國家，／沒有聲音，沒有語言——唯有緩緩飛行的白鶴

／張開疲倦的翅膀，帶來珍貴的問候。」一九二二年之後僑居中國、智利並定居於美國的維·揚科夫斯卡婭在詩集《在曾經居留的國家裡》中對流亡生涯作出樂觀評估：「這裡，在群山之中，在遠方／我覺得，世界——非常友善。」被譽為俄國流亡文學「第二浪潮」頭號詩人的伊·葉拉金，一九四〇年代居住在德國慕尼黑，一九五〇年移居美國紐約，在餐館和玻璃廠做過工，後來在大學任教，他最後超越了鄉愁：「這鄉愁的痛苦我很陌生，／我十分喜歡異國他鄉。」

被迫背井離鄉的不僅僅是哲學家和詩人。史達林時代，持續二十年對富農、少數民族（如其境內的德意志人、北高加索諸民族、克里木諸民族、喬治亞諸民族、卡爾梅克族、烏克蘭人、波蘭人等）和若干特定宗教信仰者及社會組織（舊派東正教信徒等）實行強制移民，有六百萬人淪為特殊移民，數十萬人在漫長的移民路上死去，有些列車的運輸條件與當年納粹運送猶太人去死亡集中營無異。一九八九年十一月四日，蘇聯最高蘇維埃在相關宣言中指出，「強制移民活動是最嚴重的犯罪並無條件地對之予以強烈譴責。它違反了國際法準則，背離了社會主義制度的人道主義本質。」

列寧對付持不同政見者的方法，在史達林時代登峰造極，並一直延續到布里茲涅夫時代。除了以「思想顛覆」等各種罪名加以迫害、逮捕、關押、分化瓦解，還送進精神病院強制治療。驅逐出境則是知名人士才能享受的「優待」。一九七〇年代中期，尤其是在歐洲安全和合作會議談判期間，蘇聯迫使大量持不同政見者伴隨著猶太人移民浪潮流亡西方。馬克西莫夫、戈爾巴涅夫斯卡婭、阿馬利里克、金茲伯格、西尼亞夫斯基、圖爾欽、布科夫斯基、格里戈連柯、若·梅德維傑夫、夏蘭斯基等著名持不同政見者都移居西方，以至於在西方的蘇聯持不同政見者遠遠多於蘇聯國內的。對於一些不願離開祖國的持不同政見者，蘇聯政府採取暴力驅逐出境的辦法，索忍尼辛就是特務押送上飛機的。

蘇聯重蹈沙皇帝國的覆轍，放逐異見者並不能確保其紅色江山永不變色，反倒大大加速其覆亡，正如美國哲學家埃里克・賀佛爾所說：「被拋棄的人民可以成為一個國家的未來。被建築師丟掉的石頭可以成為新世界的奠基石。而一個沒有持異見和不滿分子的民族，通常都是有紀律、有禮貌、安寧與和諧的，但卻沒有一粒可以產生出偉大的未來的種子。」

第六章　別爾嘉耶夫與索忍尼辛：俄羅斯是毒藥還是解藥？

別爾嘉耶夫名列「哲學船」事件中的被驅逐者名單，是最高當局下的命令。別爾嘉耶夫是菁英中的菁英、大師中的大師、思想家中的思想家。他被捕後，對他的審問由契卡頭子、讓人談虎色變的捷爾任斯基親自進行，「有一種隆重的味道」，加米涅夫和契卡副主席緬任斯基也參加了（這兩個人後來都成為大清洗的犧牲品）。

別爾嘉耶夫被帶到一間燈火通明的大辦公室，地上還鋪著一張白熊皮。書桌旁的男人身穿裝飾著紅星的軍裝，「這個淡黃色頭髮的男人下巴鬍鬚稀疏尖細，有一雙迷惘憂鬱的眼睛，從外表和風格看他有些溫和，能感覺到有良好的教養和禮數」。此人自我介紹說：「我是捷爾任斯基。」別爾嘉耶夫不等對方提問，就用整整四十五分鐘講述他為何反對共產主義——他的反對跟政治無關，是基於宗教和哲學的理由。捷爾任斯基靜靜聽完他的講述，沒有打斷他，也沒有給他定罪，還安排一個士兵用摩托車送他回家。這次對話讓蘇聯政府認定，這個敵人「沒有希望轉向共產主義信仰」，於是別爾嘉耶夫被驅逐的命運就注定了。

當聽到驅逐的判決時，別爾嘉耶夫不禁湧起一陣傷心。他不想移民，而且他排斥移民界，不想跟他們匯合。但同時也有另一種塵埃落定的感受：「我面臨著在西方漫長而有趣的路途要走，面臨一個於我而言非常有創造力的時期。我從流放中看到了某種天意和意義，那就是我的命運的建樹。」

同樣的情節——索忍尼辛在被驅逐前也被捕了，並被指控犯有叛國罪。格別烏軍官對他倒還彬彬有禮，先讓他換上一身高級、體面的服裝（絕不是囚服），然後向他宣讀來自最高蘇維埃主席團的驅逐令，同時他被剝奪了蘇聯國籍。為了等候他，飛往瑞士的民航飛機延誤了三個小時，上百名乘客被告知，外面有濃霧，但他們從舷窗看出去，卻是青天白日。隨同索忍尼辛上飛機的，有八個格別烏押解員和一名醫生，他們如臨大敵，占據了他前後左右所有位置。索忍尼辛在自傳中寫道：「當飛機猛烈震動著離開地面起飛之際，我劃了一個十字，向逐漸離開的俄羅斯大地致最後的敬禮。」這次放逐，被他理解為一次「勝利」，因為「牛犢並不比橡樹軟弱無力」，「他們除了盡快盡快地把我驅逐出境以外，再也沒有其他辦法了」。

索忍尼辛的家人遲了幾天才離開——在國際輿論的巨大壓力之下，蘇聯當局不敢拆散這個家庭。索忍尼辛的妻子娜塔莉亞秉承著她丈夫的真正精神，發表一篇聲明：「他們能夠將一個俄羅斯作家和他故國的土地分開，但是，卻沒有人有權力和力量可以切斷他與祖國的的精神聯繫，將他與祖國割裂開來。儘管他的書現在正被付之一炬，但是，它們在他祖國的存在卻是毀滅不了的，就像索忍尼辛對祖國的愛是毀滅不了的一樣。」最後，她重複了十二月黨人的妻子們的話：「雖然我就要來到他的身邊，但是，離開俄羅斯卻是讓人痛苦的。」

流亡是身不由己的，但這兩位不同世代的流亡者的流亡生活卻大不相同，他們對是否回歸更作出不同決定，這背後是他們對「俄羅斯精神」截然相反的理解。

當我想到俄國時，心裡滲出了血

別爾嘉耶夫在自傳《自我認知》中不無傷感、又充滿自信地寫道：「我經歷過三次戰爭，其中兩次是世界大戰，我經歷過兩次革命，一大一小，經歷過世紀初的精神文化復興運動，然後是俄國共產主義、世界文化的危機、德國的政變、法國的崩潰和被占領。我經歷過流亡，我的流亡生涯至今仍未結束。我痛苦地領略過一場反對俄國的恐怖戰爭。而我至今還不知道，世界性的動盪將以何種方式結束。對一個哲學家而言，我有太多的意外：蹲過四次監獄，兩次在舊制度下，兩次在新制度下，被判處流放北方三年，有過一次永遠流放並移居西伯利亞的審判，被逐出自己的祖國，或許我將在流亡中結束一生。同時，我從來都不是一個政治人物。我和許多事物都有關係，但實際上，在深層次上，我不歸屬於任何事物，根本不獻身於任何事物，僅有創作例外。我不僅對社會問題懷有興趣，而且還時常為它們操心，我擁有『公民』情感，但實際上，在最深刻的意義上，我是非公益的，我從來都不是一個『社會活動家』。各個社會團體也從來不把我看做地道的自己人。我永遠是一個精神土壤上的『無政府主義者』和『個人主義者』。」即便生活在一個災難深重的時代，他仍然相信「有一個最高力量守護著我，不讓我毀滅」。

別爾嘉耶夫出身於「貴族中的貴族」。曾祖父曾是上將和總督，參與過擊敗拿破崙的戰役；父親是近衛軍重騎兵團的軍官，退役後曾任地方議會的首席貴族；母親是有一半法國血統的公爵家的小姐，在巴黎長大。他在基輔武備學校受教育，卻厭惡戰爭和軍人，自認為是「懺悔貴族」，與貴族的世界決裂，「我終生都是一名反抗者」。

在蘇維埃政權建立初期，新政權對別爾嘉耶夫這個曾參與反抗沙皇統治的舊貴族頗為友善。他不僅被邀以社會活動家身分參加「預備議會」，還得到政府給予二十名著名作家的特殊配給品。他仍住在祖傳豪宅裡，還有政府的保護證書。一九一八年，他創建獨立的學術機構「自由的精神文化科學院」，當局同意予以註冊。同年，他被選為莫斯科大學歷史與哲學系教授。當他以作家協會副主席的身分為救會員出獄或討回住宅時，一些大人物都盡力予以幫助。

這些優待並沒有讓別爾嘉耶夫閉嘴。「真理自身是獨立的，它不依賴於任何階級和階級鬥爭。」他曾投身的革命運動，此時已演化成一個掌握生殺大權的龐大體系，他發現「革命沒有寬恕精神文化的創造者」。但他早就下定為真理獻身的決心，並且作了思想準備：「監牢、流放、國外的艱難生活在等著我。」他看到文化上的極權主義對俄羅斯傳統文化的摧殘，看到一些依附於新政權的文化人變成新的官僚、新的貴族——革命後出現了新的人種，他們臉上洋溢著傲慢和殘忍的表情，「這是些刮得光溜溜、神情具有攻擊性的活躍的臉。人和民族都在發生驚人的變形」。

一九二二年，紅色政權站穩腳跟後，開始對仍「堅持反動立場」的知識分子採取嚴厲措施。先是「自由的精神文化科學院」的活動受到嚴密監視，繼而由於所謂「策略中心」案而將別爾嘉耶夫逮捕。別爾嘉耶夫對新舊政權下的監獄作了一番對比：「比起舊制度下的監獄來說，契卡的監獄制度要難受得多。革命監獄的紀律更加嚴酷。」

一九二二年九月，別爾嘉耶夫再度被捕，接著被驅逐出境。從此，他開始了後半生的流亡生涯，他先後組建並領導「哲學—宗教研究院」（一九二二年，柏林）和「俄羅斯宗教哲學研究院」（一九二四年，巴黎），創辦思想學術雜誌《路》和《東方與西方》，聚集舍斯托夫、布爾加柯夫、弗蘭克等思想家。他將白銀時代的文化薪火傳播到歐洲，成為那個燦爛文化時代最突出的「倖存者」之一。一九四七年七月，英國劍橋大學舉行隆重儀式，授予幾位世界名人以榮譽博士學位，在行列中走在最前面的就是別爾嘉耶夫，他已然成為有世界影響力的哲學家和神學家。但他一直深切地懷念祖國：「當我想到俄國時，心裡滲出了血。」特別使他痛苦的是，「我在歐洲和美洲，甚至亞洲和澳洲都很知名，我的論著被譯成很多種文字，很多人寫了論述我的文章。只有一個國家不知道我——這就是我的祖國。」二戰之後，他一度想回蘇聯看看，但左琴科和阿赫瑪托娃受迫害的事件使他斷了這個念頭，他認識到「哲學家回到俄國沒有意義」。

在流亡生涯中，別爾嘉耶夫比各僑民流派的代表更徹底地反對共產主義，堪稱劉曉波所說的「異議分子中的異議分子」。很多流派就認知的狀態看，是集體主義的，承認集體、社會和國家高於個體。他們表面上反共，卻跟共產黨精神同構，只是自己不知道。別爾嘉耶夫宣稱：「我依然是極端的人格主義者，認為個人良知占首要地位，個體凌駕於社會和國家之上。我不認為某些集體的現實居第一位，我是個體個性這一獨一無二的單位的狂熱擁護者。」

別爾嘉耶夫瞧不起那幫整天在巴黎作悲苦狀的現代派文人，寧願忍受流亡所帶來的孤獨痛楚，也不願墮入現代派文人的輕薄虛妄之中。他窮其一生所做的事只有一件，即給自己和他人的靈魂鍛造一對翅膀。年邁的別爾嘉耶夫如此滿足地評判自己的一生：「在我生命的最後一刻，或許，我會回憶起許許多多的罪孽、弱點和墮落；但是，我可能會愉快地回憶的是，我屬於渴盼和渴望真理的人。這是幸福戒律中唯一與我有關的戒律。」

俄國知識分子被迫流亡海外，是精神文化的創造者對社會的冷漠而付出的代價

別爾嘉耶夫等俄國流亡者們面對的首要問題是：革命何以在俄羅斯發生？流放和死刑何以成為俄羅斯知識分子的宿命？從一開始，他就覺察到布爾什維克的道德變態，他們的形象無論是在倫理上還是美學上都是不能接受的（張愛玲曾說過，她絕不穿共產黨的幹部服）。他在蘇維埃共產主義制度下生活了五年，所有這五年裡，他最突出的特點就是道德上的不妥協。他早已預見到：「在革命過程中自由將被殲滅，而取得勝利的將是那些敵視文化和精神的過激因素。」他認為，俄羅斯共產主義是對俄羅斯彌賽亞思想的扭曲，列寧是個「帶有韃靼人特徵的俄羅斯人」，「俄國革命是俄國知識分子的終結」。

經過苦苦的思索，別爾嘉耶夫找了俄羅斯為何走上歧路的原因：對俄羅斯的命運而言，最具悲劇意味的是，在醞釀了整整一百年的革命中，俄羅斯知識分子的一些膚淺的理念獲得了勝利。俄羅斯革命在意識形態上是在虛無主義的教育、唯物主義、功利主義、無神論的標竿下進行的。「車爾尼雪夫斯基」遮蔽了「索洛維約夫」。他指出，這是一場俄國文化和俄國思想的內在革命。革命的罪魁禍首並非德國人馬克思，革命不是外來的野火，俄國不是被殃及的池魚，「『布爾什維克主義』一詞實際上是俄國革命最好的象徵」，「在俄國，革命只能是社會主義的……按照俄羅斯人的精神氣質，革命只能是極權主義的。所有俄羅斯式的思想體系始終是集權意識、神權政體或社會主義的。俄羅斯人是極端主義者，也恰恰是那種使人覺得像烏托邦的東西在俄羅斯則最現實」。他指出，正是俄羅斯傳統文化，尤其是東正教會的痼疾，誘發了這場可怕的革命。「共產主義革命的戰鬥的無

神論不僅是由於共產黨人（他們很狹隘並且受各種怨恨情緒支配）的意識現狀形成的，而且還是由於東正教的歷史罪過造成的。東正教支持以欺騙和壓迫為基礎的社會制度，沒有履行自己改變生活的使命。基督教徒們應當意識到自己的罪過，而不只是指責基督教的反對者並把他們打入地獄。」這個看法與索忍尼辛截然相反——後者認為，俄國革命是西方的、外來的思想玷汙俄羅斯精神而產生的惡果。別爾嘉耶夫繼而指出：「俄國革命總是頂著劫數的標誌，和德國的希特勒革命一樣，它不是自由的事業和人的自覺的行動。革命一再證明俄國的苦澀命運。」

別爾嘉耶夫強調，他與共產主義的鬥爭不是政治的，而是精神的，「是反對它的精神、反對它對精神的敵視的鬥爭」，「共產主義不僅是基督教的危機，也是人道主義的危機」。共產黨人曾與他一起反抗沙皇暴政，然而，「反抗惡的鬥爭自身很容易獲得惡的特徵，被惡傳染……你開始為了善的名義而與仇敵和惡人進行鬥爭。但是，結局卻可能是你自己被惡所充滿。」別爾嘉耶夫在歷史哲學問題上傾注大量精力，發現了一個驚天的真相：「西方產生了法西斯主義，它之所以成為可能是拜俄國共產黨所賜……兩次世界大戰之間的整個西方歷史都受制於對共產主義的恐懼。」布羅茨基亦認為，二十世紀地球上惡的最大規模體現，不是納粹的大屠殺，而是俄國的史達林主義，「在史達林的集中營中死去的人數遠遠超過死在德國集中營中的人數」——這是他在對毛的暴政所知甚少的前提下得出的結論。每個人親身經歷的黑暗最黑暗。

在《論人的奴役與自由》中，別爾嘉耶夫回到聖經的真理之中，終於找到了「革命何以發生」的終極答案：「人的墮落最明顯表現在他是暴君。在人身上，存在一種傾向於殘暴統治的永恆趨勢。人是暴君，如果不是在大的方面，那麼也是在小的方面，如果不在國家裡，不在世界歷史之路上，那麼也是在自己的家庭裡，在自己的小店鋪裡，在自己的事務所裡，在官僚機構裡，哪怕他在其中占據最微不足道的位置。」在他看來，最原始的惡是人對人的統治，是對人的尊嚴的貶低，是暴力的統治——史達林死在自己的屎尿堆中的場景，最生動地說明了這一悖論。

索忍尼辛為何缺席美國公民入籍儀式？

在索忍尼辛被驅逐出蘇聯前夕，他的好友、美國作家索爾．貝婁在《紐約時報》發表一篇文章指出，如果蘇聯政府繼續迫害索忍尼辛，乃至將其放逐，則會被視為「蘇維埃政權在道德上完全墮落的最後證明」。但蘇共政治局不為所動，這個政權早已聲名狼藉，再多一份罪狀倒也「虱多不癢，債多不愁」。不過，蘇聯持不同政見者里杰爾森在一封給蘇共政治局的公開信中的宣告，或許會讓蘇聯領導人感到心驚膽戰：「《古拉格群島》是一份控告書，你們接受人類審判將從它開始……人民必定將俄羅斯從該隱的手中奪回，把它歸還給上帝。」

法國作家喬治．尼瓦在《俄羅斯良心：索忍尼辛傳》一書中寫道：「似乎只有經歷放逐才能發出振聾發聵的喊聲，無論是精神放逐還是外在放逐。」索忍尼辛在流亡的第一年就完成了自傳《牛犢頂橡樹》，將自己比喻為鍥而不捨地頂橡樹的牛犢：「只要還活著，或者直到牛犢頂到折斷了脖頸時為止，或者是橡樹被頂得吱吱響，倒在地上為止。」為了避免外界打擾，索忍尼辛選擇定居在美國佛蒙特州偏遠的卡文迪什村村外的一處農莊。「這個州的氣候、鄉村、清冷的空氣和常綠的森林，都是他心愛的俄羅斯的翻版，這使他感到十分舒服。」索忍尼辛雖然生活在美國，卻更像是生活在一個烏托邦式的、幾乎「不存在」的俄羅斯。

這是一處宛如托爾斯泰在俄國的農莊的巨大地產，除了主宅之外，還有樹林、池塘和小教堂。四周豎起高高的籬笆，這位隱居的俄國人表明了他無意進入公共生活的意思。而小鎮上的民眾也與之達成默契——絕不向那些前來打聽作家住處的好事記者透露作家住處的地址。

索忍尼辛在《古拉格群島》中記載了一群因堅守東正教舊派信仰而被關押的囚徒的故事，那些人是他心目中的英雄，他也以那些人的信仰為自己的信仰。那些人是「永遠遭受迫害的、永遠被流放的人」，無論在沙皇時代，還是在共產黨時代，他們三百年前就看穿了「當局的殘酷本質」。他們中的一些人，為了躲避史達林的農業集體化政策而躲藏在通古斯流域的盆地中，過著與世隔絕的生活，直到後來被一名飛行員在天上發現。蘇聯軍警趕到那裡，發現這個小型村社的人「度過了二十年雖與野獸為伍但卻自由自在的生活」。整個村莊的人都被捕了，被關押在索忍尼辛所在的集中營。索忍尼辛將這些人當作俄羅斯的希望和未來所在，他在美國也試圖按照同樣的方式生活。

基於這樣的信仰和理念，索忍尼辛反對布爾什維克的十月革命，也反對自由憲政派的二月革命，乃至反對俄羅斯從彼得大帝以來的所有西化改革。他對西方——尤其是美國——的資本主義模式持否定態度。一九七八年，他受邀到哈佛大學畢業典禮演講，其主題是對西方文明的全盤否定。他將美國稱為「精神上的矮子」，沉迷於庸俗唯物主義，只知享受，目光短淺，缺乏毅力，沒有追求。他用俄語大聲宣布，美國人是一群懦夫，幾乎沒人願意為了理想去死。他的批評部分有道理，但他並未結識代表美國堅韌淳樸一面的美國農夫和工人，也沒有研究過美國憲法和《獨立宣言》以及背後的清教傳統，他沒有發現托克維爾筆下那個生機勃勃的美國。剛被放逐時，索忍尼辛曾告訴記者：「我從來都不打算成為一個西方的作家。我來到西方，這是違反我的意願的。我只為我的祖國而寫作……我不在乎其他地方的人們如何對待我所寫的東西，以及他是否會以自己的方式使用它。我所有的興趣，我所有關心的事情都在俄羅斯。」既然如此，他為何敢於如此大膽地對他不了解、也未深入研究的西方作出如此論斷呢？這是另一種自以為是和獨斷論。

英國作家約瑟夫·皮爾斯在為索忍尼辛寫的傳記《流放的靈魂》中記載了這個細節：一九八五年六月二十四日，在美國的一個法庭上，新聞媒體充滿期待地等著索忍尼辛的到來，在那裡，已經為他安排了一個授予美國公民資格的專門儀式。最後，他的妻子和長子被正式授予了公民資格，此前他的其他三個兒子也都成了美國公民。但是，索忍尼辛沒有出現，法庭辦事員的官方解釋是，「他病了」。實際上，幾年後，娜塔莉亞揭開了丈夫「臨陣退縮」的祕密：在整個流亡歲月中，索忍尼辛「從來都沒有真正想過、更從來都沒有成為過一個美國公民，因為他無法想像自己成為俄羅斯之外任何一個國家的公民」。他最終決定，「保持沒有國籍的狀態，直至俄羅斯從共產主義中解放出來，這是他一直盼望的事情」。索忍尼辛本人很固執，但他的作法與明末清初的顧炎武等遺民一模一樣——遺民的身分只是本人的選擇，不會延續到第二代。索忍尼辛如此厭惡美國的一切（除了美國北方與俄國相似的自然地理環境），卻眼睜睜地看著孩子和孫子們逐漸變成美國人。

索忍尼辛為何接受普丁的招安？

一九九四年五月二十七日清晨，從阿拉斯加啟程、經過十多個小時飛行的索忍尼辛，終於回到闊別二十多年的俄羅斯。他沒有直接飛往政治中心莫斯科，第一步踏上的俄羅斯土地是西伯利亞的馬加丹——那裡曾是蘇聯古拉格體系的中心。他俯身用雙手撫摸西伯利亞的土地，一字一句沉痛地說：「我到這裡向這塊土地哀思，成千上萬的蘇聯人當年在這兒被殺害，並埋葬在這裡。在今天俄羅斯迅速政治變革的時代，人們太容易遺忘過去的幾百萬受害者。」此後，他乘坐專用列車一站一站地前行，在數十個城市停留，向熱情歡迎他的民眾發表演講。這是一場盛大、精心策劃、戲劇化的凱旋儀式。索忍尼辛希望以此「真正地理解」普通人的痛苦和憂慮，然後「一同尋找可以使我們走出長達七十五年困境的最可靠的道路」。

一路上，不少民眾建言，索忍尼辛可以取代葉爾欽（作家可以當總統，捷克的哈維爾不就是先例嗎？），但索忍尼辛再三宣稱：「我不會參政，不會參加競選，不會接受任何職位。」他看不起將俄羅斯弄得疲弱不堪的葉爾欽，拒絕接受其頒發的勛章。他卻對葉爾欽挑選的接班人普丁頗有好感。二〇〇〇年九月二十日，他與普丁第一次會面，兩人似乎一見如故。二〇〇一年八月，普丁在教育改革政策公布之前，宣稱已將相關文件交給索忍尼辛審閱過——索忍尼辛這位「俄羅斯的良心」為普丁的政策加分不少。

二〇〇七年六月，在克里姆林宮舉行的一次典禮上，普丁將俄羅斯最高榮譽「俄羅斯聯邦國家獎」授予坐在輪椅上的索忍尼辛。普丁像謙恭的學生般地俯身向老人頒獎，讚揚索忍尼辛「事實上將其一生都獻給了祖國」，卻閉口不提索忍尼辛對自由和人權的勇敢捍衛。此後，普丁專程去索忍尼辛家中探望，告知對方自己的俄羅斯藍圖「很大程度上與您的寫作意氣相投」。在去世前的最後一次訪問中，索忍尼辛公開肯定普丁的政績，聲稱普丁為俄羅斯帶來「緩慢而漸進的復興」。

索忍尼辛與普丁的接近以及為普丁政策的辯護，引發若干俄羅斯獨立知識分子的批評。同樣是蘇聯時代持不同政見的小說家沃伊諾維奇寫道：「索忍尼辛在他復興俄羅斯的計畫中將國家的安全利益置於個人權利之上。」政治評論家彼得・埃爾佐夫將索忍尼辛和普丁的「友誼」形容為「歷史的諷刺」：「蘇聯的頭號國內敵人現在成了前KGB（國家安全委員會）官員的精神領袖，而這位KGB官員又一再表達對蘇聯時代的懷戀之情，這的確是歷史的諷刺之一。」索忍尼辛僅委婉地批評過普丁一次——普丁讓俄羅斯國歌重新採用蘇聯國歌的旋律是一個「政治錯誤」。

如果說索忍尼辛被普丁招安，那麼普丁使用的絕非金錢——索忍尼辛有足夠多的版稅收入（他的《古拉格群島》在全球狂銷了數百萬本），足以讓他「糞土當年萬戶侯」。他們的接近乃是若干價值觀上的高度吻合，這也暴露出索忍尼辛對共產極權主義的批判的局限性。他認為，回到俄羅斯偉大的文化傳統中，回到東正教舊教的地方自治精神中，俄羅斯就有救了，甚至這也是俄羅斯提供給病入膏肓的世界的解藥。同時，他又認為「西方已死」：「假如有人問，是否我可能明確以今天的西方作為我的國家模仿的典型，坦率地說，我大約不得不作出否定性回答……下一場戰爭（不必非要是核戰爭，我也不相信會發生核戰爭）完全可能永遠埋葬西方文明。」這句話彷彿是從普丁口中說出來的。二〇一四年十二月，普丁在克里姆林宮演講時提到了西方的制裁，他引用索忍尼辛的話，贏得雷鳴般的掌聲：「是時候捍衛俄羅斯了，否則他們將把我們徹底嚇住。」

反西方所依賴的精神資源就是狂熱的民族主義。半個世紀之前，別爾嘉耶夫就對俄羅斯的民族主義作出尖銳批判，並敏銳地指出民族主義與共產主義之間的關聯性。然而，索忍尼辛卻未能免疫於民族主義的病毒。他曾暗示，後蘇聯時代的俄羅斯必須包括烏克蘭，他並未將烏克蘭人視作一個獨立民族，當然也不應該是一個獨立的國家。他曾公開否定烏克蘭政府將烏克蘭大饑荒視為蘇聯政權對烏克蘭人的種族滅絕，他認為，「這場饑荒是由共產主義政權的腐朽理想所造成的，在這種極權的統治下，所有的人都同樣遭受著苦難，無論俄羅斯人還是烏克蘭人，都是一樣」。可以想像，如果現在索忍尼辛還活著，他一定會支持普丁對烏克蘭發動的侵略戰爭。

二〇〇九年八月三日，在索忍尼辛去世一週年之際，普丁發去一封電報給索忍尼辛的遺孀，稱已經去世的作家是「一位世界級的人物，他的創作遺產和思想遺產將在俄羅斯的文學史和我們國家的歷史記載中占據一個特殊的位置。」普丁操縱的傀儡總統梅德維傑夫在另一封電報中寫道：「他的心中總是充滿著對他的祖國和同胞的無盡的愛。他衷心地為祖國的命運憂慮，他不知疲倦地尋找著建設俄羅斯和保護俄羅斯人民的道路，並以此作為他的生命的目的。」

然而，極具諷刺意味的是，二〇二二年二月二十四日，普丁發起侵烏戰爭；四天後，俄羅斯最重要的人權團體「紀念」被最高法院宣告強制解散——這個致力於記錄史達林時代大規模政治迫害的組織，所從事的正是索忍尼辛當年開創的事業。工作人員被迫將辦公室的檔案材料裝箱，分散存放到幾間私人公寓內。此前，「紀念」於俄國西北方卡累利阿共和國分部的負責人、投注畢生精力挖掘史達林時代迫害史蹟的德米特里耶夫，從森林深處發掘出史達林時期的亂葬崗，卻被當地政府認為是「外國勢力利用以對俄羅斯進行負面宣傳」，並被以戀童罪名起訴——俄國官方最常為異議者羅織的罪名。歷經多年纏訟，從無罪被駁回改判三年，最終被判十五年重刑。普丁政權悍然解散「紀念」半年後，該組織榮獲當年的諾貝爾和平獎。若是索忍尼辛還活著，他會與「紀念」的成員們站在一起反對普丁嗎？

第七章　納博科夫：美麗且脆弱如蝴蝶，卻飛越千山萬水

我是大西洋上空的一片羽毛，我的天空多麼明亮和湛藍，遠離了鴿舍和那些泥鴿。

——納博科夫

「唯有透過眼淚才能看見，天國的星射出的星光。」一九一九年，一大群納博科夫家族的人取道克里米亞和希臘逃離俄國到達西歐。他們先去英國，少年納博科夫入讀劍橋大學，學費是母親變賣了心愛的首飾才湊齊。他的家人則轉往更多俄國流亡者聚居的柏林。據他自己的說法，當時他看起來「就像一個異域傳說人物打扮成英國足球員的樣子，用無人知曉的遙遠國度的語言作詩，沒有一個人聽得懂」。納博科夫曾經回憶說在劍橋大學的求學流亡經歷就是他努力成為一個俄國作家的經歷，就是為了鑄就他富足的鄉愁而存在的。

納博科夫的父親是著名的立憲派律師和報人，曾出任帝俄政府的司法部長，他的母親是礦業巨頭的掌上明珠，這個家族過著極其優越的生活，用納博科夫的話來說，他有著「完美」的和「世界主義」的童年。出身富裕中產階級家庭的安・蘭德與納博科夫的妹妹奧爾加是閨蜜，她曾到納博科夫家巨大的宅邸作客，對富麗堂皇的陳設嘆為觀止。

納博科夫是家中備受父母寵愛的長子，父母讓他像樹一樣生長、像蝴蝶一樣飛翔——這或許是他後來愛上蝴蝶、成為蝴蝶專家的原因。他熱愛文學，嘗試寫作，趕上了白銀時代的尾聲，他後來回憶說，俄國浪漫主義詩歌「曾是我童年的祭壇和激動」。但文學老師弗拉基米爾・吉皮烏斯一直不看好其文學才能，他的第一本書《詩集》出版後，弗拉基米爾・吉皮烏斯的堂姊、詩人季娜依達・吉皮烏斯對他父親說：「請告訴你的兒子，他永遠不會成為一名作家。」若非流亡，此論斷會不會一語成讖？

流亡，讓他們活下來並得到自由——若不逃離俄國，這家人一定會像沙皇一家那樣被布爾什維克屠滅。然而，納博科夫很快遭遇沉重的打擊：一九二二年，他父親因挺身保護一位摯友而死於暗殺，這一英雄般的行徑體現了騎士時代和貴族時代最後的餘輝，卻讓這個本已潦倒的家庭陷入困頓。納博科夫放下自尊，靠當私人外語老師和拳擊教練來補貼家用。他將被動轉化為主動，以此緩解失去家園和失去父親的痛楚，他說服自己相信，是他本人「竭力將自己從俄國放逐出來」。但「飛行和逃亡」仍然讓他飽受噩夢和失眠之苦，「夢中經常出現流浪、逃亡和廢棄的結合」。

對於這位年輕的詩人來說，故國不堪回首月明中。他在一首早年的詩作〈俄羅斯〉中寫道：「你曾是並仍將是……一個由榮耀和雲煙組成的神祕國度。／而當星空在我頭頂閃爍，我能聽見你不息的訴說！／俄羅斯，你就在我心中！／你是目的和山腳，你在血液的奔湧中，在理想的飛升中！／在這個多歧的世紀我竟會迷路嗎？／不，只有你依舊在為我照明」。他還說：「作為一個盲人，我擦抹雙手，／通過你——我的祖國——觸摸整個地上的造物。／而這也就是為什麼我這麼幸福。」他卻不知道，他一生都不能回到祖國了。

作家的藝術是他真正的護照

從劍橋畢業後，納博科夫到柏林與家人團聚——那時的柏林是俄國流亡者的首都，一九二〇年至一九二三年間，柏林居住著四十萬俄國人，很多是知識菁英。多年後，納博科夫在回憶錄《說吧，記憶》中寫道：「當我回顧那些流亡歲月時，我看到自己，以及成千上萬個其他俄國人，過著一種奇怪但完全不能說是不愉快的生活，處於物質的貧困和思想的奢華之中，在小人物、幽靈般的德國人和法國人之間，我們，流亡者們，碰巧居住在他們多少有點夢幻似的城市裡。」他們飽受白眼和歧視，在精神上卻反客為主：「這些原住民在我們心裡和用玻璃紙剪出來的人形一樣單調透明，我們雖然使用他們精巧的裝置，給他們愛開玩笑的人鼓掌，採摘他們路旁的李子和蘋果，但是我們和他們之間不存在真正的、像在我們自己人中如此廣泛存在的那種極富人情味的交流。有時似乎是我們無視他們，就像一個傲慢或極端愚蠢的侵略者無視一群雜亂的、無法辨認的當地人一樣。」

一九二九年，納博科夫在巴黎著名的俄國僑民文學刊物《當代年鑑》發表了作品《防守》。小說家尼娜·貝貝洛娃評論說：「一個巨大、成熟、精妙的現代作家出現在我面前，一個偉大的俄國作家，就像一隻鳳凰，在革命和流亡的火焰中誕生了。從此，我們的存在就有了意義。我們整整一代獲得了存在的合理性，我們得救了。」不久後成為第一個獲得諾貝爾文學獎的俄國流亡作家的蒲寧，將其視為天降奇才：「這孩子抓起一把槍，幹掉了整整一代老作家，包括我自己。」即便如此，靠寫作和翻譯的收入仍不足以讓這位年輕作家餬口——俄國流亡社群有自己的雜誌和出版社，但表面上的繁榮背後，「整個事情卻具有某種脆弱的不真實的氣氛」，這些作品都不能在蘇聯境內發行銷售，使得「書的數量比任何一個作品銷售的數量要大」。納博科夫還得靠私人教授英語、法語、網球和拳擊幫補生計。他還陪富人家的小姐太太打網球，將自己曬得黝黑。

納博科夫從小就有「世界人」的胸襟，「甚至在我還是俄國的一個學童時，我就已經認為，一個有價值的作家的國籍是次要的。作家的藝術是他真正的護照」，但在現實生活中，俄國難民必須使用一種特殊護照。「有人說，證件，是俄國人的胎記。」（所以，他們才會狂熱地愛上大部分時候都不需要出示證件的美國？）當時，國際聯盟給失去俄國公民身分的流亡者配備了「南森」護照（編按：無國籍人士護照），一個非常低等的、令人不快的微綠色證件。它的持有者比假釋罪犯好不了多少，「每一次想從一個國家到另一個國家去都不得不經受可怕的折磨，國家越小，他們越是小題大做」。他在給妻子薇拉的信中，不斷抱怨簽證費的昂貴和奔波在歐洲各國時在海關遭遇的羞辱，並希望有一天作家的身分能改善手持難民護照的低人一等的待遇。

納博科夫用半是自嘲半是讚美的語氣描述在歐洲的俄國流亡知識分子社群：「他們在外國的城市裡模仿一個死亡了的文明，模仿一九〇〇至一九一六年之間的聖彼得堡和莫斯科那遙遠的，幾乎是傳奇式的、幾乎是蘇美式的幻景。」他本人與流亡社群若即若離，拒絕參加任何團體及文學流派並宣稱：「詩人沒有流派，只有天才派。」他相信此一真理：「孤獨意味著自由和發現，沙漠孤島可能比一座城市更激動人心。」他毫不諱言：「我對團體的厭惡一定程度上出於性格因素，而不是知識和思想的產物。我生來如此，一生中本能地鄙視意識形態權威。」

納博科夫在帶有自傳色彩的小說《天賦》的開頭有一句引言，道出他與俄語與歐洲揮別時的感情：「玫瑰是一種花，橡樹是一種樹，鹿是一種野獸，麻雀是一種鳥。俄羅斯是我們的祖國，死亡是無可避免的。」這本書早在客居柏林的一九三〇年代就完成，他在書中描述俄國流亡者社群的生活，發表時卻被巴黎的流亡者雜誌大量刪節，也被出版社拒絕出版，「這是生活發現它不得不模仿它所譴責的藝術的絕好事例」。

與人群相處，還不如與蝴蝶相處。納博科夫屢屢偕妻子轉往庇里牛斯東部捕捉蝴蝶。在庇里牛斯寂靜的山谷，他或許才能卸下沉重的流亡負擔和精神侮辱的創傷，與滿山遍野的蝴蝶同醉。這裡似乎才是與世無爭的世外桃源。像夢蝶的莊周那樣，與五彩蝴蝶為伴，沉醉於自己營造的藝術世界，此刻，納博科夫或是最幸福的人。

一九三六年，當年槍殺納博科夫父親的法西斯分子塔博里茨基被希特勒任命為僑民事務特使，納博科夫發覺在柏林已不再安全——更何況，他的妻子薇拉是猶太人。一九三七年一月，他離開德國，再度流亡，先居住在巴黎，又轉往坎城。他的作品因語言問題，在俄國僑民圈外找不到出版社。他得不到工作許可，光憑寫作難以養家餬口。很快，戰爭的烏雲籠罩整個歐洲，法國不再安全。他前往英國尋求教職，卻未能成功。

唯有機遇才能讓納博科夫和家人離開歐洲，他的友人、小說家阿爾達諾得到美國史丹佛大學的一個教師職位，卻擔心英文太弱而難以勝任，推薦納博科夫替代他。納博科夫辦理赴美簽證和籌措大西洋旅行經費花了很久才落實。

一九四〇年五月二十八日，納博科夫一家坐船前往紐約。一九一九年離開俄國時，納博科夫一家乘坐的是一條擁擠的小貨船，布爾什維克的機槍掃射著塞瓦斯托波爾港口的水面。如今，納博科夫頗受包租「尚普蘭號」跨洋輪船的美國猶太組織優待，分配到一間很大的頭等艙，彷彿是讓他們預先體驗一下在美國的最終命運。此前，無論在劍橋，還是在柏林和巴黎，他都過得不愉快，他期待在新大陸能展開精彩的人生下半場。

兩周以後，巴黎淪陷。納博科夫的弟弟不幸被納粹逮捕，被指控為英國間諜，一九四五年在漢堡的一個納粹集中營死去。歷史轉折關頭對去留的不同選擇，確實關乎生死。

這是納博科夫最後一次流亡——他和妻子晚年從美國移居瑞士，但那不是流亡，他是為了躲避在美國的盛名及媒體的打擾，而且他愛上了瑞士的寧靜以及山上和湖畔更多的蝴蝶。

寫作生涯中最大的遺憾是沒有更早來到美國

納博科夫一家到美國的時候，身上只有一百多美元，在紐約剛登陸後搭計程車到市內的友人家就花去一大半。差不多四個月他沒有攬到一份工作——他的第一縷希望之光是托爾斯泰的女兒設立的幫助俄國移民在美定居的基金會打來的電話，告訴他去第五大街的斯克里布納出版社，那裡或許有一份工作。但到了那裡才發現，原來是一份打包圖書送到郵局的工作，每天工作九個小時，六十八美元一個月。他拒絕了，他連一個包裹都不會打，更不用說這點薪水根本無法養家餬口了。他在美國第一份有收入的工作是給哥倫比亞大學俄語系的三個女學生做家教。一直等到十一月，史丹佛大學終於發電報給納博科夫，正式給他下一年夏天的教席。他全力以赴，接下來幾個月認真備課，寫下兩千多頁教案。

史丹佛大學並不提供納博科夫去西岸的旅費，所幸的是，他在俄語課上教過的一個女學生蘿西主動提出開車送他們一家去西部。這樣，納博科夫的第一次橫穿美國之旅，不是在火車上搖晃的四天，而是一次發現之旅，他欣賞美國壯麗的河山，捕捉到好多蝴蝶。

納博科夫在史丹佛開的兩門課程為「俄羅斯現代文學」和「寫作藝術」，選課的學生分別是兩人和四人——對大學校方和任課教師本人來說，絕對算不上成功。但他的講稿後來都成了經典。在此期間，他在美國賣出第一部書稿《塞巴斯蒂安．萊特的真實生活》，只得到低廉的預付稿費一百五十美元，這同樣算不上成功。不過，學期結束，他回到東岸時，已不再是局限在僑民亞文化隔離房裡的作家，而是一名在美國的大學——還有什麼比這一點更美國的呢——找到避難所的歐洲知識分子。此後，他常年在大學任教——先是衛斯理女子學院，然後是規模更大的常春藤名校康乃爾大學。

納博科夫對俄羅斯文學有其獨特見解，他的《俄羅斯文學講稿》曾在史丹佛大學、衛斯理學院和康乃爾大學講授。一次在課堂上，他突然拉上了教室的窗簾，還關掉了所有的電燈。然後，他站到電燈開關旁，打開左側的一盞燈，對那些美國學生說：「在俄羅斯文學的蒼穹上，這盞燈是普希金。」接著，他打開中間那盞燈，說道：「這盞燈是果戈理。」然後，他再打開右側那盞燈，又說道：「這盞燈是契訶夫。」最後，他大步衝到窗前，一把扯開窗簾，指著直射進窗內的一束束燦爛陽光，大聲地朝學生們喊道：「這些！就是托爾斯泰！」有一個聽過納博科夫講課的學生回憶說：這位奇怪的教授穿鞋不穿襪子，總是因為上課太投入嘴邊上有唾沫星子，他在審美上總是表現出異乎常人的苛刻。有一次，因為他過於貶低杜思妥也夫斯基，讓一名熱愛杜思妥也夫斯基的學生憤怒地摔門而出。

納博科夫厭惡「文以載道」，珍視文學本身的自足性。他肯定作為詩人的帕斯特納克，卻對《齊瓦哥醫生》評價很低，認為「書中毫無一個真正流亡者對野蠻國家的不可遏制的蔑視」，他深切地同情作者在警察國家的處境，卻嚴厲批評這本很快成為經典的作品「風格庸俗」。他「已學會珍視自己內心的憎惡，因為我知道我對此反應如此激烈，也是在盡我所能拯救俄羅斯的文學精神」。他的自我期許是：「自由的人寫下真正的書，給自由人閱讀，這何其珍貴。」

美國的大學是一處「文化烏托邦」，卻絕非一片淨土。大衛．洛奇的《小世界》揭露了大學人文科系的黑幕，雖日益邊緣化，卻仍是一座勾心鬥角的「聖殿」。俄語系是邊緣之邊緣，更是如此。納博科夫任教於頂尖的常春藤大學，並將「小世界」幕後的真相和盤托出：從《微暗的火》到《普寧》再到《看，那些小丑！》，形成「俄國流亡教授三部曲」，小說中的人物通常有他自己的影子，卻遠不如現實生活中的他那麼成功。《普寧》一書的主人公，任教於一所三流大學，「三十五年來居無定所，受盡折磨，昏頭轉向，缺乏一種內心深處的安寧，他早就對這種狀況感到不耐煩了」，一如納博科夫一以貫之的自嘲口吻──「我打滾，我活著，想要得到那誘人的果實：一個『正教授』，但在內心，我始終是一個卑微的『客座講師』。」納博科夫本人似乎從來沒有對教學活動表現出太大的熱情，上課的工作令他備受困擾，苦不堪言。在課堂上，他先寫板書，隨後把講義攤在講臺上慢吞吞地朗讀，彷彿在自言自語。

納博科夫在校園裡接觸到不少左派——左派必然反美，因為美國是抵抗共產主義的最後一道堤壩。他毫不畏懼挺身與之對抗：「我斷然反對那些蠢人或不誠實者的看法，他們荒謬地將史達林與麥卡錫相提並論，將奧斯威辛與原子彈相提並論，將殘酷無情的蘇聯帝國主義與美國對困難國家進行的真誠無私的援助相提並論。」他為美國辯護，顯得比許多土生土長的美國人更愛美國：「在國內政治方面，我是一個堅強有力的反隔離主義者；在國際政治方面，我堅定地站在美國一邊——儘管這一行為準則會使得紅色分子和羅素們大為不快。」他對任何將美國變成蘇聯的企圖都無比厭惡並堅決反對：「我的所有作品都是首先在美國出版的。美國是唯一一個讓我在精神和情感上都有歸屬感的國家。無論正確與否，我都不是那些完美主義者中的一個，他們借助對美國吹毛求疵而發現自己同本地的無賴及嫉妒的外國觀察者陷於同一個泥潭。我對這個我所移居的國家的讚賞可以輕易避開它的顛簸與缺陷，比起俄國歷史上的罪惡深淵，這些顛簸和缺陷根本算不了什麼，更不用說其他更異類的國家了。」在被問及「最大的遺憾」是什麼時，他回答：「寫作生涯中最大的遺憾是沒有更早來到美國，我應該在三〇年代就住在紐約，要是我的俄語小說那時翻譯成英語，就可能給親蘇派以震驚和教訓。」

流亡只意味著一件事——他的作品被禁

美國是一個比歐洲更大的大陸，比任何國家都更寬容地接納移民。很多到美國的移民並不認同美國之所以成為美國的精神與傳統，甚至以破壞這一精神和傳統為隱祕使命。與這種普遍的、扭曲的反美情緒相反，在移民作家中，似乎沒有比納博科夫更愛美國的了。感激這個美妙的庇護地，是人之常情。一九四五年，他成為美國公民，他一天都沒有延宕成為美國公民的時間點，迫不及待地擺脫在歐洲時必須使用的難民證：「當我在歐洲邊境出示我的綠色美國護照時，我確實有一種溫暖，愉悅的自豪感。」美國護照是藍色的，難民證才是「微綠」的，或許納博科夫被後者折磨太久，才弄錯美國護照的顏色。他還專門致信出版社說：「新的簡歷似乎很令人滿意。我只是覺得，應該強調一下我是美國公民、美國作家。」

「美國是我安身立命的地方，是名副其實的第二故鄉」，納博科夫在美國也像米沃什所說的那樣，很快就「成事」了。雖然他沒有獲得諾貝爾文學獎，但其作品比獲得諾獎的米沃什和布羅茨基更暢銷，他本人也比他們更具公共性——儘管他並不喜歡被媒體和公眾關注。他以美國為家，他的本性沒有俄國知識分子常見的憂鬱深沉，而與陽光燦爛的美國精神水乳交融：「碰巧的是：我很快置身於美國最好的方面，置身於豐富的精神生活及輕鬆、友好的氛圍之中。我沉浸在大圖書館，也徜徉在大峽谷。我在動物博物館的實驗室工作過。我結交的朋友比在歐洲結交的多。我的作品——舊作和新著——找到可欽佩的讀者。我戒了菸，開始代之以嚼蜜製糖果，結果體重從一百四十磅增加到龐大而快樂的兩百磅。因此，我是三分之一的美國人——一身美國肥膘既保暖又安全。」他一點都不抱怨美國的物質主義與膚淺。

如米沃什所說，只有與一個國家的動植物建立親密關係，才是真正融入這個國家。納博科夫在這方面遠超米沃什，因為他有另一個專業身分——蝴蝶專家。他曾擔任哈佛大學「比較動物學博物館」館長一職，並首次發現多種稀有蝴蝶品種。每年夏天，他會到西部旅行，採集蝴蝶樣本。後來，他舉家搬到奧勒岡的阿什蘭市，在那裡完成《蘿莉塔》，常常跑到鄰近的山丘找尋蝴蝶：「我就像亞利桑那的四月一樣充滿美國味。」蝴蝶對納博科夫來說，絕不僅僅是科學研究的對象，也深刻影響到他的文學創作，他曾經哀嘆，每次在小說中提及蝴蝶的時候，不管他怎樣斟詞酌句，那些語言所傳遞出的並非是他真正想傳達的，什麼語言都顯得蒼白無力。「說實話，我得用昆蟲學論文裡面的科學專業術語才能表達清楚。蝴蝶在貫穿牠身體和模式標本標籤的昆蟲針上，在記錄該標本原始描述的科學期刊中獲得永生。但小說中描寫它的藝術語言，卻讓蝴蝶美感全無。」

蝴蝶的蹤影不時飄忽在納博科夫的作品裡。有時是以隱喻的方式——在《蘿莉塔》中，納博科夫用蝶蛹與這位早熟少女作類比：蘿莉塔就是這位早熟少女，她還未成年，也不成熟，但對某種男人具有極大的吸引力。更多時候，納博科夫寫的是真正的蝴蝶——在回憶錄《說吧，記憶》裡，他用一整章寫了對蝴蝶的鍾愛。在長篇小說《天賦》裡，他讓主人公康斯坦丁·戈杜諾夫—車爾登采夫在中國境內做過蝴蝶科考工作。但只有在《昆蟲採集家》裡，蝴蝶成了中心的主題。而在短篇小說《聖誕節》裡，納博科夫寫到一個喜歡蝴蝶的孩子去世後，他的父親在聖誕夜裡心力交瘁也一度想自殺，就在悲傷絕望的時候，他看到了孩子收藏在鐵皮餅乾盒裡的蛹繭從蛹尖上破裂開來的情景。最後，「只見牠幾乎像人一般陶醉在溫柔的幸福中，然後猛一使勁，展翅而去了」。由此，這隻展翅而去的蝴蝶也像是他珍愛的兒子的化身了。

一九六一年，納博科夫與妻子移居瑞士。在美國，他太有名了，雜事太多，而「在瑞士蒙特勒的頭四個月裡，他只用一半的時間就完成了《微暗的火》」。他說：「我更喜歡孤立而多產地生活在瑞士，不喜歡刺激卻分心的美國氛圍。」他也避開美國六〇年代的學生造反風暴——不難想像，像他這樣的右派教授一定會成為學生討伐的對象。他在世外桃源般的瑞士蒙特勒旁觀陷入混亂的美國，如此評價這場矯揉造作卻心狠手辣的學生革命：「惹是生非的人從來就不是革命者，他們多半是反動分子。成群結隊、蓄著鬍子的嬉皮。美國大學裡的示威者很少關心教育，如同砸壞英國地鐵車站的足球迷們不關心足球一樣。這些愚蠢的流氓屬於一個家族——他們中間有頭腦的人不多。」

到美國後，納博科夫主要用英文寫作，偶爾使用俄語，還將自己的英文作品翻譯成俄語。當被問及身分認同問題時，他的回答是：「我是一個美國作家，出生在俄國，在英國受教育，在那兒研究法國文學，此後，有十五年時間在德國度過。一九四〇年我來到美國，決定成為一個美國公民，讓美國成為我的家。」他精通多門語言，曾以翻譯為生，有記者問他：「您認為您說的幾種語言中哪種語言最美？」他的回答是：「我的頭腦說是英語，我的心靈說是俄語，我的耳朵說是法語。」

納博科夫對流亡生活安之若素：「藝術家總是在流亡之中，儘管他可能從來沒有離開祖先的宅門或父輩的教區。流亡只意味著一件事——他的作品被禁。自從四十三年前我在一家德國公寓的破沙發上寫下第一部作品以來，我所有的作品在我的祖國都遭到查禁。這是俄國的損失，不是我的損失。」一些沒有離開俄國的作家，如阿赫瑪托娃，仍然是流亡作家。納博科夫對流亡作家的成就作出高度評價，並抨擊被政府御用的作家：「單從藝術和學術標準來衡量，流亡作家在真空中創作的作品在今天看來，無論具體的書有什麼缺點，似乎要比在同樣的年代中出現的，由一個父親般的國家提供墨水、菸斗和套頭衫的年輕的蘇維埃作家們所寫的那些毫無獨創性的、少有的偏狹和陳腐的政治意識流的作品都更持久、更適合人類消費。」今天，納博科夫的作品仍在許多國家暢銷，但除了俄國文學研究者，還有誰閱讀馬雅可夫斯基和肖洛霍夫呢？

我永不返鄉，我永不投降

納博科夫不是政治活動家，也不是政治評論家，他很少就某一具體事件和人物發表意見，很少提及蘇聯獨裁者的名字。但他毫不掩飾對蘇聯及共產主義的憎恨並宣稱永不返鄉：「我憎恨和鄙視獨裁，沒有什麼可看的，我對新建的廉租公寓和古老的教堂都不感興趣。我可不願玷汙了珍藏在我內心的美好形象。」他又說：「我從不屬於任何政治黨派，但始終厭惡和鄙視獨裁和警察國家，以及任何形式的壓迫。這還包括思想管制，政府審查，種族或宗教迫害，諸如此類。」

納博科夫悲哀於曼德爾施塔姆在蘇聯的遭遇——一個害死偉大詩人的政權是不可原諒的，連沙皇也不敢直接殺死普希金，史達林卻將曼德爾施塔姆視為螻蟻：「最可悲的例子也許是曼德爾施塔姆受到了殘暴而愚蠢的行政當局的迫害，最終被驅入一個遙遠的集中營而死。他像英雄一般堅持寫作，直到精神失常遮蔽了他清澈的才賦，他的詩歌是最深沉和最崇高的人類心靈的樣本，令人欽佩。當我閱讀曼德爾施塔姆在那些殘暴者可惡統治下寫作的詩歌時，我感到一種無法抑制的羞恥，因為我在自由世界如此自由地生活、思考、寫作和發表言論——只有這個時候才感到自由是苦澀的。」青銅騎士（彼得大帝）踩死其反對者，是普希金詩歌中具有象徵性的場景，但在史達林時代，青銅騎士（史達林）真的踩死了曼德爾施塔姆。此時此刻，納博科夫油然而生某種米沃什所說的「流亡者的內疚」。

納博科夫成名後，有一名兼有作家身分的蘇俄特工曾接近他，勸說他回到祖國的懷抱（歷史總是驚人相似，近期美國司法部逮捕的一名資深中共特工王書君，也是一名三流作家和學者）。納博科夫跟他開玩笑，若願意回俄國，是否被允許自由寫作，如果回俄國後不喜歡，是否可以離開？說客答道：「你會非常喜歡，以至於夢想再次出國的時間都沒有。你完全可以自由選擇蘇俄政府慷慨地允許作家使用的任何一個主題，如農場、工廠、森林……」納博科夫打斷他說：「我對農場什麼的不感興趣。」對方頓時無計可施。他在一篇文章中用遊戲筆法寫道，他或許會製作一個假護照，以美國遊客的身分回去看看他家的那棟鄉間別墅——蘇聯當局已經將其改建成一間學校。但在其內心深處，當然知道返鄉之旅將有百害而無一利，只會破壞他恆久不變的童年回憶。

早在劍橋求學期間，納博科夫就屢屢跟西方左派知識分子就如何評價俄國革命發生激烈爭論。他認為，一九二〇年代英美自由主義輿論對列寧主義的同情受本國政治所左右，更重要的是，他們對俄國僅有的一點了解「還是透過被汙染了的管道得到的」（這跟西方對「改革開放」的中國的誤讀一模一樣）。西方左派將各種類型的俄國流亡者，從農民社會主義者到白俄將軍統統歸為「沙皇分子」——很像後來的蘇聯作家揮舞「法西斯分子」這個術語一樣。納博科夫告訴英國友人：「你從來也沒有意識到，如果你和其他的外國理想主義者是生活在俄國的俄國人，你和你們就會被政府消滅的，就和兔子被白鼬及農夫消滅一樣自然。」

納博科夫到美國後結識的第一位文學界重量級人物是文學評論家、《新共和》雜誌編輯埃德蒙·威爾遜。威爾遜將他的新書《到芬蘭站》送給納博科夫，在題詞中寫道「希望幫助他更加理解列寧」——這是一個天大的笑話，這個不懂俄語的美國文人，居然要幫助對布爾什維克洞若觀火的俄國人納博科夫「理解列寧」。威爾遜反對史達林主義，卻認為列寧具有諸多美德，善於展望人類的美好未來，勇於開拓。納博科夫回了一封很長的信，並沒有因為要透過威爾遜推薦發表文章和找工作就隱藏自己的看法。他反覆試圖向威爾遜——也是向整個美國指出，沙皇統治愚蠢殘暴，但俄國六十年來還是不斷走向政治及文化自由，雖然中間有許多曲折反覆。一九一七年二月革命已經使俄國成為民主共和國，列寧的十月革命卻將這個國家拉入極權主義的深淵。自以為比納博科夫更懂俄國歷史的威爾遜不知道，納博科夫已經在《天賦》中徹底研究過俄國專制主義的起源。納博科夫進而警告西方左派，布爾什維克主義是一種特別殘酷和徹底的形式——它本身和沙漠中的沙粒一樣古老——而不是外國觀察家認為的那種令人感興趣的新型的革命實驗。很多西方人不相信他所說的「革命其實是老一套」，他多次解釋說：「革命沿襲了流血、欺騙、壓迫這樣的歷史模式，因為它出賣了民主理想，還因為所有它許諾給蘇聯公民的只是：二手的庸俗價值觀、西式食品和用具的仿製品，當然，還有特供的魚子醬。」他使用的「二手」這個形容詞，後來被白俄羅斯作家、諾貝爾文學獎得主亞歷塞維奇在《二手時間》一書中沿用——不知道什麼是自由的人，只配擁有「二手時間」。

一九七〇年代，納博科夫屢屢為蘇聯政府迫害的異見作家呼籲。一九七四年五月，他專門寫了一篇文章抗議蘇聯關押作家布科夫斯基：「布科夫斯基為捍衛自由在法庭上慷慨陳詞，又在可恥的精神病監獄度過了五年殉道者的時光，折磨他的人會腐朽，而他將永久地被人們記憶。但是對一個身患風濕性心臟病的囚犯來說，這樣的安慰是微不足道的，如今他又被轉到彼爾姆的一個營地，在那裡凋謝，除非某個公共奇蹟挽救他。我要敦促那些比我與俄羅斯聯繫更多的所有人和組織竭盡所能，幫助那個勇敢、可貴的人。」這年年底，他又得知，作家馬拉姆津受到審判，其著作和藏書（其中就有一本《蘿莉塔》）被焚燒，他給蘇聯作家協會列寧格勒分會發去一份電報：「驚悉又一位作家僅僅因為是作家而遭到迫害。必須立即釋放馬拉姆津，以免犯下新的暴行。」

有記者問納博科夫：「您會回俄國去嗎？」他的回答擲地有聲、斬釘截鐵：「我不會再回去了，理由很簡單，我所需要的俄國的一切始終伴隨著我：文學、語言，還有我自己在俄國度過的童年。我永不返鄉，我永不投降。何況，一個警察國家的陰影在我的有生之年難以消除。我並不認為他們了解我的作品，哦，也許特工部門有我的一些讀者。但我們別忘了，四十年來，俄國已變得極為狹隘，更不用說，那兒的人民被告知該讀什麼，該想什麼。」他於一九七七年去世，並未等到蘇聯解體。但蘇聯解體之後，俄羅斯並未變好，即便納博科夫活到一九九一年之後，他也不會像比他晚一代的索忍尼辛那樣興沖沖地跑回去接受「新沙皇」普丁的授勛，而會跟布羅茨基一樣拒絕返鄉。

一輩子住在旅館中，才能享受自由

二十世紀的大作家中，幾乎沒有人的婚姻比納博科夫持續的時間更長，也很少有人的婚戀狀態的形象能勝過哈爾斯曼一九六八年拍攝的照片：薇拉在丈夫身邊織著毛衣，滿懷愛意地注視著他。

一九二三年，納博科夫為薇拉寫了第一首詩，那是在他們在一個慈善化妝晚會上第一次見面幾個小時之後。一九七六年底，經歷半個多世紀的婚姻之後，納博科夫將生前出版的最後一部長篇小說——其文學生涯的集大成者《愛達或愛慾》——題詞「獻給薇拉」。

兩人長達半個多世紀的婚姻並非完美無缺。一九三七年一月，納博科夫先一步離開柏林，到巴黎尋找工作機會，薇拉仍留在柏林家中。他與一名業餘女詩人瓜達尼尼出軌，對薇拉不忠帶來的精神壓力加重了他的牛皮癬，以致寢食難安。五月，薇拉帶兒子到法國與丈夫團聚，他承認出軌，婚姻掀起風暴，隨之減弱為表面上的風平浪靜。一直到九月，他最後一次與瓜達尼尼見面，結束了這場婚外情，與薇拉經過更長時間才和好如初。在流亡途中，一切都變得如瓷器般脆弱，包括愛和婚姻。納博科夫給薇拉的信，編成一部比長篇小說還要厚的《致薇拉》。青年時代的情書最感人：

你知道身後之事——你理所當然地知道，如同一隻飛鳥知道，牠飛離樹枝，就會飛起而不會跌落……那就是為什麼和你在一起我會如此幸福，我的小可愛。更有甚者，你我又多麼特別；這些奇妙之處，除了我們，無人知曉，而無人像我們這樣相愛。

作家王小波說過：「我在人群中看來看去，只有你有最大的可能性使我得到永不枯燥的生活。」對於流亡作家來說更是如此——如果沒有一位足夠聰明、足夠堅強、足夠寬容的妻子，誰能熬過流亡生涯，即便是衣食無憂的流亡生涯？納博科夫經常向朋友說起：「沒有妻子，我連一部小說也寫不出。」他的朋友們都會開玩笑地回應說：「我們都知道你的妻子對你的幫助有多大。」

這種幫助有多大呢？納博科夫在旅途中動筆創作小說《蘿莉塔》，薇拉擔任「祕書、打字員、編輯、校對、翻譯和書目編撰；他的經紀、營業經理、律師和司機；研究助理、教學助理和後備教授」——誰能一身兼有如此多的職務？

無論在哪所大學任教，納博科夫總是帶著助教上課——這位助教就是他的夫人薇拉。薇拉幫他整理講義，擦黑板，遞紙條，還經常提醒他課堂上的禮儀，不要言辭激烈，矯正他常識性的錯誤，還負責捧哏，一唱一和。很多學生一開始很不習慣這種方式上課，時間久了，就發現納博科夫對他的妻子十分依賴，薇拉處在他的視線之內，納博科夫顯得鎮定自若，一旦妻子不在，他喜歡在課堂上進行有些癲狂的表演，發表很多對自己的苛評。

納博科夫曾試圖把未完成的《蘿莉塔》稿件焚毀——他意識到，這本充滿「色情」意味的書，不可能在籠罩在某種教條式清教徒品味的美國出版，有可能讓他被扣上「戀童癖」的帽子。但薇拉阻止他這樣做，拯救了這部傑作。納博科夫說，薇拉「是我生命中最幽默的女子」。不僅幽默，她還堅定如磐石。多年前，《天賦》一書將在美國出版，有一章專門批判俄國左派文學批評家車爾尼雪夫斯基。出版人希望他刪去這一章，因為「工人黨不會購買」、「在美國不可能出版這種東西，因為這會毀了他的名聲」。薇拉直截了當地回答：「告訴他們，他不在乎，他能夠照看自己的名聲。」

有了薇拉的支持，納博科夫才能理直氣壯地對那麼多「必須」的事情說不：「我不屬於任何俱樂部或團體。我不釣魚，不烹飪，不跳舞，不吹捧同行，不簽名售書，不簽署宣言，不吃牡蠣，不酗酒，不上教堂，不做心理治療，不參加示威遊行。」剩下的就只有藝術和愛。

他們的生活方式極為奇特——他們從未購買一所房子，儘管早已富足到可購買幾十棟豪宅。他們住在旅館，直到生命終結。這或許跟其童年顛沛流離的創傷有關。納博科夫解釋說，他並不太在乎「家具、桌子、椅子、檯燈、小地毯等等——也許因為在我富有的童年，我被教育要以開心的輕蔑態度去看待任何對物質財富耿耿於懷的行為」，「（旅館）便於收發郵件，免去私人財產的麻煩，確保我的嗜好——喜好自由。」這一點倒是跟晚年的麥克阿瑟將軍相似。常年住在旅館中，對生活就有一種旁觀者視角。他沒有什麼藏書，哪怕是優秀的圖書，他善於利用圖書館。有記者問「如何面對生活的磨難」時，納博科夫幽默地回答說：「每天上午洗澡和早餐前刮臉，以便隨時遠走高飛。」他早起，工作五個小時，午飯前，旅館的清潔工在他們的房間往來穿梭，吸塵器嗚嗚響著，這時他會跟薇拉一起去湖邊散步。他喜歡沿著碼頭散步，觀望鳥、樹、水、光，也許還有帶小狗的女人。他很少對商店精美的櫥窗感興趣，當他有一次出於衝動犯錯走進一家商店，買下一些珍珠，他將自己的錯誤變成另一個經常對妻子說的笑話：「我準備出去了。能給你帶點什麼嗎？麵包？牛奶？珍珠？」

真正的流亡者，永遠在路上，四海為家。到過其晚年居住的日內瓦蒙特勒皇宮酒店的訪客都說，房間裡只有些臨時布置，看起來彷彿他才初來乍到。納博科夫在一個架子上誇張地放著星條旗，他離開美國，卻從未詆毀美國，他最看不慣某些流亡者「最終總會貶抑自己的容身之處」。

晚年，納博科夫與薇拉相濡以沫，時刻在一起，毋需寫信。他偶爾在便條紙和明信片上寫幾句給妻子的話或小詩，比如：「你還記得我們童年時的雷陣雨嗎？可怕的雷聲在陽臺上轟隆隆地響——頃刻／露出蔚藍的天空／一切如同寶石——記得嗎？」、「在荒漠中，電話鈴響了：／我沒有聽見，／很快它就掛了。」或許，這是他最後的告別？

納博科夫曾自豪地聲稱其家族的歷史能回溯到十四世紀，其祖先是一位流亡俄羅斯的韃靼王子，據說是成吉思汗的後裔。那麼，他的流亡生涯也是家族歷史的回響。他用所有作品實現了早年的誓言：「我決定探測那邪惡，／那不可接受的深淵，與它抗爭／把我曲折坎坷的一生全部致力於／這唯一的任務。」

第八章　艾茵．蘭德：比美國人更像美國人的異鄉人

> 我會願意放棄世界上最壯觀的日落場景，只為目睹一眼紐約市的摩天大廈建築群，大廈蔓延直至紐約的天際，人類的意志力是如此明顯。
>
> ——艾茵．蘭德

這個猶太裔俄羅斯少女，尚未成年，就在一場突如其來的革命中歷經滄桑——當一九一七年俄國革命爆發時，她只有十二歲，她父親經營的藥房被沒收充公，全家逃至克里米亞。帝俄時代衣食無憂的美好生活，落花流水春去也，比起「民主無量，獨裁無膽」的末代沙皇尼古拉二世來，號稱「解放全人類」的列寧和布爾什維克黨人的專制統治和排猶政策更為酷烈。

當克里米亞於一九二一年被布爾什維克攻陷時，艾茵．蘭德燒毀了日記，以免日記中強烈的反

蘇聯言論被發現。此前，她第一次聽到共產主義的說教「你必須為祖國而活著」，立即認為是聽過的最讓人憎惡的概念，傾其一生來證明這是錯的。在十七歲時，她告訴深受震驚的大學哲學教授：「我的哲學觀還不在哲學史之列，但它們會成為其中一部分的。」他給她的這份報告打了A，以讚賞她的大膽自信。

一九二六年二月，艾茵．蘭德乘坐郵輪抵達紐約港，她被紐約市蔓延至地平線的摩天大廈建築群深深感動，她大聲說道：「我永遠不會忘記這裡。難以置信的歡樂與不羈。」她口袋裡只剩下五十五美元，只會說十幾個英語單詞，而且全都「發音不正」。她第一次踏進紐約燈紅酒綠的繁華街區，有一種恍如隔世之感，一邊是物質匱乏的蘇俄政權，一邊是流光溢彩的柯立芝時代的繁榮。

艾茵．蘭德在美國生活的半個世紀，一半多時間住在紐約，親眼目睹紐約更多、更高的摩天大廈拔地而起——如果她更長壽，見到恐怖分子駕駛飛機撞毀紐約最高的雙子星大樓，一定傷心欲絕且怒髮衝冠，她會像義大利女記者法拉奇那樣憤而撰文捍衛西方文明，也會像小說《源頭》的主人公那樣戰鬥：「我感覺到如果這裡面臨戰爭的威脅，我會將我自己拋身天際，以我的肉身保護這一切。」

俄國是一個大墓地，我們正在那兒死去

早在一九三六年的自傳草稿中，蘭德就對「祖國」俄羅斯表達了由衷的厭惡：「地球上有那麼多的國家，我卻出生在最不適合一個狂熱自由主義者生存的國家。這個國家就是俄羅斯。」俄羅斯淪於共產黨之手，不是三百年來西化和走向自由主義的歐洲的失敗，而是俄羅斯的歷史與文化邏輯

的必然結果——產生於歐洲的馬克思主義，流播到歐洲邊緣的俄國，意外地變異成更可怕的列寧主義，西方的惡與東方的惡融為一體、且升級換代。雷克斯．韋德在《共產元年一九一七》中指出，因為在選舉中失敗，列寧悍然解散立憲會議，顯示該黨已走上獨裁統治的不歸路，他們將不會和平地、透過選舉放棄統治權，而將藉由暴力來永遠掌權。「布爾什維克拋棄一九一七年的選舉政治並以武力治國的決定，為蘇聯的政治文化奠定了基礎。此一決定的餘毒仍在後蘇聯的俄羅斯社會糾纏扎根。而且，俄國革命的後果透過蘇聯和共產主義接下來數十年中對世界的廣泛、多樣的影響，深深地影響了全球。」

蘭德曾夢想留在俄國、透過創作諷刺性電影劇本來反對共產主義，但很快她和家人都深知，用文字來對抗共產黨這條路不僅走不長，還可能導致死亡。離開就成了唯一和最後的選擇。

一九二五年夏天，蘭德申領了一份蘇聯護照。這個十九歲就拿到大學畢業文憑、聰明和堅韌得讓父親用敬仰的眼光看待的女孩，最大的夢想是遠赴美國——在她心目中，那是「地球上最自由的國家」。家人支持她離開網羅越來越嚴密的俄國。母親安娜拿出家中最後一點珠寶，為女兒換了三百美元的「很大」一筆錢作為旅費和簽證費。蘭德在申請簽證時向移民官保證：「我的未婚夫列夫留在蘇聯，我不會久留美國。」她順利拿到簽證。其實，她對未婚夫毫無留戀，她已經決定一去不返。她曾對一位朋友說，如果當時美國領事館官員不給她簽證，她會徒步走向邊界，走向鐵絲網，與死亡不期而遇。

在父母為她舉行的告別派對上，一位親戚請求她，如果她能離開俄國，一定要告訴世界：「俄國是一個大墓地，我們正在那兒死去。」她發誓，一定會將這句話告訴世界。一九二六年一月十七日，她把寥寥幾件舊衣服和打字機裝進外婆留給她的箱子，穿上母親的舊夾克，登上前往里加的火車，她將在那裡轉船駛向夢想的美國。

送行的隊伍中出現初戀情人列夫的身影，他第一次也是最後一次吻她的手——幾年之後，他死於史達林的整肅運動。在女兒乘坐火車離開時，父親當著女兒的面，對她母親說：「你就等著吧！阿麗薩會向全世界展示她是誰。」女兒果然名動天下，但女兒棄用原來的名字阿麗薩，根據打字活字邏輯從姓雷明頓．蘭德中取出姓，取了新的、沒有一點俄羅斯味道的名字——艾茵．蘭德。這個名字後來在美國和西方家喻戶曉。她的離開，不僅代表一個家庭，不僅代表一個民族，甚至代表所有被「紅輪」輾壓的人。

艾茵．蘭德是漢娜．鄂蘭所說的「大洪水的偶然倖存者」之一。「大洪水」這個比喻，在現實世界或是納粹的集中營，或是蘇聯的古拉格。她對「大洪水」氾濫之地的俄國毫無眷戀，離開之後再未回去。她在一九八二年去世，那時蘇共政權並無斷氣跡象，但即便蘇共政權提前崩潰，她也不會像索忍尼辛那樣興沖沖地「凱旋而歸」。

艾茵．蘭德厭惡俄國的一切——這當然不是真的，終其一生她都喜歡俄國古典音樂和俄羅斯軟糖。但如果說她對俄國的布爾什維克充滿刻骨仇恨，倒一點不假，正像納博科夫所說，他寫作生涯中最大的遺憾是沒有更早到美國，他與當下俄國疏遠的理由是「我憎恨和鄙視獨裁」。蘭德跟納博科夫的妹妹是童年閨蜜，她後來在受訪時談及此一細節，卻對納博科夫的作品不置一詞。

來自俄國的流亡者，可以告訴美國人共產主義有多麼邪惡

回顧二十世紀，沒有任何一名異鄉人像艾茵・蘭德這樣用文字和思想深刻地影響美國的歷史進程。《自由》雜誌的讀者調查顯示，艾茵・蘭德兩次都位於「對您的思想影響最大的前五位學者」之榜首。美國國會圖書館和每月好書俱樂部在一九九一年的聯合調查顯示，《阿特拉斯聳聳肩》是「繼《聖經》之後對當代美國人影響最大的一本書」。

艾茵・蘭德未能倒轉蘇俄的「紅輪」（這個使命日後靠雷根、教宗若望・保祿二世、索忍尼辛和戈巴契夫等人共同完成），卻奇蹟般地倒轉險些在美國上演的滾滾紅輪。她幾乎以一人之力對抗羅斯福新政以來的左派思潮和社會政策，說她是拯救美國的「神奇女俠」並不誇張——誰會相信，剛到美國時，她還只能用半生不熟的英文與後來成為她丈夫的英俊演員奧康納談戀愛，奧康納說，這個俄國女孩說的話，他一開始「一句也聽不懂」。

艾茵・蘭德到美國後，大蕭條正在創造她以為已將其拋在俄國的那種政治怪物。大蕭條不僅僅被看作一次經濟危機，還被看作這個國家的信仰系統面臨的一次危機。此前，她一度樂觀地相信，美國最多不過有一小撮無足輕重的共產主義者，美國是資本主義之家，在這裡受到獎賞的是能力，而不是華而不實的言辭，因為《獨立宣言》正式公布了個人主義基礎的生命、自由和追求幸福的權利。然後，她很快發現，自己在很大程度上不清楚「粉紅色」在美國的滲透程度，不清楚共產主義者的口號對電影編劇、導演以及破產農民、礦工、失業的產業工人的感染力正在增強。在紐約，左轉趨勢更加明顯，特別是在文化菁英之中——索爾・貝婁將紐約描述成「莫斯科的一種智力附屬

物」。

當時，美國許多文學名流和評論家，要麼是美國共產黨員，要麼是它的同情者。在文學雞尾酒會和活動中，他們稱頌史達林主義，將其視為一種崇高的試驗，舉杯慶祝美國即將到來的「紅色黎明」。他們傳遞的信息是，經過檢驗，資本主義已經失敗，按照蘇聯模式嘗試馬克思主義的時刻已經到來。媒體報導十萬美國人移民去俄國爭奪六千個技術工作之類的假新聞，時事評論員開始討論布爾什維克主義的優越性，各階層的美國人也開始表達建立一個不同社會制度的願望。很多人認為資本主義會完全垮臺，那些失業者會掀起一場暴力革命。

艾茵・蘭德早年曾到好萊塢尋求成功的機會，由此看到好萊塢的金玉其外、敗絮其中。好萊塢已成為左派基地。在一次國會聽證會上，她特別質疑一九四四年拍攝的一部電影《俄國之歌》。這是一部在政府資助下，由米高梅公司拍攝的戰爭宣傳片，其目的是說服美國人支持俄國的衛國戰爭。故事大致情節是：一個名叫約翰的美國指揮家到蘇聯訪問，愛上俄國鋼琴家娜佳，他們一起參加鄉村音樂節，畫面中的農民強壯、富裕、快樂、熱愛音樂、自由，開著新型拖拉機，似乎擁有耕耘的土地。她對這部電影所傳達的細節和價值觀感到憤怒和痛苦。她來自一個邊境封鎖、遍布密探、食物匱乏、充滿集中營的國家。蘇聯農民的真實生活不是那樣的。編劇為何撒謊？原因很簡單：兩名編劇都是共產黨員。

艾茵・蘭德認為，美國即使是為了打敗納粹德國而與蘇聯暫時結盟，也不應該虛構蘇聯生活的正面景象：「如果我們有好的理由、如果這正是你所相信的，那好，為什麼不告訴我們真相？承認蘇聯是一個專政國家，但我們想要與之結盟。承認與撒旦合作是有其價值的，如同邱吉爾所說的，這是為了打敗另一個邪惡的政權——希特勒。但為什麼要掩飾俄國的真相？」邱吉爾沒有像艾茵．蘭德那樣在俄國生活過，但他對蘇俄的看法同樣深刻——他常引用勞合．喬治的名言：「共產主義意味著民眾被囚禁。」

在紐約生活一段時間後，艾茵．蘭德才看清美國左翼知識分子中存在的親共產主義偏見到了何種程度。她感嘆說，美國公眾對共產主義缺乏真正了解，如果他們知道白令海峽對面發生什麼，那麼即使是自由主義的美國人也會「震驚得尖叫」。「還不曾有來自蘇聯的人講述它那裡發生的事情，」她在寫給朋友的一封信中宣稱，「這正是我要做的」。

很快，艾茵．蘭德成了一個廣受歡迎的反蘇聯演講人。她在紐約市政廳俱樂部發表一篇題為〈被粉飾的俄國〉的演講，她讓聽眾想像自己被一群人統治。這群人既不是被選舉出來的，也不能被罷免，他們控制著所有公共信息，分配所有食物、住房和就業機會。他們不能受到批評，在不經審判或聽證的情況下，就會把政治對手送入土牢或處死。他們聲稱，個人權利是不存在的。她向聽眾提出挑戰，你們願意生活在那「兩百萬雪白的（史達林主義）天使」的控制之下嗎？她的結論是，蘇聯絕對不是左派描述的烏托邦天堂，「如果蘇聯邊境曾經被開放的話，那麼就會出現類似中世紀早期的移民狀況」。多年後，柏林圍牆倒下的那一天，這種情況果然出現了。

當時，羅斯福將蘇聯當作一個熱愛自由的國家。在時代潮流之下，批評集體主義，或公開提倡資本主義和公民自由，即使往最好處說也是社交失禮，並且那個時期的編年史證實了艾茵．蘭德的看法——評論者之所以對她的主題保持沉默，害怕遭到報復或斥責是唯一貌似可信的原因。她給一位商界友人的信中說：「如果我為共產主義辯護，我現在已經成了好萊塢的百萬富翁了，不僅擁有一個游泳池，還擁有一個私人樂隊來演奏《國際歌》。」當然，後來，她取得作為作家夢寐以求的成功，靠市場的力量打敗了左膠（編按：香港指空談理想卻不切實際的左派分子）。

艾茵．蘭德對蘇聯的抨擊，並不是像索忍尼辛等流亡異議分子那樣幻想推動蘇聯民主化。她對蘇聯的未來不抱任何希望，她從家書中欲說還休的字裡行間知道蘇聯局勢正在日漸惡化。她抨擊蘇聯，乃是為捍衛美國的自由，要說服美國人奮力抵抗蘇聯這個美國建國以來最危險的敵人，要讓美國避免變成第二個蘇聯。

艾茵．蘭德在美國的第一個成就是說服美國人意識到蘇聯、共產主義和左派的本質就是邪惡，且對美國憲政體制構成嚴重威脅。她的第一部作品是帶有自傳色彩的《我們活著的人》。這部小說以愛情故事為外殼，暴露了剝奪富人特權以加強窮人福祉的集體主義夢想的輕率，也揭露了其腐敗。這一夢想總是以最好的人的毀滅而告終。今天，美國公眾比以往任何時候都需要聆聽這個主題。

艾茵．蘭德將集體主義定義為一種思想或行為體系——在此體系中，個人將屈服於群體的共同利益。她告訴友人，集體主義在全球的興起是「我們這個世界最大的問題」。在一九五九年版的該書的序言中，她寫道：「《我們活著的人》講述的不是一個關於一九二五年蘇俄的故事。它其實是一個關於獨裁的故事，無論這種獨裁是蘇俄、納粹德國還是一個社會主義美國（這部小說可能在防止美國變成社會主義國家方面作出了貢獻）的。」

這部作品完成後，名不見經傳的艾茵．蘭德投稿給著名報人孟肯。孟肯親筆回信讚揚其小說寫得不錯，但警告說，小說中的反共產主義信息可能會讓其遭到出版社拒絕，在當時的美國，「公開地批評蘇聯政府恐怕還不能被接受」。果然，與歐威爾的《動物農莊》屢屢遭到退稿一樣（甚至有英國情報局官員在審稿之後，警告出版社不要出版此書，因為會觸怒還是英國盟友的蘇聯），艾茵．蘭德的巨著《源頭》被十二家出版商拒絕出版，幸運的是，鮑伯斯．麥利爾公司在不抱什麼希望的情況下出版了它，然後這本跟《聖經》一樣厚的書一炮而紅。

我選擇成為美國人。除了出生，你做過什麼？

川普政府的要員們都是艾茵．蘭德的忠實讀者，他們按照她的若干理念治國。二〇一六年，川普在競選演講中公開聲明：「我是艾茵．蘭德的粉絲！」他還提到《源頭》，「這是一本有關商業、美、人生、內心情感的書，裡面幾乎談到了一切」，並以小說主人公霍華德．洛克自詡。川普政府首任國務卿蒂勒森稱《阿特拉斯聳聳肩》「是我最愛的一本書」，第二任國務卿龐培歐聲稱「伴隨我成長最嚴肅的一本書就是《阿特拉斯聳聳肩》，這本書對我的人生影響特別大！」最高法院大法官克拉倫斯．托馬斯曾表示，早年閱讀了經濟學家華特．威廉姆斯的《種族與經濟學》和艾茵．蘭德的《源頭》，再加上虔誠的基督教信仰，幫助他建立起一套保守主義的法哲學體系。

艾茵．蘭德如此受人愛戴，當然也如此受人憎恨。猶太裔極左翼學者杭士基說過：「艾茵．蘭德是二十世紀最邪惡的人之一。」其實，「邪惡」這個詞語更適合用於為紅色高棉的屠夫和伊斯蘭極端主義恐怖分子辯護的杭士基，他如果照鏡子，「邪惡」會從鏡子中呼之欲出。

杭士基與艾茵．蘭德的對照極其鮮明：出生於費城這個美國建國史上的「榮耀之地」的杭士基，是美國精神和美國價值的憎惡者，一生都受美國學院體制和言論自由環境的庇護，卻跟與之同屬左翼陣營的愛德華．薩依德（荒謬地自稱「包裹在穆斯林文化裡的基督教徒」）一樣，一提起愛國主義就感到困惑：「我仍然不能理解愛國是什麼意思。」有趣的是，他們都不願放棄美國國籍，不願遷居他們文字中熱愛的國家（巴勒斯坦或柬埔寨）。

反之，艾茵・蘭德在一九三一年獲得美國公民身分之後，一直以身為美國人而驕傲。她曾在西點軍校畢業典禮上發表演講：

我可以說——這絕不是愛國的陳腔濫調，而是根基於完整的形上學、知識論、倫理學、政治和美學的智慧基礎上說，美利堅合眾國是世界歷史上最偉大、最高貴和在最初的建國原則上唯一道德的國家。

今天，像艾茵・蘭德這樣愛國，在美國卻成為嚴重的政治不正確。今天，還有誰敢於如此痛斥杭士基之流的反美左派——每逢美國受挫或表現軟弱，他們就洋洋得意，他們要「對美國追究罪責，而又讚美敵人，這是對美國的侮辱和譴責的大爆發，就像一場往美國臉上吐唾沫的狂歡」。

體驗過黑暗的人，比早已對光明安之若素的人更熱愛光明。艾茵・蘭德剛一到美國就決定永遠不離開這片自由沃土，她很快在美國如魚得水。她發現：「自主、創造性、對權威的蔑視以及勤奮，這是美國人珍視的個人品質和民族性格。」她強調，美國的基本原則是個人主義。美國是建立在「人人擁有不可剝奪的權利」這一原則之上的——這些權利屬於作為個體的人，而不屬於作為群體或集體的眾人；這些權利是無條件的，是每個人私有的，不屬於團體；這些權利是與生俱來的，而不是社會賦予的；這些權利不是來自集體，也不是以集體利益為目的，它們與集體相對立，是集體無法逾越的障礙；這些權利可保護個人，使之不受到任何他人的侵害；只有建立在這些權利的基礎上，人們才可能擁有一個自由、正義、尊嚴、體面的社會。美利堅合眾國的憲法不是限制個人權利的法律，而是限制社會權力的法律。

著名記者華萊士曾在一九五九年訪問艾茵．蘭德，興致勃勃地說，美國在二十世紀的最大成就，是建立一套福利主義的社會制度。蘭德立即駁斥，福利主義正令美國走向災難，這是「所有人奴役所有人」的制度。

華萊士吃驚地說：「但這些政策是大家投票選出來的啊！難道你反對民主制度嗎？」艾茵．蘭德不慌不忙地答：「我反對的是所有事情都由投票決定。在美國的立國理念中，『少數服從多數』的原則只適用於公共事務，不得侵犯個人權利。所以我不認為多數人投票可以『投』走一個人的生命、財產或自由。我也不認為只要多數人投票支持某件事，那件事就變得正確。」這是蘇格拉底用生命換來的教訓。

華萊士接著追問：「那麼誰來選出我們的官員呢？」艾茵．蘭德答道：「人民選出官員，這沒有問題。但政府的權力必須嚴格限制，不得用武力逼迫任何公民，除了罪犯——那些先行使用武力的人——將受武力懲罰，而這正是政府的唯一功用。我們不能容許的是政府逼迫那些沒有使用武力、沒有傷害別人的無辜公民。多數人或少數人都無權奪去一個人的生命、財產或自由。我支持的是絕對、徹底、純粹的自由經濟制度。」

有一次，艾茵．蘭德在美國演講時被怒氣沖沖的左派聽眾打斷：「我們憑什麼要聽你這個外國移民的話？」她不慌不忙、言簡意賅地答道：「我選擇成為美國人。除了出生，你做過什麼？」（I

CHOSE to be an American. What did you ever do, except for having been born?）確實如此，她是來自蘇俄的第一代移民，但她比絕大多數土生土長的美國人都更美國化，她為美利堅立國的政治制度——自由放任資本主義——建立了完整的哲學基礎。這是那些出生在美國的知識分子們沒有能力完成的偉大事業。另一方面，在美國秩序之下，艾茵．蘭德完全是透過個人的努力，取得了第一代移民夢寐以求的成功——她擁有超過總統的影響力和不遜色於大富豪的財產，美國當然配得上她的愛戴。

第九章　布羅茨基：流亡，畢竟是一種成功，為什麼不試著再走一程呢？

離開俄羅斯的流亡是一種一去不返的單向運動。

——布羅茨基

威尼斯古老的聖米歇爾墓園位於一座小島上，靠黑色的殯葬貢多拉與大陸交通。一座簡樸的拱形大理石墓碑上，刻有一行拉丁文詩句：Letum non omniafnit。它來自墓主生前熱愛的古羅馬詩人普羅佩提烏斯的哀歌：「死亡未必毀滅一切。」三十多年前，詩人阿赫瑪托娃曾向當時尚年輕的墓主反覆朗誦這首詩。在詩句的上下兩行，分別用俄文和英文刻著墓主的名字：約瑟夫．布羅茨基。俄文和英文兩種語言，構成布羅茨基所說的「從一座山的巔峰看到的兩側的山坡」。

布羅茨基的墓地在墓園新教片區。布羅茨基童年時代接受過洗禮，常常佩戴十字架，而且寫下若干基督教主題的傑作（如《獻給約翰．鄧恩的大哀歌》、《聖誕組詩》等，他年復一年地書寫著自己的聖誕詩歌），但他從未承認自己是信徒（只有一次，一個猶太人讀了他的詩歌之後問他，為什麼他是基督徒，身為猶太人的布羅茨基回答：「因為我不是野蠻人。」），他不去教會，還經常嚴厲批評庸俗與蒙昧意義上的基督教。然而，他的詩歌與心靈，比那些偽善的信徒更接近上帝：「書頁和烈焰，麥粒和磨盤，／銳利的斧和斬斷的髮——／上帝／存留一切；更存留祂視為其聲的／寬恕的言辭和愛的話語。」他心中始終有一座教堂，有一位上帝。一九九六年一月，去世前不久，他在總結一生經歷時寫道：「總體上，我認為，我的大多數工作都是為上帝增光的事業。我大聲宣揚的，並不重要。『祂』對一切感到稱心如意。」

墓地磚牆外，威尼斯的潟湖驚濤拍岸。布羅茨基生前曾經將威尼斯視為地球上最接近伊甸園的地方。他生於海邊，葬於海島。他所有的遠遊，總是以海景結束。帝國交替，大海永存，他說過：「如果降生於帝國，／最好生活在海邊荒涼的外省……」他所有的詩歌，如同裝在漂流瓶中的信箋，被拋入無垠的大海，不知何時、何地靠岸。詩人一生多半在漂泊：「我光榮地航行，但單薄的船體／在嶙峋的礁上撞傷側舷。／我把手指伸進芬蘭灣的水，／這才發現海域其深無比。」最後等待他的是滿天繁星：「嘗試過兩片海洋／以及大陸，我自覺理解／地球本身的感受：無路可走。別處無非是蔓延的／星群，不住地燃燒。」

「不，我要離去！／讓巨大的馬車／帶我去往他方」——儘管布羅茨基是被蘇聯政府強行放逐，但他在詩歌中將被動轉化為主動。抵達自由世界之後，他的文字沒有過多呈現流亡的苦難、憤怒，他有意迴避有關政治的公共語氣：「我的生命一直都由文學來代表。」而文學的最高形式是詩歌。

流亡是教授謙卑這一美德的最後一課

布羅茨基對公共事務持悲觀態度，他對政治頗感絕望，因而寄希望於文學：「一個個體的美學經驗愈豐富，他的趣味愈堅定，他的道德選擇就愈準確，他也就愈自由，儘管他有可能愈是不幸。」他不是作為政治家進行反叛，而是作為詩人進行反叛。他反對自由主義者和狂躁的國家利益至上者，反對凶惡的先鋒主義者和安靜的抒情詩作者。但這始終是一種保守主義的反叛。他在發表諾獎演說時，大致勾勒了其美學主張——美學是倫理學之母，學會作細膩入微的審美鑑別可以教會人作出同樣細緻的倫理分析，優美的藝術是向善的。而惡，「特別是政治上的惡，永無風格可言」。作家庫切發現：「在說這樣的話時，布羅茨基也許沒有意識到，他與其前輩，很有貴族風度的納博科夫何等相似。」

美國作家努涅斯對布羅茨基的表情記憶深刻：「他有一種迷人的、閉著嘴的、近乎嗚咽的笑。他曾是殘暴行徑的受害者，但他依然心地善良，而且他經常笑。」布羅茨基承認，自己充其量只是一個旅行者、一個地理受害者，他又馬上強調：「請注意，不是歷史受害者。」就像他不止一次告誡讀者：「要不惜一切代價避免賦予自己受害者的地位。如同理智戰勝悲傷。」儘管流亡的現實性因歷史的移位或錯位而變得迷惘，「一本正經地談論流亡作家這樣一件事變得困難了」，但流亡的意義並不止於此或被耗盡，因為帶著母語流亡，這本身就是在家，有時甚至離靈感的歸宿更近了。

一個詩人必須勇敢地接受流亡乃至自由人失敗的命運，「如果我們想發揮更大的作用，一個自由人的作用，那麼我們就應該能夠接受——或者至少能夠摹仿——自由人的失敗方式」。在庫切眼中，拒絕展覽創傷一直是布羅茨基更值得欽佩的特點之一。不要長久地沉溺在受害者的心態中，更不要以受害者的經歷為榮耀，這是布羅茨基與很多中國政治流亡者的根本差異。

流亡者先要自救，才能救人。共產黨人及聲稱反對共產黨卻與之「精神共構」的人們，共同的、致命的道德缺陷是不懂得何為謙卑。布羅茨基認為，若流亡者試圖在大浩劫和古拉格之後擔起重建世界文化、重塑人類尊嚴的重任，首先就要重塑自己的精神世界：「如果說流亡有什麼好處的話，那便是它能教會人謙卑。我們還可以更進一步，把流亡稱為教授謙卑這一美德的最後一課。這堂課對於一位作家來說尤其珍貴，因為它向作家展示一幅最為深邃的透視圖。如濟慈所言：『你永遠在人類之中。』消失於人類，消失於人群，置身於億萬人類之中；做眾所周知的那座草堆中的一根針，但是要有人正在尋找的一根針，這便是流亡的全部意義。丟掉你的虛榮心吧，它說道，你不過是沙漠中的一粒沙子。」丟掉虛榮心，說起來容易，做起來難於上青天。

流亡者如何避免僵化、自怨自艾，乃至淪為「一個沒有理解能力的犧牲品」？如何較少耿耿於懷，獲得更多的自由？如何舉重若輕？布羅茨基的答案是：「流亡，畢竟是一種成功，為什麼不試著再走一程呢？」他建議，去弄清楚生活詞彙的含義，去弄清楚你遭遇的一切之含義，這即是解放。他對流亡狀態作出更完滿的解釋——它的痛苦眾所周知，但還應該了解它那能麻醉痛苦的無窮性，它的健忘，超脫和淡泊，它那使人類和非人類都感到恐懼的遠景，「對此我們沒有任何尺度可以來衡量，除了我們自身」。這樣「一個自由人在他失敗的時候，是不指責任何人的」。

流亡的最高境界是將流亡當作回家。布羅茨基說：「對於一位流亡作家來說，走這條路在許多方面就像是回家，因為他離那些一直在給他靈感的理想之歸宿更近了。」既然是「回家」，就不會哀嘆「得到了天空，失去了大地」，就不會創作源泉枯竭，就不會失語或喋喋不休。

布羅茨基認為，能拯救世界的不是政治，而是文學：「與一個沒讀過狄更斯的人相比，一個讀過狄更斯的人就更難因為任何一種思想學說而向自己的同類開槍。」他曾建議美國聯邦政府撥款資助一項計畫，向公眾發放上千萬冊價格低廉的美國詩選，比如佛洛斯特的詩歌，它們是最純粹、最有力的語言之例證，理解掌握這樣的語言，使之成為人們靈魂的滋養，就可使人們在生命的旅程中一步步向目標穩健邁進。「不管人們相信與否，生命一步步演進的目的本身就是美。」然而，在這個「二手時代」，美國的政客和領導層中，有幾人讀過並能讀懂此類美輪美奐的詩歌呢？

布羅茨基的建議永未過時，反而越來越重要。美國的公立學校開始了去經典化和所謂多元化的嘗試，這種作法如同自掘墳墓。布羅茨基沒有受過完整的正規教育，這是他的幸運之處——他沒有被如工廠生產線般的現代教育洗腦與規訓。他是在父母帶領下完成的自我教育，在一個不友善的集體主義的世界中一點點地摸索和衝撞。他沒有讀過大學，這絲毫不能阻止他成為大學教授，因為如此深刻地閱讀過苦難的生活，也閱讀與之不斷共鳴的文學經典。誠如布羅茨基所說，與偉大的文學對話，可在閱讀主體身上培養「一種與眾不同、孤傲不群的感覺，從而使人由一個社會的動物變成一個獨立的『我』」。這也是我的信念——唯有像祈禱那樣敬虔而真誠地寫作和閱讀，這個世界才不會發生第二次「二二八」屠殺、第二次光州屠殺、第二次「六四」屠殺、第二次盧安達屠殺以及烏克蘭戰爭，這個世界才不會有奧斯威辛集中營、古拉格群島和新疆「再教育營」。

作為一個鄉愁的主題，這個童年幾乎是不合格的

「很久以前，有一個小男孩。他生活在世界上最不公正的國家。那國家被一群生物統治，這群生物用所有的人類標準來看，應被視為退化的生物。但沒人作如是想。」布羅茨基從不在回憶中美化自己的童年，童年是鄉愁的源頭，既然沒有美好的童年，也就沒有濃濃的鄉愁。

布羅茨基生於彼得堡（他拒絕使用「列寧格勒」這個共產黨強加的名字）。在嬰兒時期，他經歷了納粹軍隊圍城，僥倖活下來，健康卻嚴重受損，造成其身患心臟病和英年早逝——他卻不怕病痛，甚至自嘲說：「哪有身體健康的先知？」

布羅茨基的父親是一名文化修養很高的海軍軍官和專業攝影師，曾被派到滿洲幫助毛澤東打敗蔣介石，回來時搬回三個巨型木板條箱，裝滿從中國掠奪的物品——確實是掠奪，裡面有中國的絲綢連衣裙、日本和服以及瓷器和水彩畫。幸福的日子很短暫，一九五〇年，政治局委員日丹諾夫提出猶太人不應身居軍隊要職的政策，布羅茨基的父親被清除出軍隊，為農業博物館拍照。其母親是一名專業口譯員，曾有進入內政部的機會——但必須入黨，她拒絕了，因為「不願讓衣櫃變成槍櫃」。

他們一家三口住在公共公寓擁擠的「一個半房間」裡，原來寬敞舒適的套房被分割成很多房間（詩人吉皮烏斯在此居住過，並從窗口咒罵紅軍士兵），供多家人居住，就像北京的四合院變成大雜院。他們處於貧困之中，卻盡力而為，確保桌上有食物，勉強從發薪日維持到發薪日，「我們的碗碟、器皿、衣服、內衣褲永遠都是乾淨、光潔、熨過、補好、上漿過的。桌布總是一塵不染、清

新，桌上的燈罩總是擦淨，鑲木地板閃亮、掃過」。父母讓他從小接觸到西方電影、爵士樂、短波收音機和罐裝醃牛肉，他這一代俄國人是「真正的西方人，也許是絕無僅有的西方人」。

布羅茨基的父母保持了對革命之前自由生活的記憶，「在他們出生和成長時，都是自由的，然後有了被那些愚蠢的敗類稱為革命的東西，但那革命對他們來說，如同對世世代代的其他人來說，意味著奴役」。父母教他閱讀，讓他浸淫在詩歌和藝術中，「我感激他們沒有把他們的孩子養成一個奴隸」。他多年後回憶說：「一個生於奴役的人，要麼是透過遺傳了解自由，要麼是透過知識了解自由：透過閱讀或者道聽途說。」他說，如果這聽起來像吹噓，那就當吹噓吧：「他們的基因的混合，值得吹噓一番，原因之一是它證明它是對抗國家的。」

這個文弱的小男孩，從小就與蘇維埃體制格格不入。羅馬尼亞作家馬尼亞說自己從四歲起就有了逃離祖國的想法，或許過於誇張，布羅茨基則回憶說：「早在我上一年級的時候，我就開始鄙視列寧，並不是因為他的政治哲學或實踐，而是由於他無處不在的畫像。」他對列寧有一句精闢的定位：「列寧是他的時代的標準產物：一個心胸狹窄的革命者，有著典型的小資產階級偏執狂權力欲。」他的父母從來不禁止他發表這些離經叛道、驚世駭俗的言論。

高中時，布羅茨基因紀律問題被學校開除——校長找他父親去告狀時，他父親卻毫不猶豫地站在兒子一邊，讓校長惱羞成怒，甚至要去他父親供職的單位告密。輟學後，布羅茨基一邊自學，一邊當臨時工——兵工廠的學徒、停屍房中法醫的助手、澡堂的司爐、燈塔上的看守、地質勘探隊員……他做過的工作多得數不過來。他到過北極、遠東，以及裡海東北的大草原。他並非索忍尼辛或沙卡洛夫那樣有明確政治訴求的異議分子，他只是拒絕參加合唱，堅持「抵抗惡的最可靠的東西」——「極端個人主義」。

與別爾嘉耶夫的看法相似，布羅茨基認為每個人都要為祖國歷史的災難結局負責，他們的罪過在於，他們都想「和大家一樣」，拒絕個人主義。他指出，集體主義，是對上帝意志的拒絕（「他們偏離了造物主的形象」），也是對生活本身的拒絕——「所有人在棺材中都將一模一樣。／那就讓我們在生前彼此不同吧！」極權制度最可惡的地方在於，不允許任何人做他自己：「一個獨裁制度正是這樣：為你建構你的生命。它這樣做的時候總是盡量一絲不苟，顯然比一個民主政體做得好多了……這就是由黨領導的國家連同它的安全局、精神病院、警察以及公民的忠心的意義所在。」這段話所揭示的真理永不過時：又過了若干年，大病毒流行，中共以保護人民的名義封城，動輒將數千萬人監禁在家。我曾作為特定的「國家的敵人」被軟禁在家，如今無數中國人都遭遇同樣待遇。黨軟禁你，拷打你，強暴你，乃至殺死你，都是為了你好，卻從不問你的意見。

由於缺乏野獸，我闖入鐵籠裡充數

一九六〇年，布羅茨基在地下詩刊《句法》上發表了五首詩歌。不久，詩刊編輯金茲布爾戈被捕，判刑兩年。由此，布羅茨基進入國家安全委員會的視線。一九六二年，他首次被捕，在格別烏內部監獄羈押兩天。他的兩位年長的朋友沙赫馬托夫、烏曼斯基正在接受調查。

此前，當過空軍飛行員的沙赫馬托夫曾與布羅茨基討論過一個異想天開的逃亡計畫：買票登上小型支線飛機，起飛後擊昏飛行員，由沙赫馬托夫駕駛，飛越邊界進入阿富汗。他們真的買了從撒馬爾罕到泰爾梅茲航班的機票。可是在起飛前，布羅茨基恥於傷害無辜的飛行員，計畫作廢。沙赫馬托夫後來供出這個細節，導致布羅茨基被捕。可是沒有其他證據，布羅茨基兩天後獲釋。

如布羅茨基最敬重的詩人曼德爾施塔姆的遺孀娜傑日達所說，莫斯科「鄙視世上的一切價值，更遑論詩歌」。一九六三年，布羅茨基受到官方喉舌批判，他被形容為「侏儒」和「寄生蟲」，他的詩歌被定位為「色情和反蘇」。最高領導人赫魯雪夫說：「僅憑那些詩，就可以判他五年！」如果史達林還活著，等待布羅茨基的就是曼德爾施塔姆在古拉格餓凍而死的命運。

布羅茨基兩次被送入精神病院（他的親友希望以此讓他逃過格別烏的追蹤），然後很快被精神病院釋放回家。極權政府沒有那麼容易被糊弄。二月十三日晚，布羅茨基在自家附近的街道上被捕。

主審該案的女法官薩韋利耶娃是一個粗鄙無知的人，她在開庭時嘲笑這個衣冠不整的年輕人為「穿天鵝絨長褲的偽詩人」，指責他未能履行「為祖國的利益誠實工作的憲法義務」。女法官問：「誰承認你是詩人？誰招收你進入詩人的行列？」

布羅茨基回答說：「沒有。誰招收我進入人類的行列？」

女法官又問：「學過作詩嗎？進過大學嗎？」

布羅茨基說：「我不認為這要靠教育。」

女法官由問：「這要靠什麼呢？」

布羅茨基答道：「我認為……來自天意。」這個答案顯然不能讓對方滿意。一位前來旁聽的友人寫道：「他的臉上映射著一種內心的恬靜。」

第二次開庭時，布羅茨基仍堅稱：「我不僅不是不勞而食者，而且將是為祖國爭得榮譽的詩人。」這時，法官、陪審員——幾乎所有的人——都哈哈大笑。此刻，他們當然不會相信面前這個口出狂言的年輕人日後會獲得諾貝爾文學獎。

經過五個小時的訴訟程序，對布羅茨基的判決是按一九六一年法令所能判處的最重刑罰——「從列寧格勒市移居專門劃定的地區，為期五年，並在定居點從事義務勞動。」刑期完全符合赫魯雪夫隨口說出的那句話。

布羅茨基的傳記作者如此描繪詩人受審時的表現：「厄運碰巧降臨在他身上。當時其他許多才華橫溢的詩人也有可能處於他的境地。但是一旦厄運落到他身上，他明白他所處地位的責任——他不再是一個平民百姓，而成為了一個象徵，如同阿赫瑪托娃一九四六遭遇的：她被從幾百個可能遭到懲罰的詩人裡挑出來，而成了全俄羅斯詩人的象徵，正像布羅茨基在那天成了象徵一樣。這對布羅茨基很殘酷，因為他有神經衰弱、心臟病。但他在審判中表現得無可挑剔，他的舉止莊嚴而不挑釁，熱烈而又冷靜。他懂得，透過他回答問題的態度，不僅引起他的朋友，也喚起曾經對他漠不關心甚至懷有敵意的人的深深敬意。」

在株連制度下，布羅茨基父母的退休金被取消，他們被迫重新找工作，還要帶食物去遙遠的流放地探視兒子。這段經歷如同卡夫卡的小說。在詩歌〈一九八〇年五月二十四日〉中，布羅茨基如此描述其遭遇：「由於缺乏野獸，我闖入鐵籠裡充數，／把刑期和番號刻在鋪位和椽木上。」

布羅茨基被送往北方的阿爾漢格爾斯克州科諾什區的移民點。索忍尼辛批評布羅茨基生活在彼得堡的菁英知識分子圈子中，沒有接觸過俄羅斯的大地。他錯了。布羅茨基在流放地跟貧苦農民打成一片：「這些以土地為生的人，除此之外，一無所有。這對於他們而言，是真正的痛苦。不僅痛苦——他們沒有任何出路……因此，他們酗酒、淪落、鬥毆……與當地村民交往，比起與出生在故鄉城市的大部分朋友和熟人交往，更令我覺得輕鬆。」他在國營農場當雜工，白天砍木頭、集糞，晚上用打字機寫詩、讀英美詩集。在北極孤寂的十八個月，成為他一生中最美好的時光之一。他的導師阿赫瑪托娃嘲笑格別烏說：「他們正在為我們的紅頭髮朋友塑造一本怎樣的傳記啊！就好像他僱他們故意這樣做一樣。」布羅茨基後來回憶說，在流放地，一本英語詩集讓他茅塞頓開。從此刻起，他對未來要移居的國度就不再那麼陌生。他與很多俄國文藝青年一樣，喜歡美國的爵士樂，他斷定這門藝術的基礎實質上正是個性獨立、個人自由的原則。美國文學藝術中熱情奔放的個人主義、對抗世界的混亂和恐怖的獨立精神、「無所畏懼」的倫理觀，對其極有吸引力。

「寄生蟲」也能談戀愛嗎？有人會愛上「寄生蟲」嗎？被流放前一年，阿赫瑪托娃將得意弟子布羅茨基介紹給巴斯瑪諾娃——她是一名年輕畫家，正在為阿赫瑪托娃畫肖像。兩人開始交往，相愛、結婚。然而，布羅茨基從流放地歸來後，兩人久別重逢的甜蜜沒有維持太久。兒子安德烈的出生也沒有挽救兩人破裂的婚姻。布羅茨基同意孩子用母親的姓氏，他不想孩子被他牽連。他獨自流亡美國後，巴斯瑪諾娃一直生活在恐懼中，直到蘇聯解體。

赫魯雪夫垮臺後，布羅茨基從流放地歸來。但蘇聯的政治形勢並未改善，反而變得更糟。新的當權者仍然有無限的權力，可以將無辜者投入他們磨盤裡壓成齏粉。

一九七二年六月四日（這真是一個神祕的日子），蘇聯當局不由分說將布羅茨基塞進一架飛機，驅逐出境——這趟旅程比當年「哲學船」上的哲人們舒適一些。「我知道我要永遠離開我的國家，但去哪裡，我一無所知。」他來不及整理行李，手提箱中只有一臺打字機、兩瓶伏特加和約翰・多恩的詩集——當時的手提箱，今天在聖彼得堡阿赫瑪托娃文學紀念館展出。

就在同一天，布羅茨基給蘇聯領導人勃列日涅夫寫了一封公開信，他在信中說：「儘管我失去了蘇聯公民的身分，但我仍然是一名俄羅斯作家。我相信，我會歸來，要知道，作家總要回歸，即使肉體無法歸來，也能透過作品重返……我不相信自己對祖國犯下罪過。相反，我相信，在很多方面，我都是正確的……如果我的人民不需要我的肉體，那麼，或許，他們需要我的靈魂。」

騎著白馬走向耶路撒冷的前景對我不構成誘惑

布羅茨基早就預見到「自己的未來是與所愛之物分離」，並已作好準備：「如果愛不可能相等，讓我成為愛得更多的一個。」他對「流亡」的態度也是如此，「只不過是『空間的延續』」，儘管他「在同輩中找到了朋友，在後代裡尋覓到了讀者」，但像「浮起的橡實」一樣的流亡狀態，使他成為「瓶中信」，瓶中信投向大海，就像「靈魂投向黑暗」。他不眷戀任何一片土地，像納博科夫一樣，不願購置房產——後來，他只在麻薩諸塞州有一棟很小的木屋，有時躲在那裡安心寫作。「我不知道我在哪裡也不知道這算是／什麼地方」、「我不知道，你們是否知道，我在城市間漫遊，沒有棲身之地」，與在某處定居相比，他更喜歡作為「無名之輩」漫遊世界。

布羅茨基與俄羅斯決裂，因為俄羅斯已淪為一座精神廢墟：「除了極少的幾個例外，一切思想自由的具有創造力的人——詩人、小說家、評論家、歷史學家、哲學家等等——都離開了俄國。那些沒有離開的人不是在那裡凋零了，就是服從國家的政治要求而玷汙了自己的才能。沙皇們從來沒有能夠做到的，即按照政府的意志對思想進行徹底的控制，這個國家在知識分子的主要隊伍逃亡國外或被消滅之後立即就做到了。」黨控制了社會生活的每一個方面，文化領域也按照計畫經濟的模式運作，蘇聯幾乎沒有真正的文學和藝術：「強權政治──任何政治──的愚昧和平庸的心態只能產生愚昧和平庸的藝術。這對蘇維埃警察國家主導的所謂『社會主義現實主義』和『普羅階級』文學來說尤為真實。它的穿長筒軍靴的猴子逐步扼殺了真正有才華的作者、有個性的藝術家、脆弱的天才。」

蘇聯入侵阿富汗之時，蘇聯國內出現狂熱的民族主義叫囂。布羅茨基公開予以譴責，他在〈一九八〇年冬季戰爭之詩〉中寫道：「光榮屬於她們，那些低垂著目光，／在六〇年前去流產的人，／她們使祖國擺脫了恥辱！」在一九六〇年去偷偷流產的母親，意味著在一九八〇年代不會有兒子被送上戰場，去屠殺別的母親的兒子。流產是對極權主義的最後反抗，這是何等悲壯的反抗，如同中國古詩所說：「時日曷喪，吾及汝偕亡」。同樣的宣示，出現在二〇二二年被封鎖的上海──一名年輕男子回應威脅他「禍及三代」的「大白」說：「我們是最後一代，謝謝。」

有一次，布羅茨基聽到「我們那兒因為寫詩可能坐牢」的說法，認真地打斷對方，糾正說「是你們那兒」。這是他對無所不在的集體主義的排斥，更是對新的身分認同的確立──他已是美國人，而非俄國人，他認定的「我們」是美國，而俄羅斯成了「你們」。他將自己排斥於俄羅斯之外，挖苦俄羅斯，讓同樣也是流亡者的索忍尼辛十分不爽：「他毫無憐惜地列舉著離別國度的景物，稱俄羅斯為『過去的祖國』。」

戈巴契夫上臺後，蘇聯開始走向自由化。有記者問布羅茨基是否打算回國看看，起初他總是回答，等他的書在那裡出版之後再說。一九八七年，他的作品在蘇聯報刊上刊出。一九九〇年，他的詩集也問世，「他被訛傳，被利用，被編成神話」。他還是不願回去。蘇聯解體後，俄羅斯政府、出版社和昔日的朋友多次邀請他回國訪問，他從未回去，流亡作家中沒有人比他更決絕。他的父母早已去世，他毫無留戀，即便是他長大的彼得堡，「一座改名的城市」，也覺得無甚可觀。他打趣說，無論是犯過罪的地方還是戀愛過的地方，都不應該再回去，人不必兩次踏入同一條河流。

與此同時，在俄羅斯，即便是從來不讀詩歌的俄羅斯人，也知道布羅茨基的名字。一九九三年，在莫斯科大街上，作過一次問卷調查：「您對未來新議會選舉，有何期盼？」一名鉗工答道：「我唾棄議會，也唾棄政治。我想像布羅茨基一樣生活，有個性地生活。」布羅茨基對這樣的名聲無感，他尤其不願面對這樣的場景，「比如，一個前來求您施捨的人竟然是您的同班同學」。他早已在詩歌中建構出一座新城，「騎著白馬走向耶路撒冷的前景對我不構成誘惑」。而索忍尼辛不能抗拒這種誘惑。同是流亡者，同是諾獎得主，布羅茨基與索忍尼辛具有不同的族裔身分、個性、知識結構和精神取向，導致兩人對回國一事作出截然相反的選擇。

當初，布羅茨基和索忍尼辛都是被蘇聯當局強行押送上飛機驅逐出境的，但兩人對「去國」的態度卻有天壤之別：索忍尼辛從未想過主動離開俄羅斯，布羅茨基在被驅逐之前早已有過想逃離俄國的念頭，除了那次未遂的、天真的劫機外逃計畫，「在一九六八年蘇軍入侵捷克斯洛伐克的時候，我記得，我當時非常想逃走，隨便逃到什麼地方去，首先是出於羞恥。因為我屬於那個幹出了這種事情的國家。因為至少，這個國家的一位公民總是要承擔部分責任的」。離開之後，他毫不猶豫地將此前在俄羅斯的生活稱為「我的前世」。

布羅茨基從來不想恢復俄羅斯的偉大——在他看來，俄羅斯從來都不偉大。在〈逃離拜占庭〉一文中，他寫道，俄羅斯不是羅馬，而是拜占庭，那裡只有「東方的譫妄和恐怖，亞細亞塵埃滾滾的災難」，那裡是索洛維約夫所言的「薛西斯的俄國」，亦如米沃什所說，俄羅斯的悲劇只是選擇斯拉夫語和非希臘式的東正教。一九六七年，彼得堡的一座希臘東正教教堂被拆毀、建立音樂廳。他從此事件中發現象徵意義——俄國與基督教分道揚鑣，也遠離了古希臘和羅馬的文化遺產。這不僅僅是蘇維埃體制對於文化照例又犯下的一樁罪行，而是民族的集體過錯，這一民族派生出這種體制，拒絕另一歷史抉擇，即接受希臘遺產及與之密不可分的民主制。他借用十九世紀作家的手法來告訴讀者：「撓撓俄國人，找到韃靼人。」他試圖說明，「亞洲」對於他而言並非一個地緣政治概念，而是一個精神概念，當俄羅斯及中歐還處在專制體制和集體主義意識形態的重壓之下時，它應被稱為「西方的亞洲」。他認為，中歐國家的悲劇也源於斯拉夫化——在一封致捷克作家及總統哈維爾的公開信中，他建議哈維爾放棄託詞，不要再說共產主義是外部勢力強加給中歐國家的。他進而批評索忍尼辛拒不承認感官直覺到的東西：人「生來就是壞種」。

作為非斯拉夫人和非東正教徒的布羅茨基，對「蘇維埃症候」的透視遠比既是斯拉夫人又是東正教徒的索忍尼辛深刻。他指出，彼得大帝的青銅塑像是俄羅斯精神的隱喻，早在布爾什維克奪權之前，俄羅斯就已定型。「俄羅斯固然有種種大國情結，但尚有巨大的小國情結。這主要是國民生活中央集權化的結果。」他進而發現：「也許我們的文學如此矚目地強調善，是因為善受到如此巨大的挑戰。」在東正教中，有一種類似於薩滿教或佛教的善惡趨同論，這是馬克思主義在俄國瘋狂生長的思想基礎。

西化的、個人主義的布羅茨基，與反西方的、集體主義的索忍尼辛格格不入。索忍尼辛不喜歡布羅茨基的詩歌，他評論說：「面對我們這個狂躁不安的世紀，布羅茨基不知所措：他不知道該如何對抗、抑制這種狂躁，不僅表現它，甚至還添枝加葉。」儘管布羅茨基也用俄語寫作，但索忍尼辛認為其俄語並不純粹：「對布羅茨基來說，豐富鮮活的俄羅斯語言好像並不存在一樣，或者是他還不太熟悉，沒有使他心動。」詩人和評論家洛謝夫對這兩位住得很近（布羅茨基住在麻薩諸塞，索忍尼辛住在佛蒙特）卻從無交往的來自俄羅斯的諾獎得主都非常熟悉，他在〈作為鄰居的索忍尼辛和布羅茨基〉一文中寫道：「甚至就連索忍尼辛這樣一位藝術嗅覺敏銳的讀者，也無法克服代與代之間的隔閡。他失去了高雅的審美能力，無法聽出布羅茨基的詩歌中蘊涵的弦外之音，他品嘗到的主要是吵鬧和混亂。」伊萬諾瓦則指出，橫亙在兩者之間的那道鴻溝，即索忍尼辛對人和事進行評價時都遵循一定的標準，得出的結論往往也是確定無疑；而布羅茨基身上則有一種能看透一切事物的能力，因而對一切都持嘲諷的態度。「在二十世紀下半葉的文學社會生活中，布羅茨基成了索忍尼辛的絆腳石。不僅是布羅茨基本人，還包括他的那些忠實讀者，他們接受了這種嘲諷精神，並敢於觸碰（揶揄、嘲諷、挖苦甚至褻瀆）那些在索忍尼辛看來是千真萬確的價值觀。」其中，包括索忍尼辛視為神聖之物的「俄羅斯」與「東正教」（舊派）——對於布羅茨基而言，它們不過是索忍尼辛的阿基里斯之踵而已。

我在青年時代敬重索忍尼辛，一如我那時推崇魯迅。當我人到中年，成為流亡者，有了新的人生閱歷和體驗，就在一定程度上與「索翁」和「魯翁」告別。在俄國流亡知識分子群落中，我一步步地走向納博科夫和布羅茨基。

流亡的狀態極大地加速了我們的職業飛行

與索忍尼辛對美國的疏離及毫無感恩之心不同，對於布羅茨基而言，美國是美好的「新世界」，「幸福，我猜，是認出處於自由狀態的構成你自身的元素的那一刻」。他有一首題為〈新房客對家中的一切都感到陌生〉的詩，所談的不是房客，而是一種新移民對美國的感受。他抬腳前行，就看到壯闊景色。他更堅信，俄羅斯位於惡的一邊，美國位於善的一邊：「移位和錯位是這個世紀的一個常見現象。流亡作家與一位打工者或一位政治流亡者的共同之處在於，兩者均從不好的地方奔向較好的地方。問題的實情在於，一個人脫離了專制，則只能流亡至民主。比如說，一個人不會從保加利亞跑到中國。」所以，他從來不會像羅德那樣回頭。

用米沃什的話來說，布羅茨基在美國「成事」了，其速度比米沃什還快。名牌大學教授職位的可觀薪酬，文學家所可能獲得的最高獎項和榮譽，他都信手拈來。一九八七年，布羅茨基榮獲諾貝爾文學獎，年僅四十七歲。一位瑞典外交官透露，如果布羅茨基不在獲獎演講中攻擊蘇聯、列寧和共產主義，蘇聯駐瑞典大使將出席典禮。布羅茨基不予理會，繼續發出抨擊。蘇聯大使潘金（他的另一職業為文學批評家）沒有參加頒獎典禮。耐人尋味的是，布羅茨基先用俄語撰寫諾獎演說詞，然後翻譯成英文，但最後還是用俄語發表演講。

一九九一年，布羅茨基當選美國桂冠詩人。美國國會圖書館館長致辭說：「這提醒我們，美國的創造力大部分來自並非出生在美國的人。」布羅茨基的作品已成為美國文化的有機成分。他在詩中寫道：「那些遺忘我的人足以建成一座城市。」而現在，紀念他的人足以建成一座王國，他在二十多年前寫下的詩句彷彿成真：「風兒，／就像浪子，回到了自己的家。／一下接到所有的書信。」他實現了「美國夢」，他進入了美國文學史，而這正是索忍尼辛固執地拒絕的目標。

布羅茨基認為，如果有人要將一個流亡作家的生活歸入某一文學體裁，那就是悲喜劇。由於此前在蘇聯的生活，他能遠比民主制度下的居民更強烈地體會到民主制度的社會優勢和物質優勢。然而，他所抵達的民主向他提供人身安全，卻使他變得無足輕重，「轉換帝國，以致人聲鼎沸」。沒有任何一個作家，無論流亡與否，能接受這樣的無足輕重。「要去描述一位被迫離開其祖國的那種狀態，『流亡』也許本非一個最恰當的字眼。『流亡』一詞至多只能涵蓋離去，即被放逐的那一刻。用這個滿含顯見悲傷的字眼去稱呼接下來的生活，就顯得過於舒服又過於自在了。流亡的狀態極大地加速了我們的職業飛行，或曰漂流，將我們推入孤獨，推入一個絕對的遠景，推入這樣一種狀態：留給我們的只有我們自己和我們的語言，且這兩者之間亦無任何人和任何東西。流亡帶給我們的一個夜晚，通常狀況下也許需要用一生的時間去度過。」在新的國度，要取得成功，需要付出在原來的國家更大的努力，經歷更多的挫折。但他仍堅信，「詩人永遠不會是輸家」。

布羅茨基的隨筆集《小於一》中的大部分文章都用英文寫成。大衛．貝西亞認為，布羅茨基的英語還未達到美國「準公民」的水準。布羅茨基解釋說，他之所以用英語寫，是為了用這種自由的語言向父母表達敬意。他在紀念父母的長文〈一個半房間〉中寫道，「俄羅斯人接受斷絕關係，要比任何其他人都困難。畢竟，我們是一個非常安居的民族……對我們來說，一個公寓單位是要待一生的，一座城市是要待一生的，一個國家是要待一生的。」他只對父母有愧疚之心——「兒子，」母親總會在電話中說，「我今生唯一的願望，就是再見到你。這是我還想活下去的唯一理由。」他們不想移民，不想在美國度過餘生。為了跟兒子見面，他們不斷申請出國，母親獨自申請，以表明她不會叛逃，丈夫會留下充當人質。然後再換作父親。布羅茨基找美國參議員和駐蘇聯大使等人幫忙。然而，一切全是徒勞，他父母的十二次出國申請都被駁回，蘇聯認為他們出國「不適當」。「那個制度，從最上層到最底端，從不犯哪怕一個錯誤。就制度而言，它真足以自豪。但話說回來，無人性永遠比任何別的東西都容易建構。」布羅茨基一生再未與父母團聚，也沒有再見到他兒子的母親、他曾經的愛人巴斯瑪諾娃。

布羅茨基是一位「永世流浪的猶太人的孩子」。著名猶太旅行家和古代手稿蒐集者阿德勒爾寫道：「流浪的猶太人——完全是偉大史劇的現實人物。散落在羅馬帝國的偏遠之地，他是游牧者和移居者，是逃亡者和征服者，也是收藏者和大使。閱讀《聖經》，喚起他對其他國家的興趣，無論地理位置的遠近。他用多種外語交流，可以與任何國家的猶太人交談。」他在《永世流浪的猶太人的孩子》的結尾寫道：「他像從前一樣，是世界各地猶太僑民之間的紐帶，他一如既往，虔誠細心，待人寬厚，慷慨施捨。」這，不就是布羅茨基的畫像嗎？

第三卷

德意志：焚不盡的書籍，殺不死的靈魂

第十章　槍與筆：納粹黨有槍，流亡者有筆

流亡是責任和命運，它是一個任務，而且不是一個輕鬆的任務。

——克勞斯

英國學者J. M.里奇在《納粹德國文學史》中指出，一九三三年之後的德國，流亡不再是個別人的命運，而是一種普遍體驗。十八世紀、十九世紀的德國也遇到過麻煩，但從未出現過科學界、學術界、教育界、文藝界名人成批外流的現象。據不完全統計，一九三三年後，約有四十萬人離開德國，其中約有兩千人是文藝界某一方面的骨幹。僅以劇作家而言，就有不下四百二十名流亡劇作家分布在四十一個國家。到一九三三年九月二十二日《關於建立帝國文化部的法令》通過時，已沒有一位有國際影響的作家留在德國，除非被關進監獄，或投靠納粹。戈培爾對流亡者不屑一顧，稱之

為「行屍走肉」，而他麾下的作家、藝術家都是創作「鋼鐵浪漫主義」的高手。

大多數離開德國的流亡人士，對德國的未來仍抱有不切實際的幻想。他們大多認為，被放逐國外的時間不會很長；他們相信自己只是在短暫度假，「離開」只是幾個星期或幾個月，德國人很快就能恢復理智，希特勒會受到理性力量的遏制。然而，他們等來一個接一個的壞消息，納粹的權力愈發鞏固，而且控制德國社會生活的所有領域；西方對納粹採取綏靖政策，很多國家對流亡者並不友善，就連瑞士這個德國政治難民的傳統流亡地也表明其在納粹德國的淫威面前多麼軟弱無力，並執行「船已滿員」政策，將許多流亡者拒之門外。

當納粹發動世界大戰之後，一個個歐洲國家淪陷，很多在若干歐洲國家避難的流亡者再度流亡到英國、美國乃至南美國家。法國戰敗後，維琪政府與德國簽訂的停戰協定條款之一，著名的第十九條規定，法國必須向占領當局「無條件引渡」從第三帝國出逃的流亡者，即便在法國的「非占領區」，維琪政府的警察也必須服從於蓋世太保，幫助蓋世太保抓捕猶太人和反對納粹的人士。德國、捷克、奧地利的反納粹主義者一直把法國看作是人權的故鄉，以為託庇於法國是安全的，然而當法國成為一個巨大的牢籠後，他們不得不策劃第二次流亡。

戰爭曠日持久，流亡者們流亡的時間遠比他們最初設想的長得多，很多人沒能熬過去，沒能看到天亮時刻；流亡的困難比他們最初設想的要大，他們失去了在德國積累的財產、名聲、人脈，甚至失去了使用的語言和文字。

乘坐方舟，前往應許之地的美國

一九三三年一月二十九日，作家雷馬克坐上蘭吉雅汽車，離開柏林，直奔瑞士，到達波爾托龍科。他有逃離德國的種種理由，他是納粹深惡痛絕的敵人——再沒有一本書比反戰小說《西線無戰事》更讓納粹痛恨的了。這本書在十二週內銷售六十萬冊，有力地消解了希特勒的戰爭叫囂。雷馬克獲得巨額版稅，在瑞士衣食無憂，他竭力幫助其他流亡者，讓他們住在其別墅中。

但危險很快逼近：在雷馬克家的草坪上發現猶太記者孟德爾頌的屍體——有人說，蓋世太保企圖刺殺雷馬克，卻錯殺了作為客人的孟德爾頌。一九四三年，雷馬克的妹妹因「煽動性和失敗主義言論」被納粹判處死刑，國民法院院長弗賴斯勒吼道：「我們判你死刑是因為我們沒有抓到你哥哥。」此事成為雷馬克一生未能痊癒的創痛。雷馬克逃離朝不保夕的歐洲，到了美國，成為二十世紀最美國化的德國作家。

雷馬克最喜歡的比喻之一，就是「方舟」。納粹在德國發著淫威、歐陸各國景從的時代，駛離歐洲、滿載移民的船隻都被以「方舟」喻之。雷馬克在小說《里斯本之夜》中寫道：「那天下午，我到埃斯圖里爾賭場去賭錢。我還有一套漂亮的衣服，他們便讓我進去了。這是向命運訛詐的孤注一擲。」《里斯本之夜》裡的「我」，距離上船就差一張有效的護照，此外，他們夫婦也沒有錢買船票。於是，用賭博來決定命運。這種寫法似乎太過玩世不恭和舉重若輕。

雷馬克去世多年以後，他的一本未完成的小說《應許之地》的手稿被發現了。和《里斯本之夜》的開頭一樣，《應許之地》也以絕境中的人們開頭：一九四四年夏，一群難民被暫時扣在埃利斯島上的拘留營裡，等待紐約這邊的身分核審官「過堂」。他們都很緊張，好不容易搭著「方舟」來此，萬一被拒絕入境，倒在黎明前的黑暗裡，如何是好？島上的人精神瀕臨崩潰，夜夜有人大哭。小說的基調是憂傷的，書中的主角「我」也是難民的一員，他說，「這座近在咫尺而又難以企及的城市變為一種酷刑」，「它折磨人、引誘人，許諾而又食言。有時它僅僅是個面目不清的怪物……夜深時，它又變換成一片慘白的月光籠罩之地，拒人於千里之外。」

實際上，作為小說家和好萊塢編劇，雷馬克在美國的成功史是傳奇式的。他擁有最美麗的情婦、最豪華的房子、速度最快的汽車，他將華麗的東西一件一件地羅織到身邊。然而，他的占有欲望其實出自流亡者的孤獨和恐懼，終其一生都未能擺脫流亡者的不安定感。他對過於富庶的美國大城市從來沒有歸屬感：「此地無戰事。沒有廢墟，沒有危險，沒有轟炸……取而代之的是無所事事的等待導致的徹底絕望。」他的日記中每天記錄的都是大量的黑暗——孤獨、憂鬱、沮喪。他感嘆失去了「夏天、房子、平靜、幸福、歐洲，也許還有生命」，「孤獨，真正的孤獨，不抱任何幻想，快到發瘋和自殺的地步了」。

利翁·福伊希特萬格是戈培爾最痛恨的作家之一，他在世界範圍內取得很大的成功，且有著驚人的才華和創作力，「每小時能打字七頁，寫小說三十行、寫詩四行」。他曾應邀訪問蘇聯，寫作歌頌史達林的遊記《一九三七年的莫斯科》，但很快發現蘇聯的問題，迅速離開。他長期居住在法國南部的濱海小城桑納。後來維琪政府逮捕了他，他化裝成女人逃脫，逃到美國——幸運的是，他的名字出現在美國救援組織列出的「受威脅的知識分子」清單中，他可以使用不占配額的「緊急」美國簽證，因此可以插入移民隊伍的前端。抵達美國後，無人可比的版稅收入保證他在加州的度假勝地「太平洋柵欄」過著奢華生活。

福伊希特萬格在美國完成了他成就最高的「德式小說」——包括《成功》、《奧帕曼斯一家》、《流亡》在內的「候車室」三部曲，「候車室」這個書名概括了流亡者的基本體驗。他力圖揭露納粹德國的真面目，警示其危險性。為實現這一目的，他用真實的歷史事件和人物作為小說的骨架。舊的秩序已被打碎，「候車室」成為人類對建立新的、美好的秩序的期待的象徵。他剛完成《流亡》，大戰就爆發了，但他仍未喪失根深柢固的樂觀主義和信念，那就是「理性終將戰勝愚昧」。正因為心中有這樣的信念，他將最後一部書定名為《歸來》，但一直沒有寫出來，他也一直沒有歸來。他在有生之年沒有拿到美國籍——或許因為他曾經的左派立場。他在一九五八年十二月二十一日去世，次日，美國移民局給他家打來電話，電話是他妻子接的——告知其入籍美國的手續已完成。

即便在兵荒馬亂中，也有人充當守護文明、守護書籍的天使。猶太出版家和藏書家庫爾特·平圖斯直到一九三七年才離開德國，流亡紐約。當他在新世界漸漸明白他在那裡將長期停留時，才吃驚地發現，缺少大量的德語書籍。於是，他在當年十二月又冒著生命危險回到柏林，在那裡祕密生活五個月，凡是能弄到的圖書，他都蒐集起來，然後裝入貨櫃，用船運到美國。一九三八年五月，他再次逃離德國，到達紐約。九月，他開設新的學校和圖書館，向流亡作家們呼喊道：「快到我的藏書室，那裡陳列著你們的一部分書，你們都是『榜上有名』的，你們所有的書都還在！」

一九六七年，平圖斯回到德國，帶著所有的八千八百冊藏書，這些書再次橫渡大西洋，跟他一起回家。他晚年致力於整理被納粹殺害的作家的檔案和作品，為所有被驅逐和死亡的作家列一份圖書目錄，並調查他們的命運。「這一艱巨的尋找工作成了一份愛的工作，是對詩人們的感謝，是為他們樹立一座紀念碑——使他們永垂不朽或再生。」

我們沒有失去家鄉，因為我們找到了新家鄉

當德國和大半個歐洲都淪陷之後，德國、法國和其他被納粹鐵蹄蹂躪的國家的知識分子，紛紛湧向大洋彼岸的美國，他們的才華在美國的自然科學領域（比如原子彈研究）、人文社會科學領域、文學藝術領域，大放異彩。

美國文學史專家哈利・萊文指出，這場二十世紀的人才大遷徙對美國的影響，如同一四五三年君士坦丁堡陷落對西歐的影響，那時，具有催化作用的知識注入西歐，推動文藝復興和此後的啟蒙運動。而當今事件的規模要大得多，文化遷出的速度要快得多，來自國家的數量要多得多，難民們天才的光芒要燦爛得多，他們研究的領域也要廣泛得多。美國成為這場知識和文化遷移的最大受益國，美國與歐洲的文化和科學地位由此發生易位：「這使我們能夠在一個樸實的起點上，在我們已知的領域中，追隨著這些先進的思想財富前進。歐洲學科力量的這種損失，對我們的收穫竟是如此之大，以致我們美國的高等教育完全成熟了，我們美國的大學完全國際化了！」

一九六九年，美國學術界公布一份涉及所有學科領域中最為傑出的三百名流亡科學家的傳記名單，他們中的百分之七十九都是從納粹德國版圖內逃亡出來的講德語的、有猶太血統的科學家。也正是他們，在美國成了幾乎所有新科學傳統的奠基人。一九八九年，法蘭克福德意志圖書館公布一份有關講德語的文學菁英在一九三三至一九四五年流亡期間出版的文化、科學論著的檔案，其中涉及一萬多本學術專著和七千多篇科學論文，它們當中百分之八十以上是在美國完成的。

德國是思想家的國度，受納粹的壓迫，德語世界若干思想家流亡英國和美國，在塑造戰後英美思想界上所起的作用，甚至超過英美本土知識分子。他們帶到英美的，既有左派思想，也有右派思想。以左派思想而論，主要是以霍克海姆、阿多諾、馬庫色、班雅明（班雅明在法國與西班牙邊境自殺後，其著作被漢娜．鄂蘭帶到美國出版，產生巨大影響）等人為代表的「法蘭克福學派」，其「批判理論」占領西方大學校園，發展為「新左派」，為禍甚巨。以右派思想而論，在經濟學領域，有米塞斯、海耶克為代表的奧地利經濟學派，到美國之後重新集結為芝加哥學派，倡導自由市場經濟理論，成為當代西方保守主義思想之基石，啟發雷根和柴契爾的保守主義改革；在政治學領域，則有列奧．施特勞斯、沃格林等人在美國開宗立派，與美國本土思想家柯克、維沃等合流，形成捍衛清教傳統和英美秩序的「保守主義」，致力於將美國打造成「新羅馬」。

當代德國文學史也在美國得以延續。德國作家馬里亞．格拉夫的作品被納粹列入第一批被焚燒的書，他的書被焚毀時，他寫道：「你們燒死我吧！……燒掉德國智慧的作品吧，但是德國的智慧是不可磨滅的，就像你們的恥辱一樣！」他沒有被燒死，他踏上流亡之路。一九三三年，他來到維也納，後移居布拉格，在此地擔任《新德國雜誌》編輯。一九三八年，他來到美國，定居紐約。他把流亡這一艱難時期看作是一部成功史、看作一部堅持和新的開始的歷史。他在紐約流亡期間幾乎不學英文，穿著皮褲和戴著德國風格的帽子，在美國與德國交戰期間，仍然刻意彰顯德國人的身分，未免有些不合時宜。

來自奧地利的愛娃．利普斯因著丈夫、人類學家尤利烏斯．利普斯被哥倫比亞大學聘用，而不必為生計發愁。她與美國社會最有教養的圈子保持了密切的聯繫和交往，並安心完成《在自由中再生》一書。在這本書中，她表達出要急切地同化於這個新家鄉的願望：當歐洲變成「惡和沒落之地」的同時，美國卻體現為「充滿善的幸福和純潔的世界」。她將與丈夫一起獲得美國公民權的那一天稱之為「我們舉行愛國婚禮的日子」，她表示：「我們沒有失去家鄉，因為我們找到了新家鄉」。

耐人尋味的是，在美國的法國流亡者和德國流亡者心態迥異：戰後，法國流亡者幾乎全體返回故鄉，他們原本就把回國看作流亡生涯的唯一終點，流亡生涯只是生命中的一段插曲。然而，舊日的樂章還能重複嗎？法國超現實主義作家和詩人安德列．布勒東二戰後結束在美國的流亡生活回到巴黎，寫下唯一的一首表達歸鄉的詩〈我回來了〉，自問「我們到底在哪裡？」這確實是一個天問。大部分德國流亡者卻留在美國，並取得美國國籍。對於法國人而言，法國永遠是祖國，這一點是絕對不會改變的。德國人對民族身分的認同卻被戰爭和納粹的暴行大大破壞，德國流亡者對祖國的情感交織著困惑、焦慮甚至是恥辱。

跟納粹的焚書之舉抗衡的事業，就是在流亡路上繼續寫書

德國文學評論家福爾克爾．魏德曼在《焚書之書》中一一考察作品遭到納粹焚燒的作家們的下落，發現他們大半都走上流亡之路。絕大多數人的流亡生涯，雖然自由，卻因為語言和文化的隔膜，在他鄉孤獨、困厄而淒涼，正如作家萊昂哈德．弗朗克所說：「在沒有那種來自他自身語言民族源源不斷的活力注入的情況下，在沒有那種無法描述的、持續不斷的來自讀者回聲的情況下，作為一位有影響的作家，他也就不存在了。在這場流亡中，他等於在一把沒有琴碼的提琴上、在一架沒有琴弦的鋼琴上演奏。」即便如此，他們繼續寫作，以此反抗納粹的焚書。批評家喬治．斯坦納認為，

二十世紀暴政肆虐，流亡作家空前之多。所以，西方文學這一整個類型都是「域外」的，是一種由流亡者寫的和關於流亡者的文學。

格拉夫在《博爾維瑟》和《安東．賽廷格》兩本書中探討納粹興起的祕密，前一本書的主人公是一位火車站站長，後一本書的主人公是一位郵電局局長，他們都是那種「搖擺不定的庸碌之輩，有兩千萬人構成德國的這一階層。元首和他的政府的出現應當歸功於他們」──他們就是漢娜．鄂蘭所說的「平庸之惡」。一九四七年，格拉夫如此描寫德國作家的流亡及內心的流亡：「他們中的不少人在這些年裡僅僅為抽屜而寫作，他們孜孜不倦，什麼也不能制服他們……德國的流亡文學有使命去證明被詛咒者的不公正遭遇、去完成建造一座堅不可摧的大橋的歷史使命。」

克勞斯．曼的《逃往北方》、康拉德．麥茲的《被拋出德國的人》、伊姆嘉．克恩的《萬國之子》、弗里茲．艾本貝克的《逃亡者》、馬丁．蘭坡的《沒有護照的人》、布萊希特的《流亡者談話錄》、安娜．西格斯的《輾轉》都是寫流亡生活的作品──流亡意味著要用超凡的毅力生活在一個極度混亂的世界中。在這個世界裡，社會關係和政治關係可能在一夜之間發生變化。這個世界裡的東西沒有一樣是穩定、安全的。德國作家伯爾認為，《輾轉》是一部可以跟卡夫卡的《變形記》媲美的傑作──西格斯將個人體驗轉化為一種受驚嚇的歐洲人不顧一切要從毀掉他們的那種看不見的危險中逃出的寓言。小說中的人物從一個怪誕的世界中走過，暴露在一臺抽象的、靠過境護照、公章和船票供養的官僚機器面前。

流亡作家中最勇敢的人是韋格納。他是走訪國家最多、對世界最了解的德國作家之一，寫過無數精彩的遊記。他不願離開德國，曾說：「流亡即死亡。」他拒絕一走了之，要挺身反對暴政。

一九三三年復活節，星期一，許多猶太人的店鋪遭到襲擊，他為此寫了一封給希特勒的公開信——沒有一家報紙敢刊登，他透過郵局將信寄往總理府。他在信中指出：「正義始終是人民的光彩，如果德國在世界上強大了，那麼猶太人也是有功勞的。」他直接向希特勒呼籲：「像每一個滿腔熱血的人一樣，我有責任和權利為人民說話；作為一個沒有口才而被迫保持沉默、感到有罪的德國人，我的心因憤怒而抽搐，我以人民的名義請求您：制止這一行動吧！」他並非不通世故的傻瓜，他知道這樣做的後果有多嚴重。他的家人早已離開德國，他放棄自己的房子，住在可隨時移動的帳篷裡，以躲避警察的追捕。他常去的那家咖啡館的老闆跟蹤他，找到他的藏身之處，並帶著兩名蓋世太保前來。韋格納被捕了，在集中營遭到酷刑折磨。後來，他僥倖獲釋，離開德國，在義大利波西塔諾定居。戰後，他沒有回到德國。一九七〇年代末期，有德國記者去義大利訪問他，發現他已是一位「被難以解脫的孤獨重壓著的無限悲涼的老人」，他對記者說：「我是最孤獨的人，我還有許多話要說。你們留下吧，你們為什麼不早一點來？」

作家海因茨．李普曼的的名字出現在首批被剝奪公民權的德國人名單中。他多次被拘留，後來逃往荷蘭，居住在阿姆斯特丹。他在小說《祖國》中，描寫一艘漁船離開兩個月後，回來卻發現祖國已經面目全非，「恐怖散布到生活的各個方面：學校裡、電車上、鄰居間、工作中、報刊上」，德國已變成異鄉，變成一片陌生的荒漠，統治這裡的是喪失理性的暴力。李普曼走到哪裡都如同喪家之犬，因為出版「侮辱友好鄰國的元首」（興登堡）的小說，他被荷蘭政府逮捕並起訴，判處監禁一個月。他終究沒有服刑，而是作為「不受歡迎的人」被驅逐到比利時。他先後到了英國、法國和美國。他的健康嚴重受損，染上強烈的嗎啡癮，在英國和美國不斷被送進監獄或醫院。對於接踵而至的厄運，他心情平靜地說：「我的書被焚燒，我也遭到納粹追捕，這對我來說也不是不可理解的。我不抱怨，我是一個反對派。」他清楚地知道在一個極權體制下，做一名反對派意味著什麼。他在《死刑》一書中寫道：「沒有中間道路，你必須和不道德、暴行及愚蠢的殺人行為作鬥爭。」一九六二年，李普曼與妻子「第 N 次流亡」，到了瑞士，四年後在那裡過世。

博學的詩人卡爾．沃爾夫斯科爾旅行最遠、所受背井離鄉之苦也比大多數人更深。他在幾乎完全失明的情況下死於紐西蘭，那裡宛如天涯海角，找不到第二名能與他交談的德語作家。他把流亡中寫下的第一批詩歌獻給反抗納粹的德國人，也堅信第三帝國必將覆亡，儘管他本人並不一定能看到那一天。沃爾夫斯科爾的視野最廣闊的詩作是《流亡中的詩歌》，被譽為當代德國的史詩。

步步驚心，一不小心就邁入了死地

當納粹鐵蹄席捲法國時，班雅明艱難地翻越庇里牛斯山脈，抵達西班牙與法國毗鄰的邊境小鎮波特沃。此前，他已經流亡七年，從一處遷往另一處，地址變化不少於二十八次。這條路線似乎是他逃離納粹魔爪的唯一希望，儘管走起來並不容易，途中包括一個五百五十公尺長的隘口和超過十六公里的崎嶇地形。班雅明身體虛弱，飽受哮喘和心悸所苦，步履蹣跚，卻堅持帶著一只沉重的黑色手提箱，裡面裝著自己的隨身檔案：美國外交部簽發的簽證，六張用於補充證件的護照照片，還有一些額外的論文，根據同伴菲特科的說法，其中包括一份班雅明似乎比自己的生命更加看重的不明手稿。

他們在海關卻得知噩耗：在一天前，西班牙已針對沒有法國出境簽證的人關閉邊境。艱辛的旅程讓班雅明筋疲力盡，如今更陷入極度的絕望，再也無力繼續東躲西藏的人生，他選擇了服毒自盡。「若是敵人獲得勝利，哪怕是逝者，也將失去庇佑。」班雅明去世前不久在《歷史哲學論綱》寫下了這句話。最殘酷諷刺的是，就在班雅明自殺後的隔天，西班牙當局重新向團隊的其他成員開放過境點，他們被允許繼續前往葡萄牙。班雅明生前的摯友、劇作家布萊希特為他的死寫下悼念詩：「先於屠夫行凶之前，你自我了斷／經歷八年流亡，無奈注視著惡勢力崛起／最終面臨不可通過的邊界／人們說，你通過的邊界是那個可通過的。」

艱難的旅途讓流亡者身心俱疲。弗朗茨．布萊是維也納的「咖啡館之王」，他繼承了大筆遺產，創辦很多文學雜誌，他的《塔列朗傳記》是一部歷史傳記體小說的傑作。他不是納粹的積極的反對者，他與希特勒的御用法學家卡爾．施密特是好友，但他的書被列入焚書名單──新聞檢查官錯誤地將他當作猶太人。他要求當局改正過來，戈培爾的部屬也答應了，但他的厄運還是沒有改善。布萊逃亡到西班牙的馬略卡島。西班牙內戰爆發後，他去義大利，最後到馬賽。法國即將淪陷，他沒有錢，不能走，時間緊迫，他寫信給在美國的女兒：「有可能我的名字在那張德國作家的名單上，如果有人把我叫出去槍斃，我也無所謂，就像其他人一樣死去。但這不是那幫人的通常作法，等待我的是長達幾個月的拷問，這讓我感到恐懼。」他不怕死亡，卻害怕酷刑折磨，這是人之常情。布萊得到美國簽證，計畫從里斯本出發，但已身無分文，只能發電報給湯瑪斯．曼求救。後者寄來一筆旅費，布萊終於在最後一刻逃走。到紐約一年後，他在一家貧民醫院去世。他最後一張照片是在海邊拍攝的，人瘦得像一根柴。

讓．埃默里是奧地利裔的猶太人。一九三八年，他因家鄉被德軍占領，被迫流亡。在《罪與罰的彼岸》一書中，他記述了流亡生活的危險與在奧斯威辛集中營經歷的苦難。對他而言，流亡之途中最無法忘懷的，是故鄉。故鄉意味著身分認同，意味著安全感，意味著人可以充分地感知現實生活，運用母語自由交流，在熟悉的事物中擁有合理的信任。「為了不讓故鄉成為必需，人們必須要有一個故鄉，就像人們思考時必須有形式邏輯的基礎。」埃默里寫道，故鄉被剝奪之後，「過往之物的損失變成世界的徹底荒蕪。」流亡途中與身邊之人的交談，常常圍繞著敵情、納粹標語進行，無法接觸任何新鮮的詞彙。在危機四伏的的現實中，母語更是沉重。埃默里曾偶遇一個德國黨衛軍士兵，當發現這位士兵來自他的家鄉、說的是家鄉方言時，他感到了一股用鄉音與士兵交談的強烈渴望，他差一點就自投羅網。最終，理智戰勝了荒謬，因為他明白，故鄉即敵國。如果說傳統鄉愁是一種自我同情，那麼流亡帶來的就是真正的鄉愁，幾乎等同於自我毀滅。

有一位詩人很早就被剝奪發表作品的權利，他曾挨家挨戶推銷印有其詩歌的明信片，他製作過酸泡菜，當過麵包房工人和園丁，任何工作他都願意幹。當他的書在柏林和德國其他城市被燒毀時，他在圖林根的一個樹林裡將幾百首詩稿扔向天空，任它們飛舞，與其被納粹的髒手玷汙，還不如他親手結束它們的生命。這位名叫魯道夫·蓋斯特的奧地利文學界最有潔癖的作家，步行回到家鄉，但奧地利很快被納粹德國吞併，他被捕了。即使在單人牢房裡，他仍堅持寫作。獲釋後，他流亡異國他鄉，在第一次流亡者大會上發表一篇熱情洋溢的演說：「我們這些流亡者、四海為家者也敢於做自由人，我們的一生敢於為此而奮鬥！」他總是為孤獨者寫作，為他們呼喊。他是左派，他的書被納粹焚燒，卻也不受蘇聯待見：他的第一部也是最成功的小說《西伯利亞人尼聖》，寫一個具有冒險精神的蘇聯工人的故事，偏偏遭到蘇聯政府的批判和查禁。他晚年完成了一本名為《世界大同》

的書稿，卻無人出版它。

在遭到納粹迫害的作家中，不少是共產黨人，納粹迫害共產黨，不是因為它們在意識形態上對立，而是因為它們太過相似。一些死忠的德國共產黨人，失去作為祖國的德國，就將蘇聯當作新的祖國，卻沒有想到熱臉貼到冷屁股上，引來殺身之禍。學者大衛．皮克在關於流亡到蘇聯的德國作家的研究論文中進行一番統計：被蘇聯政府安排到文化部門工作的德國共產黨人及其同路人約有一百三十名，其中接近百分之七十在大清洗中被捕乃至被殺。身為共產黨員的作家恩斯特．奧特瓦爾特流亡到蘇聯，被蘇聯內務人民委員會逮捕，被指控「為蓋世太保從事間諜活動」，雖然沒有任何證據，關押三年後仍被起訴，被判處五年勞改。十五年後，他的妻子被告知，其丈夫早已在一九四三年死於勞改營，年僅四十一歲。其傳記作者發現，奧特瓦爾特曾寫過小說《密探》，書中對職業密探的手工藝和心理描寫活靈活現，因而引起蘇聯格別烏的懷疑：「他是從哪裡獲得這些知識的，是不是他在實踐中學來的？」最終，是「他的文學天才判了他的死刑」。

記者和作家阿爾貝特．霍托普絲毫不掩飾其信奉共產主義的立場，他是最早在小說中支持墮胎的德國作家之一。納粹上臺之後，他起先試圖轉入地下活動。次年，他決定流亡。一九三八年以前，他在莫斯科安穩地擔任德語文學編輯。一九三九年，他被捕，下落不明。一九四二年，他被判死刑，執行槍決——德國知識分子流亡的其他目的地，無論是英國、美國和瑞士，還是土耳其、中國，以及南美的巴西、墨西哥，從不曾如此對待流亡者。選錯了流亡目的地，結局是死於非命。史達林一點不比希特勒良善。

有何勝利可言？挺住就是一切

德國研究流亡問題的專家維倫．弗魯塞認為，流亡不是消極的逃避，流亡帶來新的想像與創造：「流亡，也只有它，才為一種自由贏得了某些東西。無論你居住在哪個地方，習慣總掩蓋著、美化著所有的事實真相，並使之變得不可改變。但遭受驅逐的流亡者卻是要依靠發現來為生的，他們必須將他們面臨的整個新局勢作為新的、陌生的環境來觀察和利用，他們也就靠近了真實。因此，流亡，正如它可能形成的那樣，是有創造力的行動，是新事物的孵化場。」

流亡生活是嚴峻的淬煉，若非真金白銀，很快就露餡。福伊希特萬格指出，很多人此前在太平日子中展現出來的好人品，在流亡的壓力下蕩然無存，「他們大部分人變得自私自利，失去了判斷力和分寸」，「他們就像是太早從樹上摘下來的果子，還沒有熟，很苦澀」。他們的國家、種族、語言和省分的認同都不再穩如磐石，不得不作出重新的選擇和調整，乃至「以今日之我否定昨日之我」。

流亡者中，不少人受不了流亡的孤獨和困窘，背叛了初心。恩斯特．格萊塞早年出版過轟動一時的小說《一九〇二年出生的人們》，海明威稱之為「一本極好的書」，這本書是那一代人的肖像，「以前我們必須歡呼，現在我們應該傷心」——這是經歷過一戰的一代人的心聲。在威瑪共和國時代，左派很吃香，格萊澤成了左派，在國際革命作家代表大會上，被譽為「真正的共產主義戰士」，出版了一本介紹蘇聯人民幸福生活的畫冊。納粹焚書時，他的書遭到焚毀。他逃到捷克，後來去瑞士，完成一部描寫納粹在一個小鎮上的興起的長篇小說《最後的公民》，這部作品大獲成功。然而，他思念家鄉，深受一種無依無靠的失落感的折磨，覺得自己是「一具躺在通向成功的大理石臺階上的屍體」——他被戈培爾定義了。他一度潛回奧地利，發現納粹的統治「並沒有那麼糟糕」，納粹的「魄力」值得讚賞。他提出一種「心靈突變」的哲學，向納粹求饒，希望回到幾年前把他的書焚毀的祖國。一九三九年，他被允許回國，重新被帝國接受，之後在駐義大利的德軍的報紙任職。

克勞斯和埃麗卡．曼在流亡小說《逃生》中分析了格萊塞轉變的原因：「早在回國前，他就在演出多愁善感的流亡生活了，沒有一個人比一個因流亡而幾乎要自殺的作家更痛恨流亡生活的了。」流亡的危險和苦難、存在的意義和存在的威脅，對所有人來說意味著卡夫卡所說的「挺住就意味著一切」。格萊塞卻認為，立場是可以隨意改變的，這讓他在流亡群體中受到孤立——「流亡不是什麼俱樂部，成為俱樂部的一員最後並不說明許多問題。這些流亡者不是尋常的人，他們不希望在他們中間有人愛炫耀，耍花招、會做生意，還會『向對方使眼色』。這樣的人會從他們中間被推出去的。」戰後，格萊塞大言不慚地說自己是一名「好的民主主義者」，還討論「德國的遺產和義務」，但已沒有多人願意聽他說話了。

對於大多數流亡者而言，流亡意味著永遠的離開，即便以後有回歸的機會，但故土早已物是人非，「昨日的世界」再也回不去。知曉他們的那一代讀者已死去或老去，年輕人追逐新的潮流，他們的作品無人閱讀，人們認為他們長期與活的語言隔絕，是「用僵化的德語寫作」，他們的題材也拘謹、刻板而乏味。能夠成功穿越時間和空間、再次得到新一代讀者認可的流亡作家屈指可數。

作家莫里茨．弗萊在一戰時是一名士兵，與希特勒在同一個戰壕待過。後來，希特勒一直設法跟他取得聯繫，招攬這位成功的作家參與納粹運動，但弗萊屢屢拒絕前戰友拋來的橄欖枝——凡是希特勒及其朋友認為是神聖的東西，他都加以抵制。一九二九年，弗萊出版一部超現實主義的反戰小說《膏藥箱》，許多評論都認為這部小說的成就超過雷馬克的《西線無戰事》。書中的主人公是一名深受戰爭創傷的年輕人，作者藉主人公之口說出心裡話：「我要，要，要說真話——我要說：軍隊和戰爭是世界上最可笑、最無恥、最愚蠢、最卑鄙的東西。」由此，納粹將他視為眼中釘。一九三三年三月十五日，當弗萊外出訪友時，衝鋒隊強行衝進他家，把裡面的東西砸得一塌糊塗，並聲稱要拘捕他。弗萊開始艱難的流亡時期，先到奧地利的因斯布魯克，不久到瑞士，過著和許多流亡者一樣的生活——沒有錢，沒有出版機會、沒有讀者、沒有國籍，居無定所，忍飢挨餓。如果他稍稍迎合希特勒，一定可以不必離開德國，並過上寶馬香車的優越生活。但他不願違背良心。戰後，弗萊看到很多投機分子又施施然地過上風光日子，那些人驕傲和廉價地自稱「國內流亡者」，他出聲譴責並不屑與之為伍。一九五七年一月二十四日，弗萊在巴塞爾因腦溢血去世。他被國人遺忘，窮困潦倒。在他臨死的病床上放著的瑞士政府發放的國籍證書，需要他簽字才能生效，但在長達二十年的時間裡，他卻因缺少同化意願而一直未簽字。

阿爾弗雷德．克爾是一位藝術家和藝術評論家，當他走上流亡之路時，哀嘆說：「永遠不再用德語寫作了？告別自己的語言讓我很痛苦，我為這一語言付出了如此之多。」和所有的流亡作家一樣，他在外面的日子過得並不好。「無支付能力就變成了家畜。」他不斷寫這句話。作為在倫敦的德國戲劇評論家，拿什麼掙錢呢？他譴責那些留在德國、跟納粹合作的老朋友，在流亡的歲月裡，除了所有的恨、失望和貧困，他也保留著愛：「我的愛是留給這個國家的——國家是不會忘記的，居住者是有可能被忘記的。」戰後，他回到德國，一個月後，在劇院觀劇時中風，身體癱瘓，他服用安眠藥自殺了。

猶太作家雅各布．布爾施以長篇小說《大晴天》成名，當此書的續集正在印刷時，納粹登臺，書無法出版，原始手稿也不知所終。他先去丹麥，後來到美國，很快獲得美國國籍。戰後，他發表長篇自傳體小說《回家見上帝》，其中描述他皈依新教的經歷：「作為猶太人，我走上通向基督教之路；我欣悅地、沒有一點猶豫地邁出這一步。」這本書讓他失去本來就不多的、在美國的猶太讀者。一九四八年，他回到德國，沒有一家出版社願意出版他的作品——他在新版序言中寫道：「我流亡在外，經歷了海外流亡生活的災禍、孤寂、遠離祖國；我經歷了飢餓，因為我在世界上最富的國家變窮了。我看見了、明白了；現在我知道，我的家在哪裡。」德國不是他的家，他在德國已不是本地人。他在完成這篇序言後不久，就在慕尼黑去世。

被譽為「現代小說的創造者」的阿爾弗雷德．多布林是一位社會黨人，也是一個猶太人，他對自己與納粹勢不兩立的立場直言不諱。一九三六年，他離開德國，成為一名法國公民。德國軍隊入侵法國後，他又離開法國。戰後，他返回德國，卻不甚得意：「我回來了，卻舊夢難尋。」他的舊作已被人遺忘，新作又無人肯出版。他改信天主教，背叛了他的猶太人根系，也失去了猶太社群的支持。他把自己看作醫生，讓探索的觸角深入到歷史中去，查找那種後來蔓延到德國全身的疾病的病因——在其煌煌巨著《一九一八年十一月》中，他指出一切始於一九一八年。

羅伯特．諾伊曼是出生在奧地利的猶太作家，一九三四年離開歐洲大陸，流亡到英國，幾年後用英語創作長篇小說，一九五八年又移居瑞士提契諾。戰後，他回到德國，卻認為這不是歸國，而是新的流亡：「好像見了鬼似的，我看見我又陷入當年流亡頭一天的處境：當時我站在那裡，一句英語也不會說，沒有朋友，不敢出聲——納粹剝奪了我的聲音。現在我站在這裡，年輕了很多，就像當年的頭一天一樣不敢說話，回到一個嚴酷的流亡地，流亡到家裡來了——有人偷走了我一生中最寶貴的歲月。」他成為永遠的異鄉人，這何嘗不是流亡者的宿命？

在漫長的流亡生涯中，有人背叛自己的信念，有人作出錯誤的選擇——從獨裁流亡到獨裁，有人則成為停滯的化石，他們的生命被流亡生活所摧毀，就如同遭遇一場突如其來的大病，他們再也沒有康復過來。

第十一章　我從墮落的人群當中出走，我與世界保持聯繫

不放棄勇敢，不放棄意志，不要被別人戰勝，不要被納粹、另一個德國和野蠻精神戰勝。

——亨利希·曼

納粹掌權前，他們從未想過要離開德國或德語世界，他們的生活沐浴在「好的德國文化」的陽光雨露之中，威瑪文化生機勃勃。他們用德語寫作，用德語思考，站在馬丁·路德、歌德、巴哈、貝多芬、賀德林的肩頭。然而，他們沒有想到希特勒這個痞子短短幾年間就成為德國人頂禮膜拜的「人間神」。黑暗降臨了。

褚威格是納粹上臺後首批決定撤守薩爾斯堡的維也納名流。他一路流亡，巨額版稅讓他從未有

經濟匱乏之虞，但他在精神上失魂落魄。他在巴西郊外購買的新居的地窖裡發現一本蒙田著作，在其上寫下一段讀後感：「那時一如現在，世事紛亂，到處烽火，戰爭升高到獸性的極致。在這樣的年代裡，人生的諸多難題合而為一：我如何才能保住自由之身？」他哀嘆：「我無法相信六十歲時我會坐在巴西的一個小村落裡，讓光腳丫的黑人女孩侍候；離我生活中原有的一切，書、音樂會、朋友、交談，千萬里遠。」他對德國和德國文化崩塌的憂憤始終無以排遣，這是他自殺的重要原因：「在我的精神故鄉德國自我毀滅，我的語文世界消亡沉淪之後，假使我要重新建立自己，巴西會是最好的所在。可是，對一個六十歲的人來說，一切更新需要非比尋常的力量，我的力量卻因長年浪跡天涯而消磨殆盡。因此，我寧可在適當的時候結束生命，光明正大的。」

湯瑪斯．曼對流亡毫無準備。希特勒上臺那幾天，他仍樂觀地表示：「德國是偉大的，它對自由和理性的意識和要求，從根本上要比那些草莽之輩和蒙昧主義者所相信的更有力量，更為廣泛。」他拒絕考慮流亡問題：「我是個太地道的德國人，與我祖國的文化傳統及語言牽涉太深，流亡海外一年或也許終身流亡的前景，對我而言，不可能沒有沉重不祥的意義。」希特勒上臺之後不到一個月，他與妻子出國旅行，旅途中聽聞德國發生焚書事件——懾於湯瑪斯．曼崇高的國際聲譽，納粹最初沒有將他的書列入焚書目錄。但他決定暫時不回德國，但在談到「流亡」時仍心存鄙夷，他「討厭『流亡』一詞所包含的怨恨氛圍，堅持認為自己處於流亡者的圈子之外」。他覺得自己不是避難者，只是一個迫不得已離開國家、到國外居住一段時間的德國公民。不久，形勢越發險惡。波恩大學宣布取消他的名譽博士頭銜，他發表聲明，脫離且不承認那個「占據在德國土地上的滅絕人性的統治政權」。從此以後，守護德國精神文化的任務就落在他的肩上。

保羅・策蘭給自己的定義是：「策蘭，詩人，一個不受歡迎的人，受限於爐篦與爐渣之間。」一九三八年，當他高中畢業時，德國進軍維也納。父親準備存錢移民，但他渴望讀書，得到母親支持前往法國上醫學預科。經過柏林時，他目睹納粹對猶太人的第一次屠殺，「你目睹了那些煙／來自明天」。一九四二年，其父母相繼死於集中營，策蘭雖倖免於難，但被德軍徵為苦力，在離家四百公里的地方勞動。一九四五年，第三帝國覆亡，但策蘭與黑暗的戰鬥終其一生。他自殺後，人們在其書桌上找到一本賀德林的傳記，在打開的那一頁，策蘭劃線的那段話是：「有時候，這位天才心灰意冷，沉入內心的苦澀之井。」他並未在這句話的餘下部分劃線：「但大多數情況下，他的啟示之星卻發出耀眼的光華。」策蘭忠於創傷，挖掘創傷，並最終帶著創傷飛翔──「來自那座橋／來自界石，從它／他跳起並越過／生命，創傷之展翅／──從這／米拉波橋……」

漢娜・鄂蘭在逃離歐洲、登船前往美國時，見證了一長列等候逃離歐洲的絕望的人群，「他們一對一對地往前走，其中有波蘭貴族和猶太商販，有法國民族主義者和德國和平主義者，有天主教神父和共產主義分子，閃和雅弗的子孫，一對一對地在拱門前排著隊……洪水在地上氾濫四十天，到處都是水，可是雲間還沒有顯現彩虹。」她曾說其歸屬是德語，是德國思想，但又強調德語「不是德意志人的語言」，而是「沒有歸屬的語言」，聲稱自己對於一切「祖國」泛化情感都堅決抗拒，無論是對德國、以色列還是美國，她都是外來者心態。到美國之後，她改用英文思考和寫作，卻沒有放棄對猶太文化如何在歐洲保存這一議題的思考，「當歐洲最弱勢者被驅逐，被破壞，歐洲人民的斯文也就跟著掃地解體」。她認為，二十世紀初的猶太人是民族國家的政治秩序創造出來的、在一個又一個的難民營與集中營間扔來丟去的「新品種的人」。

早在戰爭爆發前，出生於保加利亞、居住在維也納的卡內蒂就敏感地捕捉到瀰漫於奧地利社會的瘋狂的法西斯主義：「『幹掉他』——這句話聽上去多麼偉大，多麼開放、寬廣和勇敢：『掐死他』、『撕碎他』、『燒死他』、『炸死他』，這些話聽上去輕鬆極了，似乎他們不用為此付出任何代價。」他發現納粹絕非「好的德國文化」的組成部分。戰後，他一度停止文學創作，轉而撰寫政治學巨著《群眾與權力》，如同漢娜．鄂蘭那樣探究極權主義興起的奧祕。他像弗洛姆一樣勸告世人不可逃避自由：

自由這個詞，表達了一種執念，或許是人類最強烈的執念。人總有逃離的願望，可是要去的遠方未知而沒有邊界，我們稱這種願望為自由。只要自由還沒能跟你搭上話，它對你而言就是個陌生人。自由是你自己的一部分，哪怕你並不自知。自由是個擁擠的地方，但還沒擁擠到讓你窒息。只要你不活在別人的期望裡，你就是自由的。

褚威格、湯瑪斯．曼、保羅．策蘭、漢娜．鄂蘭與卡內蒂，像蒲公英一樣，將「好的德國」帶到世界各地，並努力將「壞的德國」剝離出來。納粹的第三帝國不是千年帝國，短短十四年就灰飛煙滅，而反抗納粹的流亡者們的文字將千年傳承，生生不息。

褚威格：我的力量因長年浪跡天涯而消磨殆盡

一九四二年二月二十三日，女僕發現褚威格和第二任妻子蘿特午餐時間都還未起床，這對夫妻很少睡到這麼晚。下午四點半，她和丈夫進房間查看，發現兩人已經沒有呼吸。法醫來檢查後發現，蘿特的身體仍是溫熱的，由此判定她比他晚服毒。褚威格仰躺，頭髮梳得很整齊，穿長褲、繫上口子的襯衫和用心打好的領帶。比丈夫年輕二十七歲的蘿特身穿和服，她是趁著一息尚存時睡到丈夫的床上，側身滑進他的深色毯子裡，一邊臉靠在他肩膀上，左手擺在丈夫交握的雙手上，細長的拇指和小指彎曲嵌入丈夫的手指縫裡。

褚威格夫婦旅居在巴西首都里約附近的小城彼得羅波利斯，這裡是世界的盡頭、文明的邊緣，但他寫了一本名為《巴西：未來之國》的新書讚美這個廣袤的國度——巴西政府很多年把這本書當作國人的教科書。這對富有、優雅的歐洲人生活得井井有條，他們住在山坡上的一所老房子，他每天讀書、寫作、寫信、下棋，與妻子一起在到處是野花和小溪的森林中散步。他們在巴西備受尊崇，與總統保持親密關係，人們怎麼也想不到他們會自殺。

流亡海外的猶太知識分子中，褚威格是出名的不愛批判希特勒，例如在阿根廷布宜諾斯艾利斯的國際筆會大會，眾目睽睽之下，記者希望他講兩句批評希特勒的話，他仍顧左右而言他。這既有性格上的懦弱，更是因為他仍然無法理解自己為何淪為被迫害的對象——他很少強調猶太人身分，他認為自己早已成為比德國人在文化上純粹和更高級的奧地利人和維也納人（當然，他說維也納的文化十有八九是猶太人創造的）。他對此百思不得其解：「我們這一代，莫名其妙遭到迫害。」

一開始，褚威格對未來頗為樂觀，他對友人羅曼．羅蘭說，他要「感謝」希特勒先生為他注入新的衝勁，使他免於淪為日子過得像「一潭死水的資產階級」，流亡提供了讓停滯的創造力重新啟動的機會：

在每艘船上，每個旅行社裡，每個領事館中，人都可從不知名姓的平凡小人物那兒聽到驚險、刺激程度絲毫不下於奧德修斯等級的冒險、朝聖故事。

這種說法有些矯情。另一位難民作家冷峻地指出：「我們經歷了和奧德修斯一樣的冒險，只是我們的故事裡沒有神。」在一九四一年那個春天抵達紐約的漢娜．鄂蘭賦予這個比喻更為黯淡的解讀——關於猶太人逃離歐洲一事，她寫道：「這些奧德修斯般的流浪者的絕望困惑，與他們的偉大原型迥然不同，他們不知道自己是誰。」不知道自己是誰的奧德修斯，比沒有神的奧德修斯更慘。

隨著流亡生活的延伸，褚威格逐漸變得消沉和沮喪。他先流亡英國，並加入英國籍，但英國對德國宣戰後，他對英國能否免於被納粹占領心存懷疑。他在英國古城巴斯買了房子，與新婚妻子蘿特只在那裡住了一年，然後轉赴美國。由於工作紀律良好，他一路不斷地工作及出版書籍，到紐約之後安排了五十二場促銷的簽書會演講，幾乎是馬不停蹄地四處奔波。紐約正在改組的歐洲僑社規模甚大，但此事並未減輕流亡者的憂心。有人拿德國知識界的外逃與拜占庭失陷後希臘學者的外逃相比。「一連串的房間，從一不知名之地不可思議地逃到另一不知名之地途中的數百個小站。那些一身寬鬆長褲和臃腫外套的流亡者，聚集在飯店大廳和咖啡館，用他們原來所習慣的語言彼此低聲說話——他們逃到稍稍離開市中心的居住區裡，坐在長椅上；在那個居住區裡，更早來的難民所留下的東西、店鋪、名字、建築殘塊，都讓他們想起老家——然後回到他們無力擺脫的過客狀態，想辦法弄到證件和工作，以及打工證明。」對褚威格來說，生計從來不是問題，只是紐約太大和太嘈雜了。很多流亡者向他尋求幫助，他宅心仁厚，竭力幫助他人，但逐漸發現自己力不從心，「對於這些即使在自己國家裡都只是小人物的作家，要怎麼幫？」而且，他本人也是需要幫助的人——內在的堅毅、心胸的開通、外部的支持網絡，此三者結合才可以打造出順遂的流亡。但前兩者他都很缺乏。

戰局蔓延，納粹鐵蹄踐踏大半個歐洲，回家的希望越發渺茫。一九四一年八月底，褚威格第三度前往南美洲探路，最後選擇彼得羅波利斯鎮，里約市郊的避暑之地，租下一間家具尚可接受的房子，定居下來。他聽到很多流亡者的不幸遭遇，對新流亡的朋友發出忠告：「你才剛開始流亡，你會了解世界如何把流亡者漸漸拒之於門外。」他在回憶錄《昨日的世界》中寫道：「我們這一代人，經歷了如此的精神高度，如此嚴重的道德倒退，那是過去任何一代人都未曾遇過的。」他一再從「絕望深淵」中仰望已失去的那片大陸的舊形，「如今，半盲的我們，用遭扭曲、破碎的靈魂到處摸索」。他寫信給已移民阿根廷的德國作家保羅．茲赫說，他們這一代會像以色列的孩子那樣消逝，在沙漠裡漫無目的地徘徊，始終看不到應許之地。「我們太渴望那不存於現實世界的自由之地」、「我們這一代的人生已被封印」。他哀嘆，「我被拔離所有根基，拔離滋養它們的大地，怎麼看都是被擺錯地方」。

德語是褚威格的母語，但此刻德語已變成敵國的語言。英國對德國宣戰那一刻，他除了懷有對於猶太人身分的矛盾之情，還有語言上的絕望。他向某友人嚴正表示，他已成為不可思議的怪胎，「用已從我們身上被拿走的語言講話、思考、住在寄人籬下的國家裡。我們是沒有宗教信仰且無意成為猶太人的猶太人」。語言原來一直是他逃離世界的憑藉，但這時卻漸漸變成陷阱，他擔心他正全力投入的新語言，最終會腐蝕掉他的德語。「如今我步上另一個人生，不再自主、獨立的人生，」一九三九年九月三日，他在日記中用英語寫道，「我很難過沒有機會寫作，因為我無法用英文寫，這裡沒有人能糾正我的錯誤，助我更貼切表達想表達的意思；我被囚在我用不來的語言裡，那是最讓我愁悶的事。」一定居巴西之後，他與妻子又開始學習葡萄牙語，卻不知戰爭何時結束，有沒有必要以巨大的時間和精力投資這門新的語言。

褚威格在訣別信中寫道：「我祝福所有的朋友，希望大家可以活著看到長夜後的黎明，我，因為少於耐性，要先走一步了。」他沒能再堅持幾個月——幾個月後，歐洲和全球的戰局就轉向了。只要再過三年多，他就能重返歐洲，參與戰後德國和歐洲文化的重建。然而，他被流亡生涯和憂鬱症擊垮，看起來就像「世上最悲傷的人」，「一個像影子一樣的生活的人的人生還有什麼意義。我們只是鬼魂，或者說回憶」，有人論及他如鳥般的出世作風——這隻鳥或許砰一聲，重重撞上誤認為是天空的玻璃。

湯瑪斯・曼：我在哪裡，「好的德國」就在哪裡

一九三八年二月二十一日，當湯瑪斯・曼到達紐約時，記者問他是否覺得流亡生活是一種沉重的負擔，他的回答刊登在第二天的《紐約時報》上：「流亡實為艱辛，但是對德國內部已是被毒害了的氛圍這一事實的認知，使得流亡的艱辛比較容易忍耐，同時也使人覺得，去國不是損失。我在哪裡，哪裡就是德國。我帶着德意志文化。我從墮落的人群當中出走，我與世界保持聯繫，我並沒有把自己當作失敗者。」

德國學者勒佩尼斯在《德國歷史中的文化誘惑》一書中指出，早年的湯瑪斯．曼「沉浸在德國浪漫主義的符咒中」，對「『羅馬的西方』和『大洋對岸屹立的嶄新國家』所安享的民主進行猛烈抨擊」。然而，他很快發現「民主和德意志精神水火不容」。一九三〇年十月十七日，他在柏林貝多芬廳關於華格納的演講被稱為「德意志致詞」而載入史冊。聽眾中混入不少納粹分子，企圖鬧場但未得逞。他直言不諱地譴責納粹主義是「怪癖野蠻行徑的狂潮，蠱惑民心的低級市集上才見的粗魯」。

「我永遠不會忘記，電臺和報刊界在慕尼黑對我的華格納講演，發動的無知和殺氣騰騰的攻訐，它才使我真正明白，我回國的道路已被中斷了。」湯瑪斯．曼的流亡生活是以「許多星期的顛沛流離和住旅館」開始的。阿羅薩、班道爾和薩那瑞─蘇爾梅只是一九三三年流浪的暫時性前幾站。為了尋找安身之處，他考慮了許多「不同的城市」──巴塞爾、蘇黎世、斯特拉斯堡、布拉格，還有維也納。到了十月份，他才在蘇黎世湖東岸的庫斯納赫特租了一座房子，一住便是五年。在力圖無條件保持中立的瑞士，這個所有國家中「最自治，只考慮自己和它的同胞，最討厭外國人」的地方，他發現自己不被人理解。一九三六年初，他就流亡問題所作的第一份聲明，在瑞士引起一片驚訝──這個聲明，是由《新蘇黎世報》文藝欄主編愛德華．科盧提的一篇題為〈從流亡者這面鏡子看德國文學〉的令人難堪的評論引起的──湯瑪斯．曼說：「在此，我公開聲明：我作為藝術家過去所做的一切都與我今天和『第三帝國』鬥爭的方式及位置有著一種有機聯繫。對每一種對此視而不見或不尊重這個事實的榮譽，我敬謝不敏。」

湯瑪斯．曼將一九三三─一九三四年的日記題名為《受德國之苦》。他沒有想到，「受德國之苦」的時間比他預計的長得多。他的德國護照過期，納粹政府要求他回國延期，其實是想逮捕他。他拒絕了。次年，三十七名德國知名人士被剝奪國籍，物理學家愛因斯坦赫然在列。他雖倖免，但納粹財政部以「偷稅」罪名沒收他在慕尼黑的房產和家具——只有少數家具，其中有他用來寫作的桌子、從呂貝克繼承下來的讀書時坐的椅子，被家人運到瑞士。在戰時，他優雅的家被納粹用作淨化人種計畫「生命之源」的育嬰所和妓院，這是故意對他的羞辱嗎？他意識到，只能流亡，流亡成了一種可行的、可接納的生存方式。他在日記中提到，如今必須寫政治宣言或聲明——作家和藝術家應當以清醒嚴肅、冷靜務實的態度為民主服務。

一九三六年十一月十九日，湯瑪斯．曼在捷克斯洛伐克駐瑞士領館申請加入捷克國籍。他在日記中簡短記載這次經歷，稱之為「奇怪事件」。幾星期後，他們全家四口人被剝奪德國國籍。

歐洲局勢日益嚴峻，美國同意湯瑪斯．曼及家人毋需有效護照及簽證即可入境——羅斯福總統親自向他發出邀請，「不管作為作家還是民主人士，美國都將成為對他禮遇有加的國度」。他在美國流亡生活的第一站是普林斯頓大學，他獲得客座教授的職位，後來愛因斯坦成了他的鄰居。他試圖釐清美國民主理想的浪漫之旅——不是從托克維爾的《民主在美國》那裡，而是從美國國民詩人惠特曼那裡。在一次演講中，他以惠特曼的《民主遠景》為主要援引資料，後者宣稱法律制訂和投票選舉都不足以給民主賦予生氣，民主需要真正觸及「人的心靈、情感和信仰」。在惠特曼的詩歌中，民主和審美合二為一，成為福蒂斯所謂的「民主美學」。湯瑪斯．曼在惠特曼那裡發現德國文化中最缺乏的個人主義——「我歌唱自我，歌唱每個獨立的個體／然而卻用民主的詞彙，大眾的語言。」一九四一年，他又舉家遷往洛杉磯近郊。加入美國國籍一事一拖再拖，直到一九四四年，他才入籍美國。

戰時，湯瑪斯．曼與妻子拖著十四個行李箱在美國巡迴演講，譴責納粹暴政。他還透過英國廣播公司號召德國聽眾反抗希特勒。對盟軍空軍轟炸其故鄉呂貝克，他也表示理解。他談及德國人在二戰中的「集體罪責」，認為大規模處決納粹分子具有淨化民族的效益。戰後，當幾家德國報紙推薦他出任第一位聯邦德國總統時，他懷着驚訝的心情拒絕此一建議。隨後，他在公開信〈我為什麼不回德國？〉中提出，德國人有集體罪孽，納粹時代出版的文學作品都應當被搗成紙漿，這使他與德國同胞之間有了一道鴻溝——恐嚇信紛至沓來。其實，早在一九三七年，他就說過：

希特勒的出現並非偶然，他是一種真正的德國現象。

但直到一九五〇年代和六〇年代，還有很多德國人認為納粹的出現是一次「歷史事故」。德國學者哥特馬克指出，湯瑪斯．曼從德國人的政治哲學和政治文化出發，分析出現希特勒的原因，符合邏輯、也完全正確。德國一方面存在著理想主義和浪漫主義，另一方面又存在著古老的專權國家人們習慣於尋找一個強有力的領袖。如果選擇錯誤，必然出現希特勒這樣登峰造極的人物。

一九五二年，湯瑪斯．曼移居瑞士。後來，從瑞士出發到德國訪問成了他的一項常規活動，但他從未想過回德國定居。他在瑞士過著半隱居生活，「他的一生是菁英的一生，他的藝術當然也是菁英的藝術。無論他對政治發表什麼言論，他把城市貴族的傳統一直保持到生命的盡頭」。

在流亡之初，湯瑪斯．曼完成一部重要作品：《約瑟和他的兄弟們》。在變幻無常、極端惡劣的環境中，這部作品一直是其「避難所、安慰、家園和堅韌不拔的象徵，自強不息的見證」。在約瑟升為埃及總督後，作者讓這位「神聖的流浪漢」說道：「當然上帝作美，使我能夠撫養芸芸眾生，自己也變得成熟老練。」這句話，與浮士德的臨終之言頗有相似之處；這句話，也是湯瑪斯．曼的自我期許。

保羅．策蘭：背負奧斯威辛，尋找耶路撒冷

一九七〇年四月二十日，逾越節那一天，保羅．策蘭從巴黎米拉波橋上跳進塞納河裡，他水性不錯，卻在沒有任何人發現的情況下淹死了。他的妻子吉賽拉給一位朋友打電話，問他丈夫是否去了布拉格，得到否定的回答。十天後的五月一日，一位漁民在下游七英里處發現策蘭的屍體。與策蘭長期保持一種柏拉圖式的精神戀愛關係的女詩人巴赫曼寫道：「我的生命終結了，因為他在流放中溺死在河裡，他是我的生命。我愛他甚於我的生命。」

策蘭傳記的作者沃夫岡．埃梅里希寫道：「他在流放中溺死在河裡。」這句簡短的話，是一九四五年後德國文學中的重要句子之一。這個被時代恐怖烙下印記的人，他的身世被濃縮為一句話。它告訴我們，是對猶太人的流放和殺戮，在二十五年後導致了策蘭的死亡。如尼采所說：「一切都受了傷。人和物糾結在一起，經歷帶來太深的傷害，回憶是一道化膿的傷口。」溺死只是死亡的方式，對猶太人的集體殺戮以及由此而產生的倖存者之疚，才是死亡的緣起。

也許他太孤獨——「沒有人／為證人／作證」；也許他感受到到某種攻擊正在臨近——又要被關進精神病院，吃藥且受更多苦，因此必須掙脫這一切。他痛苦的生命已達到他所能承受的極限，

作為大屠殺的倖存者和流亡者，他「承受的黑暗更久遠」，他晚期的詩歌更臨近文化的坍塌、大地的不可棲居以及思考的嚴重受損狀態。

出生後不久，他就被證實出生在錯誤的時間和地點，他忍受了不幸，但從未徹底釋懷。一九二〇年，原名安徹爾的策蘭出生於布科維納地區的切爾諾維茨（一九一八年前是奧匈帝國治下的公國屬地，一戰後歸屬羅馬尼亞，二戰期間先後被蘇聯和納粹德國占領，一九四七年被劃入烏克蘭）的一個猶太家庭，父親信奉錫安主義，讓策蘭以希伯來語接受教育；母親弗莉茨十分熱愛德語文學，促使德語成為策蘭家的母語。這樣的家庭背景，使國籍為羅馬尼亞的策蘭受著希伯來語與德語兩邊的文化與語言的陶冶，影響著他以後的文學與翻譯道路。二戰爆發後，羅馬尼亞獨裁者安東內斯庫追隨希特勒，無窮無盡的恐怖統治降臨在這一區域的猶太族群身上。策蘭的父母被送入德國人管轄的米哈洛夫卡集中營，父親死於斑疹傷寒，母親因不適合勞動而被槍決。萬幸的是，他本人被歸入羅馬尼亞管轄的勞動營參加修路工作，有人問他在勞動營中做些什麼，他簡短地回答：「挖地！」

一九四四年二月，蘇聯紅軍重返羅馬尼亞，策蘭從勞動營獲釋，回到家中。他在給一位大學同學的信中寫道：「我的父母都喪生於德國人的槍下……我現在體會到了屈辱和空虛，無邊的空虛。」尤其是得知有些友人的父母倖存下來之後，他終其一生都對受害的父母抱有沉重的負罪感——儘管當時他確實什麼都做不了。「一個猶太人在戰爭年代的生活是怎樣的，我不用提及」，他後來在一份自我簡介中不動聲色地說。他為母親寫的詩歌道盡內心的悲傷：「雪在飄落，媽媽，大雪飄在烏克蘭，／救主的荊冠綴滿說不盡的悲痛。／我為你灑下萬千淚滴終是枉然，／莫若無言自豪的一瞥讓我輕鬆……」烏克蘭的雪（血）一直飄到今天。

一九四四年秋，二十五歲的策蘭重新在切爾諾維茨大學註冊入學，這一次他成了英語系學生——在專業的選擇上，他對莎士比亞的熱愛起了決定性作用。然而，不久之後，局勢逐漸明朗，當地將被劃歸蘇聯（更準確地說，是蘇聯的加盟共和國烏克蘭）。他不願生活在共產黨的統治下，因此，他認定自己在故城的居留只是暫時性的，學業更不可能完成。

一九四五年四月，策蘭遷居布加勒斯特，似乎鎖定了羅馬尼亞人的身分。策蘭一舉成名的詩作〈死亡賦格〉在同年發表於布達佩斯。他在這首詩後面第一次寫下新名字——策蘭，作為舊筆名Ancel的倒置。他的生平、他的痛苦、他的沉鬱都在這個倒置的改動下，隱藏在他的文學裡。「有些人必須要在歐洲把猶太精神的命運活到終點，也許我就是這樣做的最後一批人之一」。耐人尋味的是，他仍然希望成為一名德語詩人——儘管德國人給他造成莫大的傷害，但德語是他的第一語言。一九四八年八月，策蘭在寫給以色列親戚的信中如是說。一個詩人無法停止寫作，「即便他是猶太人，即便他寫詩所用的語言是德語」。他在一首以母親為傾訴對象的、沒有發表的詩歌中寫道：「母親。／母親，誰的／手被我握於手中，／當我攜你的／言語去往／德國？」

隨著羅馬尼亞共產黨奪取政權，逐漸形成仿效蘇聯的極權體制，審查制度對文學生活的影響力日益顯著。剛剛登上文壇的策蘭發覺不可能寫作迎合「真正的社會主義」的詩歌，於是離開就成了唯一的選擇。他希望去西方占領下的維也納，但困難重重。後來他在一九五八年的《布萊梅演講》中寫道：「那可及的，足夠遙遠，那可以企及的，它的名字叫維也納。各位也知道，這些年來，我所說的可以企及是怎樣一種狀態。」一九四七年十二月，他開始這次「異常艱難的旅行」，一次冒著身體和生命危險的逃亡——當時，羅馬尼亞當局對試圖跨越邊境者予以逮捕或射殺。透過匈牙利蛇頭的有償幫助，策蘭還是成功逃離祖國。在布達佩斯暫作停留之後，他於聖誕前夕抵達維也納，並先落腳在難民營裡。

在維也納，雖然不再有安全問題和檢查機制，但策蘭仍然覺得自己是「一個真正的流亡中人，一個無望的人」，或許「異鄉即宿命」。他寫了〈在埃及〉等詩篇，維也納彷彿是他的埃及，他以猶太人的身分待在埃及，「你要向著陌生人的眼睛說話：你就是水」。

一九四八年八月，策蘭從維也納移居巴黎。他離開之後，詩集《骨灰罐之沙》才在維也納姍姍來遲地問世，他的老師斯佩伯爾稱之為「唯一可以與卡夫卡作品媲美的詩歌」。然而，差勁的裝幀、劣質的紙張和粗疏的校對讓策蘭沮喪，三年過去後，賣出去的不到二十本，他僅獲得十四美元版稅，他請朋友將這批書回收並搗成紙漿。此種命運一如策蘭此前的預料，「我在陌生人面前歌唱」、「我們怎能在外邦唱耶和華的歌呢？」

此後，策蘭在巴黎的生活還算安定。一九五二年，他與法國貴族出身的版畫藝術家吉賽拉結婚，儘管吉賽拉的父母很難接受一個貧窮的東歐猶太人和倖存者，但這對只能做到收支相抵的夫妻卻有一個共同點：對真正的藝術都抱嚴肅認真的態度。一九五五年夏，多次徒勞無功的嘗試之後，策蘭終於加入法國國籍。一九五七年，策蘭一家終於在巴黎美麗的特洛卡代羅區有了一所像樣的住宅，策蘭也有了一間屬於自己的房間。

策蘭拒絕阿多諾所說的「奧斯威辛之後寫詩是野蠻的」。他認為，苦難不是拒絕詩歌的理由，奧斯威辛之後，詩和藝術比任何時候都更有責任來談論罪行。他在散文〈山中對話〉中虛構了一場與阿多諾的對話，他說服了對方。但這種寫作極度危險，苦難會像洪水一樣將人淹沒，策蘭在〈在埃及〉一詩中寫道，「你應從水裡召喚她們」。巴赫曼在一封信中說：「我應該去看你……我很害怕，看見你被滔滔的海水捲去，但是，我要造一條船，把你從絕望中帶回來。」策蘭擔心自己將對方拉入滅頂之災，明智地與之保持距離。

一九六二年底至一九六三年初，策蘭第一次在精神病院住院治療。一九六五年十一月二十四日，他殺害妻子未遂，強制在好幾個不同的精神病院治療半年多，治療採取藥物和電擊等粗暴的方式，對他並無幫助。出院後不久的一九六七年一月三十日，他再次殺害妻子未遂、自殺未遂。之後，被施以急救手術，再度強制送精神病院治療，直到十月十七日。同年四月，妻子要求與之分居——策蘭對於妻子和孩子來說，不僅是一種巨大的負擔，有時甚至是一種危險。一九六七年十一月二十三日，就在策蘭四十七歲生日那天，他由醫院遷入一套獨居的公寓，他在給友人的信中寫道：「二十年的巴黎生活之後，我這個太過安定的漂泊者很高興能再次撐起這樣一頂，甚至有些可愛的大學生的帳篷。」

一九六八年，巴黎發生五月學運，策蘭曾上街與大家一起唱〈國際歌〉，但左派之間的內鬥讓他不安。隨即，在柏林，抗議者與警方發生更血腥的衝突，策蘭從氣勢洶洶的左派身上發現了反猶太復國主義的氣味。而布拉格之春被鎮壓，使他拒絕朋友的邀請，不去「日益陰翳的捷克斯洛伐克」。策蘭在巴黎、柏林和布拉格的三重希望——「別樣的開始、下層的起義、造物的奮起」，變成三倍的失望，他在詩中寫道：「糞水溝裡上上下下／一覽無餘，清楚分明。」一九六八年十一月至一九六九年二月，他最後一次強制送精神病院治療。隨後，他一度有遷居以色列，回到猶太文化之中的想法，但在以色列訪問期間，他卻發現，猶太同胞同樣不能理解他的詩歌和他的痛苦，他在以色列仍然是孤兒，仍然深陷無可克服的陌生感，他「幾乎是落荒而逃」。

最後，策蘭選擇離開，像他的前輩茨維塔耶娃、葉塞寧、班雅明等人一樣。「有人在寂靜中低語，有人沉默，／有人走著自己的路。／流放與消失／都曾經在家」、「這個跟在後面結結巴巴的世界，／我將成為這世界裡／曾經的過客，一名字」。在巴赫曼看來，策蘭的自殺是納粹對猶太人大屠殺的繼續，卡繆也稱策蘭的死為「社會謀殺」。他們完全有理由這樣認為。在策蘭之前，不止一個奧斯威辛的倖存者這樣做了。策蘭縱身一躍可視為一種終極抗議，是「在現實的牆上和抗辯上打開一個缺口」。

策蘭詩歌的中文譯者孟明，是一九八九年逃離中國的流亡者，同為流亡者的命運，讓他進入了策蘭的世界：「這個秋天意味深長……我站在米拉波橋上，這意味著一種流亡。」孟明認為，策蘭這位畢生流亡者使「流亡」一詞恢復其古老涵義：流亡乃是一個個人的事件。它透過一個人的經歷並借助詩歌的表達，向一個民族遠近的歷史敘事折射，向大地折射。

策蘭沒有離開，他還在路上，正如他在〈旅途上〉一詩中所吟唱的：

有一個時辰，塵土成了你的隨從，／巴黎的家成了你的手的祭壇，／你的黑眼睛變成了最黑的眼睛。／／有一座農莊，一套車轅在等你的心。／當你上路，頭髮想飛起來——那是不允許的。／留下揮手作別的人，並不知。

漢娜．鄂蘭：當眾星火看見彼此，每一朵火焰便更為明亮

一九三三年春，反猶運動在德國各地展開，鄂蘭和母親馬爾塔遭到逮捕，拘押八天並被分開審訊。鄂蘭隨機應變，幸運地遇到一名同情她的主審官——他釋放了這對母女，並暗示她們可乘坐走私船逃離這個國家。

一九三三年八月，鄂蘭與母親在捷克流亡者組織幫助下，穿越一條經過礦區的隱祕小路非法越境，經過布拉格、熱那亞和日內瓦，順利到達巴黎。她的身上沒有任何身分證件。在接下來超過十年的時間裡，她都是無國籍人士。那一年，大約兩萬五千名德國人逃亡到法國。「人們四處借貸，人們挨餓，人們期待著……有的人寫作，另外一些人把他們最後的一點錢投入投機生意，開餐館或者賣香腸。」她隨身攜帶一份諷刺法西斯的手稿，據說它有一股臘肉的味道，因為它曾被裹在一塊布裡同熏製的臘肉放在一起。她住在便宜旅館，愛上這座「異鄉人感到很親切，可以像在自己家裡那樣居住」的城市。她任職於幫助猶太人移民以色列的組織「農業與手工業」及「青年猶太人大遷移」，後來做過羅斯柴爾德男爵夫人的私人祕書，她在巴黎做的工作「允許她作為一個有意識的賤民而生活」。一九三六年，她的第一任丈夫斯特恩移居美國，次年兩人正式離婚。

隨著二戰爆發，在法國的德國流亡者的身分發生了戲劇性變化。此前，他們不怎麼受歡迎，但畢竟是客人。現在，他們成了「不受歡迎的外國人」，所有德國人，不管是否反對納粹，都被視為「討厭的德國佬」乃至希特勒的「第五縱隊」。一九四〇年一月，鄂蘭與流亡巴黎的猶太裔共產黨人布呂歇爾結婚。四個月後，德軍占領比利時，法國岌岌可危，法國政府下令將德國移民送往集中營。

鄂蘭身在其中，先是被拘押在巴黎的冬季賽車場，兩個星期後被送往南部的居爾集中營。這個集中營擁有三百多個木板棚屋，每個木板棚屋可容納五十至六十人，每個人有大約七十五公分寬的地方容身。每天的伙食是用鷹嘴豆做成的湯、鷹嘴豆和一片麵包。很多人感到絕望——逃脫希特勒的集中營，難道是為了進入法國人的集中營？鄂蘭回憶說：「我有次聽人說到自殺……我們中間有人指出，他們把我們送到這裡，就是要讓我們精神崩潰，這時普遍的氣氛就變成強烈的求生勇氣。」

幾個星期後，法國戰敗。混亂中，鄂蘭弄到一份假證件，成功逃出來，七千人中只有兩百人逃出來。「這是唯一的機會，但是要求我們只得帶一把牙刷走，因為沒有交通工具。」這些囚徒在公路上驚慌失措地逃竄，他們看上去營養不良，疲憊不堪。鄂蘭徒步前往蒙托邦，那是一段大約兩百公里的路程，朋友們在那裡為她提供一處庇護所。她與也被關進集中營的丈夫失去聯繫，直到有一天他們在大街上奇蹟般地相遇。她在題為〈我們這些另類流亡者〉的文章中寫道：「我們被德國人驅趕出境，因為我們是猶太人。可是當我們跨過國境線，又成了『德國佬』……七年間，我們滑稽可笑地試圖扮演法國人的角色——或者至多是未來公民的角色；戰爭開始時，我們就隨隨便便地被當作『德國佬』關了起來……德國人入侵後，法國政府只好又為他們的行為另找由頭，我們原來是作為德國人被捕的，後來又因為是猶太人而不得獲釋。」寫這篇文章是鄂蘭思考「賤民處境」的又一次機會——鄂蘭晚年寫出《作為賤民的猶太人：猶太身分與現代政治》一書。「賤民」因為身處多重邊緣地位，從而可能帶來某種「新人」想像，鄂蘭這個信念，從早年所寫的瓦哈根傳記，至身死都不渝。在她看來，有意識的賤民，具有一種敏銳地體會到他人難處的能力：「這種敏感是對於每個人尊嚴，一種病態的誇大，是一種特權階層從來無法感受的激情。就是這種強烈的共情能力，造就了賤民的慈悲心。在一個建立在特權、因出身獲得的驕傲以及由頭銜所賦予的自大之上的社會中，在理智將人的尊嚴當作道德的基礎很久之前，賤民就已經憑直覺發現了人廣泛的尊嚴。」

一九四〇年十月三日，貝當當局下令其統治區的猶太人去警察局登記。像許多人一樣，鄂蘭和詩人丈夫布呂歇爾前往馬賽尋求美國簽證。他們找到了美國救濟中心的負責人弗萊尋求幫助——後者從納粹手中拯救了四千多人。但當時他們還只是鮮為人知的作家，並未出現在美國人的重要人士名單上。幸好暗中協助弗萊的赫緒曼加以干預——他和布呂歇爾相識，並證明鄂蘭是「有朝一日會成名的女性」，美國救濟中心無視國務院的指示，投入資源為這對夫婦獲取必要的證件：一份「代替護照的身分宣誓書」、一份法國的「身分和旅行證明」和一份美國緊急簽證。

一九四一年一月，維琪政府短暫放寬出境許可政策，允許鄂蘭和布呂歇爾乘火車前往歐洲向美國開放的最後一個港口里斯本；在希伯來移民援助協會的幫助下，他們在等候三個月後得以登上前往紐約的遠洋郵輪。鄂蘭從自己的悲慘經歷中了解到不知名的無國籍人多麼脆弱，並進而觀察到「公民身分的喪失不僅剝奪人們的保護，而且剝奪所有已確立的官方認可身分」。在這種情況下，「唯有名聲」——「能夠將一個人從無名人海中解救出來的辨識度」——可以協助恢復安全：「知名流亡者的機會提高，就像有名字的狗比流浪狗更有機會活下去一樣。」

一九四一年五月，鄂蘭和丈夫到達美國——這是最後一塊避難地。她的母親三個星期後也來到美國。「對我們來說，流亡的定義已經改變，我們只是因為不幸，必須到達一個新的國度，沒有任何原因。」鄂蘭口袋裡只有五十美元，得到救援組織幫助，分得一間破舊的出租公寓，帶公共廚房，後來他們在此住了十年。在當時的情況下，學者和藝術家也不得不從事藍領工作：政治學者漢斯·

摩爾根當電梯司機，作曲家保爾·德紹在一家商場當保安員。鄂蘭意識到，她必須學會用另一種語言來寫作，她在給老師雅斯培的信中說，「移居的真正麻煩就在於此」，英語只是她的第三語言，但她很快熟練地用英語來寫作，她稱自己是「自由撰稿人，半是歷史學者，半是政治記者」。她在出版社當編輯，也為《黨派評論》寫稿，結識大量頂級知識分子，並集中精力寫《極權主義的起源》。

儘管「她可以在欣賞美國的政治生活的同時厭惡美國的社會生活」，但鄂蘭很快適應了美國的一切。她希望獨立，她天生不是從事實際工作的材料，寧願投身精神活動，她決定「在這個泡沫一般富麗堂皇的國家裡寧可餓死也不退化成一個那種求乞的可憐蟲」。她的重要著作《極權主義的起源》出版了，這為她在美國知識界贏得了聲譽，她開始收到去普林斯頓大學、柏克萊大學等名校演講和任課的邀請。他們的經濟狀況大大改善，搬到紐約晨曦大街一座較大的公寓，之後又搬到河畔大街一套可以欣賞到哈德遜河秀麗景色的公寓，這個家足夠大，可以舉辦知識分子沙龍。

鄂蘭有強烈的扎根欲望，一九五一年取得美國國籍時，她對這件事看得非常認真，以濃厚的興趣研究美國憲法。熱情好客的美國使人放鬆，但這位新公民並未放棄警惕的觀察。她被美國聯邦制賦予人的自由深深打動，她在美國的共和政體——她將其視為自己新的家園——那裡看到人性的希望。她並不迴避美國社會的陰暗面，卻將美國的政治結構視為一種令人興奮的可能性。「美國人在政治上是獨立的，從社會角度看卻是保守的。」在她看來，「保守」是一種負面價值，她的左派和無神論立場讓她無法洞悉美國的清教主義傳統。一九六三年，她出版《論革命》一書，審視法國大革命和美國革命，相信美國革命比法國大革命更有前途，因為前者有憲法文件作為其組成部分。她支持一九六八年的學生運動，但當哥倫比亞大學的學生占據學校辦公樓時，她作出批評，認為這種行為構成對學術自由的威脅。她對公民不服從中對暴力的使用進行反思，寫了《論暴力》一書。她對一九七〇年代的民權運動非常疏離，把爭取平等教育權利的黑人父母當成只是想在既有社會規範中爭取好處的社會新貴——過去，歐洲的猶太人也曾嘗試這樣做，結果失敗了。鄂蘭在《共和的危機》一書中倡導以公民不服從來戰勝共和政體下的暴力和謊言，並堅信保存美國共和制的最大的希望就存在於代議制當中。

最終，鄂蘭回到愛這個價值上，「一個人的性格經過愛的訓練，這個人就會試圖維護公共世界或公共領域，使性格在其中得以彰顯，使人能夠表現出內在的自我。反之，對心靈的主權專制、缺乏民主精神，會導致政治專制」。在《極權主義的起源》的結尾，她如是說：

對於那些被逐出人類群體和人類歷史並因此而喪失了人類境況的人們，他們需要全人類的團結來確保他們在「人類永恆的編年史」中擁有合適的位置。至少，對於每一個絕望的人，我們可以大聲呼喊：「不要傷害自己，我們都在這裡。」

一九七五年十二月四日，鄂蘭在紐約與世長辭。人們在她的打字機上發現她為最後一本書《判斷力》寫的兩句題詞，這本書剛剛動筆。第一句題詞是大加圖的話：「眾神喜歡勝利的事業，加圖喜歡失敗的事業。」第二句題詞摘錄自歌德的《浮士德》：「魔法啊，但願你遠離我的前途，讓我忘卻所有那些符咒，大自然啊，即使在我在你面前是隻身一人，為了做人，再大的努力也值得付出。」

卡內蒂：在回家的路上總會迷路的人，每次都會發現一條新路

一九三八年，為躲避納粹的迫害，三十三歲的卡內蒂從維也納流亡倫敦。他是一九三〇年代德國「流放的一代」中最年輕的一位作家。他一直堅持使用德文寫作，但再沒有回德國長住。此後半個世紀，他在英國過著半隱居生活，晚年移居青年時代求學的蘇黎世。他與英國文壇幾乎沒有往來，成為一名冷僻、一般讀者漠視的作家。他於一九八一年榮獲諾貝爾文學獎，文學評論家詹姆士・黎安說，此一諾獎是承認「放逐的一代」之文學成就。

對於卡內蒂來說，放逐的經驗與生俱來。一九〇五年，他出生於保加利亞魯斯丘克，這是一個古老的多瑙河港口，生機勃勃，卻又充滿苦難和災禍，「我後來所經歷的一切，都在魯斯丘克發生過」。魯斯丘克是土耳其帝國終結之處，在這裡，「其餘的世界都被稱作歐洲」。卡內蒂家族是十五世紀被驅逐出西班牙的猶太人後裔，一直使用中古西班牙語（拉迪諾語），他們是富有的商人和土耳其公民。

一九一一年，卡內蒂的父母帶著他舉家遷往英國。爺爺反對這個計畫，父親則試圖激起他對英國的喜愛，「在那裡，所有人都誠實，人們言而有信，說到做到，根本用不著跟他人握手言定某事」。次年，父親暴病身亡，母親帶著他遷居維也納，他後來被送到蘇黎世讀書。這種從童年時代就在多語言、多國家、多民族之間穿梭的經歷，讓他從十歲起，「就感覺自己是由很多人物形象組成的，但這種感覺和模糊，我無法說清，也說不清為什麼一個形象會替代另一個形象。這就像一條變化多端的河流，因為有了明確的新要求和新信念的融入而永不乾涸。我願意，並且也有能力匯入這條河

流，但我看不見它」。

卡內蒂在蘇黎世和維也納接觸到若干文學藝術大師，漸漸對文學產生興趣，放棄了此前主攻的化學研究。此刻，維也納的文化輝煌已是落日餘暉。奧地利政府沒有希望解決貧困和失業的問題，許多禁受不住這種空虛考驗的人受到德國影響，希望融入更大的群體中去，讓個人能過上更好的生活。這樣做的直接後果，將是導致一場新的戰爭爆發，但很多人不願意這樣去想。「在這樣一個國度，所有人都倒退著走，為了永遠能夠看到自己；在這樣一個國度，所有人都互相背過身去：因為懼怕目光。」

卡內蒂很早就遷居英國，沒有直接受到納粹政權的傷害，沒有親身經歷集中營的恐怖，但他對這場歷史上最慘烈的戰爭的觀察，讓他此後不能看地圖，因為「城市的名字散發燒焦肉體的氣息」。他敏銳地發現，戰爭摧毀了人的同情心：「我所知道的最卑劣的感受，是對被壓迫者的厭惡，彷彿是在用被壓迫者們的特性來為他們受到的蹂躪正名。即使是極為高尚且公正的哲學家也不能免於這種感受。」他宣稱：「我不能變得謙忍；太多事情在我體內燃燒；舊有答案分崩離析；新的還沒誕生。所以我只好同時開始一切，彷彿前面還有整個世紀在等待我。」

德國人在這個世紀最初三十年裡，以其前所未有的組織和傾向震驚全世界，這一切是如何發生的？卡內蒂在《群眾與權力》一書中指出，近代以來，德國人將軍隊看作國家的象徵，這種象徵的更為深刻的根源在於森林。當納粹出現之後，黨代替軍隊，而且在國家內部沒有給黨設立界限，黨很快控制德國社會生活的所有方面，「每一個德國人都可以成為國家社會主義工人黨黨員，這對以前不是士兵的德國人尤為重要，因為他透過這種方式可以參與平時不允許他加入的活動」。

「每個人都要有自己的火焰，從別人那裡借來的火焰不完整」，卡內蒂晚年完成《獲救之舌》、《耳中火炬》和《眼睛遊戲》三卷回憶錄，重現二戰之前美好的歐洲，比褚威格的《昨日的世界》更清晰、細膩、透明。他在隨筆集《耳間證人》中描寫各式各樣奇怪人物，很多人物都有他本人的影子。比如，「以淚暖臉的人」——到黑暗的電影院中看電影，淚如泉湧，世界冷酷無情，沒有臉頰上溫暖潮濕的感覺，又怎麼活得下去？又比如，「災難管理員」——他見過市面，能夠獨占世界上所有災難，不是沒有道理。不管在哪裡發生可怕的災難，他都在現場，也牽涉在內。別人能口頭談談，表示同情，但他可是親自經歷。再比如，「永不先生」——他不會被任何人逼迫去做任何事。他拋棄他的名字，並拒絕接受名字，他就在自己的人生棋盤上跳躍而去，狡猾而輕鬆地；沒有人能呼喚他。

耐人尋味的是，在榮獲諾貝爾獎前夕，卡內蒂禁止英國——戰時庇護他、早已歸化入籍的國家——出版其作品。雖然他後來撤回這道禁令，但此一舉動顯示他對英國存有怨恨。他從未講過在英國的故事，並且在去世前留下指示，二〇二四年之前不能出版他寫下或者口述的回憶片段。他的女兒沒有聽從這一指示，於是有了一本《空襲中的派對》——「我生活的英格蘭是她的智性腐敗之時」，他所珍惜的美好價值，「已在燈火管制的英格蘭的島國褊狹和無休無止的飲宴派對中淡漠冷卻」。這段描述有點像石黑一雄《長日將盡》中的場景。他承認對任何一個英國作家都沒有好感，痛斥T. S.艾略特「和舉國上下的人一樣無能」，散發著「虛弱無力的臭氣」。有人評論，這本書「成了納粹德國空軍回老家後倫敦文壇遭遇的最激烈的謾罵性轟炸」。也有人認為，這本書倒像是一封寫給田園式英格蘭的情書，這塊曾養育米爾頓、德萊登、多恩和斯威夫特的天堂沃土，已然消失在二十世紀後半期的歷史中。

這個流亡者，對英國的感情或許是「愛之深、責之切」。小時候，卡內蒂曾在曼徹斯特住過兩年。「我從父親那裡繼承的英國基礎依然牢固，」他寫道，「我花了一生尋找那些認同這一英國形象的人們，好幾次差點兒找到了，結果就是我的重生」。在閃電戰的空襲中，他驚嘆於「英國人拒絕人心渙散的自制力」。在公車上，他從未聽到過一聲焦慮或抱怨。一九五二年，他成了英國公民，盡管三十年後他在蘇黎世安了家，他從未放棄追尋那個他欽佩仰慕的英格蘭。卡內蒂將年邁的作曲家拉爾夫．沃恩．威廉姆斯視為典範人物：「一個值得大寫特寫的人。」很少有外國人對英國文化有如此激情，更沒有人以如此狂熱的憤怒表達這激情。

卡內蒂曾在一篇訪問中回答一個刁鑽的問題——「在流放的環境裡如何去抵抗壓力呢？」他指出，「我會一直撕裂自己，直到我變得完整了」。他不害怕孤獨，反倒享受孤獨：「孤獨是如此重要，只好不斷找尋可以孤獨的地方。因為不管哪裡，新鮮感很快就消失。但最危險的還是書本聚焦在一起的力量。」對他而言，流放者在日常生活中使用的是「第二種語言」，這是一種整天聽到的語言、庸俗的語言；而流放者寫作時所用的乃是「第一種語言」，這種語言不斷地保衛著自己，顯示出一種特殊的光芒，「我有了祕密的語言，沒有實際的用途，純粹單獨使用，結果就越來越固執地抓緊，就像一些人緊緊抓住在周圍環境禁忌的信仰」。他思想的語言「過去是德文，以後也會是德文」：

> 這個國家在大戰後一片荒涼，但是正由於我是猶太血統，不管殘存的是什麼，我都要承擔下來。我的命運已經和德國人的命運揉混在一起，但我承擔的是全人類都會同情的哀傷（六百萬猶太

人被納粹屠殺）。另一方面我也欠德國文化的債。我的作品就是我最好的回報方式。

而他真正的故鄉，是一片「被遺棄的大地，經過文字的橫徵暴斂，噎塞在知識中；再沒有活著的耳朵向寒冷聆聽」。儘管如此，他堅信「在今天的現實裡，假如一個人不去沉思他自己的責任，那麼這個人就沒有資格成為作家」，「歷史恢復了我們虛假的信心。為要在沉默世上能發出聲音，只好大量寫」。

第十二章　世上沒有不倒的牆：從翻牆到推牆

一定得趁年輕快點逃離，因為像我們這種流浪漢，生來就是為了奔跑。

——布魯斯．史普林斯汀

一九五五年，東德執政黨統一社會黨的一本宣傳冊以戲劇化的語言譴責逃離東德的民眾：「無論從道德立場還是從整個德意志民族的利益來說，離開東德都是在政治和道德上的落後和墮落。不管他們是否知道，實際上他們被西德的反動勢力和軍國主義所引誘。僅僅因為誘人的工作機會或其他『未來的保證』之類虛假承諾的緣故，離開一個美好新生活的種子已經發芽並結出第一批果實的國家，而到一個產生新戰爭和破壞的地方，這難道不是可鄙的嗎？」

然而，無論黨如何聲色俱厲或苦口婆心，都不能阻止成千上萬人逃離這個「先天不足、後天失調」的國家。這是一個靠祕密警察斯塔西控制的蘇聯的傀儡國家，每個人都在「老大哥」的嚴密監控之下。在國家（而非市場）控制著要生產或進口多少鞋子、烤麵包機或牙刷的狀況下，幾乎所有物資都相當短缺。在東德建立之初的一九四九年到一九六一年間，每六個人中就有一個作為難民逃離，總共有兩百八十萬人離開。如果再加上一九四五年至一九四九年期間逃離蘇聯占領區的居民，總數則多達四百萬。難民潮讓這個國家最有才能、最活躍的人口趨於枯竭。在東德那奇特的司法定義中，僅僅是企圖逃離這個國家的行為，就是有罪的。約有三千兩百人因「逃離共和國」的罪名，遭到逮捕並入獄。

柏林圍牆：世界上第一道不是用於抵禦外敵，而是用來對付自己百姓的牆

如何摘掉「叛逃共和國」的帽子？在「老大哥」蘇聯默許之下，東德統治當局決定實施修牆計畫。具體執行該計畫的是內政部長何內克，他成功完成該計畫，為日後躍升為第一號人物積累了雄厚資本。

一九六一年八月十三日凌晨，數萬東德士兵、警察、民兵、工人和所謂的志願者（極權主義國家沒有志願者，志願者都是奴隸勞工，就如同今天中國在防疫清零政策中驅使的數百萬「大白」），僅僅用六個小時就將柏林開膛破肚，豎起一道長達四十六公里、用鐵絲網和水泥板做成的臨時屏障，阻止東德人逃向西德。中午十二點三十七分，最後一個路口宣布封鎖，意味著東、西德人正式骨肉分隔。統一社會黨總書記烏布利希得意地稱之為「中國長城第二」，何內克日後更是宣稱「柏林圍牆將一百年屹立不倒」。資本主義世界沒有這樣的能力如此迅速地完成龐大的修牆計畫，這是

僵化低效的計畫經濟體制唯一的「高光時刻」。

圍牆兩邊的居民從睡夢中醒來，發現世界已一分為二。美國記者諾曼．格爾伯評論說，這是「有史以來最驚人、最魯莽的城市改建計畫。它像蛇一樣蜿蜒穿過城區，通向一場噩夢」。美國總統甘迺迪譴責說：「這是世界上第一道不是用於抵禦外敵，而是用來對付自己百姓的牆。……自由困難重重，民主亦非完美，但我們從未築一堵牆把我們的人民關在裡面，不准他們離開。」曾與何內克一起參與抵抗納粹行動的萊昂哈德，早在一九四九年就已投奔西方，他對何內克所取得的「驚人成就」如此評論說：

> 用圍牆、帶刺鐵絲網和防禦工事把一座城市分割開來，阻止人們享受其天生的自由，這不僅違背了人性的基本準則，也和社會主義的最初意願背道而馳。

那麼，柏林圍牆是否阻止了東德居民逃離的腳步，是否摧毀了東德居民逃離的決心和勇氣？美國作家葛瑞格．米歇爾在《叛逃共和國：柏林圍牆下的隧道脫逃行動》一書中給出否定的回答。據不完全統計，柏林圍牆修建後，即便在不可能穿越的情況下，仍有五千零四十三名東德人成功逃離。

柏林圍牆修成當天下午，第一個越牆勇士挺身而出。這名輕人以跨欄衝刺的速度衝向一段鐵絲網，三名軍警尾隨追捕，就在年輕人翻身越境剎那，軍警將他撲倒，年輕人的腿被刺傷。西柏林市民們的怒吼阻止了軍警繼續施暴，軍警意識到自己已越到鐵絲網對側，便退了回去。越境者一瘸一拐地僥倖脫險。在牆修好的六小時內，越境逃亡者多達八百多人，士兵亦有八十五人。

東德人的逃亡是一首史詩

匈牙利作家、諾貝爾文學獎得主凱爾泰斯說：「東德人的逃亡是一首史詩。」東德人為了逃離專制動用了所有的想像力和聰明才智。一對夫婦游過施普雷河到對岸，把三歲的女兒裝在浴缸裡推著前進。一名東德青年利用摩托車馬達、鋼板及自製導航、壓縮氣體系統造了一艘小型潛艇，花了五個小時橫渡施普雷河，不僅獲得自由，還被西德公司高薪聘為機械師。一位東德人研製出二十八米高的熱氣球，帶著兩對夫婦和四個孩子從兩千六百米高空飛過柏林圍牆——這場冒險後來被迪士尼拍成電影。兩名男子射出一條尼龍線，另一端落在西德一棟房子的屋頂上，一位幫手將其用鋼線綁緊，讓這兩個人用滑輪滑到西德。東柏林的一個女孩為三個朋友製作了唯妙唯肖的蘇聯軍裝，當他們開車經過檢查站時，東德警察畢恭畢敬地向他們行禮，那個女孩則躲在後車箱中。

在所有穿越柏林圍牆的方式中，挖隧道是最古老、最有效、偷渡人員數量最多的方式，也最能體現德國人的工程師天賦。葛瑞格．米歇爾講述了隧道挖掘者們的英雄傳奇，包括圍繞在他們身邊的邊防警察、斯塔西線人及好奇的西方記者，甚至牽動了美國白宮和安全委員會的大人物們。

根據大多數紀錄，在柏林圍牆附近有七十五個隧道曾鑿穿出口，只有不到二十條隧道被認定成功地將難民送到西德。其中，居功甚偉的有賽德爾挖掘團隊、史賓納挖掘團隊和吉爾曼集團。這些挖掘者中，有國家隊的運動員，有曾在東德古拉格集中營服役四年的隧道工人，有後來負責修建英吉利跨海隧道的工程師，有平面設計師、屠宰場員工和獸醫，還有來自義大利和美國史丹佛大學的留學生……他們來自不同國家和不同階層，為了同一個目標組成合作無間的團隊。

二十九號隧道的策劃者和組織者之一赫雪爾曾是東德遊泳冠軍。柏林圍牆剛建起不久，他喬裝改扮、持假護照逃到西柏林。片刻的喜悅過後，他因為無法見到親友而鬱鬱寡歡。「到了西柏林後，我非常牽掛親人和朋友，尤其是我的姊姊，我們從小一起長大，感情非常深厚，一想到她還在東柏林煎熬，我就寢食難安。」於是，他決定在伯爾瑙厄大街下面挖一條通向東柏林的隧道。

從一九六二年二月起，工程花費八個月時間，最終開掘出一條長一百五十米的隧道。開掘時歷經的種種危險非外人所能想像。在離地面只有幾米的地方挖掘，隨時可能發生坍方，最開始他們就碰上一次，差點被活埋在裡面。最緊張的環節是挖到東柏林那邊後，在完全不知地面情形的情況下開掘洞口，萬一被軍警發現，不但前功盡棄，而且每個人都會面臨生命危險。

赫雪爾全程指揮團隊按照圖紙推進，同時借用指南針確定方向。為確保不發生偏差，他們數次委託持有特殊通行證的外國人到東柏林「踩點」，最終確定把出口開在一間麵包店的地窖裡。一九六二年九月十四日，總共有二十九位東柏林居民通過這條隧道抵達西柏林，包括赫雪爾的姊姊和姊夫，這次逃亡也被稱為冷戰期間最成功的逃脫事件之一。

塞德爾是東德自行車國家隊的運動員，他在東德家喻戶曉。但他不願服用類固醇藥物以提高成績，也不願加入共產黨，失去了參加奧運的機會。柏林圍牆剛修好時，他先游泳到西柏林，然後找到一處薄弱環節，剪掉鐵絲網，將妻子和襁褓中的嬰孩接過去。這還不夠，他決定用挖隧道的方式幫助更多親朋乃至陌生人逃離東德。

一名斯塔西臥底出賣了塞德爾。在一次拯救行動中，塞德爾從洞口爬出時，出現在眼前的不是緊張的難民，而是一組重度武裝的便衣斯塔西和穿著制服的軍人。他遭到逮捕和毒打，被判處終身監禁。後來，經過西德政府的「重金贖買」，他與九十一歲的母親獲釋來到西德。他回到自行車界，並於一九七三年與隊友一起贏得全國冠軍，之後他成立了一家關於柏林圍牆的紀念館。

民不畏死，奈何以死懼之

一九六一到一九八九年間，為穿越柏林圍牆，先後一百三十六名東德人遭殺害，為越境而遭到殺害的東德人更高達一千多人。

柏林圍牆修好之後一個星期，家就在邊境線上的艾達．西格曼從三層樓的公寓窗戶丟下一張床墊，然後縱身跳下，不幸的是她並未落在床墊上。五十八歲的西格曼在被送往醫院的途中死亡，成為第一個為越牆死難的人。

就在西格曼致命飛躍後兩天，二十五歲的裁縫君特．列芬在幾乎就要游到河對岸時遭到邊防軍從頭後方射殺。之後幾個星期，被槍殺的逃離者的人數迅速上升。當時，大部分西柏林人認為，儘管東德共產黨政權可能很冷酷無情，但士兵或警察不會射殺同胞。當有人將共產黨與納粹相提並論時，西方左派不以為然。事實很快證明，他們的假設錯得離譜，悲劇一再上演。那些開槍殺人的軍警之後都獲得勛章、獎金和手錶。號稱反法西斯的共產黨，跟納粹如出一轍。

一九六二年三月二十七日晚，塞德爾團隊的成員顏哈搶先從隧道中走進一棟住宅，卻發現斯塔西突擊隊早已等候在此。他拒絕投降，用手電照向對方的眼睛。七發子彈射出。中彈的顏哈用最後一點力氣爬入隧道。當他被塞德爾等隊友從隧道中拖出時，失血過多，在前往醫院路上死亡。

一九六二年八月十七日，柏林圍牆下發生一樁震驚世界的血案。十八歲的費希特衝過封鎖線翻到牆頂，兩名東德警衛並未依照規定發出警告，直接用步槍射擊，一共射出二十多槍。一枚七點六二釐米的鋼彈擊中費希特的骨盆，他倒在無人區，大量出血並痛苦地尖叫。在西德一側的人們呼籲美軍士兵拯救這名垂死者，但一位美軍士兵說：「這不是我們的問題。」

五十分鐘之後，四名東德邊防軍前去拖走費希特一動不動的屍體，西柏林一側的幾位攝影師拍攝到這一幕慘絕人寰的場景：一名軍警雙手穿過費希特的腋下，另一名警察抓住他的腳——他們就好像在搬運一個巨大的垃圾袋。後來，開槍的士兵及兩名軍官都受到獎勵。

另一位「不自由，毋寧死」的英雄是布魯希克，他開著大客車撞牆逃亡。隨著一聲轟隆，已經中彈燃燒的大客車將柏林圍牆撞開缺口，穿牆而過。但當西柏林人激動呼喊著湧上來時，卻發現布魯希克已身中十九彈身亡。多年後，人們在一段殘存的柏林圍牆上還能看到一幅從布魯希克的壯舉中獲得靈感的名作《穿越柏林圍牆》：一輛東德生產的特拉邦牌轎車穿牆而過，車牌上寫著「NOV．9-1989」。一九八九年十一月九日，正是柏林圍牆倒塌的日子。

最後一個被射殺於牆下的逃亡者是年僅二十歲的克里斯．格弗羅伊，時間是一九八九年二月六日，他的心臟遭子彈射穿，當場死亡。斯塔西一如既往地掩蓋真相，並試圖禁止民眾為死者舉辦葬禮。然而，民眾群情激憤，斯塔西不再隻手遮天，政府被迫宣布禁止衛兵在逃脫行動中開槍射擊。但格弗羅伊並不是最後一個死於越過柏林圍牆的人，同年三月八日，三十三歲的電子工程師溫弗里德．弗洛伊登伯格在試圖用熱氣球飛過柏林圍牆時，不幸墜落身亡。

並非所有東德士兵都心甘情願地殺人。柏林圍牆倒下後，在東德統一社會黨最後一次黨代會上，出現「改革」之風，剛服役半年的邊防軍戰士季米特洛夫作為士兵代表作大會發言。這個年輕人勇敢地說出心裡話，對邊防軍中解散黨組織表示歡迎，也對柏林圍牆的倒下大感欣慰：「我們在柏林圍牆邊站了多少個夜晚，總是望著黑暗中，仔細聆聽每一種聲響：又來人了？我們總是很害怕——這是真的，請你們相信我——我們總是害怕有人來；因為，要是有人來，我們只能衝過去，爾後，我們再也無法保持現在的心態，總是懷有一種負罪感，這種負罪感是難以消除的。」

德國統一之後，許多當初對逃亡者開槍的東德士兵都遭到逮捕。幾乎所有案件，包括兩名被控射殺費希特的衛兵，都遭到定罪，但大多被輕判以緩刑。

請最後一位離開邊境的人，把燈關掉

「請最後一位離開邊境的人，把燈關掉。」這是冷戰時東歐人愛說的一句笑話。雖然幽默，但也悲涼。

誰也沒有料到，在蘇東集團，工業化程度和生活水準相對較高的東德會首先崩潰。一九八九年，東德統一社會黨擁有兩百三十萬正式和預備黨員，相當於成年人的四分之一。在人民軍和邊防軍內，正式和預備黨員達十二萬，約百分之九十六的高級軍官、百分之九十四的准尉和百分之六十的職業士官是黨員。由於人民軍和邊防軍中黨員比例很高，普遍給人以一種印象，即軍人會毫無保留地執行領導人的每一道命令，會無條件地跟高層的每一個政治步驟、經濟或社會政策措施保持一致。然而，末代國防部長霍夫曼發現，「這個小小的神話故事已經接近尾聲了」。

一九八八年七月，美國搖滾歌星史普林斯汀獲准在東柏林舉行一場音樂會，他對臺下四十萬青年說：「我不是為了任何政府而來。我是來為你們表演搖滾音樂，希望有朝一日，所有的障礙都會被劃除。」東德當局不准他說出「牆」這個詞，他只好臨時改為「障礙」。但人人都心知肚明——接下來他演唱的是鮑勃．迪倫的〈自由之聲〉，所有聽眾高聲應和。斯塔西未能捕捉到音樂的力量，在報告中波瀾不驚地寫道：「國家安全毫髮無傷。一共有八百人在演唱會期間暈倒，其中有一百一十人是因為飲酒過量所致。」而眼中含著淚水的史普林斯汀知道，「一切都與過去那上百個夜晚不一樣了」，如他在《雷霆路》中所唱「今夜我們將自由」。

在牆的另一邊加入反對柏林圍牆合唱的音樂家還有沃爾夫．比爾曼。這位共產黨烈士的孩子，十七歲時隨母親「反向移民」，從西德投奔東德。如果他順服黨的意志，本可過上優越的生活，但他天生叛逆，且很快看透東德政權金玉其外、敗絮其中的真相，跟兒時對烏托邦式共產主義天堂信仰決裂。比爾曼用「長城後的中國」影射東德的現實，被封殺十年之久。一九七六年，他獲准到西德開演唱會，之後被禁止返回東德。這位曾往返於柏林圍牆兩側的詩人和音樂家，矢志不渝地用詩歌和音樂來摧毀柏林圍牆。

一九八九年秋舉行的東德共產黨最後一次黨代會上，人人都意識到，即便現在開始改革，已然太遲。米歇爾．舒曼教授在題為〈關於社會危機及其原因及統一社會黨的責任〉的報告中指出，以何內克為代表的整套體制、機構和自以為是的意識形態造成社會危機：權力集中在狂妄自大的獨裁者手中；經濟由一個權力中心所掌控，但這個中心缺乏對社會生產領域與消費領域基本需求的了解，缺乏對人民生活質量的了解；對文化、科學與教育實施控制和官僚主義的中央集權，將富有批評精神的人才驅趕出境；剝奪公民的政治權利，將持不同政見者判以刑事罪名；將新聞媒體變成信息荒漠和令人厭惡的宮廷報導；在所有黨內意志的形成與決策過程中，均將基層黨組織排除在外。

黨已病入膏肓，無人能救活。

鄰國開放邊界後，數以萬計的東德人經過匈牙利和捷克逃往西德，柏林圍牆名存實亡。首先在萊比錫出現的和平示威活動席捲東德所有城市，何內克被黨內同僚罷免。十一月九日晚上，政治局委員、政府發言人沙博夫斯基錯誤地宣布，從此刻起，任何人都可不需任何手續，自由通過柏林圍牆。人們衝向柏林圍牆，或穿越檢查站，或用鐵錘搗毀厚重的牆體。人群中有一名叫梅克爾的年輕化學家，此前她一直是親政府的自由德國青年團積極分子，這一晚她開始改變立場。而真正熱愛自由的人們，早已為自由付出沉重代價。隧道挖掘團成員之一的維格爾醫生在電視前哭了好幾個小時，這正是他幾十年來所夢想的：「我想要人民自由，突然，他們就自由了。這是我生命中最重要的經驗。」第二天，當他的孩子問他為什麼哭泣時，他第一次告訴他們，他當時做了什麼。

二十三年之後，史普林斯汀重返柏林，在一場同樣盛大的音樂會上唱起歌手瓊斯的老歌〈當我離開柏林〉。歌詞寫道：「當清晨降臨，我將離開柏林，我的心意在改變，我的心情在渴望，都是為了你。」這本是一首情詩，但史普林斯汀為這首歌加上幾句自己改寫的歌詞：「今天我來到這裡，但圍牆已經開放，士兵和槍也已消失無蹤。我很清楚，當我離開柏林時，我已是個自由人。」

第四卷

中東歐：血色大地，無處容身

第十三章　我的祖國曾經被兩個惡魔統治

> 最後，我卻能夠從這嚴酷的考驗中全身而退，或說幾乎「全身」，這在很大程度上是由於那些一直幫助我的人：我的父母、老一代的權威人士、我的母語裡偉大的詩人、明智的流亡作家，以及少數生活在波蘭的，勇敢的同代人。
>
> ——扎加耶夫斯基

東歐是一片苦難之地，一片被戰爭與暴政反覆蹂躪之地。西歐人將其視為「另一個歐洲」，一個野蠻與暴戾之地，在歐洲的文化地圖上，那裡是一片空白，甚至有人將德國的東邊寫成 IBI LEONES——「野生動物生活區」。

但實際上，東歐的文明程度並不比西歐低。歷史上，東歐的立陶宛—波蘭聯邦是歐洲第一個擁有成文憲法的國家，布拉格更是可以跟維也納並肩的歐洲的文化中心。這片土地之所以淪為「血色大地」，相當程度上不是出於自身原因，而是外部力量決定的——一戰後，此前在此區域維持權力平衡的奧匈帝國、俄羅斯帝國和鄂圖曼土耳其帝國崩解，現代民族國家出現，民族和階級衝突愈演愈烈，而西方重新為之劃分的疆界並不能解決這些矛盾，最後觸發第二次世界大戰及漫長的冷戰。冷戰之後，更有南斯拉夫內戰以及正在上演的烏克蘭戰爭，災難遠未逝去。美國學者提摩希．史奈德指出，在血色大地上，遭納粹與史達林兩大強權毒手的人超過一千四百萬。大屠殺由史達林最先發動，導致三百多萬烏克蘭居民死於一場充滿政治性的人為大饑荒。接下來史達林又在一九三七到三八年之間發動大清洗，遭槍決者約在七十萬之譜。一九三九到四一年間，德、蘇兩國聯手入侵波蘭，為了刻意毀滅該國的受教育階層而殺害了大約二十萬人。接下來希特勒背棄史達林，入侵蘇聯，在蘇聯、波蘭、波羅的海三國等占領區，屠殺了五百四十萬猶太人。戰爭期間，兩國又各自屠殺了大量支持對方的不同國族的人士。

史奈德所說的「血色大地」只包括東歐的東部，也就是如今的白俄羅斯、烏克蘭、波蘭、立陶宛等地。其實，整個東歐，甚至部分中歐、南歐，也是「血色大地」的一部分。僅以戰後東歐各國淪為蘇聯附庸、走向共產化階段而論，其肅清行動就極為驚悚，而受害者大多是受過良好教育、具有獨立思考能力的知識階層、工商業者、神職人員、前軍隊軍官及政府官員。在匈牙利這個人口不到九百五十萬的小國，就有大約一百三十萬人上法庭受審，其中將近七十萬——占全國超過百分之七的人口——被處以各種刑罰。在南斯拉夫，祕密警察首腦蘭科維奇日後承認，在一九四五年，有百分之四十七的逮捕都欠缺合理性。在保加利亞，「人民法庭」審判了一萬一千一百三十二名被告，其中約四分之一遭判死刑，非官方的估計被處死者可能高達一萬八千人。若以人口的比重來說，保加利亞的官方肅清在速度、廣度與狠心程度上絕對不輸給周邊任何一國。英國歷史學家齊斯·洛韋指出，共產黨在這些國家奪權成功，靠的是共產黨政治人物足夠心狠手辣，透過恐怖手段的使用，加上對任何反對聲音的零容忍。

於是，這個區域成了盛產流亡者的地方，流亡者之一的米沃什說，這裡是「歐洲之外的歐洲」，這個說法既有自豪的一面，也也悲愴的一面。法國學者拉瓦斯汀在《歐洲精神》一書中寫道，在二十世紀三〇年代，這裡曾是世界鬥爭的中心，先是被二戰無情摧毀，接著又遭到蘇維埃帝國的迫害。捷克哲學家科西克說，「中歐所遭遇的特殊經歷，與二十世紀這個納粹、共產主義以及慕尼黑之痛並存的時期有著緊密的聯繫」。這位集中營受害者認為，中歐是一件「無價之寶」，它經歷了比西歐更多的危險與破壞，在納粹主義和共產主義兩者可怖的交替中存活，而它的經驗教訓，或許可以成為重建新歐洲身分的基石。

與昆德拉的相遇及告別：流亡不是逍遙，而留下來抗爭不是媚俗

一九九二年，我剛考上北大時，一位來自大城市的室友將昆德拉的《玩笑》借給我看。此前，我從未聽說過這位作家的名字，在我生活的川西平原的小縣城，無人知道昆德拉。自認為博覽群書的我忽然發現，有沒有讀過昆德拉，是都市讀書人和小縣城讀書人之間的一個重要差別。

讀完這本書，未必有多麼喜歡。或許為了填補鄉下人的自卑，我開始尋找昆德拉的其他作品。多年以後，我才知道《玩笑》的翻譯出版一波三折：一九八八年，譯者景凱旋開始翻譯《玩笑》，

「《玩笑》這本書的出版本身就是一個玩笑」。昆德拉被捷克政府視為異議者，中文版《玩笑》的出版遭到捷克駐華大使館強烈反對。次年，捷克發生天鵝絨革命，哈維爾當選總統，新政府不再反對中國出版昆德拉的作品。但中國發生天安門屠殺，出版審查收緊，不允許出版這本書。直到一九九二年，《玩笑》才得以出版。

一九九〇年代，於在北大求學的我而言，是「最好的時光」。但對中國而言，卻是屠殺之後的沉默、逃避、玩世不恭。二十多年後，孟衎衎在〈米蘭．昆德拉在中國的意義〉一文中，梳理昆德拉在當代中國的接受史——「昆德拉熱」興起於一九九〇年代初，其對英雄概念的反諷和對意義追求的解構如同思想之鏡，投射了當時的社會風尚。當時社會瀰漫著一種政治冷談症和精神疲憊。知識界有意逃離一九八〇年代理想主義，倡導「思想淡出，學術凸顯」。昆德拉標籤式的名言「人類一思索，上帝就發笑」遂風行一時。

一九九〇年代最後一年，在「六四」之後宣稱「絕不在刺刀下當官」的李慎之老先生家中，我聽他目光炯炯、眉飛色舞地談論哈維爾。我寫了〈昆德拉，還是哈維爾〉一文，既是向昆德拉告別，也是與哈維爾擁抱——後者，才是「有時，我們要下到井裡看繁星」的中東歐精神的繼承者。

昆德拉在〈被綁架的西方或中歐的悲劇〉中，洋洋得意地用西歐代替中歐——他本人早已於一九七五年移居巴黎，於一九八一年加入法國籍；一九八六年，他第一次用「法國作家」稱呼自己，出版法語評論集《小說的藝術》。加入他國國籍、用新語言寫作，對流亡作家而言，是其自由選擇，無可厚非，但問題在於，作為法國人的昆德拉，不必居高臨下地將流亡當作逍遙，更無權將留下來的哈維爾和克里瑪們的反抗定義為「媚俗」——昆德拉的用語是「刻奇」（kitsh），後來中國小資以使用該詞為時髦。

昆德拉指責《七七憲章》群體是為了「出風頭」（也有同樣的指責針對劉曉波和「〇八憲章」群體）。人不能如此站著說話不腰疼。哈維爾嚴肅地反駁說：

不幸的是，我們現在生活的環境只有去冒被認為像《生命中不能承受之輕》中那篇請願書那種行為——不顧一切地想出風頭——的風險而行動才能得到改善……我反對昆德拉，是他看不見，或故意拒絕去看事物的另一面，事物的那些不明顯但也更充滿希望的那一面。我指的是這些事物可能具有的間接的和長遠的意義。昆德拉也許會成為他自己的懷疑主義的俘虜，因為這種懷疑主義不允許他承認冒著受人譏笑之風險而做出勇敢的行為可能更有意義。我能理解他對譏笑和淒楚的害怕，特別是考慮到他從個人的共產主義經歷中所吸取的教訓，我就更能理解他了。但是我想他的擔憂使他不能夠看到在集極權度下人的行為的神祕的兩面性。從心理學上來理解，徹底的懷疑主義是把一個人的熱情基於幻想的結果，但這也很容易走向事物的另一面並因此而隱藏了事物的更有希望的方面，或退一步說，事物的兩面性。

昆德拉在法國和中國備受歡迎，與他在俄國和東歐的流亡作家及留下來抗爭的作家群體中受到的否定形成鮮明對比。原因很簡單，法國人喜歡的東西，中國人通常都很喜歡，大部分法國知識分子與大部分中國知識分子都一樣虛無、自戀、油滑。布羅茨基曾撰文反駁說，中東歐不可能成為西歐。克里瑪認為，昆德拉致命弱點是「用來表達他的捷克經驗的方式是過於簡化的和展覽式的」。

捷克文學評論家米蘭・簡曼在〈昆德拉的悖論〉中批評說，昆德拉在移民中寫的小說具有奇異的創造性的思覺失調症特點：「《生命中不能承受之輕》最初顯然是想描繪一個不自由的政權所毀滅的愛情的悲劇性，但結果卻成為一對情人在小小的捷克世界裡安適自在的田園牧歌。」捷克評論家容克文亦指出，昆德拉在《生命中不能承受之輕》中其實是把布拉格之春的歷史輕輕帶過，給蒙混過去的正是作者本人的共產黨背景。他更認為，在一切都化約為「刻奇」的名義下，正是作者把自己在布拉格之春發生之前的一切都給遺忘及遮抹掉，而這一切剛好就是使他成為一個社會主義文化體制同謀者的一切。而米沃什的批評更為尖銳：「昆德拉的《生命中不能承受之輕》，其中每個人都著迷於上帝和排洩物之間的對抗。因為人排洩，所以上帝不可能存在。」他繼而指出：「昆德拉還有一點別的東西：對惡俗的癡迷、對最可恥現實的癡迷，這些東西以這種或那種形式，反覆出現於二十世紀文學，這也決定了二十世紀文學潛在的無神論傾向。」對於這個棘手的問題，米沃什的回應方式是：「我一生都在準備向它發起正面進攻，用一篇論文、一首詩或一篇散文。」他以這樣一種方式來否定昆德拉：「對待存在的正確態度是尊重，因而應避免與那些借諷刺挖苦來貶低存在，同時又讚美虛無的人為伍。」

沉溺於虛無主義的昆德拉不是一個「好的流亡者」（他始終堅持認為自己只是一個普通的小說家，而非一個政治作家或流亡作家）。他從未嘗試過理解中東歐的精神內核。在其被捷克共產黨政府剝奪公民身分四十年後，捷克政府在二〇一九年恢復這位九十歲的老人的捷克公民身分，捷克駐法國大使親自將公民證書送到其巴黎的公寓中。但昆德拉本人對此不置可否。他曾經說，「沒有回返的夢想」，「我攜帶了布拉格，她的味道、格調、語言、風景、文化」。他拒絕返回民主化之後的捷克共和國，跟布羅茨基拒絕返回蘇聯解體後的俄羅斯，是基於完全不同的原因。布羅茨基拒絕重返俄羅斯，是因為他認為俄羅斯並未變好，仍然是一個黑幫統治的國家；昆德拉拒絕重返捷克，是因為他無法面對一個真的變好的捷克（米沃什晚年回到真正變好的波蘭定居），而捷克能變好，正是因為他被嘲諷為「刻奇」的哈維爾等人用坐牢等巨大的犧牲爭取來的。

昆德拉是波蘭流亡作家扎加耶夫斯基筆下的那種「悲觀的大師」——「不僅不信神，而且拋棄一切高尚、崇高的事物。或者更糟，只假裝相信，進而貶低作為我們共同遺產的『人類』這一概念。」與昆德拉相反，扎加耶夫斯基發現很多「好的中東歐人」，「他們身上努力結合了深刻而樸素的信仰，強大的幽默感，以及對善良文藝的愛。在那些古老的教堂裡，我並不是獨自一人」。

昆德拉既不是中東歐人，也不是西歐人，而是不東不西的虛無主義者。他喪失了對「善」的信念，沒有固守的道德底線。他有一段幽暗的過往：捷克民間組織「極權政體研究所」的研究員哈狄雷克，透過研究解密的捷克警察檔案發現，當年只有二十一歲的昆德拉向祕密警察告密，讓同仁德沃拉切克坐了十四年牢——受害者大部分時間都在礦坑中面對極為吃重的勞力工作，這是政治犯被捕後常見的下場。昆德拉矢口否認此事，聲稱這是「對一個作家的謀殺」，他拒絕就此接受採訪，卻動員十一位世界級文豪和四位諾貝爾文學獎得主發表連署聲明來「保衛」他。然而，受害者的一句回應意味深長：「對於昆德拉以告密者的身分出現在捷克媒體上，我們並不感到驚訝。我承認昆德拉是一個好作家，但我毫不懷疑的是，他首先是一個人。」

你敢說「沒有故鄉真快樂」嗎？

戰後，自由並未降臨，西方的綏靖政策導致史達林的暴政籠罩在整個中東歐的大地上。在整個中東歐陣營的文化界，都在無聲地上演一曲「逃亡大合唱」。

捷克猶太裔小說家阿爾諾什特·盧斯蒂格是納粹集中營倖存者，全家都在納粹大屠殺中遇難。在布拉格之春被鎮壓後，他被迫離開捷克，流亡美國。他的《天國護照》、《夜之鑽》、《白樺林》、《美麗的綠色眼眸》等作品，大多圍繞猶太人的苦難和二十世紀兩大暴政（納粹主義和共產主義）展開。

捷克女作家、翻譯家海達·馬格利烏斯·科瓦利，年輕時從奧斯威辛集中營倖存，在布拉格之春後逃亡英美，天鵝絨革命後才返回家鄉，以自傳《悲星之下》傳世。

捷克作家史沃克萊茨基在布拉格之春後，流亡加拿大，以其代表作《懦夫》傳世。他在流亡生涯中同樣重要的貢獻是：在加拿大創辦「六八出版社」，專門翻譯出版捷克文學作品，向歐美和世界介紹了哈維爾、赫拉巴爾、克里瑪、霍朋、塞弗爾特等捷克作家。

捷克作家格魯沙是「七七憲章」群體中的一員，他將手稿藏在鐵罐子中，埋在院子的沙坑裡。他曾發明一種象形文字寫作。他因出版小說《問卷調查》下獄，酷刑讓他差點雙目失明。一九八一年，他出國講學，不被允許回國，從此在海外流亡八年，一度入籍德國，他哀嘆說：「流亡作家不僅失去了自己的語言，也失去了與之息息相關的切膚感和他寫作的內涵目標。」為了破解虛偽的民族主義和鄉愁，他提出「沒有故鄉真快樂」的人生觀，並以「快樂的異鄉人」自居。直到一九八九年捷克發生天鵝絨革命，他才歸國，在此之前，「在北京出動坦克屠殺學生的那個星期，我的兒子馬丁被發現死在布拉格。整個事情情況不明，當局匆忙地結了案，這令我至今心中悲憤不已」。後來，他曾出任捷克駐德國大使和駐奧地利大使及教育部長，但他一直強調說「難道我們不該保持謙虛嗎」？因此，劉曉波從中讀出「反抗者的謙卑」並以此自勉。格魯沙退休後曾擔任國際筆會會長，我在香港出席國際筆會會議時曾與他會面並簡短交談，他說他與天安門母親一樣有喪子之痛，儘管在極權主義的國家「擁有異見，是毫無詩意的」，但他相信「善歌者可萬古長青」。

立陶宛詩人托馬斯．溫茨洛瓦於一九七七年流亡美國，任耶魯大學斯拉夫語言文學系終身教授。在美國，他被認為是「布羅茨基詩群」的重要成員及「歐洲最偉大的在世詩人之一」。

羅馬尼亞作家齊奧朗早在一九三七年就赴巴黎留學，從此定居巴黎，數十年裡一直隱居在一個小閣樓裡。他為自己定下一個明確的目標：「盡量隱姓埋名，盡量不拋頭露面，盡量默默無聞地生活」。他鄭重告誡自己：「將你的生活局限於你自己，或者最好是局限於一場同上帝的討論。將人們趕出你的思想，不要讓任何外在事物破壞你的孤獨，然感謝弄臣去尋找同類吧。他人只會削弱你，因為他人逼迫你扮演一個角色；將姿態從你的生活中排除吧，你僅僅屬於本質。」他在孤獨中思想和寫作，在孤獨中與上帝爭論，身處孤獨中，他覺得自己宛如身處「時間之外」，身處「隱隱約約的伊甸園中」。

阿爾巴尼亞作家卡達萊，早年曾歌頌獨裁者霍查，長期擔任阿爾巴尼亞勞動黨的桂冠詩人、文聯主席、中央委員。後因發表諷刺性作品被罷官並流放到阿爾巴尼亞中部鄉村。再後來，他流亡巴黎，並發表政治避難聲明：「即使在殘酷的專制下，也可以產生偉大的文學作品，因為，思想的本質就是無法被禁錮的，而文學的本質就是不屈從於政權。」

匈牙利作家馬洛伊．山多爾早在一九四八年就嗅到了共產專制的血腥味而流亡西方，理由是「他們不僅不讓我自由地說話，而且不允許我自由地沉默」。在自由的西方，他寫出了代表作《燭燼》。

匈牙利女作家克里斯多夫．雅歌塔在一九五六年蘇聯出兵匈牙利後，懷抱四個月大的嬰兒和丈夫一起偷越奧匈邊境，以難民身分移居瑞士，用法語寫下代表作《惡童日記》三部曲。

匈牙利詩人蘇契．蓋佐於一九五〇年代出生在羅馬尼亞匈族區，年輕時因反抗西奧塞古的高壓政治而多次被捕。一九八六年，他流亡瑞士，著有文集《太陽上》。蘇東波（編按：東歐非共化）之後，他回到祖國，曾出任國會議員和負責文化事務的國務祕書。

流亡並不意味著必然逃出獨裁政權的魔爪。一九七八年九月，保加利亞流亡作家喬治．馬爾科夫在倫敦滑鐵盧橋被人用雨傘戳了一下大腿，四天後中毒死亡（這是格別烏的絕技，普丁不陌生，後來用以消滅流亡的異議人士屢試不爽）。馬爾科夫生前在回憶錄中早已預見到自己的死亡——他將死於仇恨，而仇恨是這片土地上各種看似對立的意識形態的共同之處。每一個流亡者都是國家的敵人。這個謀殺事件據說是保加利亞當局委托蘇聯格別烏幹的——作為給獨裁者日夫科夫的生日獻禮。

一九四二年，在德軍占領的華沙嘗試「用奴隸的語言開始寫作」的博羅夫斯基是二十歲的青年，米沃什如此描繪第一次見到他的印象：「他有一雙黑色聰慧的眼睛，他兩隻手的手心容易出汗，在行動時流露出過度的羞澀，一般地說，正好顯示出他的巨大的抱負。」作為華沙猶太人，他在奧斯威辛集中營苦熬了兩年，奇蹟般地活下來，並以《石頭的世界》等作品見證了人間地獄——「石頭的，所以是無情的、荒蕪的」，這個形容詞不僅指納粹集中營，也指二戰之後的中東歐。

獲得解放後，博羅夫斯基居住在美軍占領下的慕尼黑，像許多以往的囚徒一樣，他必須在返回故國與自我流放二者之間作出選擇。他認同馬克思主義，猶疑了很長時間，當他的著作在波蘭出版並傳到他手中時，他決定回國。後來跟他作出反向選擇的米沃什分析說：「有兩個因素促使他作出這一決定。他懷有宏大的文學抱負，但他還是新人，還不為人所知；在他自己的國家之外，在哪裡能夠找到讀他用母語寫作的書籍的讀者呢？而且，當時在波蘭，一場革命正在展開。那是一個被憤怒糾纏不休的人要去的地方，那是他能夠找到機會重塑世界的地方。」

歸國之後，博羅夫斯基成為波蘭共產黨最大的希望，成為魯迅所說的「聽將令」寫作的標兵。幻想很快破滅，他的一位朋友被安全局逮捕，這個朋友遭受過德國人的折磨，現在又受到共產黨的折磨。他去找高層人物說情，卻被告知，「人民的審判是永遠不會錯的」。二十九歲的博羅夫斯基未老先衰，舊的傷痕尚未痊愈，新的壓力又接踵而至。他曾稱自己描寫奧斯威辛的書是「對於一種特殊經歷的極限旅行」。現在他發現，在這一經歷的極限上，奧斯威辛不是特例而是常規。歷史就是一系列的奧斯威辛，一個接著一個。一九五一年七月一日，他擰開煤氣閥門自殺身亡。他的自殺震驚鐵幕兩邊。極具諷刺意味的是，他的棺木上蓋著一面紅旗，隨著〈國際歌〉的樂聲緩緩放進墓穴。他為自己錯誤的選擇付出生命代價。其傳記作者德萊夫諾夫將其傳記命名為《逃離石頭世界》——但博羅夫斯基未能逃離這個石頭世界。

留下的人，或者順從，或者死亡。而離開的人，人生道路通常越走越寬，似乎擁有無限的可能性。一群流亡西方的東歐經濟學家，意外地成為一九七〇年代末中國改革開放的思想資源和外部推手——這是一個流亡者對並非其流亡地的地方產生重大影響的一個神奇故事。

其中，曾任波蘭計畫委員會研究部主任、經濟委員會副主席的布魯斯，曾參與起草一九五六年波蘭經濟改革方案，是「市場社會主義」理論的代表人物，他提出的「含有可調節市場機制的中央計畫經濟」模式，被稱為「布魯斯模式」。一九七二年，他因呼籲民主改革而被放逐，被迫逃亡英國，擔任牛津大學客座教授。曾任捷克主管經濟改革的副總理、被稱作「捷克經濟改革之父」的奧塔·錫克，是杜布切克發起的「布拉格之春」改革的重要助手。蘇聯出兵鎮壓了這場改革，錫克當時正在南斯拉夫訪問，隨後流亡瑞士，任教於聖加侖經濟社會大學。這些學者都在中國改革開放初期應邀訪華，提出的一系列經濟改革建議被趙紫陽等開明派領導人吸納。

匈牙利經濟學家科爾奈一生歷盡坎坷，他出生於布達佩斯一個富裕的猶太家庭，一九四四年，他的父親在猶太人大屠殺中喪生，年僅十六歲的他拿到瑞典簽發的安全通行證，一路逃亡才倖存下來。他自學成才，未受正規教育而成為傑出的學者，當選為匈牙利科學院院士。在《短缺經濟學》等著作中，他就像一位手術精湛的外科大夫，找出了計畫經濟的病灶，破除了人們對計畫經濟的迷思。他卻因此遭到開除出黨和全面封殺等懲罰。一九八〇年代中期，他流亡美國，任教於哈佛大學。在其晚年出版的自傳《思想的力量》中，他鏗鏘有力地宣稱：

> 我這一生中，從來不曾為名利奔波，窮盡一生努力追求的，唯有深刻的思想。有時，我能夠對某些歷史事件的發展過程，產生一定影響，但這絕不是我身處高位發號施令，或者透過收買，

誘使他人與我合作的結果。如果說我的確對人們或者事件，曾經產生影響，那麼這都是通過我的語言或者文字，表達出來的思想所發揮的作用。

一九八五年，科爾奈第一次訪問中國。他在重慶參加「宏觀經濟管理國際研討會」，那次在遊船「巴山輪」上舉行的會議，有很多制定國家經濟政策的重要人物參加，後來被稱為「巴山輪會議」。會議上的第一場演講就是科爾奈發表的，他認為中國經濟應該採取有宏觀控制的市場協調的政策——這個觀點很快成為八〇年代中國經濟改革的重要原則。

然而，中國的這些經濟改革，由於沒有配套的政治改革，逐漸演化成劣質社會主義與劣質資本主義結合的盜賊式政治經濟模式。四十年後，這一批對中國充滿善意和期待的東歐經濟學家早已離世，若是他們看到中國今天的千瘡百孔、窮凶極惡，與雖然慢了一步、卻已經走上民主政治和自由經濟正軌的東歐故國背道而馳，不知當作何感想？

我失去了兩個家鄉，但我找到了第三個

中東歐人的悲慘命運在於，納粹德國摧毀了他們的第一個家鄉，蘇俄及其扶持的傀儡政權又摧毀了他們的第二個家鄉。他們從被摧毀的第一個家鄉逃亡，再從被摧毀的第二個家鄉逃亡，直到找到「第三個家鄉」，用波蘭作家、詩人扎加耶夫斯基的話來說，「第三個家鄉」就是「一個屬於想像的空間、給藝術的需要準備的領域……重返早期的傳統，也許就是希臘人的傳統，詩人與歷史學家的理想標準」。

扎加耶夫斯基認為，人可以分為定居者、移民和無家可歸者三類。定居者通常生於斯、死於斯；有時，一個人眼裡的故鄉，正是其家族世代共同生活過的地方。移民往往在海外建立起他們的家，這樣至少保證他們的孩子可以再次屬於定居者那一類。移民是一個臨時的紐帶，一個嚮導，掌握著後代的未來。他將他們帶到一個安全的地方，或者在他看來，一個安全的地方。而他自己，則是無家可歸者，他並不以此自豪，更不以此博取同情。

扎加耶夫斯基出生於二戰剛剛結束的一九四五年六月——羅斯福、史達林、邱吉爾三個大人物用地圖重新劃分歐洲諸國的疆界，除了地圖上陌生的地名之外，他們對那些土地上人們的生活一無所知。根據雅爾達密約，戰後波蘭的版圖自西向東發生「位移」，以滿足兩大陣營的安全需求。扎加耶夫斯基的祖祖輩輩一直定居的波蘭城市利沃夫被劃歸烏克蘭，他們家幾乎所有人都打包手提箱、行李箱，只有四個月的他被父母帶著來到原來屬於德國、如今屬於波蘭的小城格利維策——「這是一個怎樣的城市？更糟糕。更小。更樸實無華。工業化。異國的城市。……奇蹟中的奇蹟，這裡也有日出和日落，也有日曆上相同的季節。」

扎加耶夫斯基在《兩座城市：論流亡、歷史和想像力》一書中描述說，利沃夫是其出生地，他卻毫無記憶；格利維策是其童年和少年時生活了十七年的城市。前者在文中屬虛寫，是一個失去的城市，只出現在上一代人的講述和作者的想像裡；後者則是實寫，折射出一九六〇年代前後波蘭社會的一般狀況——所謂社會主義，就意味著商店裡只看得見醜陋的東西，而那些漂亮的東西，閃電一樣消失了，再也沒有出現過。這座城市原來的居民多為德國人，他們都已被趕走。鳩占鵲巢的新來者的日子過得並不輕鬆，他們表面上好像歐洲人，但只是表面上，他們實際上來自東方。他們仍是波蘭人，卻是自己國家的「新移民」——幾乎所有人可能在名字、職業、身分之前都添了一個前綴「前」，他們是前法官、前公務員、前教授，新制度剝奪了他們從前的職業。很多人成為市場上的商販，唯有彼此問候時使用以前的稱呼，某某博士，某某律師，彷彿在此買菜的，還是從前那個年輕的教授，在另一個市場、另一個城市、另一個時代，用著另一種貨幣。他們竭力保持著尊嚴，並慢慢熟悉這個新地方。老人們談論著失去的東西，失去的城市，談論戰爭期間的德國人和俄國人，哪個更壞。

少年時代的扎加耶夫斯基愛上了音樂和詩歌。在他看來，「音樂是為無家可歸者創造的藝術，因為所有藝術中，它與空間的關連最少。它非常具有國際性。為什麼相當一部分音樂作品都有一個義大利名稱？為什麼貝多芬出身在波昂卻在維也納去世？為什麼他將三個小提琴四重奏獻給一個俄羅斯貴族？為什麼中國人演奏蕭邦的夜曲？（這裡說的一定是傅聰）為什麼韓德爾要去倫敦而羅西尼要去巴黎？」音樂家和詩人都沒有故鄉，他也沒有故鄉——出於偶然、命運的無常、本身的錯誤或氣質上的缺點，從童年或從鍛造他的年少歲月起，他就不能或不想與他成長、成熟的環境建立起緊密和深厚的聯繫。無家可歸，成為命運的一種安排。

青年時代，扎加耶夫斯基到克拉科夫讀書和創作，成為波蘭著名的異議詩人。「我們都生活在祕密警察控制的巨大屋頂之下，我們的良知被國家監視，竊聽器可能隱藏在燈罩下，隱藏在看似無辜的花盤下、牆壁上……我認識那些把手掩住嘴巴說話的人，他們在家裡甚至也如此。」他參加了米奇尼克為中心的異議知識分子圈子，找到了一種少有的幸福感，「不存在私人、家庭的領域，而是在一個更大的、國家範圍，為個人才能找到完美的出口而感到幸福」。他願意像米奇尼克那樣「成為一個捍衛人類基本正義與秩序的保守者：守護我們平凡、不完美的世界打碎了的秩序」。

三十歲的時候，扎加耶夫斯基第一次回到其出生地利沃夫，城市的景象醜陋而破敗，並不像是他祖父當年向他描述的魂牽夢繞的故鄉。然而，有一天，他和一個遠房的表兄弟一起喝了點伏特加，彷彿打開了天眼，一個神啟的時刻降臨——他寫下了那首被當作所有移民和流亡者的聖歌而廣泛流傳的〈去利沃夫〉。前輩詩人米沃什讚嘆說，他寫下了「對時間之流的沉思」。他「回憶」歷史的疼痛，試著從中找到某種人性的東西，並將歷史轉化為抒情，轉化為一種悲劇性的愉悅時刻。他喚起了人們對已逝的天真與美麗、雖不完美但已被理想化的過去的想像。「而此刻，每一天，總是，／匆匆，打包，／屏聲靜氣，去利沃夫，畢竟／它存在著，安靜、純潔／如一棵桃樹。它在每一個地方。」

一九八二年，波蘭政治氛圍相當緊張，扎加耶夫斯基雖未遭受直接迫害，仍選擇遠赴巴黎，自我流放。對於這次人生選擇，他一再聲言是出於「個人性質」的原因。之後三十年，他往返於法國與美國，靠在大學教授詩歌課程與寫作的收入為生。他在〈漫遊者〉一首詩中說：「我孤身一人，但我並不孤獨。」

二〇〇一年「九一一」事件後，扎加耶夫斯基在《紐約人》上發表了〈嘗試讚美這殘缺的世界〉，安慰了無數傷心欲絕的美國人，很多美國家庭將這首詩貼在冰箱上：

嘗試讚美這殘缺的世界。／想想六月漫長的白天，／還有野草莓、一滴滴紅葡萄酒。／有條理地爬滿流亡者／廢棄的家園的蕁麻。／你必須讚美這殘缺的世界。／你眺望時髦的遊艇和輪船；／其中一艘前面有漫長的旅程，／別的則有帶鹽味的遺忘等著它們。／你見過難民走投無路，／你聽過劊子手快樂地歌唱。／你應當讚美這殘缺的世界。／想想我們相聚的時光，／在一個白房間裡，窗簾飄動。／回憶那場音樂會，音樂閃爍。／你在秋天的公園裡拾橡果，／樹葉在大地的傷口上旋轉。／讚美這殘缺的世界／和一隻畫眉掉下的灰色羽毛，／和那游離、消失又重返的／柔光。

二〇〇二年，扎加耶夫斯基搬回克拉科夫，此時米沃什已回到這座城市多年了。進入晚年，他的政治性詩人的身分逐漸讓位給詩人、甚至是人這個載體。他相信「詩歌召喚我們過一種更高的生活，但低處的生活同樣雄辯」，他在演講時說自己不寫詩時就是一個幸福婚姻中的普通丈夫。憤怒與叛逆被一種更雄渾的氣魄吸納後，他走向更遼闊、更溫柔的詩歌世界。他保留了謙遜的美德，沒有滑向歷史虛無主義的暗礁。詩歌〈自畫像〉的最後，他說：「我的祖國擺脫了一個惡魔的束縛。我希望接著會有另一次解放。我能幫得上忙嗎？我不知道。」

赫塔．米勒：一個靠武器和獵狗維持邊境的國家，就是一座孤島

一九五三年，赫塔．米勒出生於羅馬尼亞西部巴納特省的鄉村尼茨基村。在這個夾雜著匈牙利人和斯瓦本日耳曼人的邊境省分，米勒屬於一個講德語的家庭，作為鄉下農夫家庭的孩子，她到城裡的學校上學時，遭到城裡人的排斥；作為德裔羅馬尼亞人，這個群體被視為「追隨希特勒的德國佬」而招致種族歧視——在西奧塞古掌權時，羅馬尼亞境內約有四十萬日耳曼人，經過殘酷的政治

和種族清洗，以及移民，如今只剩下四萬五千人。

米勒在青年時代開始寫作時，她還在一家工廠當女工，她的名字出現在一個專門監控異議作家的祕密警察單位「巴納特行動小組」的名單上。一九七九年，祕密警察企圖招募米勒當線人，她拒絕了這一「好意」，結果被工廠開除，此後被迫以當幼教老師及經營德語補習班為生。一九八二年，其處女作《低地》出版時，被刪節得殘缺不全——比如，當局要求刪去「箱子」這個詞彙，因為那令人聯想到「逃亡」。她對此說：「我總是警告自己不要接受政府供給人民『詞』的意義，我也意識到語言本身不能作為抵抗的工具。語言唯一能做的就是保持自身的純潔。」祕密警察嗅到其作品中的反叛氣味，多次騷擾她，甚至發出死亡威脅。一九八七年，米勒與丈夫、小說家理察・華格納一起離開羅馬尼亞移居德國，她後來解釋為何自己選擇流亡：「追求道德完美其實正是避難者選擇逃離的原因，這種追求把政治上受迫害者與其原來所在國的政治上隨波逐流者和罪犯區分開來。」

「我怕，故我寫」，米勒的很多作品都圍繞流亡故事展開，陰鬱、沉重、壓抑、黑暗、充滿屈辱和死亡的氣味。其代表作《呼吸鞦韆》描述了一個德裔羅馬尼亞人在戰後被流放到俄羅斯做苦役的旅程——她母親就是數百萬苦役犯中的一員。主人公隨身攜帶兩百七十三個馬鈴薯才免於成為「飢餓天使」的犧牲品，鄉愁「只是對一個自己曾經吃飽過的地方的飢渴之感」。在《男人是世上的大野雞》中，溫迪施一家等待著當局同意他們去國外的許可。越來越多羅馬尼亞鄰居離開村子，而他們在漫長的等待中，生活彷彿停滯了。這時，女兒阿瑪莉作出決定，用肉體換取當局的公章。在小說中，鄉村的警察、牧師與告密者互相勾結，他們統統垂涎少女的美色，這些描寫招來若干羅馬尼亞德裔公民的激烈批評。小說中那絕望的等待，如同貝克特的《等待果陀》，也如同哈金的《等待》。在《獨腿旅行的人》中，主人公伊蓮娜從東歐流亡西德，暫居在柏林一間政治難民營，不久後搬到一間公寓住下。她陷入與三個男人的四角關係，並竭力保持清醒。作者以撕心裂肺的字句，表達出伊蓮娜對故土的眷戀，與對柏林街道不帶情感的描寫形成強烈對比，展現出作者處於人生過渡期的內心掙扎——「旅行的人，到沉睡的城市旅行的人，帶著激動的目光，抱著失效的願望，從城市居民的身後走來。一條腿上是旅行的人，另一條腿上是迷途的人。旅行的人總是姍姍來遲。」在《心獸》中，一個年輕人組成的祕密讀書小組的成員們紛紛尋求出國機會，格奧爾格歷經千辛萬苦得到護照和簽證，「但願我今天就可以離開這個國家，現在我感覺好一點了，差不多像個人了」。他答應出國後給朋友們郵寄明信片，他郵寄的明信片在路上走了兩個月，抵達之際已變成一件遺物——就在格奧爾格出境六週之後的一個清晨，他在法蘭克福的宿舍跳樓自殺。

赫塔．米勒從未將羅馬尼亞當作祖國，她譴責說：「一個靠武器和獵狗維持邊境的國家，就是一座孤島。」在她筆下，從來不曾出現美麗的風景，只有靜默無聲、殘酷而空寂的蕭瑟畫面。在愛爾蘭詩人希尼筆下，鄉村的泥土、農具和農舍無不充滿詩意，但在穆勒筆下，羅馬尼亞的鄉村卻冷硬無情：「雪落在流浪狗身上……苦寒天氣迫使民眾以鹽水融冰，房舍的山牆因而遭到腐蝕……從酒館出來的男人頭上戴著被飛蛾啃食過的呢氈帽，他們用圍巾緊緊裹住自己，邊走路邊自言自語，內心一片空白……這裡既沒有黃昏，也不見黎明。晦暗的暮光浸染人們的臉龐。」在這個國家，人們隨身攜帶的祕密之一就是逃跑的想法。他們心裡只有逃離的願望，不論多大代價，都要遠離這個島嶼。既然別無他法，就只能拿生命冒險。「與匈牙利的綠色邊界以及與斯洛伐克接壤的多瑙河強烈地吸引著人們。他們將理性扔到腳下，不論多少令人毛骨悚然的故事流傳，大逃亡依然沒完沒了地上演。綠色的邊境線上，在收穫小麥的季節，收割機之間能看到被擊斃或被獵狗撕碎的屍體，多數屍體上既有槍眼又有犬的齒印。多瑙河上漂浮的殘肢，屬於被船隻追趕的逃跑者，他們的身體被船槳攪碎。儘管如此，逃跑的願望卻越來越強烈，上升到一種歇斯底里。對毫無意義的日常生活的厭倦，變成一種變態的希望，希望通過冒險在陌生的地方創造全新的生活。逃跑意識變成日常生活的本能，人們視自己的國家為臨時居住點，早晚能逃出去的信念成為他們活下去的唯一精神支柱。」不難想像，她獲得諾貝爾獎之後，羅馬尼亞文壇的反應為何極為冷淡。

然而，逃離之後，在自由世界未必就能享受正常的生活，那道陰影像獵犬一樣跟隨在身後，流亡者無法擺脫自身的語言、族裔、生活習慣以及極權主義在其身上烙下的奴隸印記。米勒是德裔羅馬尼亞人，其母語是德語而非羅馬尼亞語。她在德國的超市購物時，售貨員問她：「您是哪兒人？」她回答說：「羅馬尼亞人。」對方立即稱讚說：「您的德語講得真不錯。」這種稱讚，對她來說卻是如此刺耳。這種善意的誤會，就如同我的從小在美國長大的兒子，因為長著一張亞裔的臉龐，英文老師稱讚他說：「你的英文講得真不錯」。儘管沒有語言的隔閡，在流亡的目的地被視為外國人，這仍是讓人很不舒服的感覺。米勒寫道：「外國人，這個詞直截了當，它既中立同時又有傾向性，不同的人嘴中說出的這個詞會有截然相反的意思，人們使用它的意圖也各不相同。它是個集合詞，指的是那些從別處來到這個國家的單個的人。他們之中的每個人都有一個自己的故事，儘管他們在自己國家所受到的威脅和所遭受的貧困是千篇一律的。如果他離開了自己的國家，他的生平經歷就是他最穩固同時又是最脆弱的財富。」

初到德國的米勒在公開履歷時談到羅馬尼亞的獨裁，這讓德國的移民官員很煩。米勒出於政治原因離開一個獨裁體制，而德國移民官員只想知道其德國僑民的身分——當時德國政府為了讓羅馬尼亞當局同意放行這些失散在羅馬尼亞的德裔同胞，向其繳納一人一筆的「人頭費」。這位移民官員斷言，她只能填寫一項——或是德裔，或是政治迫害的受害者，但既是德裔，又受政治迫害，就沒有印好的表格供這種情況填寫。米勒講述的事情打亂了他的「抽屜的秩序」。

儘管德國庇護了米勒並為她提供了此前從未享受過的創作自由和出版自由，但她對德國的批評從來不假辭色。她在一九九〇年代出版的散文集《一顆熱土豆是一張暖床》和《飢餓與絲綢》中，都尖銳批評統一後的德國在諸如對待外國人的政策上的偽善。一九九〇年兩德合併後，東西德筆會也合併，有些與特務有關係的東德作家，「既不認罪，也不曾解釋發生過什麼」，一般德國作家對此視而不見，而米勒被特務騷擾的往事卻記憶猶新，嫉惡如仇的她憤而宣布退出德國筆會。

羅馬尼亞是最後一個垮臺的東歐共產黨政權，其過程也最為血腥，獨裁者西奧塞古被人民起義推翻，在逃亡路上被抓捕，經一個臨時組織的軍事法庭匆匆審訊後立即處決。然而，獨裁統治的結束，並未令米勒釋懷。她在一篇文章中揭露，羅馬尼亞的祕密警察在獨裁者倒臺後還沒有解散，它依然存在，因為百分之四十的前祕密警察仍在今日的羅馬尼亞情報局工作，古老的祕密警察檔案仍留存在他們手中。今日羅馬尼亞看似開放、民主，但對於以往與舊政權妥協的行徑，大部分羅馬尼亞人裝作失憶——正如美國學者羅柏．卡普蘭所說，羅馬尼亞人民在西奧塞古統治下受到的羞辱是如此之大，以至於到後來他們的身分認同被簡化成這個醜陋的公式：「至少我們不是吉普賽人。」

米勒回憶說，「當年我離開羅馬尼亞時，把那次離開形容成是『換地方』。我要防止自己使用各種情緒化的詞語」。但實際上，「沒有情緒」才是最強烈的情緒。她也沒有鄉愁，如果她回鄉，唯一的原因只是：「我去看杏樹，不為父親，不為國家，不是受鄉愁的驅使。樹既不是負擔也不能減輕負擔，它站在那裡，只是對時間的一種回味。時間要去哪裡？其實我們需要的，僅是再次體驗它為我們留下的那一點點東西。」

第十四章　米沃什：為了扼制黑暗，我早早出發

把流亡作為一種命運來接受，就像接受一種難以治療的疾病，這樣就能幫助我們看清我們的自我欺騙。

——米沃什

「我百年、三百年來只知道逃跑，／我游過結冰的河水，日夜兼程，為的就是跑得越遠越好，／把帶有彈孔的盔甲和國王贈予的財產留在母親河那裡。」米沃什是「流亡者中的流亡者」，他一生都在旅途中：「我拿著蘆葦一樣細的筆管，把鋼筆頭插入墨水，就像一個二流作家，腰間別著墨水瓶浪跡天涯。」米沃什當然不是一個「二流作家」——一九八〇年，「由於在其全部創作中，以不妥協的深刻性，揭示了人在充滿劇烈矛盾的世界上所遇到的威脅，表現了人道主義的態度」，他

被授予貝爾文學獎。瑞典學院院士拉爾斯・吉倫斯坦在宣讀頒獎詞時強調，米沃什「無論從行動上還是思想上都稱得上是一位流亡作家，而行動上的移民實際上也反映出形而上學的，也就是普遍意義的宗教、精神層面的流亡狀態。」

正如為米沃什作傳的波蘭學者安傑伊・弗勞瑙塞克所言，米沃什的一生就是過去一個世紀的編年史，他嘗遍那個世紀的辛酸與痛苦。作為十幾歲的孩童，他親身經歷了第一次世界大戰。隨後，俄國革命爆發，他跟著父母舉家離開故鄉。之後，是波蘭重獲獨立、波蘭第二共和國跌跌撞撞地前行、希特勒和史達林聯手瓜分波蘭、大屠殺、共產黨在波蘭的暴政、冷戰，蘇聯和東歐共產黨政權的崩潰……他經歷了整個二十世紀幾乎所有的動盪。他從波蘭到法國，從法國到美國，晚年返回波蘭。他把經歷的這一切都記錄在詩歌、小說和散文中。

米沃什到過許多城市、許多國家，卻始終保持著「一個小地方人的謹慎」。他害怕被打碎，害怕失去他的中心、他的精神家園。他越是遠離家鄉（加利福尼亞離他的家鄉可是夠遙遠的），「越要找到我和那個來自謝泰伊涅和維爾諾的故我的關連」，「我有自己的根，在那兒、在東歐，永遠如此」，「我用一生尋覓，終於找到它，認出它：／那裡生長的青草和鮮花，那個孩子全都十分熟悉」。晚年，他曾告訴英國詩人希尼說：「我就像一個在河岸邊玩水的小孩。」

黑暗沒有名字，只不過就是這片大地的真實面貌

一九一一年，米沃什出生於現屬於立陶宛的維爾諾旁邊的小鎮謝泰伊涅。

理解米沃什的作品的鑰匙，是其出生地。那裡是一片歸屬模糊、難以用現代民族國家概念來界

定的土地。波蘭文稱為Kresy，意思是邊疆，特指歷史上波蘭—立陶宛聯邦疆域內東部邊界區域，現分別屬於立陶宛、烏克蘭和白俄羅斯。米沃什的《伊薩谷》一書就是關於此處之隱喻——「伊薩谷」是地圖上找不到的虛構之地，但其心中宛如天堂花園的「伊薩谷」卻真實存在。他追憶了波蘭—立陶宛聯邦的「黃金時代」，那是一個多民族和諧共存的理想國度，充滿具有神話色彩的波蘭式英雄主義，「他們吃了自己的麵條和馬鈴薯，／至少在漫漫嚴冬，還有東西可以拿來生火取暖」。在中世紀晚期，立陶宛和波蘭是一體的，是歐洲最早的君主立憲國家。米沃什的文化和身分認同是雙重的——對於立陶宛，他寫道：「立陶宛和羅塞尼亞，那時我們能夠想像的最遠地方；我們不知道再遠是什麼樣子，但我們的視野足以得出適於所有人類的觀察了」；對於波蘭，他寫道：「『波蘭』成為希望的象徵，它的力量比歐洲各地打倒君主暴政、實現人類博愛的希望更強大。」他突破了現代民族國家的國籍限制：「當一個人主要的識別特徵，是他在一個特定國家的成員資格，這就尤其不好了……當一個波蘭人首先是一個波蘭人，一個立陶宛人首先是一個立陶宛人，一個烏克蘭人首先是一個烏克蘭人時，當他想以他的頭腦、他的筆、他的藝術，為他的國家服務時，他的成就與他對於國家的熱情，便成正比地有了缺陷。」

「他是我們當中一個有過幸福童年的人。」這是米沃什的自述。他的孩童時代在農莊中奔跑著長大：「你身後會留下詩歌。你是偉大的詩人。／但是實際上我只經歷過一次追逐。／當時農場雞鴨唧唧嘎嘎聲把我吵醒，／豔麗的太陽光呼喚我去奔跑，／一雙赤腳，沿著還是黑色泥土的小路。」他年少時對家族歷史不感興趣，「因為過去的一切與我何干，既然只有未來與我有關」。後來，他才如飢似渴地閱讀爺爺喜歡讀的地方誌，明白了那些地名、街角、小山和河上渡船所蘊含的意義，由此開始珍視那個省分、那間房舍、那些日期和過去人們的足跡。「庫納特家族屬於喀爾文宗貴族，我得意洋洋地記下這一點，因為在我們立陶宛，最開明的就是喀爾文教派。」在其筆下，爺爺「對所有人彬彬有禮，無論長幼貧富，都願意全神貫注地傾聽，這超越了同時代的其他人」、「外表的優雅並非他的全部，他的內心隱藏著聰慧和真正的善良」。米沃什成年後的立身行事，有意效仿爺爺的作派。

六歲前，米沃什住在母親家族一棟優雅的白色庭院裡，「蘋果樹和梨樹枝條被果實壓彎了腰，房子的門廊精雕細刻，廊下的花園開滿錦葵和芸香」。家人之間用波蘭語交流，同時也能讀俄文和法文。「在我出生的故鄉，涅瓦河流經高原兩邊的峽谷。而在那些深壑的邊緣，可以看見蔥綠的莊園。」在富饒的農莊中，人們辛勤勞作，互相關愛，人是地球上平靜生活的主人。後來，那個小村莊的村民被蘇聯占領軍強迫遷往西伯利亞，那裡只剩下一片空地，但「一個加利福尼亞的遊子，保存著一個幸運符，一些聖布羅希奇小山的照片」，在其心中，那是一幅永恆的畫面：鄉村的炊煙，吃草歸來的畜群，收割燕麥和穀物的人們，在河水上隨著波浪輕輕漂浮的小舟。

有一次，祖父母帶米沃什去拜訪鄰居的莊園，他遇到一位美麗的小姑娘，與之一見鍾情：「我看著她單薄的、裸露的肩膀，細小的胳膊，一種我從未體驗過的情緒湧上我的喉嚨，那是一股溫情脈脈的、歡天喜地的、無以名狀的情緒。我不知道這是否可以叫作『初戀』。我覺得，她肯定說了什麼，但我一個字都沒說，我被這突如其來的感情弄得目瞪口呆。」

一九三七年夏，二十六歲的米沃什在華沙定居下來，「這裡既不是西方，也不是東方，有點兒像，你站在門口的感覺。」他成了波蘭廣播電臺的一名編輯，他勤奮工作，艱難地適應大城市的生活，「我的流亡生涯也許可以從一九三七年離開維爾諾時算起，而適應華沙生活並不一定比適應法國和美國生活更容易」。

短短兩年後的一九三九年九月一日，納粹德國入侵波蘭，波蘭第二共和國就像紙牌屋一樣倒下，「殺戮既已開始，就只有殺戮，／人人都在撒謊，人人都在撒謊」。九月五日，米沃什隨波蘭廣播電臺員工一起撤離首都。往哪個方向逃遁，是在閃電戰的戰火中作出的決定，完全不可能意識到最終結局將會是在流亡路上再也無法回頭。他們躲避天上的飛機，從小路迂迴輾轉，抵達羅馬尼亞首都布加勒斯特。在此期間，他寫下詩作〈大流亡〉。他為自己和自己的祖國深感羞恥，後來他很少回憶這段逃難旅程。波蘭作為一個國家已不復存在，他申請了一份立陶宛護照——後來，他的論敵因此譴責他是「叛徒」。米沃什對此一笑了之，他的詩句對此作出了回答：「國家可以過去，可以倒閉，被煎烤的是惡棍們的政權，／可是地球，天空，孩子的搖籃，將伴我們世世生生。」

要回到立陶宛，必須申請蘇聯簽證。一九三九年十二月，米沃什拿到蘇聯簽證，匆匆啟程。他第一次親眼目睹革命的蘇聯的恐怖氛圍，他在基輔車站曾被蘇聯安全特工盤問。他意識到，「接下來歐洲的悲劇將更為可怕」，「最大的不幸，發生在人身上最大的不幸，是成為蘇聯公民」，這一認識，讓他很快作出決定，逃離剛剛併入蘇聯的故鄉維爾諾。他與幾位友人攜帶假通行證，穿越蘇聯占領區，進入德國占領區。路上，他們遭遇過一次告密，被帶到德國憲兵隊，他吞掉了自己的立陶宛護照。德國指揮官漫不經心地將他們放掉。還有一次，米沃什在路上被一名穿黑色風衣的蓋世太保打了一巴掌，因為他還不知道，見到德國人時應該摘下帽子，退到一邊。經過十個月的時間和數千公里的旅程，米沃什再次來到華沙——德國占領下的華沙，他忠於女友揚卡，也忠於詩歌的使命，在流亡中，他將會完成完全不一樣的詩歌，「落入殖民地黑奴的行列」使他「獲得了最高的自由」。

一九四四年夏，德軍即將從華沙敗退。米沃什躲藏在一座樓房頂層的麻袋中，那裡可以看到戰火的蔓延——「我只是看到了大屠殺的火光，／只是看到了不公、恥辱，以及可笑吹噓的羞愧。」米沃什夫婦和揚卡的母親一起被抓了，並被關進附近的一處臨時集中營。米沃什寫了一張求救的字條，交給在圍欄外玩耍的孩子。其中一個孩子完成了任務。一位前來營救的修女經過長時間的談判，成功說服一名德國軍官，釋放了詩人和他的家人。

隨後，他們沿著電車軌道，一路步行逃亡，隨身攜帶的假證件上註明其身分為「會計」，戰爭時代，這顯是一個比「詩人」更安全的職業。兩個月後，他們抵達克拉科夫郊外一位友人的莊園，終於可以稍微喘息一下。三個月後，蘇聯紅軍來到這裡，搶光了所有東西。

詩人為何出走：在地球上找個能以真面目示人而毋需戴面具的地方

波蘭歷史學家和反對派代表人物葛萊米克曾斷言：「誠然，本世紀的兩大極權意識形態在這片歐洲土地上誕生和被人接受。如果我們對此不懷有任何責任感，就有可能會對歐洲和後世造成過一種非常危險的情況。」米沃什在一九八〇年代初說過，「二十世紀文明中邪惡的品質被隱藏在東歐的對立（納粹德國和蘇聯的對立）中」。他誠懇地表示：「曾在大屠殺時期親歷過這片土地足夠讓我自我審判，我是有罪的。」他在詩歌〈菲奧里廣場〉中描述了華沙猶太區被摧毀的地獄般的場景，與此同時，旁邊波蘭人社區卻有人在盪鞦韆和玩旋轉木馬。他指出「波蘭人對歐洲猶太人遭遇的大部分大屠殺都是發生在自己國土上這一事實難辭其咎」，這是一個極其敏感的話題，他由此遭到那些只承認自己是受害者的波蘭同胞的猛烈抨擊——他們在他去世以後，一度反對他入葬有如波蘭先賢祠般的斯卡爾卡修道院，還試圖組織一次反對他的遊行，卻因為參加人數過少而取消。這正驗證了米沃什生前說過的一句話：「我對一切讓人感覺到『民族主義』的東西的敏感和對散發那種氣息的生物幾乎生理上的厭惡，在我命運中占了很重的分量」。

納粹宣傳部長戈培爾曾形容波蘭是「世界的肛門」，如此輕蔑、如此惡毒。那裡是命定墜入二十世紀的「黑暗中心」的「第二個歐洲」，那裡是羅馬與拜占庭的分界線，是東與西、南與北、過去與現在的交接點。在那裡，每個人都在追問「我是誰」，還有很多人強迫鄰居選擇與之一樣的民族或國家認同。在那裡，沒有人擁有恆定不變的家園，每個人都在流亡或等待流亡。這片土地遭遇了最可怕的「災變」，比起法國或英國，在波蘭更能意識到「納粹德國經驗」和「俄羅斯經驗」的巨大和凶惡，「這種觸手可及的惡意能在最遲鈍的人心裡喚起對陰暗元素的恐懼」。米沃什承認：「在某種意義上我終身都是『災變論者』。這樣一種立場至少有一點好：如果我們總是作好最壞打算，那麼，當極壞的情況發生時，就不會因太驚訝而措手不及了。與此同時，對新的宇宙和諧、對『信心和力量的時代』的末世期盼，始終與我們同在。」

與佩斯和尤薩一樣，米沃什也是當過外交官的作家。戰後的波蘭在蘇聯控制下，迅速完成布爾什維克化，「事實上是被占領，並操弄些傀儡進行統治」。他被迫加入官方作家協會，並簽署一份「魔鬼的契約」，以謀求一份駐外外交崗位。後來，他在《獵人的一年》一書中寫道：「出國從一開始就是謊言，因為我唯一的願望就是離開，我母親甚至在去世之前還在要求我離開這裡。」

二戰結束後，波蘭政府先後任命他為波蘭駐美國使館和法國使館的文化專員。在其職務上出現的字母 DP 使他浮想聯翩——對數以百萬計的歐洲人來說，這兩個字母代表悲慘的難民命運（displaced persons），然而，在當時那種情況下，它們卻意味著有擁有特權的外交人員（diplomatic personnel）。「我曾有過衝動要攔住路人向他們作自我介紹，說明我和過去的不同。」他在使館辦酒會接待各國文化名流：「在巴黎，對於個人影響力而言，有什麼比作為一個社會主義國家的外交官或社會主義的追隨者更好的呢？」但是，他卻愈來愈無法忍受內心的恥辱感。他在一篇未發表的文章中如此描述此時的心態：「在國外代表一個已經全然轉變為另外一個極權主義外國屬下一個省分的國家，是一個壞的、可恥的解決方法，我如今為此感到羞恥。只是在我看來，這種身在國外的策略位置，又毋需斷絕與國家的聯繫的作法是最不邪惡的。」

在美國擔任外交官期間，他發現，這是一個徹底陌生的國家，在那裡永久定居的前景是可怕的——那時他還沒有預料到，他的後半生將在美國度過，他的兩個兒子都成了完完全全的美國人。那時的他，只是某個蘇聯衛星國大使館的低階官員，在美國誰都不認識的詩人。

一九五〇年秋，米沃什被波蘭外交部調到巴黎的駐法國大使館，他的妻子揚卡因為正處於懷孕晚期，與大兒子一起申請在美國延期停留數月，米沃什孤身一人先飛赴巴黎上任。

一九五一年一月十五日，米沃什出於「道德責任」（而非具體的政治原因）以及「不願自己的頭腦被禁錮」，與波蘭共產黨政權決裂，從大使館出走。他在一封給友人的信中解釋了出走的原因。此前，他在休假時回波蘭一趟，觀察到國內形勢日漸惡化：「我看到一九四九年以後發生了很多變化。空氣非常凝重。氛圍使我想到戰爭年代。農民們絕望得發瘋，知識界的規章制度密而不漏，而且你非得成為史達林主義者，否則就什麼都不是。」他在波蘭是一個成功者，有外交官的身分，也有詩人的榮譽，僅靠版稅就能過優越的生活，但他還是作出了離開的決定，「哪怕這個決定是某種文學生涯的結束」。他直截了當地表示：「我不能忍受那種一切都必須方方正正的極權主義空氣，以及那種所有人在一切事情面前都感覺到的恐懼……如果他們認為，數百萬無辜人民的苦難，是以未來的名義所要作出的犧牲，那我不贊同這樣的信念……這隻蛹裡永遠不會孵出來蝴蝶……要竭盡全力，去達到人可以達到的最高境界，以避免變成魔鬼。人甚至哪怕是愚蠢，可是善良且有經驗，也不要製造出一種思想結構，讓他在其中就像是鐵籠子裡的狐狸一樣抓撓……為了那個虛構的天堂，我絕不會殺害任何一個人。我認為，這是最基本的原則。無論你是用語言文字去殺戮，還是其他，全都一樣。」

消失四個月之後，米沃什在一場記者會上露面，正式通告自己出走和留在法國的決定。他的公開聲明針對波蘭同胞而非波蘭政府：「我不是反動分子。我的祖國應該屬於波蘭人民，而不屬於那些統治者……人不應該撒謊，撒謊是一切罪惡的根源。詩人首要的職責是說真話。」他的一位朋友後來回憶說：「在詩人當時的臉上，我們看到的是，那種對自身立場正確信念的平靜，重要的是他宣示了一種輕蔑的關注和高傲的緘默，而這一向是對付蠢材們攻擊時的最佳態度。我特別喜歡米沃什當時的表情。」

米沃什知道，實質上避難者的狀態意味著一種失勢。波蘭當局攻擊他是叛徒，他四兩撥千斤地回應說：「我從事文學行業的動機之一是叛逆。」他認為，家園、祖國、民族國家都是「朦朧之物」，它們規避定義，含有太多情感的意義。他在共產黨統治的波蘭生活了六年（包括在充滿小人和告密者的駐外使館），遭受的意識形態的毒害尤其嚴酷，必須刮骨排毒。他的一首未完成的詩稿宛如禱詞：「請重新賦予我視覺和聽覺，讓我能夠認識世界，讚美美好的您的造物。／我的軟弱無法估量，我日日夜夜牢記我的錯。謝謝您。」他所能做的，除了禱告就是寫作：「我寫作，就是為了使自己從那個下滑的狀態中解脫出來。」多年後，他在全世界獲得了當之無愧的榮譽，「用波蘭語寫作卻被當成國際性作家，這可太神奇了，而且發生在二十世紀，我有些不能相信」，而他的波蘭讀者在一封信中寫道「您以此讓我們不幸的祖國熠熠生輝」。

米沃什一直用波蘭語寫作，這是一種「與死者交談」的語言。他如此解釋何以緊緊抓住波蘭語不放：

> 我對承認的需要——誰不需要被承認？——並沒有強大到足以將我誘惑到外面世界並促使我改用英文寫作。我被另外的東西所召喚……我對波蘭語的執著僅僅出於作為倖存者的罪疚感。

當然，未來是樂觀的：「如果你用波蘭文寫作，為了懲罰自己的罪孽，那你將得到拯救。」米沃什的身體離開了故土，但靈魂從未離開：「此刻他看見他的家鄉……坐在大車上，他回望，以便盡可能地保存。／這意味著他知道在某個最後時刻需要什麼。／他終於可以用碎片譜寫一個完美世界的時刻。」

法國十年：被定罪的，到哪裡找到合適的住所？

「若無超凡的牧場，如何得到拯救？被定罪的，到哪裡找到合適的住所？」在流亡生活的第一個階段，米沃什經歷過絕望，這種絕望是由失去名字、害怕失敗和道德痛苦三個原因造成的。首先，一位作家透過與讀者進行複雜的互相交流而獲得名字。當他移民，他原先透過作品塑造的形象頓時消失，他成為大眾中無名的一員，沒有人知道他是誰，「此處碰壁，彼處也碰壁」。其次，因為作家此前有一個圈子和群體，有滿足野心的甜蜜遊戲，但如今，他必須擁有抵擋孤獨的腐蝕性效果所需的那種適應力，否則他就自覺受苦、顧影自憐。第三，流亡打破了作家與同行的團結，讓他對仍然在鐵幕後面承擔迫害的同行有愧疚感，這種愧疚感反映了他對自己英雄形象的依戀。必須超越以上三重枷鎖，才能克服流亡帶來的絕望感。

最初，米沃什希望到美國與妻子和兩個兒子團聚。但美國大使館通知他，他不能得到簽證的唯一原因，就是波蘭移民大量譴責和干預，他們說他是「蘇聯鼴鼠」。米沃什幫助了很多境況不好的流亡者，卻不參與波蘭和東歐流亡者的社團和政治活動，這種姿態讓他成為眾矢之的，「波僑會將他們的狗放出來咬我。我把自己關在了自己的堡壘裡，並且拉起了吊橋，讓別人在外面鬧嚷吧」。

揚卡與美國政府部門持續交涉好幾年，甚至找到愛因斯坦寫信證明丈夫的清白，但注定毫無結果。她在華盛頓國務院的走廊裡尋求幫助，卻感到走進了卡夫卡《審判》的現實版。有一天，她情緒爆發，向他們吼叫道：「你們會為此而後悔的，因為他將獲得諾貝爾獎。」然而，那些官僚認定揚卡的這個說法證明她在這件事上失去了平衡的判斷力。

這件事造成了米沃什與揚卡多年的拉鋸戰，甚至危及他們的婚姻。揚卡認為，歐洲已經失敗，而且位於冷戰前線，對他們一家非常不安全，而美國是一個更包容的移民國家，孩子在美國不會感到自己是外來客：「我全部的奮鬥，就是為了不讓孩子成為流浪的異鄉人。」但米沃什希望，孩子們在成長的過程中盡可能地靠近波蘭，而巴黎是歐洲的文化中心，作為一個詩人，他也能得到更大的尊重，所以當赴美受阻時，他不願「忍受這種乞求，為進入美國而奔走」。在他發出最後通牒後，揚卡這才帶著兩個兒子到法國來與他團聚。

初到法國，謀生不易。米沃什甚至覺得過得比德軍占領波蘭期間還要艱難——當年他至少生活在自己的人民中間。他常常遇到手上只有「最後一個法郎」的情形，他為多家媒體寫稿，還去過國際救援委員會的巴黎分會尋求幫助。多年後，他在《歐洲故土》一書中寫到當時的情形：「西方人樂於停留在精神和自由等崇高話語的天堂中，他們並不常問一個簡單的問題：誰吃飯的錢夠嗎？在巴黎，沒有多少人關心我的身體外殼。」但「在沒有工作的情況下，我挺過來了，而且支撐住了整個家庭」。一位波蘭作家在給另一位波蘭作家的信中說：「移民作家的狀況令人絕望。您必須清楚地告訴自己，靠『寫作』是無法生活的。唯一能做到的人，是以極其艱辛的工作掙扎在邊緣上的，米沃什。」確實，米沃什實現了《波希米亞人》中那兩句自問自答：「如何能在一個一無所有的世界中過上優越的生活？巴黎的回答乾脆俐落、毫不猶豫：『可以！』」

米沃什是「叛國者」，也是「叛教者」——如果說共產主義是一種宗教。為了不苟同於史達林主義、謊言，為了不向奴役投降，他付出了巨大的代價。巴黎不是陽光普照的世界之都，而是左派思想的策源地，他在這座左派知識分子得勢的城市無比孤獨。他「與進步陣營決裂」，因為「巴黎的知識分子都相信所謂社會主義制度的迅速勝利和史達林的天才」。「黑格爾派的知識分子永遠不懂他們在自己和東歐人之間掘了一條怎樣的鴻溝」，作為東歐人，他知道史達林有多麼邪惡，那是一種超過希特勒的邪惡。這種對比在西方是一種巨大的政治不正確，「說俄國共產主義是與納粹主義是一樣的犯罪制度，就激起了那麼憤怒的狂潮」。

蘇聯在匈牙利進行武裝干涉之後，米沃什立即翻譯了一本獻給匈牙利的隨筆，質疑西方知識分子和畢卡索——後者為史達林畫過肖像。文集以尖刻的語言開頭：「我指控您，畢卡索先生，而且不只是您，還有所有的西方藝術家和知識分子，你們任由自己陷入語言的困境。在這殘酷而苦難的時刻，你們所有人，有著選擇的自由，而你們卻選擇了最徹底的馴服。」他孤獨的聲音只能屬於自毀長城的一種，任何腦筋正常的人都不會如此行事。

法國大革命以來，法國的啟蒙主義就走上「以理殺人」的歧途。歐洲已不可救藥，儘管米沃什自稱「歐洲的孩子」。馬克思主義在其故土波蘭，在更廣袤的俄國，以及更遙遠的亞洲，是殺人和吃人的同義詞；而在法國，卻是浪漫主義和公平正義，與香水和時裝一樣受歡迎。當幾名從法國留學歸國的高材生在柬埔寨實行堪比納粹的大屠殺時，米沃什意味深長地評論說：「那些以堅持原則之名屠殺柬埔寨人的年輕食人族，畢業於巴黎大學，他們只不過是試圖實踐他們學來的哲學理念。至於我們自己，由於曾親眼目睹一個人怎樣以教條之名侵犯當地習俗（也即幾百年來緩慢地、有機地逐漸形成的一切事物）來達到某種目的，我們只能心懷恐懼地想起糾纏著人類心靈的那些荒誕東西。可以說，心靈對一犯再犯的錯誤視若無睹。」同時信奉法蘭西帝國主義和左派烏托邦理想的法國知識界看到這樣的論述，惱羞成怒，謾罵這個被庇護者不知好歹。

在法國文學圈，米沃什最好的朋友是卡繆。當卡繆遭到沙特陣營攻擊時，米沃什致信說：「我在您身上尋找的不是大師，而是一個至少可以證明我存在的人。」如同所有出身優越的年輕人，米沃什曾是左派，「讓我感到羞愧的是，我們家族世世代代沒有人從事普通人的勞作，這種羞愧感驅使我成了左派」。但他很快發現左派陣營的虛偽及殘忍，對於在任何場合均如同國王和王后般接受後輩簇擁和歡呼的沙特和波娃，他嗤之以鼻。在《米沃什詞典》中，關於波娃的詞條下，他寫道：「我不能原諒她與沙特聯手攻擊卡繆時表現出的下作。這是道德故事中的一幕：一對所謂的知識分子以政治正確的名義朝一位可敬的、高尚的、講真話的人，朝一位偉大的作家吐唾沫。」他一眼就看出她「皮袍下的小」來：「在女權主義者中，波娃的嗓門最大，敗壞了女權主義。我尊重乃至崇拜那些出於對婦女命運的體認而捍衛女權的女性。但在波娃這裡，一切都是對下一場知識時尚的拿捏。這個討厭的母夜叉。」

出走之後第二年，米沃什完成了討論奴役和極權問題的論文集《被禁錮的頭腦》。貢布羅維奇在流亡阿根廷時發現了這本書，立即意識到到米沃什是第一流的天才，帶來揭示一種新意識的革命——「人可以完全做出自我來」。德懷特．麥克唐納評論說：「除了漢娜．鄂蘭的《極權主義的起源》之外，我不知道還有比該書對極權主義心理作出更微妙和更富有想像力的研究作品。」

第二次流亡：不是我選擇了加利福尼亞。她是被賜予我的

一九六〇年十月九日，米沃什第二次流亡，從法國轉赴美國，受聘於加州大學柏克萊分校，擔任斯拉夫語言文學系教授。此刻，他相信自己已有足夠的力量，不懼怕美國的荒蕪。

「如果不是因為地球美麗，我是治不好病的。」米沃什居住在風景如畫的柏克萊山上，從書房的窗戶可俯瞰壯美的舊金山灣。「從未如此設想我的命運：在這條河邊，在這座城市，／而不是別的任何地方，就是這裡，在這個長椅、這棵樹旁。」他驚嘆說：「一切都太大，太豐富，太滿了，忍不住要懷疑，他們的邊界之外還有什麼。」美國鄉村生活的體驗使他恢復了對自然的興趣，他告訴友人：「我陷入了那些關於美國的植物和動物的書籍之中，跟海狸建立了外交關係。」他像納博科夫一樣愛上了美洲大陸的植物和動物，這意味著他不再是異鄉人——「不是我選擇了加利福尼亞。她是被賜予我的。否則一個北方人為何會來到這個熾熱的貧瘠之地？」加利福尼亞就像地球上的天堂，鮮花盛開，陽光燦爛。對米沃什而言，這是一個「沒有愛情和仇恨的地方，在加利福尼亞，最完美的疏離之地」。

一九六二年六月，米沃什取得美國公民身分，大學教職也讓他有了穩定的財務保障，他買得起自己的房子了。米沃什承認，他比大部分被歧視性地稱為「教堂中的老鼠」的波蘭貧困移民要幸運，「在美國，我命中注定不曾經歷任何歧視。相反，很快我就成為白人菁英中的一分子。我第一次來時懷裡揣著外交證件，第二次來時我成了美國一所大學中羽翼豐滿的公民。我從來不是那些除了體力和肌肉便無可出賣的移民中的一員」。

米沃什喜歡大學老師這個職業：「對上課這件事可以有兩種理解，或是受壓迫的奴役，或是努力收獲其中的樂趣，我選擇後者。」他在一首詩中寫道：「尊敬的米沃什教授怪人，／他用幾乎無人知曉的語言寫詩。」他還說：「多年來一直身處谷底，在一個教授不為人知的小語種的無關緊要的系裡當一名教授，我從一些微末的小事中找到樂趣，這化解了我壯志不酬的愁悶。」他的煩惱與物質無關，而與精神有關：「我所來自的地區的異質性和無法傳播祖國歷史的客觀現實成為我僑居生活中擺脫不開的煩惱。」儘管他的詩歌被眾多讀者認可且被譽為具有「世界性」的特質，但他本人時常因為具有「粗糙的東歐皮膚」而與周圍格格不入。

在女詩人琳達．格雷格眼裡，米沃什的「身體裡和靈魂中住著一個戰士，就好像他的戰爭還沒有結束，而他一直還在救護車裡」。米沃什的信件也顯示，在一九六〇年代他找到了自己的定位。「以往的工作是我的夢魘和折磨。講授波蘭文學卻有著更大的意義」，在上了一年課後，他向友人文森茲如是袒露心扉。在寫給另一位朋友的信中，他解釋說：「我從未對政治感興趣，要說有，那也是『抽象政治』……但《被禁錮的頭腦》給我貼上了標籤，這標籤，那時的我無論如何也撕不下來。所以我出走此地，再次嘗試撕掉它。在這裡我忘記了它，也因此更欣賞柏克萊。我是波蘭文學教授和一個詩人——終於我成了，我一直應該是的那個人。」

「感謝上帝，你在這裡，在美國，因此得享神聖的安寧。」一九六〇年代末，米沃什將在美國生活的體驗和觀察結集成散文集《舊金山海灣景象》，這本書可以看作是接續《被禁錮的頭腦》和《歐洲故土》的自傳鏈上的又一環。儘管他並不認同自己在流亡，但在書中他將美國描繪成「流亡」國家的先驅：「我在這裡。四個字概括了我要說的全部內容，由此開始，娓娓道來。這裡——意味著這片土地。在這裡，而不是其他大陸；在這裡，而不是其他城市。」他指出，波蘭的普通人有足夠理由渴念遙遠的美國，「因為對他們來說美國真的是天堂，而黨的獨裁則是地獄」——「天堂」這個誇張的說法，馬尼亞也使用過。

《被禁錮的頭腦》出版三十年後，馬萊克．扎萊斯基指出，米沃什是一個「歐洲人」——他在美國看歐洲，洞若觀火，「對歐洲的地獄了然於胸」。無論如何，「都在頹廢的歐洲面前為美國搖旗吶喊，盛讚美國的民主」，因為「民主讓美國擺脫了歐洲的虛無主義。那對存在的瘋狂抵制和排斥，最終只會演化成凶險的政治烏托邦」。

多年以後，支離破碎的歐洲仍然讓作為美國公民的米沃什時不時地拍案而起。與匈牙利作家卡爾特斯一樣，米沃什對歐洲（主要是西歐）面對巴爾幹地區的種族清洗暴行的不作為而感到憤慨。曾經給他政治庇護的法國政府反擊他的批評，在一份措辭極端的信函中指責他「相信戰爭」。他最早簽名反對俄國入侵格羅茲尼，對俄國知識分子（包括索忍尼辛）支持普丁在車臣的屠殺驚呆了。米沃什去世後，還有更多俄國人（包括知識菁英）支持普丁入侵烏克蘭。在米沃什看來，歐洲的表現確實如同他在《菲奧里廣場》中所描述的場景——冷漠和罪行是同一個概念。

即便米沃什成了美國公民，也並沒有一邊倒地擁抱這個新的祖國，而是對美國的光明與陰影看得一清二楚，在《米沃什詞典》中有「美國」這一詞條：

美國，何等壯麗！何等貧乏！何等人道！何等非人道！人與人之間何等友善！個人何等孤寂！對理想何等忠誠！何等虛偽！良心的何等勝利！何等墮落！

美國是如此矛盾，但「矛盾的美國向在這裡成事的移民揭示其自身。那些沒能成事的人看到的只是它的殘酷。我成了事，但我總是牢記這要歸功於我的幸運星而不是我自己，我是與整個不幸為鄰」。確實，米沃什堅持下來，並「成事」了。多年後，波蘭異議分子領袖米契尼克對米沃什說，

「好吧，看上去你贏了」。用米沃什的話來說就是：「在我身上沒有痛苦。直起腰來，我望見藍色的大海和帆影。」他如此謙卑，正如他推崇的布羅茨基所說，流亡生活最容易打造的一項個人品質就是謙卑。

在美國有多麼掙扎，就有多麼希望將美國徹底征服

在美國的第二個十年，米沃什的詩歌創作迎來了巔峰。但他的生活中遇到了接踵而來的苦難：小兒子彼得患上了嚴重的精神疾病，妻子揚卡的脊柱上長了腫瘤——手術後再未恢復健康，並於一九八六年去世。米沃什讀《聖經》中的〈約伯記〉，覺得自己的遭遇就跟約伯一樣，「掩蓋自己和他人痛苦的經歷，借用哲學，藉著奮筆疾書。命運多舛，這裡我不想展開我個人的遭遇，在命運面前，更易於充分理解誘惑的力量……關於〈約伯記〉也最好保持緘默，因為並不值得評論」。

家庭之外的世界，同樣是驚濤駭浪。米沃什到美國時，正是動盪不安的一九六〇年代，他任教的柏克萊是美國西岸左派的大本營。反越戰、民權運動、嬉皮和垮掉的一代，赤旗飄飄，硝煙瀰漫——這是一場文化戰爭，儘管遠遠比不上他在歐洲親身經歷的戰爭。有一次，一群學生找到這位被懷疑為「反動分子」的教授，要求他支持他們造反。肩寬如立陶宛棕熊似的米沃什皺著亂蓬蓬的眉毛出來見他們，用洪亮的男低音說：「走開，你們這些被寵壞的資產階級小子們！」在此之前，那群大學生對自身特權階級子弟的身分一無所知，震驚之下，轟然退去，從此再不來打擾這位怪人教授。

米沃什對矯揉造作的美國左派詩人瞧不上眼，「酗酒、吸毒、進精神病院、自殺——這些都被

認為是極有才華的人的標誌……有可能是因為一個浪漫主義的神話，將『異常』視為偉大，而為了『異常』，就從一個放任的社會中尋求新的刺激」。他諷刺住進醫院的自白派詩人洛厄爾說：「如果有人用皮帶給他裸露的後背十五鞭子，他也許會立即康復。」他在柏克萊親眼見識了左派烏合之眾的思想和他們以政治正確為形式的思想結果：「柏克萊和巴黎的一九六八年頗為不同：目標不同，路線也不同。的確，柏克萊的學生們也放火焚書，但他們不曾像法國學生那樣毀樹。法國學生砍倒聖—米歇爾大街的梧桐樹來做路障。看著柏克萊那些領袖人物，那些煽動分子，我一點兒也不想參與其中。」作為作家，米沃什對焚書極其敏感——他或許不知道毛澤東正在中國掀起焚書運動，但他對納粹焚書（以及焚人）記憶猶新。

米沃什發現，擁有民主制度的國家和居民，大多數受到兩重影響，也即「既對民主的活力缺乏信心，又必須提防一個步步進逼的極權制度的侵略」——在病毒流行和中國崛起的今天，重讀這段話，感觸尤深。早在一九八八年一月九日的日記中，米沃什就從電影《末代皇帝》中讀出獨一無二的信息，那是中國共產黨的「大外宣」政策全面展開之前，另一種由西方人自願承擔的「大外宣」：「兩天前，我看了貝托魯奇的電影《末代皇帝》。講的是勞教的有利影響，十年後，即使是一個以前的皇帝、勾結日本的通敵者也能變成一個可敬的公民。我記得《生命之路》，一部有關內務人民委員會高級教育官僚的電影。美國公眾被《末代皇帝》宏偉的舞臺設計迷住了，甚至沒有注意到它所服務的主題。」中共當局將紫禁城開放給貝托魯奇拍攝，不是沒有理由的。

米沃什遺憾地發現，美國正處在市民美德的衰落之中。這裡充斥著「多種宗教的喧囂」，就像在日漸衰落的古羅馬，對宗教的虔誠正在消失，急於與現代世俗相結合的教會首先就把罪的概念拋到一邊，那又如何去談社會裡的罪惡呢——一切都是被允許的，甚至色情文學和性虐暴力。在崇尚「前衛」的大環境裡，米沃什將視線放到舊世界的美德上，關注美國開拓者們的勇敢、勤勞和堅毅，「在缺乏更好事物的時候站在人這邊」。在回答「我在美國學到了什麼，其中什麼又對我來說特別寶貴」的問題時，他毫不掩飾其立場：「可以概括為三要三不要：要普通人的平凡，不要知識分子的傲慢；要聖經傳統，不要追求個人或集體的狂歡；要科學和技術，不要想像人性的無辜清白。」每一項都是嚴重的政治不正確。

一九八〇年十月九日，正是米沃什流亡美國整整二十年的那天，凌晨四點，他被一個瑞典記者打來的電話吵醒。記者告訴他，他得了諾貝爾獎。他平靜地回答說：「那不可能。」然後又睡著了。清早醒來，他發現密密麻麻的記者擠滿了他的院子。大學校長驕傲地宣布，這所自然科學類諾貝爾獎頻出的大學終於迎來了首個諾貝爾文學獎，「在科學占據主導地位的時代，米沃什教授的詩歌證明了精神的力量，展現了人類創造力之美」。米沃什平靜地出席了校方舉辦的記者會之後，仍然繼續他的杜思妥也夫斯基文學課，將記者關在教室之外。

這個獎驗證了三十年前揚卡對國務院官僚們發出的那句誓言。但對米沃什來說，它並沒有那麼重要——他在禱告中多次請求：不要諾貝爾獎，以此「換取」小兒子彼得的康復。上帝聽了他的祈禱，卻反著個兒滿足了他的願望。

不過，這個獎畢竟讓米沃什揚眉吐氣。他到斯德哥爾摩出席頒獎典禮之後，榮歸曾經流亡十年的巴黎。在巴黎的波蘭族群與他見面時，他一點也沒有顧忌與會者的面子，帶著怒氣說道：「現在你們以我為榮，可當初我需要你們幫助時，你們指責我是共產黨，還到美國大使館告發我。」

米沃什交往的朋友，屈指可數。他的法國最好的朋友是卡繆，在美國最好的朋友是布羅茨基——後者比他晚到美國十二年。當布羅茨基剛到美國時，米沃什寄去了一封信，以自己的親身經歷為例說明：「您能來美國而不是留在東歐，這可不僅僅是從實際出發的關係。我猜想，您非常不安，因為我們所有從東歐來的人都聽說過一句話——如果離開祖國，作家生涯就完了。可這是鬼話，只有在那些農耕文化長期占主導地位，把『農家肥』看得比什麼都重要的國家才管用。一切都要看人的，還有他的內心……我還能說什麼？流亡的第一個月會很艱難。對接下來發生的事不必過於擔心。您看，日子會越過越順的。」是的，在美國有多麼掙扎，就有多麼希望將美國徹底征服。

年長布羅茨基三十歲的米沃什，始終像哥哥一樣照顧布羅茨基。而布羅茨基也比其他任何人都更深刻地意識到米沃什的價值：「我可以毫不猶豫地確定，米沃什如果不是我們時代最偉大的詩人，那也是最偉大者之一……我們就站在如此赤裸和堅定的思想面前，要說從腦海中林林總總的聖經人物中，唯一能與他的犀利相提並論的——只有約伯。」

我們一生都在追逐，無論幸或不幸

米沃什的著作在共產黨統治的波蘭是違禁品。遊客將他的詩文藏在手提箱底部帶進去。年輕一代傳抄和背誦他的詩句，「他的詩歌有著一種明顯的對國家命運深層影響，這種影響甚至比所有當權者三十年來所做的更為深遠」。當權者敗壞了社會的道德倫理，他的詩歌將正義和自由帶回來。

一九八一年，在離開三十年後，米沃什重返波蘭。已搖搖欲墜的波蘭政府沒有給他製造任何麻煩。讀者們拿著祕密出版的詩集排隊請他簽名，他動情地說，與在波蘭非法出版和發行相比，寫詩要容易得多。一個出版者回答說：「並非如此。我們也想努力寫作，像您一樣，但我們寫得不行。」米沃什被盧布林天主教大學授予榮譽博士學位，紅衣主教指出：「上帝考驗著每一個被禁錮的人。在孤獨的探索中，這個叫米沃什的人禁受住了考驗。」

米沃什與團結工會領袖瓦文薩會面，兩人惺惺相惜。瓦文薩說：「我們所有人都讀過您的詩，我們所有人都要感激您。」這句話並非虛言。格但斯克造船廠矗立的遇難工人紀念碑上，鐫刻著米沃什的詩句：「你，對淳樸的人做了如此不堪的行為：／在目睹他的苦難後放聲大笑，／不要自認為無人知曉，／因為詩人已將其牢記。」有外國記者問一位身穿藍色連身工作服的工人，在這個米沃什作品被查封的國家，人們如何讀到他的詩句？工人回答說：「就算被禁了，我們也能找到他的書。」

隨後，團結工會運動被鎮壓，瓦文薩入獄，波蘭建立了看似穩如磐石的軍政權。米沃什在《紐約時報》發文指出：「我不認為以團結工會為首的發生在東歐國家的民主運動只是曇花一現。正相反——他們將會公開或者祕密地長久存在下去，比我們這個世紀所有軍政府的壽命加起來還長。」果然，他等來了一九八九年東歐的劇變，波蘭是東歐民主轉型最順利和最成功的國家之一。

一九九三年，米沃什與第二任妻子卡羅爾一起搬回波蘭第二大城市克拉科夫居住，在此度過生命中最後的十一年。他選擇克拉科夫，是因為克拉科夫與維爾諾很像。他避開政治中心華沙，避開喧囂與騷動，不像索忍尼辛上演一齣英雄史詩般的凱旋，不像布羅茨基沒有回後共產主義的俄國看一看的念頭，也不像馬尼亞經歷一趟「流氓的歸來」後再也不踏足羅馬尼亞的土地。

米沃什也曾重返其出生地維爾諾，「這就像一個圓圈最終畫成。我能夠領會這種好運，是它使我與我的過去重逢，這太難得了。沉浸在超強的情感波濤之中，我也許只是無話可說。」對米沃什來說，故鄉是「一個彩色的夢」：「我瞧著一片草地，突然意識到，在我流浪的歲月裡，我曾徒勞地尋找一片花繁葉茂的景觀，這兒有這樣的景觀，所以我一直渴望著能夠回來。」

卡羅爾是在美國南方出生並長大的女性，是一位人文學和歷史學博士，比米沃什小三十三歲，她與米沃什構成了有趣的互補，成為其妻子的同時，也充當其參謀、經紀人和編輯。克拉科夫的冬天很冷，他們有時回溫暖的加州過冬。然而，米沃什沒有想到，開朗活潑的卡羅爾居然因為罹患癌症而先於自己撒手人寰。

儘管屢屢遭受個人生活的苦難和國族的苦難，米沃什仍相信自己享有「天福」，「我知道，總是知道，我會是葡萄園裡的一個工人」。一九八七年，一個記者問及「對您來說什麼最重要」時，他回答：「在我的作品中，我首先試圖說的就是我稱之為虔誠（從尊敬這個意義上說）、虔信和愛。我很看重他們。」在戰後初期，滿目瘡痍的波蘭，他用模仿聖經的優美文筆寫了〈哀歌〉，發出激動人心的宣告：「在經歷了這一切之後，我認為只有人類發自憐憫之心的行為才能持久不變。」

法國思想史家拉瓦斯汀認為，米沃什是歐洲精神的代表，他對宗教信仰持有很獨立的態度，他是一名「非建制的天主教徒」，他敬拜的不是教宗和教會，而是上帝本身。他偶爾在星期天去教堂，是「跟眾人一起祈禱」，而「從未注意到神父們喋喋不休的布道」。他甚至說：「所有熱衷於去教堂的人都配得上『偽君子』和『法利賽人』的稱謂。事實上，堅定的信念是一種稀有的禮物，至於做禮拜的行為，則提醒我們，我們都是罪人。」

倘若沒有信仰，人如何橫渡千溝萬壑的流亡生涯，人與被頑童一泡尿沖走的螻蟻以及被關進籠子裡毒死的老鼠何異？厄普代克形容米沃什是「倖存者和信徒」，是「絕望而快樂的詩人」。米沃什晚年回到童年時代的天主教中，卻不是以索忍尼辛對東正教和斯拉夫主義狂熱和偏執的「聖愚」姿態。他對路德改教有所保留，批評德國出現納粹主義的畸變是因為其「拋開了人道主義和宗教改革的路線」——從路德到盧梭到尼采再到希特勒的御用哲學家羅森堡，一切彷彿順理成章。他的宗教體驗與眾不同：「我是否能對天堂和地獄有所了解，這由不得我。／但是，這世上有著太多的醜陋和恐怖。／所以在某個地方肯定會有善良和真理。／這就意味著，在某地肯定會有上帝。」他請求上帝「傾聽我」：「傾聽我，主啊，因為我是一個罪人，這就是說除了禱告我什麼也沒有。」

米沃什這一代人親眼目睹了太多苦難與殺戮，「良心的痛楚令我沮喪」，「只有苦難才是衡量世界的尺度」，他對作家職責的認識簡而言之是：「保護我們免於巨大的沉默，並且告訴我們始終如一地做人是多麼困難。」但他並不後悔出生在苦難深重、罪惡滔天的二十世紀，「儘管我所處的時代有莫大的殘酷性，但我仍然要讚揚它，我不嚮往任何別的時代」。他說：「我的道德楷模是：把一輩子都奉獻給精神事務，耄耋之年仍熱情不減，並將此態度保持至生命終點。」他完全掙脫了地域與身分的沉重枷鎖，他的目標確定而清晰：「一面是光明、相信、信仰、大地之美、人類所能擁有的最高熱情，另一面是黑暗、懷疑、不信、大地之惡、人類所能做到的最壞事情。當我寫作時，光明的一面就展露出來，當我停下筆，黑暗的一面就出現了。所以我必須寫作，為的是防止自己墮落。這裡面沒有什麼哲學，更多的是經驗。」

米沃什說，優雅的死亡是一門藝術，「為了在延續的同時，／讓詞句證明我們面對死亡的雍容。」、「我死去的時候，會看見世界的襯裡。」二〇〇四年八月十四日，米沃什在克拉科夫逝世，入葬斯卡爾卡修道院地穴，七千多人追隨在送葬隊伍後面。

「要穿越並跨越特洛伊和迦太基的廢墟，去愛上帝，而不求任何安慰。愛不是安慰，愛是光明。」愛如此，詩歌亦如此。有光或沒有光，是騙不了人的。即便騙得了別人，也騙不了自己。「在我們深信的最深處，在我們存在的最深處，我們配得上永生。我們將我們的轉瞬即逝和終有一死視作降臨到頭頂的暴力來體驗。唯有樂園靠得住，世界是靠不住的，它只是曇花一現。」米沃什以詩歌，以流亡，也以生命，成為時代的見證。

第十五章　馬尼亞：一隻蝸牛可以爬多遠？

離開不曾解放我，回歸沒有使我恢復。我是自己的自傳中侷促不安的居民。

——馬尼亞

一九八六年六月十六日，在布盧姆日，即紀念喬伊斯《尤利西斯》中流放英雄布盧姆的那一天，馬尼亞向羅馬尼亞當局申請了去西方旅行的簽證，「雖然我並不知道這場旅行會把我引向何處」。安全局早已暗示他自己選擇離開，所以其他部門迅速放行——就此而言，西奧塞古政權比習近平政權「仁慈」，習近平政權連八十歲的女作家章詒和也要予以「邊控」，這位溫文爾雅的老太太出國旅行就會危及國家安全嗎？

在決定離開前，馬尼亞與女詩人瓊安娜之間有一番爭論。瓊安娜說：「我們的真理之鄉在這裡。

我們是作家，我們別無選擇。」馬尼亞說：「你必須活著才能寫作。死亡在監視著我們，它不僅僅來自安全部官員。」多年後，他如此解釋為何離開祖國：「羅馬尼亞是我的祖國，她帶給我我的母語、我的人生和我的寫作。但在二十世紀八〇年代，那裡的情況較之前變得更加讓人難以忍受，我們的耐心和希望都已消耗殆盡。痛苦和恐怖以一種殘酷而野蠻的方式結合在一起，使得我們每天的生活就像是地獄。」

離開是必要的。「最終，我離開了！懷著內疚，因為沒有早走；懷著內疚，因為終於走了。」離開羅馬尼亞三十多年，馬尼亞躋身於果戈理、契訶夫和卡夫卡的文學傳統之中，他的作品已具備經典地位。文學評論家迪奧・馬格利斯指出：「他是那種能夠在完全的沙漠中成長的偉大作家。在他傑出的篇章中，他敘述了我們這個時代的驅逐和流放，那裡所有的人都懂得無望是什麼，正如摩西知道自己永遠不會達到那許諾的領地那樣。這位偉大作家刻入肌膚和紙張的文字，形似龐然怪物的圖騰，是一種巨型的傷疤。」

五歲的流亡和五十歲的流亡

一九三六年，馬尼亞生於蘇恰瓦（該地方後來被蘇聯吞併，蘇聯解體後又歸屬烏克蘭），所以他弄不清楚自己究竟出生在哪個國家。

「五歲的時候我被流放，那是因為一個獨裁者和他的意識形態所致；到了五十歲，由於另一個獨裁者，由於他與前者相對立的意識形態，我亦處於流亡狀態。」五歲時，因猶太人的身分，馬尼亞全家被當時統治羅馬尼亞的法西斯政權關入集中營，他們幸運地熬到了集中營被解放。戰後，因為懷抱理想主義，他主動加入羅馬尼亞共產黨，卻很快發現共產黨是另一種法西斯：「當我還是個孩子的時候，我為共產主義的神話——所有人都有一個幸福未來——所深深吸引；後來我從這些幼稚的夢想中醒悟過來。你只要睜眼去看每天的現實——充滿著謊言、恐怖、悲慘的事情和警察局裡的告密者——就足夠發現理論與現實之間的巨大差別。」在這個國家，「口是心非的教化從搖籃便已開始……任何不願撒謊和歪曲事實的人不僅要禁受恐懼的痛苦，而且還會產生一種深深的無用感」。還有如影隨形的貧困和恐懼，足以扭曲人的心靈：「貧窮和危險一直是值得稱頌的祖國豐盛慷慨地端給我們的主食。然而，最近幾年那歇斯底里的專政已經對我們的應對能力產生了災難性影響。」

在獨裁國家，若將作家作為職業和志業，就意味著躺在老虎的身邊，隨時可能被老虎吃掉。土耳其作家帕慕克說過，過去的一百年是「禁書與焚書的一百年，將作家下獄、殺害、定為叛國者、流放，以及不斷在媒體上汙損的一百年」。赫塔．米勒也控訴：「國家把我當罪犯囚禁，家人把我當恥辱放逐。」作家們為何招致如此厄運？

僅僅因為寫作。個體化的寫作和說真話的寫作，足以招致滅頂之災。在西奧塞古的羅馬尼亞，不被御用的寫作遭到嚴厲禁止。與米勒一起被譽為羅馬尼亞流亡作家之「雙子星座」的馬尼亞說：「在羅馬尼亞，寫作是一種只有受黨管理和控制的作家協會的會員才能使其合法化的職業，一個沒有工作和收入的嫌疑犯有被指控為『流氓主義』的危險，也就是說，他過著一種寄生蟲式的生活，這是社會主義法律給它的定義。」布羅茨基遭受過同樣的命運。蘇俄流亡作家西尼亞夫斯基也說過：「所有作家都是叛逆者，都是敗類，都是地球上不完全合法的人。因為他所思所寫違背於大多數人的意見。」米勒和馬尼亞不是第一批被定義為「寄生蟲」和「流氓」的作家，擁有此一命名的、資格更老的作家是布羅茨基。

馬尼亞成了這群被厄運籠罩的人們當中的一員。他從此自稱「流氓」。在羅馬尼亞的文化和歷史中，「流氓」一詞有一種特殊含義，它意指被放逐者、局外人、孤獨的人、獨立的思想者，語出猶太作家海希特—塞巴斯蒂安。

羅馬尼亞似乎是東歐歷史和二十世紀人類災難的濃縮版：先經歷了效仿希特勒的安東尼斯庫的法西斯體制，而後是史達林體制及西奧塞古體制。集中營在羅馬尼亞不是一種，而是有三種：一是納粹建立的猶太滅絕營，二是戰後蘇聯在烏克蘭為德裔羅馬尼亞人建立的勞動營；第三種則是羅馬尼亞共產黨在本土建立的勞改營。西奧塞古政權是東歐共產國家中最為暴虐的，是「家天下」的「拜占庭式的裙帶統治」。

英國歷史學家齊斯．洛韋用「鳩占鵲巢」形容戰後共產黨在羅馬尼亞的奪權。從一九四四年到一九四九年間，羅馬尼亞經歷的轉型天崩地裂。短短數年內，原本屬於萌生民主生力軍的羅馬尼亞，裡裡外外都困入史達林式獨裁，此後數十年，一步步發展成為東歐集團中最高壓的政權。羅柏．卡普蘭描述了此一恐怖場景：共產黨奪取政權後，迅速在多瑙河三角洲地區設立一整個勞改營網絡，數以萬計囚犯被迫涉入水深及腰的沼澤中割葦草，如果沒有站穩，受過特別訓練的狗就會衝過去咬他們。西奧塞古從中國和北韓學習「系統化」的離譜方案，那個概念本身強烈象徵了史達林主義意識形態中瘋狂怪誕、泯滅人性的面相。毫不意外，西奧塞古政權直到最後一刻都是中國的「兄弟之邦」，西奧塞古被推翻後，曾計畫逃往中國避難，若其出逃成功，鄧小平一定會為他安排舒適的晚年，類比當初柬埔寨的西哈努克親王。

若你是熱愛自由的知識分子，在羅馬尼亞必然「艱於呼吸視聽」；若你又是猶太人，在跟納粹一樣反猶的西奧塞古政權之下，必然是雪上加霜、禍不單行。馬尼亞一家是納粹集中營倖存者，但他們的苦難遠未結束：一九五四年，馬尼亞因拒絕參加勞動青年聯合會而被軍事法庭審判。一九五八年，他父親因為沒有當場支付兩公斤肉錢而被判刑五年，送入被稱為「勞改營中滅絕營」的佩日普拉瓦勞改營。他父親是一個正直而體面的人，總是穿著乾淨整潔的白襯衫，集中營殘虐的折磨讓其對活下去產生懷疑。有一天，他父親看見襯衫上有一隻蝨子，驚恐地叫道：「根本就不值得活！這根本就不是人生！」他母親生性堅強，鼓勵丈夫說，「不，我們必須要抗爭，你必須要抗爭。如果我們抗爭了並得以生還，你就會重新得到那樣乾淨整潔的白襯衫」。正是這種體面和勇氣，讓他們熬過集中營和勞改營的死亡折磨——幸運的是，馬尼亞從父母那裡繼承了這種體面和勇氣。

祖國已淪為「犀牛殖民地」，趕快離開

一九八〇年代中期，螺絲釘正在擰緊，空氣中瀰漫腐屍和陰溝的氣味，身邊一個接一個朋友淪為祕密警察的線人。西奧塞古頒布《大羅馬尼亞打字機法》，打字機被視為「危險的機器」，規定擅自出租或借用打字機為非法，誰想擁有打字機，必須取得警察批准。馬尼亞曾經在一次採訪中描述了一個如同恐怖片的場景：「他們剪掉了我的舌頭。」他將羅馬尼亞稱為「犀牛殖民地」以及薇依所說的「大野獸」，一個由總統——主人、司儀和小丑——掌控的畸形馬戲團。很多時候，主人與奴僕是同一個人。安東尼斯庫和西奧塞古有許多共同特徵，最顯著的是一系列「令人麻痺的錯亂

和變形」——人變成犀牛，犀牛又聲稱自己是一種新人的代表。

馬尼亞的「內在的流亡」早已開始。他在離開羅馬尼亞前就完成了長篇小說《黑信封》。小說講述了一個與世界格格不入的「精神病人」在黑暗社會中的探險，描繪出一幅震撼人心的一九八〇年代羅馬尼亞知識分子畫卷。馬尼亞在這部作品中努力尋找一個隱喻，一種用密碼來表現這個封閉而殘缺社會的方式：「我要創作另外一個現實，來表達我們實際的生活：無盡的隊伍（為了麵包、手套、肥皂、汽油和衛生紙）、可怕的醫院、無處不在的告密者和誇誇其談的騙術；寒冷、害怕、玩笑、默然、疲乏、恐怖甚至我自己的痛苦。」這是流亡政治哲學家列奧·施特勞斯所說的「迫害帶來的寫作的藝術」，一種「字裡行間的寫作方式」，一種「持異端觀點的作家運用的獨特的寫作技巧」。然而，這種痛苦的寫作似乎難以為繼：「在極權統治下寫作的作家常常在作品中使用詐術、典故、暗碼或粗糙的藝術形象，痛苦而隱晦地和讀者進行溝通，同時他們又希望躲開審查者。受到閱讀的作家不可避免地要借助於欺騙，而這又讓他們感到刻骨銘心的痛苦。」於是，馬尼亞斷然決定離開，否則，他的生命和他的語言將同時腐爛發臭。

當時，羅馬尼亞流傳著一個笑話：許多申請出國的人正在排隊領取護照。其中一人回頭看到他身後的不是別人，正是西奧塞古。西奧塞古看到他吃驚的樣子便說：「既然大家都要出國，那麼我也走。」此人立即說：「如果你走的話，我們還有什麼必要出國呢！」今天的中國，韓寒有一句冷幽默，他在回答外媒問其為何不移居國外時說：「在我的祖國，我的身邊是中國貪官，如果換了一個國家，發現身邊還是不少中國貪官，我肯定崩潰了。」

密不透風的獨裁體制敗壞了政治、經濟等各個領域，最終敗壞了語言、文字和思想。馬尼亞指出：「語言的標準化反映出社會構造的標準化。它是一種經過編碼的術語學語言，一種字謎遊戲語言，一種限制性的、單調乏味的語言，只會破壞人們對文字的信心，鼓勵他們懷疑文字。」對此，米勒也有相同的發現：「在羅馬尼亞每個被說出的威脅都是羅馬尼亞語。一個國家使用的語言轉眼間就變成了官方語言……我也被迫看到，世界各處各國的所有語言都可以變成凶手的語言。」那麼，作家如何才能抵抗「凶手的語言」或「臣僕的語言」？

多年後，有記者問馬尼亞，如何看待法西斯和共產黨？他回答說：

納粹主義和共產主義——還有今天血腥的伊斯蘭基本教義派——在製造可怕的恐怖和災難方面是相似的，但他們還是有不一樣的地方。納粹主義有一個激進的、傲慢的、謀殺的意識形態；共產主義是建立在對於弱者的正義、共同體凝聚感、以及共同目標的理想之上，這個理想被殘忍壓迫、欺騙和苦難出賣了。此外，共產主義在許多國家傳播開來，它成為一種全球性的意識形態——羅馬尼亞政權雖然是東歐最殘忍的獨裁之一，但野蠻與殺戮依然比柬埔寨少。

馬尼亞洞悉了極權主義與地理之間幽微的關連——越往東，越殘暴。羅馬尼亞是歐洲的東方，羅馬尼亞的共產黨是歐洲最殘暴的共產黨，但其殘暴程度卻比不上真正的東方國家——赤柬、越南、北韓和中國。

「法西斯與共產黨誰更邪惡」這個問題，一樣縈繞在布羅茨基心中。他在回憶父母的長篇散文〈一個半房間〉的結尾處寫道：「我問父親，哪種集中營更可怕，納粹的還是我們的。『至於我本人，』父親答道，『我寧願在火刑柱上一下子就燒死，也不想慢慢死去並在那過程中發現什麼意義。』」

對一位作家來說，流亡如同一條消防通道

為了擺脫「流氓」的身分，為了擺脫監禁乃至死亡的威脅，馬尼亞選擇離開。離開被一群真正的流氓綁架的祖國，成為一種痛苦、卻「最不壞」的選擇。他承認，該選擇至少是「一種部分的、暫時的救助，一條消防通道，一個緊急出口，一種快速解決方案」。

馬尼亞長久地糾纏於「對一位作家來說，流亡是否等同於自殺」這個問題，但同時也看到在異國重建文明的希望之光：「毫不懷疑我於盛年在另一種語言和另一個國度中的重生。」他的前半生經歷過納粹集中營、大屠殺、極權主義統治和流亡，傷痕累累地走過來，無論去到哪裡似乎都無所適從。來到美國時他已經五十二歲，他需要儘快學習英語和適應異國環境，這個過程並不容易。對他來說，唯一值得寬慰的事情是自己一直在寫作。「寫作是為了把自己從嘈雜的現實中部分解救出來，你試著從中尋找意義，或者創造意義。這種個人需求超越了現實生活，儘管有時它就隱藏在現實之中。」他將流亡生活比喻為俄國出產的民間套娃，一個套在一個裡面，另一個再套在裡面，裡面還有，它們既相同又不一樣，但說到底還是相同，直到最後一個大娃娃把所有其他的都裹進肚子裡為止。他逐漸從驚恐和憂慮中掙脫出來，學會了以流亡為樂：「你不能棄絕被輕蔑和嘲笑的榮耀，我們也不應該拋棄成為流亡者的榮耀。畢竟，除了流亡，我們還擁有什麼？」

在馬尼亞的長篇小說《巢》中，帕拉德教授借助「由眾神和黑暗的力量談判而成的」天賜良機，

抵達資本主義的自由世界美國。但是，「在最初幾個月的舒適安樂之後，帕拉德深深陷入在消沉中。束縛，孤獨。圖書館的庇護顯然不再能幫助他。他賴在床上，一連幾個鐘頭，甚至整天，等待著奇蹟讓他站穩腳跟。」他寫信給友人說：「我很失望，但沒有被打敗。失望是生命力的一種符號，我希望如此。我被懸置了，徹底自由，我破解不了我所陷入的紊亂。人們還沒有給我鑰匙。我在無所謂和憂傷中等待。我聽到樓梯中傳來以往監視者的腳步聲。他們始終在那裡。」書中寫到幾代移民的不同經歷，有的用書籍建構新家，有的永遠找不到家，有的依然在路上，每個人都在自己的「巢」中。

馬尼亞先抵達西德，兩年後又前往美國。美國熱情地接待這位遠渡重洋的異鄉客，巴德學院為他提供了體面的教職——與米沃什和布羅茨基相似，馬尼亞在大學中教授羅馬尼亞語這種更鮮為人知的小語種。他慷慨地給予這個繁華的國家最高級的讚美：「天堂。」人們總是想當然地以為這是一個飽經極權主義社會摧殘的人在到達自由世界後發自肺腑的感嘆——彷彿「美國的空氣都是那麼的清甜」。在一次採訪中，當記者說起「天堂」一詞，這位眉頭緊鎖的作家委婉地看向四周，隱於山林的巴德學院處處是鳥語花香。「你看看周圍，這裡難道不是天堂嗎？」他頓了一會，「但是別看太深了。」

實際上，馬尼亞從未覺得美國是他的烏托邦，或者用邱吉爾的話來說，民主只是最不壞的制度而已。在美國，不再有祕密警察的騷擾和折磨人的官僚主義，一切運轉自如，但馬尼亞知道，不能將美國太過理想化：「我的朋友說，以往我們在羅馬尼亞的時候，雖然事事都難以運作，但事事都很重要。如今我們在美國，雖然所有事情都運作得很好，但再沒有什麼緊要的事了。我覺得他這話說得也不準確，美國也不是所有事情都運作得很好。畢竟，人就是不完美的。所謂自由和民主，就是一群不完美的人允許自己不完美的制度。正因如此，也不會存在什麼完美烏托邦。」

三年後，馬尼亞從新大陸遠觀祖國爆發的革命，革命如同暴風驟雨，但革命後這個國家仍然深陷於腐敗、貧窮與謊言之中。與歐洲相比，美國在某種意義上是「文化的沙漠」，但對於猶太人來說卻是最安全、可以變得富裕和快樂的地方，正如索爾·貝婁在接受馬尼亞訪問時引用其父親的話：「瞧啊，我沒有帶證明文件。我可以做我願意做的任何事，我可以去任何想去的地方，沒有人會否認我的公民權利。如果有任何破壞我的公民權利的企圖，它就會變成一個醜聞。美國永遠不會贊同那樣的事。所以我四處走動，不帶證明文件，不帶護照，不帶身分證，一切都完全沒有問題。」馬尼亞在美國如鮮花般綻放，而羅馬尼亞越發成為一個奈波爾所說的「幽暗國度」。

在失去了讀者和語言的意義上，流亡的痛苦與孤獨也是真實的。敘利亞詩人阿多尼斯論及流亡時說，流亡首先是人對自我的背離，對思想自由的放棄，它遮蔽理智，約束疑問，消解焦慮徬徨，接受俯首聽命，而不再暢所欲言，大膽質疑。在這種情形下，寫作變得無比艱難。馬尼亞在《第五個不可能：關於流亡和語言的隨筆集》中，引述卡夫卡說過的三個不可能：不寫作的不可能，用德語寫作的不可能，以及用其他方式寫作的不可能。他補充了第四個，也是全面的不可能：即「寫作本身的不可能」。他最後還加上第五種，也是「最卡夫卡式」的不可能：流亡這種行為在地理意義上的不可能。「卡夫卡處在永久的流亡中，自外於正常的、普遍的生存方式，即使他沒有離開自己的國家。被孤獨四壁包圍的普魯斯特也是如此。」馬尼亞繼而指出：

作家體驗的是一種特殊的孤獨和疏離。一種新的、也是最可怕的困難是，由於真正的流亡所造成的位移和失落。它確係最陰暗和最荒謬的負擔，是最卡夫卡式的一種。

馬尼亞描述說：「卡夫卡的確沒有離開過自己的國家和語言，但他經常夢想去這樣做。留在這樣一個地方，你被視作二等公民、受到侮辱，面臨危險，對他來說，實乃『蟑螂英雄主義』。他經常夢到自己置身於遙遠的國度，靠近某些『甘蔗園或回教墓地』。對他而言，圖博離維也納近在咫尺。」

流亡始於我們離開子宮之時

馬尼亞比那些消逝在集中營深處的遇難者幸運，相隔四十多年，他先後等到了前後兩個獨裁者斃命的好消息。

在那場蘇東波中最為血腥的革命中，西奧塞古夫婦被抓後很快被槍決。馬尼亞如此痛恨這個獨裁者和小丑，但對此並無復仇式的快感，就像斯塔爾夫人在拿破崙垮臺時也沒有幸災樂禍一樣，他只是淡淡地說：「沒有民主和公開的審判，就讓西奧塞古死去，這讓我感到震驚。我對他和他太太的死毫無同情，他們幾乎毀掉了羅馬尼亞整個國家，並讓我不得不離開自己的國家，但我無法接受沒有審判的死亡。」這個看法注定了他對「民主」後的羅馬尼亞不會有太多驚喜。他在《巢》中早已斷言：悲劇之前是鬧劇。

一九九一年，馬尼亞在《新共和》雜誌上發表文章《幸運的罪》，揭露美籍羅馬尼亞裔宗教史學家米爾恰·伊利亞德與羅馬尼亞鐵衛軍運動的聯繫，在羅馬尼亞國內及海外羅馬尼亞移民社群中激起一場激烈而持久的討論。

馬尼亞在文章中指出，伊利亞德早年曾是鐵衛軍「陸軍上尉」、墨索里尼的擁護者，是一位從來不以為錯、也不懺悔的學者。鐵衛軍是一個法西斯主義、民族主義和反猶組織，興盛於一九三〇年代晚期。它自詡為「原始的、正統的天主教」的一部分，致力於打造一個「種族純潔」的國家，消滅所有外國人。二戰後，它受到共產黨政權打壓。但在一九八〇年代又死灰復燃。在後共產主義時代的羅馬尼亞，「新民族主義」如火如荼，伊利亞德被奉為精神領袖。馬尼亞清醒地意識到，極權主義不僅存在於法西斯體制或是史達林體制，它無所不在。他向剛剛擺脫極權體制的羅馬尼亞人提出警告，這種「新民族主義」可能會給羅馬尼亞帶來新的危機和悲劇。

當時，芝加哥大學一位年輕的羅馬尼亞教授被殺死在馬桶上，在所有流亡的羅馬尼亞人當中引起驚慌。馬尼亞收到了一份死亡威脅信，他所任教的學校巴德學院為此申請聯邦調查局對他進行人身保護。馬尼亞沒有退縮、沒有沉默，他堅信再也沒有人能阻止他說話：「我的放逐境遇，反映了這個正在不斷縮小的世界上的成千上萬受排斥人的處境。我也代表了那些在自己本土上被驅逐的人們，這些人從來沒有離開過自己的家，他們講的也是本社會的語言，但他們不幸失落在混沌的林叢裡，他們在其中感到孤獨。」

一九九七年春，馬尼亞倜促不安地為重返羅馬尼亞的十二天短暫訪問作準備。他的好友、第二代俄國猶太流亡者索爾·貝婁建議他取消這次旅程——不是基於馬尼亞在羅馬尼亞有太多敵人，而是因為他認為馬尼亞只會不必要地折磨自己：「你在這裡已經把自己折磨得足夠了，你不需要火上澆油。你會覺得痛苦不堪。我才讀了另一本有關另一位羅馬尼亞名人的書籍。那些方式，那種文化，你知道……不，別去。從距離中獲益。」這句話，宛如貝婁在父親的葬禮上，大哥告訴他的一句話，「別再像一個移民那樣行事！」

馬尼亞還是啟程了——他希望以這趟旅行來治癒「東歐症」。他帶著複雜而細膩的情感，記錄了人生中兩次「歸來」：從集中營歸來的少年；從美國歸來的流亡作家——「在太遲的九年之後，我終於出現在我母親的葬禮上，以及我祖國的葬禮上。」他當年走上流亡旅程時，心中並不悲涼，也不激動，他相信「流亡始於我們離開子宮之時」。在此意義上，你和我，誰又不是離開母親的子宮的流亡者呢？

故國不堪回首。馬尼亞觀察到一片灰暗、混亂、遲鈍的景象。沒有了西奧塞古，但若干個小西奧塞古正在茁壯成長。他聽到一夜暴富的安全部特工、自殺身亡的退休人員、漂泊無依的兒童和無家可歸的小狗的故事。他從不公開露面或接受媒體訪問，只見朋友和去墓地。他見到許多闊別多年的老朋友，如變色龍般適應時代和環境。曾在舊政權身居高位的作家瑙姆，搖身一變成了追求純文學的文化名流。瑙姆申明「從來對政治毫無興趣」，對馬尼亞熱衷於翻檢「過去的垃圾」大惑不解。他請求馬尼亞從美國幫他帶回一把門鎖——羅馬尼亞小偷太多，只有美國產的鎖才能讓小偷無計可施（他卻不知道，美國幾乎不產鎖了，市面上的鎖，大多是共產中國生產的。）馬尼亞冷峻地指出：「磨難不會使我們成為更優秀的人或英雄。像所有人類之事一樣，磨難會腐敗變質，而當眾叫賣的磨難絕對會腐爛變質。」

革命前的羅馬尼亞，若用一個詞語形容，就是「恐懼」；革命後的羅馬尼亞，若用一個詞語來形容，就是「卑賤」。無論是在每個時代都活得有滋有味的變色龍，還是沉迷在昨日的輝煌中無法自拔的最後的權貴，心靈的窗戶都關閉了。他們活著，卻如同行屍走肉，精神已被極權體制扭曲，並不因為西奧塞古夫婦被槍決就自動復原。羅馬尼亞革命兩個月後，作家丁內斯庫悲觀地指出：「如果四十年都沒有獨立報紙的存在，那語言和思維習慣是不可能在短短數週發生改變的。這就像如果人們給土著居民送去一個電視機，打開只能聽到『咕咕』的布穀鳥叫聲，那土著居民也只能學會這種『咕咕』的叫聲。」

馬尼亞用「流氓的歸來」形容回鄉之旅，而非索忍尼辛的「英雄凱旋」。他剛抵達羅馬尼亞，就想念美國：「在抵達了這個直到有一天為止一直是『家』的地方，我卻想念我留在身後的那些東西，在美國的那些東西。」他不需要鮮花和掌聲，羅馬尼亞沒有什麼值得留戀的東西，他再次離去。在機場登機前夕，為這趟旅程寫下最後一行字：

> 我不會像卡夫卡的蟑螂那樣，透過將腦袋埋在地裡的方式消失不見。我只是將繼續我的漫遊，一隻安詳地接受了自己命運的蝸牛。

這本關於羅馬尼亞之行的書出版前夕，出版商為幫馬尼亞申請出版補貼時想出了一個吸引眼球的廣告語——「羅馬尼亞未來的諾貝爾獎金獲得者！戴桂冠者與他的祖國的和解！」但他拒絕了這一提議，並在書中引用了羅馬尼亞流亡者齊奧朗的話：「遭排斥是我們唯一擁有的尊嚴。」在書中，他再次提醒自己，「別被同情收買；永遠當個外國人」。就如同貢布羅維奇那樣，這位波蘭作家在流亡阿根廷期間，常常喜歡在鏡子前衝自己伸舌頭。

參考書目

因篇幅所限，本書不加注釋，僅附錄參考書目，以供深入研究之讀者查考

下部

第一卷

約翰．黑爾：《海上霸主：雅典海軍的壯麗史詩與民主的誕生》，廣場，2017
奧維德：《哀歌集．黑海書簡．伊比斯》，中國青年出版社，2018
馬可．桑塔伽塔：《但丁傳》，浙江大學出版社，2022
喬治．因格萊塞：《但丁的生平》，北京三聯書店，2022
陳思賢：《西洋政治思想史》，五南，2014
勃蘭兌斯：《十九世紀文學主流》，人民文學出版社，1997
斯塔爾夫人：《十年流亡記》，吉林出版社集團，2016
約瑟夫．羅特：《約伯．飲者傳說》，葉子文化，2021

艾薩克・巴什維斯・辛格：《辛格自選集》，人民文學出版社，2019
奧茲：《愛與黑暗的故事》，繆思，2012
奧茲：《朋友之間》，木馬文化，2018
雅瑞珥・薩巴爾：《父親的失樂園》，八旗文化，2014
傑姬・伍施拉格：《夏卡爾：愛與流亡》，東方出版社，2021
卡彭鐵爾：《人間王國》，人民文學出版社，2021
富恩斯特：《勇敢的新世界：西班牙語美洲小說中的史詩、烏托邦和神話》，作家出版社，2021
安赫爾・埃斯特萬、安娜・加列戈・奎尼亞斯：《從馬奎斯到尤薩：回溯「文學爆炸」》，北京三聯書店，2021
路易・塞努達：《奧克諾斯》，人民文學出版社，2015
科特薩爾：《跳房子》，重慶出版社，2008
曼波・賈爾迪內里亞：《流亡者的夢》，上海譯文出版社，2022
奧拉西奧・卡斯特利亞諾斯・莫亞：《錯亂》，花城出版社，2022
亞當・費恩斯坦：《聶魯達傳：生命的熱情》，浙江大學出版社，2018
馬奎斯：《我不是來演講的》，南海出版社，2012
馬奎斯：《百年孤寂》，南海出版社，2011
馬奎斯：《活著為了講述》，南海出版社，2012

馬奎斯：《馬奎斯的心靈世界：與記者對話》，中央編譯出版社，2015
傑拉德・馬汀：《馬奎斯的一生》，聯經，2010
拉波尼奧：《2666》，上海人民出版社，2012
拉波尼奧：《護身符》，上海人民出版社，2013
拉波尼奧：《拉波尼奧最後的訪談》，中信出版集團，2019
莫妮卡・馬里斯坦：《拉波尼奧的肖像：口述與訪談》，南京大學出版社，2021
科爾姆・托賓：《出走的人：作家與家人》，人民文學出版社，2019
哈維爾・馬里亞斯：《寫作人：天才的怪癖與死亡》，人民文學出版社，2021
康拉德：《在西方的目光下》，上海譯文出版社，2014
加薩諾夫：《黎明的守望人：在全球化中的約瑟夫・康拉德》，貓頭鷹，2020
喬伊斯：《尤利西斯》，譯林出版社，1994
喬伊斯：《流亡》，唐山，2001
彼得・寇斯提羅：《喬伊斯傳：十九世紀末的愛情與文學（1882-1915）》，海南出版社，1999
理查德・艾爾曼：《喬伊斯傳》，北京十月文藝出版社，2016
奈波爾：《奈波爾家書》，浙江文藝出版社，2006
奈波爾：《重訪加勒比》，南海出版社，2015
奈波爾：《康拉德的黑暗我的黑暗》，南海出版社，2015

奈波爾：《我們的普世文明》，南海出版社，2014
奈波爾：《抵達之謎》，南海出版社，2016
奈波爾：《作家看人》，南京大學出版社，2009
阿多尼斯：《我的孤獨是一座花園》，譯林出版社，2009
阿多尼斯：《在異議天際的寫作》，外語教學與研究出版社，2014
庫切：《異鄉人的國度》，浙江人民出版社，2017
庫切：《內心活動》，浙江人民出版社，2017
庫切、保羅．奧斯特：《此時此地》，人民文學出版社，2019
王敬慧：《永遠的流散者：庫切評傳》，北京大學出版社，2010
魯西迪：《午夜之子》，燕山出版社，2015
魯西迪：《魔鬼詩篇》，雅言，2002
金翠：《搖籃曲》，時報文化，2023
阮越清：《流亡者》，馬可孛羅，2018年
張振成：《敬愛的領袖：從御用詩人到流亡者》，臉譜，2015
朴研美：《為了活下去》，大塊文化，2016
朴研美：《趁我們還有時間：脫北者朴研美在美國》，大塊文化，2023
李晛瑞：《擁有七個名字的女孩：一個北韓叛逃者的真實故事》，愛米粒，2015
安捷．泰梅爾古蘭：《我的國家：土耳其的憂傷與瘋狂》，遠足文化，2016

阿契貝：《人民公僕》，重慶出版社，2008
阿契貝：《分崩離析》，重慶出版社，2005
庫忽瑪：《人間的事情，安拉也會出錯》，湖南文藝出版社，2011
庫忽瑪：《等待野獸投票》，大塊文化，2006
古納：《海邊》，上海譯文出版社，2022
古納：《來世》，上海譯文，2022
古納：《最後的禮物》，上海譯文出版社，2022

第二卷

丹尼爾．比爾：《死屋：沙皇統治時期的西伯利亞流放制度》，四川文藝出版社，2019
赫爾岑：《往事與隨想》，譯林出版社，2009
古米廖夫等：《復活的聖火：俄羅斯文學大師開禁文選》，廣州出版社，1996
奧索爾金等：《哲學船事件》，花城出版社，2009
汪介之：《流亡者的鄉愁：俄羅斯域外文學與本土文學關係評述》，廣西師範大學出版社，2008
舍斯托夫：《在約伯的天平上》，商務印書館，2019
汪劍釗編：《二十世紀俄羅斯流亡詩選》，河北教育出版社，2004
沃爾科戈諾夫：《史達林傳》，上海人民出版社，2921

阿格諾索夫：《俄羅斯僑民文學史》，人民文學出版社，2004
別爾嘉耶夫：《俄羅斯思想》，北京三聯書店，2004
別爾嘉耶夫：《論人的奴役與自由》，上海人民出版社，2019
別爾嘉耶夫：《論人的使命、神與人的生存辯證法》，上海人民出版社，2007
別爾嘉耶夫：《別爾嘉耶夫集：一個貴族的回憶和思索》，上海遠東出版社，2004
索忍尼辛：《牛犢頂橡樹》，時代文藝出版社，1998
約瑟夫．皮爾斯：《流放的靈魂：索忍尼辛》，上海三聯書店，2013
喬治．尼瓦：《俄羅斯的良心：索忍尼辛傳》，新星出版社，2016
納博科夫：《天賦》，上海譯文出版社，2018
納博科夫：《說吧，記憶》，上海譯文出版社，2019
納博科夫：《獨抒己見》，上海譯文出版社，2018
納博科夫：《普寧》，上海譯文出版社，2019
納博科夫：《致薇拉》，人民文學出版社，2017
布賴恩．博伊德：《納博科夫傳》，廣西師範大學出版社，2011
羅伯特．羅珀：《納博科夫在美國》，花城出版社，2018
布羅茨基：《文明的孩子：布羅茨基論詩和詩人》，中央編譯出版社，2007
布羅茨基：《布羅茨基談話錄》，作家出版社，2019
布羅茨基：《小於一》，浙江文藝出版社，2014

布羅茨基：《悲傷與理智》，上海譯文出版社，2015
布羅茨基：《布羅茨基詩歌全集》（第一卷上下冊），上海譯文出版社，2019
布羅茨基：《水印：魂繫威尼斯》，上海譯文出版社，2016
列夫・洛謝夫：《布羅茨基傳》，東方出版社，2009
邦達連科：《俄羅斯詩人布羅茨基》，上海三聯書店，2020
艾茵・蘭德：《源泉》，重慶出版社，2013
艾茵・蘭德：《阿特拉斯聳聳肩》，重慶出版社，2013
艾茵・蘭德：《一個人》，重慶出版社，2016
艾茵・蘭德：《通往明天的唯一道路：艾茵・蘭德專欄集粹》，廣西師範大學出版社，2004
安妮・C.海勒：《艾茵・蘭德和她創造的世界》，廣西師範大學出版社，2016

第三卷

理查・歐文登：《焚書：遭到攻擊與在烈焰中倖存的知識受難史》，時報文化，2022
魏德曼：《焚書之書：時代浩劫試圖強行封嘴的聲音》，華東師大出版社，2011
J. M.里奇：《納粹德國文學史》，文匯出版社，2006
李工真：《文化的流亡：納粹時代歐洲知識難民研究》，人民出版社，2010
邁克爾・多布斯：《棄民：美國與奧斯威辛之間的逃亡者》，社會科學文獻出版社，2022
艾曼紐・盧瓦耶：《流亡的巴黎：二戰時棲居紐約的法國知識分子》，廣西師範大學出版社，

2009
費舍爾：《納粹德國：一部新的歷史》，譯林出版社，2016
薩弗蘭斯基：《榮耀與醜聞：反思德國浪漫主義》，上海人民出版社，2014
提摩西‧賴貝克：《希特勒的私人圖書館》，時周，2011
喬治‧普羅契尼克：《褚威格：最後的放逐》，網路與書，2016
褚威格：《昨日的世界：一個歐洲人的回憶》，廣西師範大學出版社，2004
湯瑪斯‧曼：《浮士德博士》，上海譯文出版社，2012
蒂爾曼‧拉姆：《傳奇之家：湯瑪斯‧曼一家的故事》，社科文獻出版社，2020
保羅‧策蘭：《保羅‧策蘭詩選》，華東師大出版社，2010
保羅‧策蘭、英格褒‧巴赫曼：《心的歲月：策蘭、巴赫曼書信集》，人民大學出版社，2013
約翰‧費爾斯坦：《保羅‧策蘭傳》，江蘇人民出版社，2009
沃夫岡‧埃梅里希：《策蘭傳》，南京大學出版社，2022
漢娜‧鄂蘭：《黑暗時代的人們》，江蘇教育出版社，2006
阿洛伊斯：《愛這個世界：漢娜‧鄂蘭傳》，社科文獻出版社，2001
庫爾廷-德納米：《黑暗時期三女哲：施泰因、鄂蘭、韋伊評傳》，新星出版社，2008
菲利普‧漢森：《歷史、政治與公民權：鄂蘭傳》，江蘇人民出版社，2004
帕特里夏‧奧坦伯德‧約翰遜：《鄂蘭》，中華書局，2006
卡內蒂：《群眾與權力》，中央編譯出版社，2003

卡內蒂：《獲救之舌》，人民文學出版社，2020
卡內蒂：《耳中火炬》，人民文學出版社，2020
卡內蒂：《眼睛遊戲》，人民文學出版社，2020
卡內蒂：《耳間證人》，允晨文化，2012
葛瑞格・米歇爾：《叛逃共和國：柏林圍牆下的隧道脫逃行動》，馬可孛羅，2017
艾瑞克・克許朋：《撼動柏林圍牆：布魯斯・史普林斯汀改變世界的演唱會》，時報文化，2014
沃爾夫・比爾曼：《唱垮柏林圍牆的傳奇詩人》，允晨文化，2019
弗雷德里克・泰勒：《柏林圍牆：分裂的世界（一九六一—一九八九）》，重慶出版社，2009
霍夫曼：《最後一道命令：東德末任軍職國防部長的回憶錄》，海南出版社，2001

第四卷

昆德拉：《被背叛的遺囑》，皇冠，2022
昆德拉：《生活在他方》，皇冠，2019
讓—多米尼克・布里埃：《米蘭・昆德拉：一種作家人生》，南京大學出版社，2021
博羅夫斯基：《石頭世界》，花城出版社，2012
扎加耶夫斯基：《另一種美》，花城出版社，2017
扎加耶夫斯基：《兩座城市》，花城出版社，2018

喬治・格魯沙：《快樂的異鄉人》，文化中國，2007
米沃什：《站在人這邊：米沃什五十年文選》，廣西師範大學出版社，2019
米沃什：《被禁錮的頭腦》，廣西師範大學出版社，2013
米沃什：《烏爾羅地》，花城出版社，2018 年
米沃什：《路邊狗》，花城出版社，2016 年
米沃什：《米沃什詞典：一部 20 世紀的回憶錄》，廣西師範大學出版社，2014
米沃什：《獵人的一年》，廣西師範大學出版社，2019
米沃什：《故土追憶》，上海譯文出版社，2018
米沃什：《面對大河》，上海譯文出版社，2018
米沃什：《詩的見證》，廣西師範大學出版社，2011
安傑伊・弗勞瑙塞克：《米沃什傳》，廣西師範大學出版社，2023
亞歷山德拉・萊涅爾—拉瓦斯汀：《歐洲精神》，吉林出版集團，2009
赫塔・米勒：《心獸》，江蘇人民出版社，2010
赫塔・米勒：《呼吸鞦韆》，江蘇人民出版社，2010
赫塔・米勒：《鏡中惡魔》，江蘇人民出版社，2010
赫塔・米勒：《狐狸那時已是獵人》，江蘇人民出版社，2010
赫塔・米勒：《國王鞠躬，國王殺人》，江蘇人民出版社，2010
李雙志：《流離失所者的美學抗爭：赫塔・米勒研究》，南京大學出版社，2019

羅柏．卡普蘭：《歐洲暗影》，馬可孛羅，2017
馬尼亞：《黑信封》，新星出版社，2021
馬尼亞：《囚徒》，新星出版社，2020
馬尼亞：《歸來》，新星出版社，2021
馬尼亞：《巢》，新星出版社，2019
馬尼亞：《論小丑：獨裁者和藝術家》，吉林出版集團，2008
馬尼亞：《流氓的歸來》，中信出版社，2015
馬尼亞：《索爾．貝婁訪談錄：在我離去之前，結清我的帳目》，中信出版社，2015

INK PUBLISHING
文學叢書 734

活著就要RUN：
潤者無疆，一部流亡的文化史（下部）

作　　者　余　杰
總 編 輯　初安民
責任編輯　林家鵬
美術編輯　陳淑美
校　　對　潘貞仁　余　杰　林家鵬

發 行 人　張書銘
出　　版　INK 印刻文學生活雜誌出版股份有限公司
新北市中和區建一路249號8樓
電話：02-22281626
傳真：02-22281598
e-mail：ink.book@msa.hinet.net
網　　址　舒讀網www.inksudu.com.tw

法律顧問　巨鼎博達法律事務所
施竣中律師
總 代 理　成陽出版股份有限公司
電話：03-3589000（代表號）
傳真：03-3556521
郵政劃撥　19785090 印刻文學生活雜誌出版股份有限公司
印　　刷　海王印刷事業股份有限公司

港澳總經銷　泛華發行代理有限公司
地　　址　香港新界將軍澳工業邨駿昌街7號2樓
電　　話　852-2798-2220
傳　　真　852-2796-5471
網　　址　www.gccd.com.hk

出版日期　2024年 5 月　初版
ISBN　978-986-387-731-8
定價　780元（上下冊不分售）

國家圖書館出版品預行編目(CIP)資料

活著就要RUN：潤者無疆，一部流亡的文化史. 上部／余杰 著；
--初版. --新北市中和區：INK印刻文學，2024. 5
面； 14.8 × 21公分. --（文學叢書；734）
ISBN　978-986-387-731-8 (平裝)

1. 移民　2. 移民史　3. 文化史　4. 世界史

577　　113004889

舒讀網